ars vivendi Krimi

**Susanne Reiche** studierte in Erlangen Biologie, war vierzehn Jahre lang beim Nürnberger Umweltamt im Bereich Umweltplanung tätig und arbeitet heute als Schriftstellerin. 2014 gewann sie mit ihrer Geschichte »Der Tod des Baulöwen« den Publikumspreis des Fränkischen Krimipreises. 2016 erschien ihr erster Krimi »Fränkisches Chili« um den Nürnberger Kommissar Kastner, 2017 folgte »Fränkisches Sushi«, 2018 »Fränkische Tapas«, 2020 »Fränkisches Pesto«.

www.susanne-reiche.de

Susanne Reiche

# Fränkisches Sushi

Kriminalroman

ars vivendi

# Prolog

Böiger Wind zerrte an der Aufhängung des Kettenstegs und trieb einen leeren Pappkaffeebecher über das Kopfsteinpflaster am Maxplatz. Die tief hängenden Wolken drohten mit Regen oder Graupel – bisher hatte der Dezember nur trübe Regentage und klare, frostige Nächte gebracht, keinen Schnee. Manuel Matzke war das ganz recht. Über naive Romantiker, die auf weiße Weihnachten hofften, konnte er nur den Kopf schütteln. Als Straßenreiniger des Servicebetriebs Öffentlicher Raum wusste er, dass eine Großstadt wie Nürnberg Schnee unverzüglich in Dreck und Matsch verwandelte.

Er zog den Reißverschluss seiner orangefarbenen Arbeitsjacke zu und fing, von einer fröstelnden Möwe misstrauisch beäugt, den tanzenden Pappbecher mit dem Müllgreifer ein, ehe er seinen Weg in Richtung Hallerwiese fortsetzte. In der Unterführung, die unter dem Westtorgraben hindurchführte, studierte er en passant die neuesten Graffiti auf den gekachelten Wänden, dann schob er seinen Tonnenwagen über den holprigen Fußweg zwischen Pegnitzufer und Wiese. Er leerte die Abfalleimer, angelte mit dem Greifer nach Kippen und Papiertaschentüchern und wies, aus gegebenem Anlass, eine Dame mit Pelzmantel und Langhaardackel darauf hin, dass Hundekot vom Tierhalter zu entsorgen sei. Sie starrte ihn grantig an.

Im regennassen Gras um den Schnepperschützenbrunnen lagen einige Bierdosen und ein Pizzakarton, an den sich mithilfe eines Käsefadens ein Rest Salamipizza klammerte. Matzke bückte sich gerade danach, als etwas in dem trockengelegten Brunnenbecken seine Aufmerksamkeit erregte – ein brauner Herrenschuh und ein toter Fisch lagen einträchtig beieinander. Der Schuh hatte schwarze Schnürsenkel.

Das ist doch mal was, fand Matzke. Seine Arbeit barg die Gefahr einer gewissen Eintönigkeit, und deshalb dachte er sich dabei gerne Geschichten aus – Geschichten über den Abfall, den er einsammelte. *Müllgeschichten.* Schon als Schulkind hatte er viel Fantasie gehabt, und einmal hatte die Deutschlehrerin einen seiner Aufsätze laut vorgelesen, als positives Beispiel. Dass die meisten Müllgeschichten trivial waren, lag also nicht an ihm, sondern an der Einfallslosigkeit der Bürger. Dramatischer Szenarien um leere Wodkaflaschen und Dönerverpackungen war er schon lange überdrüssig ... Dies hier versprach wieder einmal Abwechslung!

Er beugte sich über das runde Becken und nahm das Arrangement in Augenschein. Der gut handlange, silbrig geschuppte Fisch formte mit dem Herrenschuh einen spitzen Winkel in Richtung der Pegnitz. Mit Fischen kannte Matzke sich nicht aus, zoologisch, und kulinarisch nur bedingt: Karpfen und Forellen waren stets frittiert, blau oder Müllerin, wenn er ihnen begegnete. Aber die Art der Anordnung rief scheue Assoziationen hervor: ein mathematisches Symbol, eine nordische Rune, ein archaischer Wegweiser?

»Hallo! Hallo? Sie da drüben, Sie sind doch von der Stadt? Hallo!«

Matzke hob unwillig den Kopf von seinem anregenden Fund. »Kommen Sie schnell!«, schrie ein junger Mann, der ihm vom Pegnitzufer her aufgeregt zuwinkte. »Da schwimmt einer!«

*Schwimmen? In der Pegnitz? Mitte Dezember?*

Der junge Mann lief Matzke entgegen, packte ihn am Arm und zerrte ihn durch das Ufergebüsch bis zum Fluss. »Da! Sehen Sie's?«

Manuel Matzke sah es und wünschte sich sofort, er hätte es nicht gesehen. Zwischen sparrigen Ästen, die weit in den Fluss hineinragten, hatte sich ein blaues Kleidungsstück verfangen, ein Parka oder Anorak, in dessen Ärmeln die ausgestreckten Arme eines menschlichen Körpers festsaßen. Es schien, als krallte sich der Tote verzweifelt an den Ästen fest, um von der Strömung nicht mitgerissen zu werden. Sein bleiches, aufgedunsenes Gesicht tauchte im bedächtigen Wogen des Flusses auf und wieder ab, seine weit aufgerissenen Augen starrten blicklos in den bewölkten Himmel. Die schwarzbesockten Füße der Leiche zeigten flussabwärts, nach Fürth.

»Nun mal ganz ruhig«, sagte Kastner zu dem jungen Mann, der die Leiche gefunden hatte. »Bitte noch mal langsam und der Reihe nach, Herr …«

»Thiesfeld.«

»Herr Thiesfeld. Sie waren also mit dem Fahrrad stadteinwärts unterwegs?«

»Richtig«, nickte Thiesfeld und wischte sich verstohlen die laufende Nase mit den Fingern ab. »Ich hab heut früher Feierabend gemacht und wollte heim, bevor es wieder regnet. Aber dann musste ich mal dringend und hab mich da drüben in die Büsche geschlagen.« Er zeigte zum Fluss, wo Martina Götz, die Chefin des Erkennungsdienstes, mit ihren Kriminaltechnikern hinter rot-weißem Absperrband die Spuren sicherte. »Und da hab ich dann die Leiche gesehen und gleich dem Müllmann hier Bescheid gesagt.«

Kastner nickte und nahm den Mann in der orangefarbenen Arbeitskleidung ins Visier. »Und Sie haben dann sofort die Polizei gerufen, Herr Matzke?«

Matzke nickte.

»Arbeiten Sie öfter hier an der Hallerwiese?«

»Ich mache diese Runde jeden Tag, Herr Kommissar«, erklärte Matzke und fügte, mit einem strengen Seitenblick auf den Wildpinkler Thiesfeld, hinzu: »Und ich bin kein Müllmann, sondern Straßenreiniger.«

»Natürlich«, sagte Kastner. »Äh … ist Ihnen hier in den letzten Tagen vielleicht etwas Ungewöhnliches aufgefallen?«

Matzke dachte eine Weile nach. »Hm. Also heute … Ja. Im Schnepperschützenbrunnen liegt ein toter Fisch …«

»Kastner?« Martina Götz winkte vom Ufer her. »Kommst du mal eben?«

Kastner bat Matzke um etwas Geduld und bahnte sich einen Weg durch die Schaulustigen auf dem Fußweg, die aufgeregt tuschelten und sich die Köpfe nach der Bahre mit dem schwarzen Leichensack verrenkten. Der Tote sei ein junger Mann, die Leiche habe schon ein paar Tage im Wasser gelegen, hatte Frau Dr. Rendlick, die Rechtsmedizinerin, Kastner erklärt. Ob der Mann ertrunken sei oder ein Fremdverschulden vorliege, könne sie vor der forensischen Untersuchung nicht sagen.

Vor dem Absperrband blieb Kastner stehen, aber Martina Götz hob es einladend hoch und winkte ihn weiter. »Immer hereinspaziert. Das musst du dir ansehen«, sagte sie und führte ihn ein Stück flussaufwärts, näher ans Ufer. Einer ihrer Mitarbeiter stand vornübergebeugt vor einem dichten Gestrüpp und sprach scheinbar mit sich selbst.

»Was ist? Habt ihr etwas gefunden?«, erkundigte sich Kastner.

Martina nickte nachdrücklich, und Kastner trat einen Schritt vor und beugte den Rücken, um unter die Äste des Gebüschs zu spähen.

***

»Wie, ein Kind?«, wollte Mirjam abends wissen. Sie hatte geduscht und rubbelte sich die blonden Haare mit einem Frotteehandtuch trocken, ehe sie sich mit einer Flasche Rotwein und einem Glas an den Küchentisch setzte und in der Schublade nach dem Korkenzieher kramte.

»Na ja, ein Kind halt«, erklärte Kastner seiner Lebensgefährtin. »Ein Junge, vielleicht sieben oder acht Jahre alt. Da war so eine Art Unterschlupf in dem Gestrüpp, eine Plastikplane, ein paar Decken auf dem Boden, Konservendosen …«

»Und der war da ganz alleine?! Das ist ja nicht zu fassen!« Mirjam entkorkte die Flasche und schenkte sich ein. »Da kommen doch jeden Tag zig Leute vorbei – das muss doch jemandem mal aufgefallen sein, dass da ein Kind im Gebüsch sitzt!«, sagte sie kopfschüttelnd. »Kennt der Junge den Toten? Vielleicht haben die beiden zusammen da gehaust …«

»Möglich«, nickte Kastner, »aber es hat wenig Sinn, die Spekulationen ins Kraut schießen zu lassen. Wir wissen noch gar nichts – weder der Tote noch der Junge hatten irgendwelche Papiere bei sich, und der Junge hat kein Wort gesagt. Der arme Kerl saß auf den zerlumpten Decken und hat uns angestarrt wie die ersten Menschen, die er je zu Gesicht bekommen hat. Stumm wie ein Fisch.«

Mirjam schüttelte sich. »Eine Plastikplane und ein Schlafsack, Mitte Dezember! Das blanke Grauen … Apropos Grauen – du erinnerst dich, dass meine Eltern an Weihnachten kommen und die Spülmaschine hin ist?«

»Äh ja. Natürlich«, behauptete Kastner. »Das kriegen wir schon geregelt, Hase. Bis Weihnachten sind ja noch ein paar Tage.«

»Ach. Und bis dahin hoffst du wohl auf eine Wunderheilung? Was ist denn mit diesem Dings, der muss sich doch mit Spülmaschinen auskennen – Harald? Stefan? Peter? Du weißt schon, der AEG-Heini.«

Der Mann, den Mirjam meinte, hieß Peter. Kastner hatte ihn im *Café Kraft* kennengelernt, vor einem oder zwei Jahren, als der Streifenbeamte Felix Wernreuther ihm so lange zugesetzt hatte, bis er ein paarmal mit ihm klettern gegangen war. Es war keine schöne Erinnerung. Nicht wegen Peter – der war ein netter Kerl und hatte ihm ein paar Tricks gezeigt, ohne ihn vorzuführen. Er sei Ingenieur und entwickle Spülmaschinen, hatte Peter erzählt, früher sei er bei der AEG gewesen, dann sei er, mitsamt der AEG, an Electrolux verkauft worden, und jetzt arbeite er für eine chinesische Firma. Unangenehm war die Erinnerung deshalb, weil Kastner wie ein nasser Mehlsack an der Kletterwand gehangen hatte, während Wernreuther ihm von unten launige Tipps zugerufen hatte: *Das Seil ist nur die Sicherung, Kastner, ich kann dich daran nicht hochziehen!*, oder: *Du darfst nur die Griffe derselben Farbe benutzen, sonst gilt es nicht!*

»Der Kletterfuzzi«, half Mirjam ihm auf die Sprünge.

»Ja, ich weiß, wen du meinst. Peter. Aber ich kenne ihn wirklich nur flüchtig, und ich hab ihn auch schon ewig nicht mehr gesehen – genau genommen, seit ich das letzte Mal klettern war ...« Kastner holte sich ein Landbier aus dem Kühlschrank, der außer dem Bier und ein paar ältlichen Toastscheiben nichts Nennenswertes enthielt. Mit zunehmender Besorgnis fragte er sich, was er zu Abend essen sollte. In der Regel kochte Mirjam abends, aber heute hatte sie an einer Fortbildungsmaßnahme teilgenommen – sie war Verwaltungsangestellte der Stadt Nürnberg beim Service Öffentlicher Raum, kurz: SÖR, also gewissermaßen eine entfernte Kollegin von diesem Herrn Matzke – und war selbst erst spät nach Hause gekommen.

»Wie war eigentlich deine Schulung?«, fragte er mit einem Anflug schlechten Gewissens.

»Man hat mir die Software erklärt, die ich privat schon seit fünf Jahren benutze ... aber danke, dass du danach fragst.«

Kastner zog den Toastbeutel aus dem Kühlschrank und kniff die Augen zusammen, um das Haltbarkeitsdatum zu entziffern. Je wichtiger die Informationen auf Lebensmittelverpackungen waren, desto kleiner schienen sie gedruckt zu werden.

»Was machst du da, Kastner? Du willst doch nicht etwa die Toastmumien essen?«, erkundigte sich Mirjam belustigt. »Ich hab uns was beim Chinesen bestellt, das müsste bald kommen.«

»Ich liebe dich, Hase!«, sagte Kastner, wahrheitsgemäß und aufrichtig erleichtert, ehe er den Toast wieder zurück in den Kühlschrank legte.

Wenig später saßen sie am Küchentisch und verzehrten gebratene Ente und Gemüse mit Reis direkt aus den Styroporschalen. Danach entsorgte Kastner, auf Mirjams sanftes Drängen hin, zunächst vorschriftsmäßig den Toast und rief dann bei Peter an. Offensichtlich erhielt der arme Mann mehr solcher Anrufe, als ihm lieb war, denn seine Freude über das Wiederhören nach so langer Zeit wurde merklich verhaltener, als Kastner nach kurzem Small Talk mit seinem Anliegen herausrückte. Trotzdem versprach er, am nächsten Abend vorbeizukommen und sich die Spülmaschine mal anzusehen – ein guter Mensch.

»Gibt es schon was?«

Kastner hörte Martina Götz durchs Telefon trocken lachen.

»Kriminaltechnik ist Handwerk, kein Kaffeesatzlesen. Das dauert seine Zeit, Kastner. Und nein, es gibt noch keinen Zwischenbericht.«

Ein Anruf bei der Rechtsmedizin erbrachte ein ähnliches Ergebnis – Frau Dr. Rendlicks Team war noch mit der Leichenöffnung beschäftigt. Derart zur Geduld gezwungen suchte Kastner zwischen alten Akten nach seiner Blümchentasse und ging in die Teeküche, um sich einen Kaffee zu holen.

Am Küchentresen lehnte Wernreuther und bewachte den Wasserkocher – die unbefugte Aneignung kochenden Wassers durch räuberische Kollegen war eines der häufigsten Verbrechen, die im Dezernat 1 des Polizeipräsidiums Nürnberg aufgeklärt werden mussten. »Ach, der Herr Kriminalhauptkommissar!« Wernreuther lüpfte neckisch grüßend die Schirmmütze. »Einen wunderschönen guten Morgen!«

»Hm. Morgen, Felix.« Kastner schenkte sich Kaffee ein, holte die Milch aus dem Kühlschrank und kippte einen guten Schluck davon in seine Tasse, wo sie sofort klumpig koagulierte. Traurig schüttelte er den Kopf und schnüffelte an der Milchtüte.

»Sauer, was?«, riet Wernreuther gut gelaunt. »Das kommt daher, dass Kollege Staufer seinen Käse immer ohne Tupperdose in den Kühlschrank legt.«

Kastner kippte den verdorbenen Kaffee in die Spüle und suchte eine Weile vergeblich nach frischer Milch, dann musterte er den jungen Streifenbeamten mit gerunzelter Stirn. Wernreuther hatte sich inzwischen einen grünen Tee aufgebrüht und kontrollierte die Ziehzeit mithilfe der Stoppuhrfunktion seiner Armbanduhr. Dabei pfiff er fröhlich vor sich hin. »Gibt es einen besonderen Grund für deine gute Laune am frühen Morgen?«, erkundigte sich Kastner misstrauisch.

»In der Tat!«, flötete Wernreuther. »Es gibt ausgezeichnete Neuigkeiten! Wir können schon bald noch enger zusammenarbeiten.«

»Äh ... wie das?«, fragte Kastner erschrocken. Wernreuther unterstützte ihn gelegentlich bei einer Mordermittlung, wenn Not am Mann war – eine Hilfe, die er mitunter als recht anstrengend empfand. In zwischenmenschlicher Hinsicht.

»Na, ich hab mich doch für die modulare Schulung zum Aufstieg in den höheren Dienst angemeldet ... und stell dir vor, der Herr Polizeidirektor hat mich zu diesem Entschluss ausdrücklich beglückwünscht!«

»Ach so«, sagte Kastner, und »was du nicht sagst«, während sein Kollege wortreich die Vorzüge schilderte, aufgrund derer er für den höheren Dienst und vermutlich auch für Führungsaufgaben wie geschaffen sei. Sobald Wernreuther seine Arie des Eigenlobs unterbrach, um einzuatmen, entschuldigte Kastner sich und flüchtete in sein Büro. Nach einem Augenblick der Sammlung rief er Wernreuthers Streifenkollegin Claudia auf ihrem Diensthandy an.

»Wolfschmidt.«

Kastner hörte die Polizeisirene durchs Telefon. »Kastner«, sagte er. »Hast du gerade einen Einsatz? Dann mach ich's kurz – können wir uns zum Mittagessen treffen?«

»Warum nicht. Halb zwölf in der Rathauskantine?«

Kastner hörte quietschende Autoreifen und schlagende Türen. »Kantine ist schlecht«, erwiderte er, »wir müssen ein Vieraugengespräch führen. Aber wir treffen uns dort, okay?«

»Okay«, stimmte Claudia zu, »bis dann.«

Kastner legte auf und hob den Telefonhörer nach kurzem Nachdenken erneut ans Ohr. Er rief die junge Anwärterin mit dem blonden Kurzhaarschnitt und der Nerdbrille an, die zurzeit neben Polizeimeisterin Ulrike Hirschel im Großraumbüro saß.

»Filipowitz.«

»Kastner. Guten Morgen, Nele. Hör mal, es gibt eine Art Notfall: Wir haben keine Milch mehr. Könntest du vielleicht mal eben ein paar Tüten holen? Und, äh, wenn du schon unterwegs bist – bist du so lieb und bringst mir einen großen Cappuccino mit?«

Die folgenden fünfzehn Minuten starrte Kastner blicklos aus dem Fenster seines Büros in den wolkenschweren Himmel über dem Jakobsplatz. Hölle auch, dachte er. *Modulare Schulung. Höherer Dienst. Engere Zusammenarbeit.* Wernreuther war jung und ehrgeizig, ließ sich von forsch auftretenden Kriminellen nicht die Butter vom Brot nehmen und brillierte regelmäßig im Schießstand; aber damit waren, nach Kastners Meinung, seine Talente auch schon umfassend beschrieben.

»Herr Kastner?«

Neles Stimme riss ihn aus seinen trüben Gedanken. Er bedankte sich bei der Anwärterin für den Cappuccino und erstattete ihr das Geld, das sie ausgelegt hatte. Das Koffein brachte ihn halbwegs zurück in die Spur – nachdem er den letzten Tropfen Milchschaum aus dem Pappbecher geschüttelt hatte, rief er beim Jugendamt an.

»Nein, auf gar keinen Fall«, wies ihn eine energische Dame in seine Schranken. »Der Junge ist vermutlich traumatisiert, da kommt eine polizeiliche Befragung nicht infrage.«

»Hören Sie«, sagte Kastner, »von einer *polizeilichen Befragung* war auch nicht die Rede. Ich will mich nur kurz und freundlich mit dem Kind unterhalten – es könnte ein wichtiger Zeuge sein.«

»Das Kindswohl hat immer Vorrang«, bekam er erklärt. »Der Junge wird von einem Psychologen betreut, und solange der kein grünes Licht gibt ...«

»Ja, schon gut. Würden Sie mir dann bitte die Telefonnummer dieses Psychologen geben?«

»Dazu bin ich nicht befugt.«

Kastner schloss für einen Moment die Augen – irgendwie schien das heute nicht sein Tag zu sein.

»Aber wir könnten es so machen: Ich gebe dem Psychologen Ihre Nummer, dann kann er sich bei Ihnen melden«, lenkte die Frau ein.

»Ja«, seufzte Kastner, »so machen wir es. Vielen Dank.«

Er legte auf und sah seine Mailbox blinken. Martina Götz hatte eine Nachricht hinterlassen: Ihr Team sei jetzt mit der vorläufigen Auswertung der Spurenlage fertig, und auch die Rechtsmedizin habe einen ersten Bericht erstellt. Sie schlug für zehn Uhr eine Besprechung vor, damit alle auf den gleichen Stand kämen.

Sofort besserte sich Kastners Laune: Ein paar Fakten würden ihn jetzt richtig aufheitern.

***

Kriminaldirektor Carsten Wismeth, Leiter des Dezernats 1, begrüßte die Anwesenden und stellte die einzige Person, die

Kastner nicht kannte, als *neues und vielversprechendes Gesicht aus der Rechtsmedizin* vor. Martina Götz hüstelte bei diesen gönnerhaften Worten verstohlen in ihre Faust, aber das *vielversprechende Gesicht* selbst lächelte strahlend und nickte in die Runde. Es gehörte einer jungen Frau mit kupferblondem Pferdeschwanz und den runden, blauen Augen einer Mangafigur, die in einem lindgrünen Hosenanzug steckte.

»Ich heiße Tessa Seitz«, ergänzte sie, »und arbeite seit Oktober im Forensikteam von Frau Dr. Rendlick. Freut mich, Sie kennenzulernen!«

»Die Freude ist ganz auf unserer Seite, Frau Seitz!«, erklärte Wismeth. »Wir sind schon sehr gespannt auf Ihre Ausführungen. Äh, Frau Götz, wenn Sie uns vielleicht zunächst einen kurzen Überblick über Fundsituation und Spurenlage geben würden, damit wir uns ein Bild machen können?«

»Gern, Herr Polizeidirektor.« Die Chefin des Erkennungsdienstes heftete ein Foto an die Pinnwand. »Das ist ein Luftbild vom Fundort und dessen Umgebung«, erklärte sie. »Genau hier« – sie markierte die Stelle mit einem roten Fähnchen – »hat sich die Leiche in überstehenden Ästen verfangen. Am rechten Pegnitzufer, knapp zwei Meter vom Ufer entfernt. Der Tote trug einen blauen Anorak, Jeans und ein graues Sweatshirt, alles günstige No-Name-Kleidung, weder neuwertig noch übermäßig zerschlissen. Schwarze Socken, keine Schuhe. Die Kleidung des Toten wird im Labor aktuell auf Fremdspuren untersucht ...«

»Keine Schuhe? Bei der Kälte?«, wunderte sich Wismeth.

Martina Götz lächelte. »In sehr kaltem Wasser schrumpft der Körper einer Leiche«, erklärte sie, »und wenn es dann noch Strömungen und/oder Hindernisse gibt, rutschen die

Schuhe von den Füßen und gehen unter oder werden abgetrieben. Vielleicht könnte ein Taucher ...«

»Ja, um Gottes willen«, rief Wismeth. »Wir wissen ja noch nicht einmal, ob überhaupt ein Verbrechen vorliegt! Ein Taucher!«

»Ganz wie Sie meinen.« Martina zuckte die Achseln und fuhr fort: »Der Tote hatte nichts bei sich. Keinen Geldbeutel, keinen Ausweis, kein Handy, keinen Schlüsselbund – die Aufzählung ließe sich fortsetzen, nehmen Sie *nichts* also bitte wörtlich. Und nun zur Spurenlage ... Im fraglichen Uferbereich haben wir Fußabdrücke von fünf verschiedenen Personen gefunden, die noch abgeglichen werden müssen.« Sie legte Computerausdrucke auf den Tisch und bat Wernreuther, sie zu verteilen. »Blatt eins: die Liste der Dinge, die wir am Fundort und bis etwa hundert Meter flussaufwärts eingesammelt haben«, erklärte sie. »Das meiste ist Müll im wörtlichen wie im übertragenen Sinn. Ein Gegenstand könnte allerdings interessant sein: ein Prepaidhandy älterer Bauart. Es lag im Gestrüpp einer Baumscheibe, am linken Flussufer zwischen Maxbrücke und Kettensteg. Es sind Fingerabdrücke drauf, allerdings zu verwischt, um brauchbar zu sein. Die SIM-Karte ist unbeschädigt – eventuell kann man herausbekommen, wer es gekauft hat. Die Speicherkarte ist leider defekt, aber mein IT-Spezialist hat sich ihrer angenommen – wenn es da was zu retten gibt, dann rettet er es.« Sie drehte sich wieder zur Pinnwand um und steckte ein blaues Fähnchen ins Luftbild. »Und hier, vom Fundort der Leiche aus gute fünfzehn Meter flussaufwärts, haben wir etwas besonders Interessantes gefunden.«

»Das Kind?«, riet Wismeth.

»Das Kind«, bestätigte Martina. Sie pinnte ein Foto des behelfsmäßigen Unterschlupfs an, daneben einen

Schnappschuss, auf dem der Junge selbst zu sehen war: Auf einer fleckigen, grün karierten Decke kauerte ein etwa Achtjähriger, dem das dunkelblonde Haar in verfilzten Locken bis auf die Schultern hing. Er hielt die Arme dicht an den Oberkörper gepresst, und seine blauen Augen starrten denjenigen, der ihn fotografiert hatte, ausdruckslos an.

»Der Junge muss sich da die ganze Zeit versteckt haben: während die Leiche entdeckt wurde, während wir mit Blaulicht angerückt sind und die Absperrung angebracht haben, während die Leiche geborgen wurde ... Er hat sich nicht gemuckst, nicht einmal, als mein Kollege ihn schließlich entdeckt hat. Hat einfach nur dagesessen und sich möglichst klein gemacht, bis diese Frau vom Jugendamt gekommen ist und ihn weggeschleppt hat – sorry, mir fällt kein anderer Ausdruck dafür ein. Er hat sich mit Händen und Füßen dagegen gewehrt ...«

»Nun, man konnte ihn wohl schlecht dort lassen«, gab Wismeth zu bedenken.

Dieser offensichtlich zutreffenden Feststellung hatte niemand etwas hinzuzufügen.

»Auch der Junge hatte keinerlei Papiere bei sich«, fuhr Martina fort und deutete wieder auf die Ausdrucke. »Blatt zwei listet auf, was wir in dem Unterschlupf gefunden haben: drei Fleecedecken und zwei alte Armeeschlafsäcke, eine Plastiktüte mit Kinder- und Erwachsenenkleidung, ein Einwegfeuerzeug, einen Gaskocher, einen Dosenöffner, Konservendosen – Pichelsteiner, Linseneintopf, Ravioli. Dazu eine stattliche Sammlung leerer und voller Plastikwasserflaschen, einige Löffel und Gabeln, ein Taschenmesser und ... das hier.« Ein weiteres Foto. Darauf war ein zerfleddertes Stofftier zu sehen, eine hellblaue Chimäre zwischen Hase und Mensch, der ein Auge fehlte. »Das

Stofftier könnte vielleicht bei der Identifizierung des Jungen helfen«, sagte Martina Götz. »Der ganze Kram wird aktuell noch auf Spuren untersucht; bis morgen werden wir wohl erste Ergebnisse haben. Das wär's von meiner Seite. Fragen?«

Kastner hob die Hand. »Der Junge hat sich den Unterschlupf also mit einem Erwachsenen geteilt – war das womöglich unser unbekannter Toter?«

Martina lächelte. »Tja. Das ewige Dilemma: wilde Mutmaßungen anstellen oder doch besser warten, bis die Spuren ausgewertet sind? Als Kriminaltechnikerin würde ich Letzteres bevorzugen.«

Wismeth nickte zustimmend. »Vielen Dank, Frau Götz. Ja dann, äh, würde ich vorschlagen, dass jetzt die junge Kollegin aus der Rechtsmedizin …«

Tessa Seitz erhob sich geschmeidig und klappte ein pinkfarbenes Hartschalenköfferchen auf, dem sie einen Laptop und einen USB-Stick entnahm. »Ich habe Ihnen auch einige Fotos mitgebracht«, sagte sie lächelnd, während sie den Laptop an den Beamer stöpselte, der meist ungenutzt auf dem Besprechungstisch stand.

Kastner, der mit Obduktionen nichts am Hut hatte, schätzte dies als den richtigen Zeitpunkt ein, um sich auf der Toilette etwas frisch zu machen. Andererseits wollte er doch gerne wissen, ob es nun einen Fall gab oder nicht, und deshalb blieb er erst einmal sitzen.

»Hier sehen wir den Toten vor der Sektion«, erklärte die Rechtsmedizinerin zum ersten Foto. »Es handelt sich um einen jungen Mann im Alter von etwa sechzehn bis dreiundzwanzig, einsachtundsiebzig groß, sehr schlank, hellhäutig, dunkelhaarig, braune Augen. Schuhgröße zweiundvierzig. Kein Körperschmuck, keine Tätowierungen, keine Operationsnarben, keine auffälligen Muttermale, ein vollständiges und gesundes Gebiss. Fingerabdrücke und DNA-Probe für einen Abgleich mit den üblichen Datenbanken werden Ihnen demnächst zugehen, aber eines können wir aufgrund der Blutgruppe jetzt schon sagen: Der Tote ist mit dem Jungen aus dem Gebüsch sicher nicht verwandt.«

Wismeth schnalzte enttäuscht mit der Zunge.

»An der Leiche sind äußerlich einige kleinere Verletzungen erkennbar«, fuhr Tessa Seitz fort und klickte das nächste und übernächste Foto an. »Das sehen Sie hier – und hier. Am rechten Unterarm geringfügige Abschürfungen, an der rechten Wade ein etwa handflächengroßes Hämatom. Und hier« – ein weiteres Foto – »eine Schürfwunde über dem rechten Auge. Diese Verletzungen sind vor dem Tod entstanden. Sie wären durch den Sturz über die Ufermauer oder den Versuch, wieder ans Ufer zu klettern, halbwegs plausibel zu erklären, aber sie könnten dem Mann auch bei einer Auseinandersetzung oder einem tätlichen Angriff zugefügt worden sein. Insbesondere das Hämatom an der Wade könnte, der Form nach, von einem heftigen Schlag oder Tritt herrühren.«

»Der Mann hat also noch gelebt, als er in die Pegnitz gefallen ist?«, erkundigte sich Kastner.

»Zumindest für kurze Zeit«, lächelte Tessa Seitz. »Der Kälteschock tritt bei den derzeit herrschenden Temperaturen sehr schnell ein – zwischen dem Sturz ins Wasser und dem Eintritt des Todes sind maximal dreißig Minuten vergangen, vermutlich sehr viel weniger ...«

»Ist er ertrunken?«, fragte Kastner.

Frau Seitz schüttelte den Kopf. »Nein, todesursächlich war ein Herzinfarkt. Es ist so: Der Kälteschock führt zu Atemproblemen und muskulären Dysfunktionen – selbst gute Schwimmer können ihre Bewegungen nicht mehr koordinieren, und Mund- und Nasenraum geraten immer wieder unter Wasser. Es kommt zur Panik. Herzfrequenz und Blutdruck steigen dramatisch an, und die Folge ist häufig ein Herzversagen.« Das konnte Kastner gut nachvollziehen – schon das bloße Zuhören löste in ihm eine leichte Panik aus.

Tessa Seitz räusperte sich. »Damit kommen wir zum Todeszeitpunkt: Die Leiche hat fünf oder sechs Tage im Wasser gelegen – der Mann ist also schon am achten oder neunten Dezember gestorben. Die ersten vier, fünf Tage lag der Körper auf dem Grund des Flusses, bis die Faulgase ihn dann aufgetrieben haben ...«

»Das erklärt, warum man den Kerl nicht schon früher entdeckt hat«, merkte Wernreuther an. »In der braunen Pegnitzbrühe sieht man keinen Viertelmeter tief.«

»Und wo ist der Mann in den Fluss gefallen? Also – wie weit hat die Strömung ihn flussabwärts getragen?«, wollte Kastner wissen.

»Das kann ich Ihnen nicht sagen«, bedauerte die Rechtsmedizinerin. »Das hängt von vielen Faktoren ab – Wassertiefe, Strömungsverhältnisse, Hindernisse, die Art der Kleidung, die die Leiche trägt ...«

»Eine grobe Schätzung würde mir genügen«, sagte Kastner.

Tessa Seitz dachte kurz darüber nach. »Hm. Bei den vielen Wehren und Sandbänken im Stadtgebiet – fünfzig bis zweihundert Meter? Aber nageln Sie mich nicht darauf fest.« Sie beugte sich über ihren Laptop und drückte ein paar Tasten. »Gut, wenn so weit alles klar ist«, sagte sie munter, »dann sehen wir uns jetzt die Sektion und deren Ergebnisse an. Bezüglich der Todesumstände ist dabei ein Punkt besonders bemerkenswert ...«

»Äh«, machte Kastner. »Bitte entschuldigen Sie mich kurz … Ich müsste … Sie können ruhig ohne mich weitermachen, ich kann mir die Fotos ja später ansehen.«

Unter Wismeths tadelndem Blick verließ er eilig den Besprechungsraum.

»Hallo? Äh, Herr Kommissar?«

Im Flur stand ein Mann in einem grauen Wolljanker, die Linke zu einem zaghaften Gruß erhoben. In der Rechten hielt er eine Plastiktüte, der ein äußerst befremdlicher Geruch entströmte. »Weil wir ja gestern unterbrochen worden sind, dachte ich … also ich dachte, ich bring's Ihnen vorbei. Vielleicht ist es ja wichtig.«

Kastner zuckte unwillkürlich zurück, als der Mann ihm die stinkende Tüte entgegenhielt. Sein Gegenüber nickte daraufhin betreten. »Ich hatte den Fisch über Nacht auf dem Balkon, aber die Fahrt mit der U-Bahn ist ihm wohl nicht gut bekommen. Er riecht schon ein wenig. Der Schuh ist auch da drin … Sie erinnern sich doch? Die Sachen aus dem Schnepperschützenbrunnen?«

»Ach – Herr Matzke!«, rief Kastner. »Ohne Ihre Arbeitskleidung habe ich Sie jetzt nicht gleich erkannt. Bitte entschuldigen Sie – in der ganzen Aufregung um das Kind ist Ihre Aussage gestern wohl ein wenig, äh, untergegangen.« Genau genommen hatte er Matzke vollkommen vergessen, nachdem Martina ihn zu dem Jungen geführt hatte, aber jetzt erinnerte er sich an den rätselhaften Satz: *Im Schnepperschützenbrunnen liegt ein toter Fisch.* Und was war das nun mit einem Schuh?

»Es ist ein brauner Halbschuh mit schwarzem Schnürsenkel«, sagte Matzke, als hätte er seine Gedanken gelesen, »und weil der Tote ja strümpfig war, dachte ich, das ist vielleicht wichtig.«

Kastner nickte zustimmend und griff mit spitzen Fingern nach der Tüte. »Danke, Herr Matzke. Es ist sehr freundlich, dass Sie uns das bringen!«

»Ja dann«, sagte Matzke und winkte wieder schüchtern mit der Linken. »Ich muss los. Meine Schicht fängt gleich an.«

Am Ende des Flurs befand sich eine kleine Putzkammer, in der Kastner sich eine Schürze und ein Paar Gummihandschuhe auslieh. Derart ausgerüstet betrat er sein Büro, stellte die stinkende Tüte im Waschbecken ab und spähte mit angehaltener Luft hinein. Der Fisch war notdürftig in Zeitungspapier gewickelt, der Schuh, der ihn weitaus mehr interessierte, lag unglücklicherweise darunter. Er griff beherzt zu und zog den Schuh am Schnürsenkel heraus. Auch den Fisch würde man sich ansehen müssen, aber das hatte Zeit. Kastner wickelte die Tüte um den Fisch, trug ihn in die Küche und verstaute ihn einstweilen im Eisfach des Kühlschranks.

Zurück in seinem Büro nahm er den Schuh in Augenschein. Es war ein rehbrauner Herrenhalbschuh mit einer Profilsohle aus Gummi, auf der die Größe eingeprägt war: zweiundvierzig. Der Schuh wies deutliche Gebrauchsspuren auf und sah aus, als habe er längere Zeit im Wasser gelegen. Das Leder war aufgequollen, der Schnürsenkel schlammig und zerschlissen. Der unbekannte Tote hatte Schuhgröße zweiundvierzig gehabt, erinnerte sich Kastner – aber wie hätte der Schuh vom Fuß des Toten in das Brunnenbecken kommen sollen?

Das Klingeln des Telefons riss ihn aus seinen Gedanken.

»Kastner?«

»Frodenberg. Guten Tag, Herr Kastner. Eine Dame vom Jugendamt hat mir Ihre Nummer gegeben – ich bin der

Psychologe, der den Jungen betreut, der am Pegnitzufer aufgegriffen wurde.«

»Ah«, sagte Kastner. »Vielen Dank, dass Sie sich so schnell melden ...«

Auch Frodenberg schloss eine Befragung des Jungen kategorisch aus, aber er bot ein Treffen an. »Viel kann ich Ihnen noch nicht sagen«, dämpfte er Kastners Erwartungen, »aber ich werde natürlich mein Bestes tun, um bei der Aufklärung dieser Sache zu helfen – im Interesse des Kindes.«

Sie verabredeten sich für den frühen Nachmittag in der Praxis des Psychologen. Kaum hatte Kastner aufgelegt, klingelte das Telefon erneut – diesmal war es der Polizeidirektor, der Kastner in einem Ton, der nichts Gutes verhieß, umgehend zu sich beorderte.

»Sind Sie verrückt geworden?«, begann Wismeth und schüttelte vorwurfsvoll seinen kahlen Schädel. »Nele Filipowitz soll als Anwärterin einen Einblick in unseren polizeilichen Alltag bekommen – und Sie schicken sie Kaffee holen wie ein persönliches Dienstmädchen? Polizeimeisterin Hirschel hat sich bei mir darüber beschwert, also lassen Sie das gefälligst in Zukunft! Und dass Sie einfach eine anberaumte Besprechung verlassen, das ist ... unglaublich!«

»Ich wurde leider aufgehalten«, erklärte Kastner, mehr oder weniger wahrheitsgemäß. »Dieser Herr Matzke von SÖR hat etwas vorbeigebracht, das der Spurensicherung gestern durch die Lappen gegangen ist. Eventuell hängt es mit dem Fall zusammen – falls es ein Fall ist. Ist es ein Fall?«

Wismeth seufzte. »Man kann es leider nicht ausschließen. Dr. Rendlicks Team hat im Blut des Toten Diazepam nachgewiesen – K.-o.-Tropfen, gewissermaßen. Diazepam wirkt angstlösend und beruhigend; die Nebenwirkungen sind Benommenheit, Schwindel und erhöhte Sturzgefahr.« Den letzten Satz hatte Wismeth vom Monitor seines PCs abgelesen. »Frau Seitz zieht daraus folgenden Schluss«, fuhr er fort: »Entweder hat der junge Mann das Diazepam selbst eingenommen, vermutlich in Vorbereitung eines Suizids; oder jemand hat es ihm heimlich verabreicht, um ihn wehrlos zu machen.«

»Also entweder Selbstmord oder Mord«, fasste Kastner zusammen. »Wobei die Hämatome und Schürfwunden eher für Letzteres sprechen.«

Wismeth nickte resigniert. »Ja, leider. So oder so müssen wir den Toten zunächst einmal identifizieren – ich hoffe, dieses Kind kann dabei helfen ... Apropos: Martina Götz hat mir das hier gegeben.« Er griff unter seinen Schreibtisch und zog eine Papiertüte hervor. »Das ist dieses – na, Sie wissen schon. Das Stofftier, der blaue Hase. Die KTU ist damit schon durch, und Frau Götz war der Meinung, dass der Junge sich vielleicht freut, wenn er ihn zurückbekommt. Vielleicht könnten Sie ...?«

***

Kastners Magen knurrte schon gehörig, als Claudia endlich vor der Rathauskantine auftauchte.

»Sorry, ich bin spät dran«, entschuldigte sie sich, »aber ich hatte eine Festnahme wegen räuberischer Erpressung – Spucke auf der Uniform und frauenfeindliche Beschimpfung inklusive. Was ist los, Kastner? Ehrlich gesagt hab ich einen Mordshunger, wollen wir nicht doch in die Kantine?«

»Das geht nicht. Felix sitzt da drin.«

Claudia grinste. »Oh. Steht es so schlimm um euch?«

»Noch geht es«, sagte Kastner, »aber das könnte sich bald ändern. Und deshalb muss ich dringend mit dir sprechen ... Was hältst du von einer Einladung ins *Bratwursthäusle*?«

»Eine Einladung?«, staunte Claudia. »Jetzt werd ich aber wirklich neugierig.«

Das *Bratwursthäusle*, keine hundert Meter vom Christkindlesmarkt entfernt, war rappelvoll. Durch geduldiges Warten ergatterten Kastner und Claudia schließlich zwei freie Stühle an einem Achtertisch. Die Bedienung fragte en passant »Zu trinken?« und stellte zwei Minuten später ein Spezi (Claudia) und ein Radler (Kastner) auf den Tisch. Für die Essensbestellung zückte sie nur ihren Block und hob fragend die Augenbrauen – wegen des großen Andrangs musste hier alles zack, zack gehen. Sie orderten acht Nürnberger mit Kraut und Meerrettich (Claudia) sowie ein Schäufele mit Kloß und grünem Salat (Kastner).

»Jetzt sag schon«, schrie Claudia gegen den Lärm von Touristen und Einheimischen an.

Kastner nahm einen Schluck Radler und sammelte sich, dann schrie er zurück: »Hast du schon mal über eine modulare Schulung nachgedacht?«

»Freilich«, nickte Claudia. »Aber da muss man an mehreren Maßnahmen teilnehmen und am Ende eine mündliche Prüfung machen – du erinnerst dich, dass ich alleinerziehend bin? Ich wüsste wirklich nicht, wo ich die Zeit dafür hernehmen sollte ...«

Die Bedienung stellte das Essen auf den Tisch und wies stumm auf einen Bierkrug, der mit in rot-weiße Servietten gewickeltem Besteck gefüllt war.

»Das kommt jetzt gut«, sagte Claudia nach den ersten Bissen. »Danke, Kastner.«

»Bitte.« Kastner widmete sich eine Weile dem ordnungsgemäßen Zerpflücken des Kloßes in der Soße. Dabei erkannte er sofort, dass es ein Problem gab, und winkte nach der Bedienung, die von dieser nicht eingeplanten Störung ihrer wohlkoordinierten Kreise wenig erbaut war.

»Was nicht in Ordnung?«, fragte sie streng.

»Alles bestens«, beruhigte Kastner, »aber könnte ich vielleicht noch etwas Soße bekommen?«

Die Antwort war ein Blick, unter dem sich Kastner wie ein Kind fühlte, das an der Supermarktkasse nach Süßigkeiten plärrt. Die Dame eilte davon, und Kastner konnte nur hoffen, dass das *Ja natürlich, kommt sofort* bedeuten sollte.

»Aber der Mehraufwand wäre doch zeitlich begrenzt«, nahm er das Gespräch wieder auf. »Und danach würde man dir interessantere Aufgaben zuteilen. Wir könnten öfter zusammenarbeiten!«

Claudia hob den Kopf und musterte ihn aufmerksam. »Es ist wegen Felix, stimmt's? Er hat mir erzählt, dass er demnächst die Qualifizierung macht. Und du befürchtest, dass er dir danach erst so richtig auf die Nerven geht.«

Kastner nickte.

»Du hast mein volles Mitgefühl. Aber ich weiß echt nicht, wie ich ...« Claudia hob die Hände mitsamt Messer und Gabel in einer Geste der Ratlosigkeit. »Ich komm ja so schon kaum rum. Sofie steht vor dem Übertritt ins Gymnasium, und Jannik ist, na ja, nennen wir es betreuungsaufwendig. Klar sind die beiden nachmittags im Hort, aber du weißt schon: einkaufen, Essen kochen, Wohnung putzen ...«

Die Bedienung rauschte vorüber und stellte wortlos ein Espressotässchen voll Soße neben Kastners Teller.

»Vielen, vielen Dank«, rief Kastner ihr nach. »Das ist wirklich sehr freundlich.«

»… Elternabende, Fußballtraining, Flötenunterricht, meine Mutter einfliegen lassen, wenn einer der beiden mal wieder krank ist …«

»Deine Mutter!«, fiel Kastner ihr hoffnungsvoll ins Wort. »Könnte die nicht mal für eine Weile …?«

Claudia schüttelte den Kopf. »Das will ich ihr wirklich nicht zumuten. Mein Vater hat sich auf der Arbeit das Kreuz ruiniert – ein halber Pflegefall. Meine Mutter kann wirklich nur in absoluten Notfällen einspringen.«

*Aber mein Fall* ist *ein absoluter Notfall!*, wollte Kastner rufen, verkniff es sich jedoch. Stattdessen seufzte er und goss die Extrasoße über den Kloß. »Überleg es dir bitte noch mal in Ruhe«, bat er. »Und versteh mich richtig: Ich sag das nicht nur, weil mir vor einer engeren Zusammenarbeit mit Felix graut, sondern weil ich dich für ausgesprochen fähig halte. Du bist wie alt? Vierunddreißig? Da liegt eine lange berufliche Zukunft vor dir.«

***

Nach der Mittagspause erteilte Kastner Wernreuther den Auftrag, in den Vermisstendatenbanken nach dem Toten und dem Kind zu suchen. Dann klickte er sich durch den Obduktionsbericht, oder, besser gesagt: die Obduktions*präsentation,* die Tessa Seitz per E-Mail verschickt hatte, und mied dabei Unterordner mit Titeln wie *Sektion des Urogenitalpakets*. Guter allgemeiner Gesundheitszustand, im Blut keine Auffälligkeiten außer dem Diazepam, der Magen leer, im Darm Reste von Fischeiweiß. Kein Hinweis auf regelmäßigen Drogenkonsum, keine Spuren eines sexuellen Missbrauchs, kein kürzlich erfolgter Geschlechtsverkehr … Schließlich fand er, was er suchte – ein Porträtfoto des

Toten. Kurzes braunes Haar, gelockt und im Nacken etwas länger, braune Augen, die im grellen Licht des Obduktionssaales fast schwarz wirkten. Fein gezeichnete Augenbrauen. Ein Dreitagebart. Das Gesicht war bleich und vom Wasser aufgequollen, aber Kastner erkannte eine hohe Stirn, einen etwas fleischigen Mund und ein kräftiges Kinn. Der Tote war kein im landläufigen Sinn schöner Mann gewesen, aber durchaus attraktiv. Und jung. Sehr jung.

Kastner seufzte.

Sein Handy piepte, um ihn an das Treffen mit dem Psychologen zu erinnern. Er lud das Foto des Toten auf sein Mobiltelefon und druckte es zusätzlich ein paar Mal aus, dann zog er seinen Mantel an, packte einige Dinge in seine Umhängetasche und machte sich auf den Weg zur U-Bahn.

***

Dr. Frodenberg hatte eine kleine Praxis in der Allersberger Straße, unweit des seit Längerem geschlossenen Kaufhauses am Aufseßplatz, das alteingesessene Nürnberger noch immer hartnäckig als *Schocken* bezeichneten, obwohl es zuletzt Kaufhof und davor Horten und Merkur geheißen hatte. Kastner hatte sich gelegentlich überlegt, ob das als eine Art zivilen Widerstands der Nürnberger gegen den Nationalsozialismus zu verstehen war – Schocken war der Name des Bauherrn jüdischer Herkunft, den das Kaufhaus bis 1938 getragen hatte –, oder ob es einfach nur Bequemlichkeit war. Für Letzteres sprach, dass es vor der Lorenzkirche im Volksmund noch immer ein *Duda-Eck* gab, benannt nach einem Schuhgeschäft, das vor gut sechzehn Jahren einem Drogeriemarkt hatte weichen müssen. Aber aus lokalpatriotischen Gründen wollte Kastner die andere Erklärung nicht völlig verwerfen …

Ein ruckelnder Lift brachte ihn in die vierte Etage eines großen, schmucklosen Sechzigerjahrebaus, in dem außer dem Psychologen auch noch ein Kieferorthopäde und ein Immobilienbüro residierten. Frodenberg selbst öffnete die Tür und schüttelte ihm zur Begrüßung freundlich lächelnd die Hand.

»Herr Kastner, wie schön. Kommen Sie doch rein. Darf ich Ihnen einen Tee anbieten? Oder Kaffee?«

Kastner entschied sich für Kaffee und nahm in einem der weinroten Plüschsessel Platz, die sich in Frodenbergs Büro um einen niedrigen Tisch gruppierten. Auf dem Tisch lagen Stifte und ein Malbuch, an den hellgelben Wänden hingen Kinderzeichnungen. Es war sehr warm, und Kastner knöpfte seinen Mantel auf.

»Wollen Sie nicht ablegen?«, fragte der Psychologe und stellte ein Tablett auf den Tisch. »Ich drehe die Heizung immer hoch, denn Wärme vermittelt Geborgenheit. Und das ist es ja, was vielen Kindern und auch Jugendlichen heutzutage oft fehlt. Psychische Erkrankungen nehmen auch bei Kindern und Jugendlichen immer mehr zu. Angststörungen, depressive Störungen, Essstörungen und Aufmerksamkeitsdefizite ... etwa zwanzig Prozent der Kinder und Jugendlichen in Deutschland sind psychisch krank. Leider werden nur wenige von ihnen adäquat therapiert.«

»Das ist bedauerlich.«

»Das ist tragisch, Herr Kastner. Gesellschaft und Politik müssen sich klarmachen, dass diese Kinder und Jugendlichen die Zukunft sind, mit der sie leben müssen. Ignorieren ist in diesem Fall keine Lösung.«

»Da haben Sie sicher recht, Herr Frodenberg. Aber ich würde gerne etwas über ein ganz bestimmtes Kind erfahren – den Jungen vom Pegnitzufer.«

»Natürlich. Zucker? Milch?«

Kastner nickte.

»Also – der Junge. Man hat ihn zunächst medizinisch untersucht und dann in einem kirchlichen Kinderhaus untergebracht. Da geht es erst einmal um grundlegende Dinge wie Essen, Schlafen und Sauberkeit. Eine gewisse Regelmäßigkeit des Lebens ...«

Kastner nickte. »Wie heißt der Junge? Wo sind seine Eltern? Hat er den Toten gekannt?«

»Diese Fragen kann ich leider nicht beantworten«, sagte Frodenberg bedauernd.

»Warum nicht? Was hat der Junge denn gesagt?«

Frodenberg lehnte sich zurück und starrte auf eine der Kinderzeichnungen an der Wand, auf der ein ungelenk gezeichnetes Pferd mit blauen Flügeln und eine Art Ritter-Spiderman zu sehen waren. »Ein solcher Reiter möcht ich werden, wie mein Vater gewesen ist«, deklamierte er.

»Bitte?«

»Das hat er natürlich nicht gesagt«, gab Frodenberg zu, »aber die Assoziation hat sich mir aufgedrängt. Sie wissen, wen ich zitiert habe?«

Kastner nickte zögernd. »Das hat doch Kaspar Hauser gesagt, als er in Nürnberg aufgetaucht ist?«

»Korrekt«, nickte der Psychologe. »Und an eben diesen erinnert mich der Junge. Er spricht nicht, aber wie Kaspar Hauser hat er etwas auf ein Stück Papier gekritzelt, das ich ihm gegeben habe. Allerdings wohl kaum seinen Namen ...«

»Sondern was?«, fragte Kastner gespannt.

Frodenberg zuckte die Achseln. »Das weiß ich nicht, die Sprache ist mir nicht bekannt. Aber ich habe eine Kopie gemacht – vielleicht können Sie es ja herausfinden.«

Kastner griff nach dem Zettel, den Frodenberg ihm hinhielt, aber die Sprache war auch ihm nicht geläufig. Es waren sieben Wörter, die Buchstaben klein und rundlich, das Schriftbild ungelenk. »Und gesagt hat er nichts? Gar nichts?«, hakte er nach.

»Kein Wort. Er hat auf meine Fragen nicht reagiert.«

»Das ist dann vermutlich ein Sprachproblem?«, riet Kastner mit Blick auf den Zettel.

Frodenberg sog Luft durch die geschlossenen Zähne. »Ich meine etwas anderes ... Kinder reagieren immer auf eine Frage – *irgendwie*. Sie sagen etwas in ihrer eigenen Sprache, oder sie zucken die Achseln, heben die Augenbrauen, verziehen das Gesicht, wenden sich ab ... verstehen Sie: Es gibt sehr viel mehr Arten, auf eine Frage zu reagieren, als *nicht* darauf zu reagieren. Er reagiert nicht darauf.«

Kastner erinnerte sich an den ausdruckslosen Blick, mit dem das Kind ihn angestarrt hatte. »Hm. Vielleicht ist er geistig behindert? Oder wie sagt man politisch korrekt: Er hat ein Handicap?«

Frodenberg lächelte. »Man sagt *ein besonderes Kind*. Nun, es ist zu früh, um da eine Aussage machen zu können. Er könnte an einer Störung aus dem autistischen Spektrum leiden oder ein psychisches Trauma erlitten haben ... Um das abzuklären, sind Untersuchungen durch Spezialisten nötig, an die man natürlich erst denken kann, wenn das Kind sich halbwegs eingewöhnt hat.«

Kastner war enttäuscht. »Das ist schade«, seufzte er. »Was können Sie sonst über den Jungen sagen? Was hat die ärztliche Untersuchung ergeben?«

»Er leidet an Durchfall – Darmparasiten. Vermutlich hat er irgendwann einmal rohes Fleisch gegessen. Nagetiere. Ratten oder Mäuse. Ansonsten ist er körperlich verblüffend gesund. Es gibt keine Hinweise auf Gewalt oder Missbrauch und keine organischen Gründe für seine Stummheit, er ist auch weder taub noch blind. Der Junge hat einen hervorragenden Appetit, er isst alles, was man ihm vorsetzt, bis zum letzten Krümel auf; und nein, er isst nicht mit den Fingern. Er benutzt Messer und Gabel so geschickt wie Sie und ich, und am liebsten trinkt er Orangenlimonade.«

Kastner dachte eine Weile darüber nach, dann nickte er. »Na gut. Da kann man wohl nichts machen ... Sobald wir herausgefunden haben, ob der Junge irgendwo vermisst wird, sage ich Ihnen Bescheid.« Er griff nach seiner Tasche und holte den Stoffhasen heraus. »Eine Runde in der Waschmaschine könnte ihm nicht schaden.«

»Oh«, sagte Frodenberg. »Gehört der ...?«

»Ja, den hatte der Junge bei sich. Vielleicht freut er sich, ihn wiederzusehen. Und noch etwas ... Ich habe hier ein Foto des Toten. Könnten Sie ihm das zeigen, wenn er so weit ist? Es wäre für uns sehr wichtig zu erfahren, ob er den Mann kennt.«

Frodenberg nickte zögernd und nahm das Foto an sich. »Auch ich melde mich natürlich, sobald ich neue Erkenntnisse habe. Und ich kann Ihnen meine Mobilnummer geben, dann können Sie mich jederzeit erreichen.«

»Das ist nett«, sagte Kastner und gab Frodenberg zum Abschied die Hand. »Danke, Sie haben mir sehr geholfen.«

Draußen dämmerte es bereits. Kastner stapfte durch regennasse Straßen zum Aufseßplatz und erstand am U-Bahn-Kiosk einen Döner, den er sich – angesichts der Tatsache, dass er mittags bereits ein Schäufele verzehrt hatte – als kleinen Snack mit viel Gemüse schönredete. Wie hungrig man wohl sein musste, um rohe Mäuse als Nahrungsmittel einzustufen? Anschließend fuhr er mit der U1 wieder stadteinwärts. Am Weißen Turm stieg er aus und gab es bald auf, sich zum Aufgang Jakobsplatz durchzukämpfen, stattdessen ließ er sich von Menschenmassen mit Einkaufstüten die Rolltreppe zum Ludwigsplatz hochschieben. Es hatte zu regnen begonnen, ein kalter Schneeregen, getrieben von böigem Wind. Neben dem Weißen Turm war eine lebende Krippe aufgebaut – eine gescheckte Kuh und ein magerer Esel duckten sich eng an den Holzzaun, daneben standen, bibelgeschichtlich nicht ganz korrekt, zwei braune Lamas und sahen hochnäsig auf die Passanten herab. In der Futterkrippe gab eine Babypuppe das Jesuskind, daneben saß Josef leger auf einem Schemel und rauchte eine Selbstgedrehte. Maria trug einen gelben Regenmantel. »So ein Scheißwetter«, sagte sie zu Josef, »das war eine Scheißidee von dir. Nächstes Weihnachten soll sich deine Schwester selber um ihre Drecksviecher kümmern, und wir fliegen wieder nach Malle.«

Zwischen Jakobskirche und St. Elisabeth waren ein paar Glühwein- und Bratwurststände aufgebaut, und in den Bäumen hingen Lichterketten. *Gott sieht dich!*, stand auf einem großen Banner an der Jakobskirche. Ob das aufmunternd oder drohend gemeint war, konnte Kastner nicht einschätzen; aber er kam zu dem Schluss, dass ein Gott, der nichts Wichtigeres zu tun fand, als griesgrämige Franken bei ihren Weihnachtseinkäufen zu beobachten, immerhin manches Elend auf der Welt erklären würde.

Im Großraumbüro des Dezernats fand Kastner einen ebenfalls griesgrämigen Wernreuther vor, der sich durch eine Datenbank des Internationalen Roten Kreuzes klickte, ein Foto des Toten vor sich auf dem Schreibtisch.

»Hallo, Felix. Gibt's schon was?«

»Also für mich sehen die alle gleich aus«, schimpfte Wernreuther. »Wenn du mich fragst, kommen wir bei dem Toten mit dem Kriminalaktennachweis weiter als mit den Vermisstendateien – mein Instinkt sagt mir, dass das ein Drogendealer war, der zu viel von seinem eigenen Stoff erwischt hat. Plumps in den Fluss, und Ende.«

»Soso«, sagte Kastner. »Es spricht ja nichts dagegen, in der Kriminalaktendatei ebenfalls nachzusehen. Was ist mit dem Kind?«

»Nichts ist mit dem Kind. In Europa wird es jedenfalls nicht vermisst. Wenn es aus Südafrika oder Argentinien kommt, dann haben wir vielleicht über Interpol noch eine Chance ... Was hat denn der Psychologe gesagt? Der Banggerd wird doch wohl wissen, wer er ist!«

»Danach sieht es im Moment nicht aus«, erklärte Kastner und gab einen kurzen Bericht über sein Gespräch mit Frodenberg.

»Na so ein Scheiß.« Wernreuther klickte sich wieder durch die Datenbank, wirkte aber zunehmend unkonzentriert. »Sag mal, hast du mit Wismeth über weitere personelle Unterstützung gesprochen? Ich mein, ich hab ja auch noch ein Privatleben. Um fünf muss ich im Bildungszentrum sein.«

Kastner erinnerte sich, dass Wernreuther zurzeit an der Volkshochschule Schwedisch lernte – warum auch immer. »Ich klär das morgen«, versprach er und wusste auch schon, wen er sich zur Unterstützung wünschen würde.

»Gut«, nickte Wernreuther. »Um sich hier unscharfe Fotos von vermissten Asylbetrügern anzusehen, braucht es nämlich nicht unbedingt einen Mann meiner Fähigkeiten.«

Das ließ Kastner unkommentiert, obwohl ihm einiges dazu eingefallen wäre. »Wenn du mit den Vermissten durch bist, nimm dir doch bitte die Kriminalaktendatei vor«, sagte er stattdessen.

Wernreuther riss die Augen auf. »Wie? Du meinst *heute noch*?«

Kastner nickte.

Der dezente Verwesungsgeruch in seinem Büro erinnerte Kastner an den braunen Halbschuh, der noch immer im Waschbecken stand. Er stülpte einen Beweismittelbeutel darüber und verschloss ihn luftdicht, dann griff er nach dem Telefon und wählte die Kurzwahltaste fünf.

»Götz.«

»Kastner. Dieser Herr Matzke von SÖR hat gestern einen Herrenschuh im Schnepperschützenbrunnen gefunden. Größe zweiundvierzig – der könnte doch unserem Toten gehören?«

»Zweiundvierzig ist nicht gerade eine seltene Herrenschuhgröße«, sagte Martina. Sie klang skeptisch. »Und die Schuhe des Toten liegen vermutlich am Grund der Pegnitz ... Aber bitte, wenn du meinst. Ich hol das Ding morgen ab, nach dem DNA-Abgleich wissen wir mehr.« Ehe Kastner nach Neuigkeiten fragen konnte, fuhr sie fort: »Wir kommen langsam voran. Die schlechte Nachricht zuerst: An der Leiche gibt es keine brauchbaren Fremdspuren. Vermutlich, weil sie so lange im Wasser gelegen hat.«

»Na so ein Mist«, sagte Kastner. »Und was ist die gute Nachricht?«

»Hm. Von den Fußabdrücken am Ufer konnten wir drei bereits zuordnen: Sie stammen, wenig überraschend, vom Finder der Leiche, diesem Herrn Thiesfeld, und dem SÖR-

Mann Matzke. Interessanter ist, dass offensichtlich auch der Junge da herumgelaufen ist, wo die Leiche gefunden wurde. Mit dem Unterschlupf sind wir auch weitergekommen: Auf den Decken und Schlafsäcken gibt es DNA-Spuren von dem Kind und dem unbekannten Toten, und auf den leeren Dosen und Wasserflaschen sind Unmengen Fingerabdrücke, ebenfalls von beiden.«

»Na, immerhin. Der Junge und der Mann haben also zusammen dort gehaust. Sie kannten sich.«

»Das ist anzunehmen«, gab Martina zu. »Wir haben auch Fremdspuren gefunden – Fingerabdrücke und ein paar Fusseln und Haare –, aber das muss nichts heißen. Die können von sonst wem stammen. Von den Supermarktangestellten zum Beispiel.«

»Hm«, machte Kastner missvergnügt.

Dann machte er Feierabend.

***

In der Küche von Kastners Zweieinhalbraumwohnung stapelte sich schmutziges Geschirr auf jeder möglichen Abstellfläche. Der Küchentisch war an die Wand geschoben worden, seinen zentralen Platz nahm nun die aus dem heimeligen Verbund der Küchenzeile herausgezerrte Spülmaschine ein. Irgendwie gelang es Mirjam, auf dem verbleibenden halben Quadratmeter freien Bodens nervös qualmend auf und ab zu laufen und dabei geschickt den verschiedenen Abdeckungen und Bauteilen auszuweichen, die Peter bereits abgeschraubt hatte. *Um sich einen Überblick zu verschaffen,* wie Mirjam zur Begrüßung erklärte.

»Hallo, Peter«, sagte Kastner. »Das ist nett von dir, dass du uns hilfst.«

Peter kauerte vor der Spülmaschine und leuchtete mit einer Stabtaschenlampe in deren verborgenes Innenleben. Seine gerunzelte Stirn verhieß nichts Gutes.

»Hallo, Kastner«, sagte er. »Schön, dass wir uns mal wieder sehen, auch wenn der Anlass eher traurig ist.«

»Ist es was Ernstes?«

»Ich bin dabei, das herauszufinden. Seit wann habt ihr die Maschine denn schon?«

Kastner überlegte. »Hm. Die war schon da, als ich hier eingezogen bin. Das war so vor ... elf Jahren? Zwölf?«

»Oh«, sagte Peter. »Mirjam meint, sie pumpt nicht richtig ab und das Geschirr bleibt schmutzig – hast du dem etwas hinzuzufügen, das zur Diagnose beitragen kann?«

»Seit ein paar Wochen röchelt und seufzt sie bei der Arbeit«, trug Kastner bei. »Wir nennen sie die Fee Amaryllis.«

Peter hob fragend die Augenbrauen.

*»Räuber Hotzenplotz«*, erklärte Kastner. »Der große und böse Zauberer Petrosilius Zwackelmann verwandelt die Fee Amaryllis in eine Unke und sperrt sie im Keller seines Schlosses ein, wo sie in einem unterirdischen See hausen muss und laut ihr Schicksal beklagt. *Uuuhuhuhuuh ...*«

»Aha.« Peter löste ein grün und grau verschmiertes Plastikteil von einigen Schläuchen und hob es hoch. »Ich fürchte, eure Fee haust weniger in einem See als vielmehr in einem veralgten Schlammloch, um im Bild zu bleiben. Die Wassertasche ist völlig versifft.«

Mirjam wurde blass.

»Am besten kauft ihr euch gleich eine neue Maschine«, riet Peter. »Das Gerät ist ja steinalt, da gibt's nicht mal mehr Ersatzteile.«

»Guter Gott!«, jammerte Mirjam. »Das dauert sicher Wochen, bis man eine neue Maschine geliefert kriegt, von der Kohle, die das kostet, mal ganz zu schweigen. Meine Eltern kommen nächste Woche zu Besuch, da muss hier alles geschmeidig laufen. Kann man dieses Wasserdings nicht irgendwie ... sauber machen?«

»Im Prinzip ja«, seufzte Peter. »Man könnte die Wassertasche mit Zitronensäure einweichen und durchspülen, wäre einen Versuch wert.«

Mirjam schenkte ihm ein strahlendes Lächeln. »Das wäre klasse«, sagte sie.

Kastner nickte zustimmend – der Gedanke, sich in einem vorweihnachtlichen Elektronikmarkt von einem Fachverkäufer beraten lassen zu müssen, flößte ihm echtes Grauen ein.

Peter seufzte noch einmal und sah auf seine Armbanduhr. »Na gut, dann machen wir das halt. Ich weiche das Ding jetzt mal in eurer Badewanne ein, und nach zwei, drei Stunden müsst ihr es richtig gründlich durchspülen. Morgen Abend bau ich es dann wieder ein, das geht ja schnell.«

Kastner nickte erleichtert, und Mirjam bekam wieder etwas Farbe. Sie holte eine Flasche Wodka aus dem Kühlschrank und füllte zwei Fingerbreit in eines der nicht ganz so schmutzigen Gläser. »Darauf einen Dujardin«, sagte sie und hob kurz das Glas, ehe sie den Wodka hinunterkippte. »Äh ... braucht ihr Jungs vielleicht auch einen Drink auf den Schreck?«

Im Flur standen ein paar Kollegen von der Drogenfahndung und diskutierten verschiedene Möglichkeiten des illegalen Cannabisanbaus in urbanen Gebieten, im Großraumbüro saß Nele Filipowitz hoch konzentriert vor ihrem PC – sonst war im Präsidium noch nicht viel los. Kastners Tag hatte mit Abstrichen bei der Körperpflege begonnen (die veralgten Innereien der Fee Amaryllis blockierten den Duschbereich der Badewanne), und auch das Frühstück war ausgefallen – in seiner Küche sah es mittlerweile so chaotisch aus, dass man sich nicht einmal mehr einen Kaffee kochen konnte. Deshalb war er früher als üblich im Präsidium angekommen – und schlechter gelaunt.

In seinem Büro drehte er die Heizung auf fünf, dann machte er einen Abstecher in die Teeküche, wo Polizeimeisterin Hirschel am Tresen stand und Kaffeepulver in die Maschine füllte.

»Da komme ich wohl zu früh«, merkte Kastner an und platzierte seine Blümchentasse neben der Kaffeemaschine – als diskreten Hinweis auf den Anspruch bevorrechteter Befüllung.

»Oder zu spät«, gab die Kollegin schmallippig zurück. »Wie macht ihr Jungs das eigentlich, dass ihr nie in der Küche seid, wenn die Spülmaschine durch oder die Thermoskanne leer ist?«

Offensichtlich war er an diesem Morgen nicht der Einzige mit schlechter Laune. Kastner trat den taktischen Rückzug in sein Büro an, fuhr seinen PC hoch und ging, noch im Stehen, seine E-Mails durch. Der Psychologe hatte ihm eine Kopie des amtsärztlichen Berichts über den Jungen gemailt – es stand nichts drin, was er nicht schon wusste –, und Wernreuther schrieb: *Vermisste und KAD negativ :-(.* Der Tote aus der Pegnitz war also weder in einer Vermisstendatenbank erfasst, noch hatte er sich einer aktenkundigen strafbaren Handlung schuldig gemacht.

»Na, so ein Mist«, murmelte Kastner. Motive für Mord oder Selbstmord ergaben sich immer aus dem Umfeld eines Menschen; aus seinen Geschäften, seinen Beziehungen oder seinen Hobbys, aus seiner Vergangenheit oder seinen Plänen für die Zukunft. Solange der Tote nicht identifiziert war, konnte er mit seinen Ermittlungen nirgendwo einhaken ...

Ein gellender Schrei vom anderen Ende des Flurs ließ Kastner zusammenzucken. Es folgte ein lauter Knall, dann klirrte und schepperte es. Im Polizeipräsidium gab es strikte Anweisungen, wie im Falle eines möglichen Terroranschlags oder Amoklaufs vorzugehen war, also verschloss Kastner vorschriftsmäßig seine Tür und duckte sich hinter den Schreibtisch, obwohl er sich dabei etwas albern vorkam. Für eine Weile war es draußen totenstill, dann rüttelte jemand an der Türklinke.

»Kastner? Sind Sie da drin?«, ertönte die wütende Stimme seines Chefs. »Machen Sie *sofort* die Tür auf!«

In der Teeküche lag zerbrochenes Geschirr auf dem Fußboden, Kaffeespritzer sprenkelten die weiß getünchten Wände bis zur Decke. Jemand hatte sich in die Spüle übergeben. Auf einem der Stühle saß Polizeimeisterin Hirschel mit kreidebleichem Gesicht.

Wismeth deutete anklagend auf den Kühlschrank. »Es gibt Gerüchte, das wäre Ihr Werk ...«

»Oh«, machte Kastner, dem langsam dämmerte, was passiert war. »Das, äh ... geht es am Ende um den Fisch?«

Er bekam keine Antwort, aber auf Ulrike Hirschels weißen Wangen bildeten sich kreisrunde, rote Flecken.

»Ich bin untröstlich«, beteuerte Kastner, »aber der Fisch ist ein Beweisstück. Bis er kriminaltechnisch untersucht werden kann, muss er gekühlt werden.«

»Wenn das ein Beweisstück ist, bin ich Lady Gaga!«, schrie Ulrike Hirschel mit kippender Stimme. »Bin ich denn hier im Affenkäfig? Das ist kein Fall für die KTU, sondern fürs Gesundheitsamt – Seuchenabwehr! Der Kühlschrank muss auf den Sondermüll! Normale Menschen bewahren ihre Lebensmittel da drin auf, und Sie …«

»Sie bringen das sofort in Ordnung, Kastner«, befahl Wismeth und tätschelte der aufgebrachten Polizeimeisterin beruhigend den Arm. »Ich fürchte, die Wände müssen gestrichen werden, und der Kühlschrank, na ja. Vielleicht genügt eine gründliche Desinfektion? Sie setzen sich jedenfalls umgehend mit der Hausverwaltung in Verbindung und lassen das erledigen! Und danach kommen Sie bitte in mein Büro, ich muss Ihnen etwas zeigen.«

Auf Wismeths Schreibtisch lag eine Auswahl der lokalen Tagespresse. Kastner überflog die Schlagzeilen: *Nürnberger Findelkind weckt Erinnerungen an Kaspar Hauser. Verwahrloster Junge aufgegriffen – Kaspar Hauser 2.0?* Und so weiter. Auch die Wasserleiche wurde erwähnt, allerdings nur im Kleingedruckten.

»Haben die den Quatsch von Ihnen?«

»Natürlich nicht«, sagte Kastner. »Dr. Frodenberg – das ist der Psychologe, der sich um den Jungen kümmert – hat diesen etwas schrägen Vergleich angestellt …«

»Sie meinen wohl: an den Haaren herbeigezogen«, fiel Wismeth ihm schnaubend ins Wort.

Kastner zuckte die Achseln. »Es war nur ein poetisches Bild, denke ich, aber für die Presse ist das natürlich so sensationell wie ein naggerdes Christkind.«

Wismeth seufzte und strich sich über den kahlen Schädel. »Das muss man richtigstellen.«

»Freilich«, sagte Kastner. »Am besten geben wir eine Presseerklärung heraus ... Apropos: Wir sollten Fotos des Toten und des modernen Kaspar Hauser veröffentlichen – Hinweise aus der Bevölkerung könnten in diesem Fall hilfreich sein.«

»Hm«, machte Wismeth. »Na gut. Wenn Sie meinen.«

»Das Auswerten der Hinweise wird allerdings zeitaufwendig sein«, fuhr Kastner fort. »Ich könnte also zusätzliche Unterstützung gebrauchen – Claudia Wolfschmidt, zum Beispiel.«

Sein Chef runzelte missmutig die Stirn. »Die Wolfschmidt wird da gebraucht, wo sie ist – im Streifendienst. Die hält da die ganze Truppe am Laufen. Um es mal salopp auszudrücken: Sie hat für den Job die nötigen Eier in der Hose.«

Kastner nickte verständnisvoll, von Mann zu Mann, und Wismeth senkte vertraulich die Stimme: »Unter uns gesagt: Wenn Frau Wolfschmidt mal auf die naheliegende Idee kommt, sich für den höheren Dienst zu qualifizieren, wäre bei den Streifenhörnchen Polen offen.«

»Soso«, sagte Kastner, dem es nun doch ein wenig zu vertraulich wurde.

Wismeth griff nach seinem Füllfederhalter und drehte ihn zwischen den Fingern.

Kastner wartete beharrlich.

»Na, von mir aus«, gab sein Chef schließlich nach, »aber höchstens für ein, zwei Wochen. Ach, und Kastner: Kaufen Sie der Kollegin Hirschel bitte ein neues Fruchtjoghurt.«

***

Martina Götz holte den Schuh persönlich ab. Sie verstaute ihn in einer Plastikbox und folgte Kastner anschließend in die Teeküche, wo eine Dame vom Reinigungsservice gerade die Scherben zusammenkehrte. Mit routinierter Gelassenheit zog sie sich einen Mundschutz über und holte die Fischtüte aus dem Eisfach des Kühlschranks, in dem es, wie Kastner zugeben musste, wirklich bestialisch stank. Alles, was Martina sagte, war: »Wenn du mich auf die Verderblichkeit des Beweismaterials hingewiesen hättest, hätte ich eine Kühltasche mitgebracht«; und Kastner fand es bedauerlich, dass Polizeimeisterin Hirschel nicht in der Küche war, um sich an Martinas Professionalität ein Beispiel zu nehmen. »Kennst du dich mit Fischen aus?«, fragte er. »Ich wüsste gerne, ob das ein ordinärer Pegnitzfisch ist oder einer, den man im Feinkoststadel kauft …«

»Ich hab keine Ahnung von Fischen«, gab Martina zu, »aber wir werden das rausfinden.«

»Danke«, sagte Kastner.

Auf dem Flur fiel Martina noch etwas ein. »Ach, Kastner, wo ich grad hier bin: Holger Lurz hat ein paar Daten von der Speicherkarte dieses Handys heruntergekratzt, das wir am Pegnitzufer gefunden haben. Es sind Fotos – ich hab ihm gesagt, er soll sie direkt an dich mailen.«

Kastner prüfte umgehend seine E-Mails und stellte dabei fest, dass er Opfer eines präsidiumsinternen Shitstorms geworden war: Der Kollegenkreis erging sich in mehr oder weniger launigen Kommentaren zum Zustand der Teeküche. Sehr witzig, dachte er, markierte alle Nachrichten mit dem Betreff Fisch, Kühlschrank oder Küche und klickte auf Löschen.

Dann öffnete er die Mail von Holger Lurz, dem IT-Spezialisten der KTU. Lurz sparte, wie immer, am Subtext: Im Betreff stand *handy_pegnitzleiche*, im Textfeld *mfg Lurz*. Im Anhang fand Kastner fünf extrem unscharfe Fotos in düsteren Farben – Schattierungen von Grau, Grün und Braun, kontrastiert von Schwarz und Weiß.

Was zur Hölle ist das, fragte er sich und vergrößerte eines der Fotos auf dem Bildschirm. Ein weißer Transporter stand auf einem Rastplatz, im Hintergrund war ein Betontisch mit zwei Bänken zu erahnen, auf denen sich schemenhaft Menschen abzeichneten. Ein Grünstreifen, auf dem sich ein struppiger Hund erleichterte, zog sich durch das Bild, davor stand ein rostiger, überquellender Mülleimer – der einzige Gegenstand, der halbwegs scharf abgebildet war.

Die nächsten Fotos waren Variationen desselben Themas: Einmal war der Transporter von schräg vorne zu sehen, einmal war der Hund statt des Mülleimers scharf gestellt. Sehr schön, dachte Kastner. Wenn das deine Urlaubsfotos sind, Mr. X, dann bin ich froh, dass ich nicht dabei war. Er zoomte in das letzte Foto hinein. Der Hund war hier weiter rechts, der Mülleimer halb angeschnitten, feuchter Asphalt beherrschte zwei Drittel der Ansicht – Goldener Schnitt, dachte Kastner ironisch; dann hielt er den Atem an. Offensichtlich hatte der Fotograf sein Handy so schräg gehalten, dass sein Fuß mit aufs Bild geraten war. Die automatische Bilderkennung hatte diesen Teil des Fotos für den wesentlichen gehalten, und deshalb war ein brauner Halbschuh mit schwarzen Schnürsenkeln gestochen scharf abgebildet.

»Na also«, sagte Kastner laut und schlug mit der Faust auf den Tisch.

*Vielen Dank für die Fotos, Herr Lurz,* schrieb er zurück. *Bitte beachten Sie den Schuh auf foto_5.jpg! Kann das der-*

*selbe sein, den ich Martina Götz heute mitgegeben habe? Falls ja, gibt es eine Möglichkeit, die Menschen im Hintergrund schärfer darzustellen? Kann man das Kennzeichen des Transporters auf foto_2.jpeg vergrößern? Wenn das der entsprechende Schuh ist, bitte auch den Müll und den Hund vergrößern! Sie haben mir sehr geholfen. Schöne Weihnachten und einen guten Rutsch wünscht Kommissar Kastner.*

***

»Ich frag mal nach, ob der Netzbetreiber Standort- und Verbindungsdaten von diesem Handy gespeichert hat«, sagte Claudia – Kastner hatte sie und Wernreuther zu einer ersten Teambesprechung in sein Büro geladen und auf den aktuellen Stand gebracht. »Die Chancen sind bei einem Prepaidhandy mau«, fuhr sie fort, »aber versuchen kann man's ja mal. Und ich kann mich natürlich auch um die Presse und eine Hotline kümmern.«

Kastner nickte dankbar und hielt ihr den Zettel hin, den er von Frodenberg bekommen hatte. »Da wär noch was – die Wörter, die der Junge aufgeschrieben hat. Kannst du rausfinden, welche Sprache das ist und was es bedeutet?«

»Jepp«, sagte Claudia und steckte den Zettel ein.

Wernreuther hatte sich zurückgelehnt und die Arme vor der Brust verschränkt. »Ich finde das ja alles recht aufgeblasen«, stellte er jetzt fest. »Da pfeift sich irgendein Illegaler Drogen rein und stolpert beim Pinkeln in die Pegnitz, und deshalb richten wir eine Hotline ein, sezieren tote Fische und lassen grafologische Gutachten über das Gekritzel geistig Behinderter erstellen?«

»Mein lieber Felix«, sagte Kastner geduldig, »wir haben einen unbekannten Toten und müssen herausfinden, wie er gestorben ist. Deine persönliche Einschätzung wird dafür nicht ausreichen, fürchte ich. Vielleicht war er ein Migrant und ist beim Pinkeln ausgerutscht, vielleicht war er aber auch ein Vetter des bayerischen Heimatministers und ist Opfer einer politischen Intrige geworden – so oder so müssen wir unvoreingenommen ermitteln. Können wir uns darauf einigen?«

Wernreuther verzog das Gesicht. »Jaja, schon gut. Ich kann ja mal die üblichen Anlaufstellen abklappern – Heilsarmee, Rotes Kreuz, Drogenberatung – und Fotos herumzeigen. Vielleicht ist er da mal aufgetaucht.«

»Schön«, sagte Kastner. »Sehr schön.«

***

»Der Fisch ist eine Plötze«, teilte Martina Götz am frühen Nachmittag telefonisch mit. »*Rutilus rutilus*, das Rotauge, auch Unechte Rotfeder oder Schwal genannt. Ein typischer Pegnitzfisch, nichts, was man im Fachgeschäft erwirbt. Die Todesursache war ein Schlag auf den Kopf, dem eine spitze Gewalteinwirkung durch den Oberkiefer vorausging.«

»Die Plötze wurde also geangelt«, kombinierte Kastner.

»Richtig. Der Tod trat vor ungefähr drei Tagen ein. Da unser unbekannter Toter aber schon vor sieben oder acht Tagen verstorben ist ...«

»... hat *er* den Fisch sicher nicht geangelt«, ergänzte Kastner. »Danke, Martina. Sag mal, hat Holger Lurz dich schon über den Schuh informiert?«

»Bitte? Der Schuh wird auf DNA-Spuren untersucht, und sein Profil wird mit den Fußabdrücken am Pegnitzufer abgeglichen – ich wüsste nicht, wie ein IT-Spezialist dabei helfen könnte.«

»Die Fotos!«, sagte Kastner. »Auf dem Handy vom Pegnitzufer sind Fotos, auf denen meiner Meinung nach genau dieser Schuh zu sehen ist!«

»Ach was«, sagte Martina. Dann schwieg sie.

»Martina? Bist du noch dran?«

»Da hab ich jetzt eine schlechte Nachricht für dich, Kastner. Holger hat sich vor zwei Stunden in den Urlaub verabschiedet. Er fliegt mit Frau und Kind über Weihnachten nach Antalya.«

Kastner stöhnte. »Das ist ein Witz, oder? Es muss doch jemand geben, der ihn vertritt?«

Martina lachte trocken.

***

»Da komme ich ja gerade noch rechtzeitig«, scherzte Nele. »Einmal Cappuccino, wie bestellt.«

»Vielen Dank«, sagte Kastner und griff nach dem Pappbecher, den die Anwärterin ihm hinhielt. »Und verrat mich bitte nicht bei Polizeimeisterin Hirschel.«

»Unter uns gesagt: Die Hirschel sollte den Ball besser flach halten – die schickt mich auch dauernd Kaffee holen«, berichtete Nele.

»Gut zu wissen.«

Nele strich sich eine blonde Haarsträhne aus dem Gesicht und wippte unschlüssig auf den Fußballen. »Herr Kastner? Also ich hab mir überlegt ... Vielleicht könnte ich bei dem neuen Fall ja ein bisschen mithelfen?«

»Hm. Im Augenblick klären wir noch, ob es überhaupt ein Fall ist. Aber mal sehen, wenn mir was einfällt, sag ich Bescheid.«

»Okay«, sagte Nele enttäuscht. »Ähm – Sie sehen übrigens wirklich schlecht aus. Ist alles in Ordnung mit Ihnen?«

»Jaja«, grummelte Kastner. »Der IT-Spezialist der KTU macht über Weihnachten Urlaub in Antalya, sonst ist alles bestens.«

»Oh.« Nele kaute auf ihrer Unterlippe herum. »Worum geht's denn da? Vielleicht könnte ich …«

»Das ist lieb gemeint, Nele, aber da geht's um diffizile Sachen. Das wird wohl deinen … äh …«

»Meinen Horizont übersteigen? Na, vielen Dank auch.«

»Entschuldige«, sagte Kastner. »So war's nicht gemeint. Es geht um sehr unscharfe Fotos, aus denen man mit dem richtigen Bildbearbeitungsprogramm vielleicht noch etwas herausholen könnte.«

»Fotos?« Nele lächelte. »Sie können das natürlich nicht wissen, Herr Kastner, aber Bildbearbeitung ist mein zweiter Vorname! Was halten Sie davon: Sie schicken mir die Fotos einfach mal rüber, und wenn ich *noch etwas aus ihnen herausholen kann*, dann besorgen das nächste Mal Sie den Kaffee. Na, und wenn nicht, dann stehen Sie nicht schlechter da als jetzt. Sind wir im Geschäft?«

Kastner dachte eine Weile darüber nach. »Das ist ein Angebot, das ich nicht ablehnen kann«, gab er zu, und Nele zog zufrieden ab.

Kastner trank seinen Cappuccino und ärgerte sich noch ein wenig über Holger Lurz' Weihnachtsurlaub, dann zog er seinen Mantel an und wickelte sich, nach einem Blick auf das Schmuddelwetter draußen, auch den Schal um den Hals. Der Schal war eines der seltenen Strickprojekte von Mirjam und vorwiegend in Schwarz und Rot gehalten, den Vereinsfarben des ehemals ruhmreichen 1. FC Nürnberg, oder, wie der Franke sagt: *vom Glubb*. Die Farbgebung war nach Mirjams Aussage allerdings rein zufällig entstanden, bedingt durch die Wollreste, die sich über die Jahre in ihrem Handarbeitskorb angesammelt hatten …

Kastner verließ das Polizeipräsidium, spazierte über Spittlertormauer und Westtorzwinger zum Maxplatz und folgte dem Fuß- und Radweg zur Hallerwiese. Der Himmel war wolkenverhangen und grau, über der Pegnitz stand feuchter Dunst. Ohne Blaulicht und Absperrband machte der Fundort der Leiche einen unspektakulären Eindruck. Der Unterschlupf unter dem Gestrüpp schien von niemandem mehr benutzt worden zu sein, seit die Spurensicherung ihn leer geräumt hatte, nur der blaue Verschluss einer Plastikflasche lag noch herum. Von den überhängenden Ästen tropfte der Regen, und im welken Laub scharrte eine Amsel nach Würmern.

Kastner ging zurück auf den Fußweg und sprach Passanten an.

»Also bassen S' auf«, sagte eine ältere Dame, nachdem sie das Kleingedruckte auf Kastners Dienstausweis gelesen hatte. »Edzerdlä sooch ich Ihner ämol was: Die Radler rasen hier auf dem Weech wie die Debben umernander, des wär doch ämol ä Fall für die Bollizei …«

Kastner wusste aus Erfahrung, dass die Kommunikation jetzt ihren kritischen Punkt erreicht hatte: Die meisten Menschen hatten ein Lieblingsproblem und ergriffen im persönlichen Gespräch mit der Polizei nur zu gern die Gelegenheit, endlich einmal auf dessen Relevanz hinzuweisen. Zur Ablenkung zog er sein Mobiltelefon aus der Tasche und zeigte der Dame die Fotos, die am nächsten Tag in der Presse erscheinen sollten. »Haben Sie diesen jungen Mann hier einmal gesehen?«, erkundigte er sich. »Oder das Kind?«

»Ach – is des die Wasserleich aus der Benggerdz?«, fragte die Dame interessiert. »Und der Kaschber Hauser zweinull …« Sie tippte sich an die Stirn, ehe sie fortfuhr: »Naa, die kenni nedd. Da hinden lungerd immer so ä Sandler rum – obber der beddeld nedd. Manche halden ja dauernd die Händ auf, walls maaner, der Resd der Weld hädd än Geldscheißer derhamm. Obber mei Widwenrendn reichd a nedd für Schambanjer, wenn S' verschdenger.«

Kastner verstand und ließ sich den Platz zeigen, an dem der Obdachlose *herumlungerte*.

Der Mann saß am nördlichen Fußweg auf einer Bank. Er trug einen grünen Parka und eine blaue Strickmütze, unter der schulterlanges, blondes Haar ein hageres Gesicht umrahmte, in dem das Leben reichlich Spuren hinterlassen hatte.

»Guten Tag, ich bin Kommissar Kastner von der Kriminalpolizei«, stellte er sich vor und zeigte seinen Ausweis.

Der Mann – Kastner schätzte ihn auf Mitte vierzig – rührte sich nicht.

»Gleich dort drüben in der Pegnitz hat man am Mittwoch eine Leiche gefunden«, erklärte Kastner und steckte seinen Ausweis wieder ein. »Ich suche nach jemandem, der etwas beobachtet hat.«

»Ich beobachte den Fluss«, sagte der Mann mit rauchiger Stimme.

Kastner nickte und zückte sein Mobiltelefon. »Aha. Das … äh, das ist gut. Dann haben Sie vielleicht mal diesen jungen Mann oder diesen kleinen Jungen gesehen? Die beiden haben da am Flussufer gelebt …«

»Der Fluss ist gefährlich. Man muss ihn im Auge behalten«, sagte der Obdachlose, ohne die Fotos eines Blickes zu würdigen.

»Ach so?« Kastner setzte sich ebenfalls auf die Bank und starrte zur Pegnitz hinüber. »Gibt es nicht bessere Stellen, um den Fluss zu beobachten?«, erkundigte er sich. »Von hier aus sieht man ihn doch kaum.«

Nun wandte der Mann erstmals den Kopf und sah ihn an. Er hatte wasserblaue Augen, die Kastner an alte Seefahrerfilme erinnerten. *Moby Dick. Der Seewolf. Meuterei auf der Bounty.*

»Solange man ihn von hier aus nicht sieht, ist alles gut«, erklärte der Mann. Dann starrte er wieder zum Fluss.

Kastner blieb noch eine Weile sitzen und stellte hin und wieder eine Frage, aber erhielt keine Antworten mehr. Als es aus den tief hängenden Wolken zu regnen begann, verabschiedete er sich und suchte Zuflucht im *Café Schnepperschütz.*

Dass es sich bei dem kleinen Lokal direkt in der Stadtmauer um eine ehemalige Bedürfnisanstalt handelte, war ihm nicht anzumerken. Obwohl die Räumlichkeiten beengt waren, war alles sauber, hell und freundlich. Hinter dem verlebten Holztresen stand ein junger Mann mit Pferdeschwanz und dem unvermeidlichen Hipster-Vollbart und fragte nach Kastners Wünschen.

»Einen großen Cappuccino, bitte. Ach, und ... gibt es auch etwas zu essen?«

Es gab. Kastner verleibte sich ein Schinkenbrot ein, das sehr gut schmeckte, obwohl er auf das zierende Rucola-Salatbett mit Honigmelonentartar gerne zugunsten einer ehrlichen Gewürzgurke verzichtet hätte. *Jammern auf hohem Niveau*, hätte Mirjam dazu gesagt.

Nach dem Essen zeigte er die Fotos herum und befragte den Vollbart, eine junge Mutter mit einem Kinderwagen voller Einkaufstüten und drei Raucher, die sich vor dem

Café unter einen Schirm duckten und trotz der Kälte Bier tranken. Niemandem war etwas aufgefallen.

»Ach, das war *echt?*«, fragte einer der Raucher, nachdem Kastner sein Sprüchlein aufgesagt hatte. »Wir haben gedacht, die drehen da für den Franken-*Tatort.*«

Durch den steten Nieselregen spazierte Kastner anschließend an der Klinik Hallerwiese vorbei bis zum Großweidenmühlsteg und sprach noch einige Passanten an, leider ohne Ergebnis. Dann ging er wieder zurück, durch die Unterführung zum Maxplatz und weiter in Richtung Maxbrücke. Eine knapp hüfthohe Mauer trennte hier den gepflasterten Fußweg von der Pegnitz, in der Mitte des Flusses erkannte Kastner eine Art Sandbank, auf der grasartige Wasserpflanzen wuchsen. Weiter zur Maxbrücke hin rauschte das braune Wasser über ein Wehr und erzeugte eine Walze, auf der abgebrochene Äste, leere Plastikflaschen und ein Kinderfußball tanzten.

Kastner zog sein dienstliches Mobiltelefon aus der Manteltasche und drückte die Kurzwahltaste fünf.

»Götz.«

»Kastner. Sag mal, Martina, dieses Wehr zwischen Maxbrücke und Kettensteg – hätte sich unser Toter da in der Wasserwalze verfangen, wenn er oberhalb davon in den Fluss gefallen wäre?«

Martina Götz seufzte verhalten. »Das ist eine gute Frage, aber ich kann sie leider nicht beantworten. Ich hab deshalb schon mit dem Wasserwirtschaftsamt und einem Wasserleichenexperten in Berlin telefoniert, aber die wollten sich auch nicht festlegen. Das hängt von verschiedenen Faktoren ab: wie tief der Fluss an dieser Stelle ist, ob der Körper eher am Rand oder in der Mitte des Flusses angetrieben wird, ob er schon Verwesungsgase gebildet hat, welche Art Kleidung er trägt, wie schwer er ist ... und so weiter. Wenn man dazu etwas sagen wollte, müsste man einen Dummy-Test machen; natürlich mit einem Dummy, der in allen Merkmalen unserem Toten entspricht. Eine Maßanfertigung gewissermaßen.«

»Verstehe«, sagte Kastner resigniert. »Danke einstweilen.« Auf den Wunsch nach einem maßgefertigten Dummy würde Wismeth zweifellos mit hysterischem Gelächter reagieren.

Kastner starrte noch eine Weile auf das Wehr, dann schlenderte er über die Maxbrücke auf die andere Flussseite hinüber. Unmittelbar an der Maxbrücke stand eine Zeile zwei- bis dreistöckiger Altbauten direkt am Ufer, aber danach verlief der Fußweg bis zum Kettensteg wieder oberhalb der Pegnitz. Der Regen tropfte ihm in den Kragen, während er das Gestrüpp in Augenschein nahm, in dem Martinas Leute das Handy gefunden hatten. Hundekot und eine leere Energydrinkdose schimmerten durch die Zweige eines immergrünen Bodendeckers. Von hier bis zu der Sandsteinmauer, die das Ufer begrenzte, waren es nur wenige Schritte. Kastner lehnte sich gegen die Mauer und verschob seinen Körperschwerpunkt, bis ihn ein leichter Schwindel erfasste – ein kräftiger Stoß, und jemand, der unter Drogen stand und Gleichgewichtsprobleme hatte, würde in den Fluss fallen.

An diesem Uferabschnitt war kaum jemand unterwegs, vermutlich weil der Fußweg am Westtorgraben als Sackgasse endete. Wer von hier aus flussabwärts wollte, musste entweder über den Kettensteg die Flussseite wechseln oder einen langen Umweg über den Westtorgraben zum Kontumazgarten in Kauf nehmen. Zumindest *noch* – eine Unterführung für den Rad- und Fußverkehr unter der vierspurigen Straße hindurch war gerade in Bau. Kastner traf nur eine junge Frau, die ihren Hund ausführte; ein winziges Tierchen, das sich zitternd vor Kälte auf einer Baumscheibe erleichterte, während seine Besitzerin an einer Zigarette sog und auf ihrem Smartphone herumwischte. Vermutlich wohnte sie in einem der Häuser in der Kreuzgasse oder am Kaspar-Hauser-Platz. Die Anwohner zu befragen würde ein mühsames Geschäft sein, aber man konnte nie wissen. Kastner beschloss, die engagierte Nele damit zu beauftragen.

***

Den späteren Nachmittag verbrachte Kastner in seinem Büro, nahe an der Heizung. Er hatte seinen nassen Schal über dem Waschbecken ausgewrungen, wobei leider ein Großteil der roten Farbe verloren gegangen war, und den Wollmantel zum Trocknen über den Schreibtisch gelegt. Mit den Zeitungsartikeln über Kaspar Hauser 2.0 stopfte er seine nassen Schuhe aus.

Auf seiner Mailbox waren zwei Nachrichten.

»Ich bin's«, sagte die Stimme von Martina Götz. »Irgendeine Nele Filipowitz hat mir ein Foto von einem Schuh gemailt. Ich nehme an, das ist das Handyfoto, von dem du heut Morgen gesprochen hast … Um's kurz zu machen: Auf dem Foto ist ein rechter Schuh zu sehen, während der, den du mir mitgegeben hast, ein linker ist. Es ist also sicher nicht *derselbe* Schuh, aber aufgrund einiger Details würde ich mich zu der Behauptung versteigen, dass die beiden mal ein Paar gebildet haben. Außerdem hat der linke Schuh definitiv Abdrücke am Flussufer hinterlassen. Ich hoffe, das hilft dir weiter.«

»Ja, bedingt«, sagte Kastner zu seiner Mailbox – bis zu einem positiven DNA-Abgleich blieb schließlich offen, ob das Handy und die braunen Schuhe mit den schwarzen Schnürsenkeln wirklich dem Toten aus der Pegnitz gehört hatten.

Die zweite Nachricht war von Dr. Frodenberg, dem Kinderpsychologen. Der Junge habe den blauen Stoffhasen ohne sichtbare Regung entgegengenommen, trage ihn aber seither ständig mit sich herum. Sein Allgemeinzustand habe sich etwas verbessert, er interagiere aber weder mit dem Betreuungspersonal noch mit anderen Kindern. Das Foto des Toten habe er dem Kind noch nicht gezeigt, schloss Frodenberg, damit wolle er lieber noch ein paar Tage warten.

»Na gut«, murmelte Kastner. Er seufzte und wählte Claudias Nummer. »Geht es mit der Hotline voran?«, wollte er wissen.

Sie lachte. »Gemach, gemach. Ich habe mit Wismeth einen Text abgestimmt, der morgen zusammen mit den Fotos in der Regionalpresse und im Internet veröffentlicht wird. Wenn dabei was rumkommt, wirst du der Erste sein, der es erfährt. Aber ich hab was anderes: Die Wörter, die der Junge aufgeschrieben hat, sind vermutlich albanisch. Ich hab jemanden mit der Übersetzung beauftragt. Ach ja, und wegen dem Handy – Holger Lurz macht Weihnachtsurlaub, wusstest du das?«

Kastner grunzte.

»Also ja«, schloss Claudia. »Zum Glück hat Martina mir seine private Mobilnummer gegeben, und ich konnte noch einiges klären. Das gefundene Handy ist ein älteres Modell. Die Fotos hat Holger dir ja schon gemailt, und sonst war leider nix mehr zu retten – keine Kontakte, keine Anruflisten, keine Textnachrichten. Die Prepaidkarte wurde in einem Nürnberger Supermarkt gekauft und im August letzten Jahres freigeschaltet. Das wäre an sich eine gute Nachricht, denn in Deutschland müssen sich Prepaidnutzer identifizieren – aber der Käufer heißt David Hasselhoff. Na, klingelt's?«

»David Hasselhoff? Was soll da klingeln?«

Claudia kicherte. »Es hilft, wenn du es anders aussprichst: Däiwidd Hässelhoff.«

»Du meine Güte«, sagte Kastner. »Ist das der Typ aus *Baywatch*? *Knight Rider*?«

»Iksäktly«, sagte Claudia. »Dazu wurde eine Fantasieadresse in Hamburg angegeben. Das hilft uns also bezüglich einer Identifizierung nicht weiter. Trotzdem könnte der Netzbetreiber Standort- und Verbindungsdaten gespeichert haben – ich habe einen richterlichen Beschluss zur Freigabe der Daten beantragt. Müsste eigentlich schnell gehen.«

»Super«, sagte Kastner. »Hast du über die Sache mit der Qualifizierung noch mal ...«

Er beendete den Satz nicht, denn in diesem Augenblick betrat Felix Wernreuther sein Büro.

»Sprichst du mit mir?«, fragte er. »Ich habe im Vorbeigehen *Super* und *Qualifizierung* gehört ...«

»Ist das Felix?«, fragte Claudia. »Dann machen wir jetzt wohl mal besser Schluss. Schönen Abend, Kastner!«

»Dir auch«, sagte Kastner. »Danke, Claudia.«

Wernreuther kniff misstrauisch die Augen zusammen. »Aha. *Qualifizierung? Claudia?*«

»Es gibt Erkenntnisse«, lenkte Kastner ab. Er berichtete seinem Kollegen, was Martina über den Fisch und den Schuh herausgefunden hatte.

»Sehr schön«, sagte Wernreuther bärbeißig, »wir haben also einen Fisch identifiziert. Und einen Schuh – leider wissen wir noch nicht, wem er gehört.« Dann schwieg er bockig.

»Mein Gott, Felix – ja, ich habe mit Claudia darüber gesprochen, ob sie nicht auch die modulare Qualifizierung machen will. Und?«

»Also das ist ja wohl oberfies«, stellte Wernreuther mühsam beherrscht fest. »Ich reiß mir seit Jahren nonstop den Arsch für dich auf, und dann gehst du hinter meinem Rücken hin und ...«

»Was heißt hier *hinter deinem Rücken?*«, fuhr Kastner auf. »Bin ich dir irgendwie rechenschaftspflichtig? Und wie kommst du eigentlich dazu, heimlich meine Telefongespräche zu belauschen?«

Wernreuther schwieg, aber seine Miene sprach Bände. Er war nicht nur beleidigt, er war aufrichtig erschüttert.

»Entschuldige«, sagte Kastner. »Das war ... eine blöde Bemerkung.«

Wernreuther nickte zustimmend.

»Ich finde es gut, dass du dich weiterbildest, Felix. Aber ich glaube halt, dass die Claudia ebenfalls das Zeug für den höheren Dienst hat – das geht ja nicht gegen dich.«

»Ach nein?«

»Natürlich nicht.« Kastner wechselte diplomatisch das Thema. »Hast du was Neues zu unserem Fall?«

Wernreuther zuckte die Achseln. »Ich war bei der Mudra, bei drei oder vier Streetworkern, bei der Straßenambulanz und beim Roten Kreuz. Leider überall Fehlanzeige. Aber ich hab ein paar Porträts verteilt, die jetzt in den jeweiligen Schaufenstern aushängen.«

»Dann hoffen wir mal, dass sich jemand an unseren Toten erinnert.«

»Also wenn du mich fragst, war das kein Deutscher«,

sagte Wernreuther. »Das war irgendein illegaler Ausländer, der sich bei uns in die soziale Hängematte legen wollte. Vermutlich war er von dem Drogenangebot hier überfordert und hat sich was eingepfiffen, mit dem er nicht umgehen konnte. Ich weiß wirklich nicht, warum wir deshalb so viele Umstände …«

Kastner seufzte. »Wir sprechen morgen weiter, Felix. Ich mach jetzt Feierabend.«

»Bitte«, sagte Wernreuther indigniert.

***

Voller Vorfreude auf ein Feierabendbier und ein nahrhaftes Abendessen betrat Kastner seine Wohnung, aber der erste Blick in die Küche belehrte ihn eines Schlechteren. Mirjam kauerte auf einem Stuhl, hielt ein leeres Weinglas umklammert und starrte die skelettierte Spülmaschine an.

»Um Gottes willen«, entfuhr es ihm. »Wollte Peter nicht heute kommen und das in Ordnung bringen?«

»Sehr witzig, Kastner«, fauchte Mirjam. »Ich hab bis halb sechs auf ihn gewartet, dann hab ich ihm hinterhertelefoniert. Du willst nicht wissen, was ich alles angestellt hab, um seine Handynummer rauszukriegen. Dann war ewig die Mailbox dran – unser Spülmaschinenexperte musste überraschend beruflich nach China fliegen, und im Flugzeug hatte er das Telefon aus.«

»Oh«, sagte Kastner.

»Er hat gesagt, er hätte dir gleich morgens eine E-Mail in die Arbeit geschrieben, dass er heute nicht kommen kann.«

»Bitte? Davon weiß ich aber nichts …«

»Er hat dir eine detaillierte Anweisung geschickt, wie das Plastikdings wieder einzubauen ist.«

»Ach«, sagte Kastner lahm. Er erinnerte sich plötzlich, dass er wegen des Shitstorms alle Mails mit dem Betreff *Küche* gelöscht hatte.

»In einer Woche kommen meine Eltern«, sagte Mirjam tonlos. »Das gibt eine Katastrophe.«

»Bis dahin wird alles gut, Hase«, beeilte sich Kastner zu versichern. »Äh – hat Peter gesagt, wann er wieder zurückkommt?«

Mirjam nickte resigniert und suchte nach einem Platz, um ihr leeres Glas abzustellen. »Erst am Mittwoch. Wieso bauen wir das Plastikdings nicht einfach selber ein? Jetzt gleich? Das kann doch nicht so schwer sein – ein Schlauch rein, ein Schlauch raus, das ist bestimmt irgendwie selbsterklärend.«

Vor Kastners geistigem Auge erschienen eine geflutete Küche mit aufgeworfenen Holzdielen, ein Zerwürfnis mit den Nachbarn im zweiten Stock, ein Rechtsstreit mit dem Vermieter und ein tödlicher Stromschlag.

»Lass uns essen gehen und das in Ruhe besprechen«, schlug er vor.

Sie gingen zu Fuß – Mirjam befand, sie brauche frische Luft und Kastner könne etwas Bewegung nicht schaden.

»Fränkische Küche? Griechische Freunde? Oder zur Abwechslung mal Italiener?«, erkundigte sich Kastner, während er seiner zielstrebigen Lebensgefährtin in die Innenstadt folgte.

»Abwechslung klingt gut«, sagte Mirjam. »Und ich finde, du solltest dabei mal etwas weiter denken als nur bis zu Pizza und Pasta ... Da gibt's doch dieses Sushi-Dings beim Germanischen Nationalmuseum – was hältst du davon?«

Kastner nickte ergeben. Die nasskalten Fischhäppchen gingen bei ihm allenfalls als Vorspeise durch, aber in einer Partnerschaft musste man eben Kompromisse machen.

Das Lokal hieß *Sushi Glas*, war nüchtern eingerichtet und gut besucht. Schon der erste Blick auf die Speisekarte hob Mirjams Laune beträchtlich.

»Mmh, lecker«, sagte sie. »Die haben wirklich eine tolle Auswahl.«

»Hm«, machte Kastner. Die Preise auf der Karte erschienen ihm recht happig, und ein ordentliches Landbier gab es auch nicht. »Was war gleich noch mal der Unterschied zwischen Hoso-Maki, Futo-Maki und Nigiri?«, fragte er. »Und was ist Sashimi?«

Mirjam erklärte es ihm.

»Einfach nur roher Fisch?«, fragte er nach. »Sonst nichts?«

»Sashimi isst man mit Sojasauce und Wasabi«, erläuterte Mirjam. »Das, äh, ist dieses scharfe grüne Zeugs.«

»Aha«, sagte Kastner.

»Darf ich die Bestellung aufnehmen?«, fragte der Kellner.

Mirjam nickte. Sie bestellte Reiswein, eine Glasnudelsuppe, Spinat mit Sesam und veganes Nigiri Sushi.

Kastner zögerte.

»Was ist? Kannst du dich nicht entscheiden?«, erkundigte sich Mirjam.

»Ich schwanke noch zwischen gebratener Lachshaut und gegorenen Sojabohnen«, behauptete Kastner.

»Jetzt sei doch mal ein bisschen offen für andere Kulturen«, forderte Mirjam, dann wandte sie sich entschuldigend an den Kellner. »Mein Mann ist Eingeborener«, erklärte sie, »und die fränkische Verdauung ist auf Essen ohne fettes Fleisch genetisch nicht eingestellt.«

Der Kellner nickte verständig. »Für solche Fälle haben wir eine Alternative auf der Karte: Noris-Sushi mit Bratwurst, Spargel und Meerrettich im Bärlauchmantel …«

»Sehr gut, das nehmen wir«, sagte Mirjam entschlossen. Der Kellner lächelte und entschwand, und Mirjam lehnte sich zurück. »Was macht eigentlich Kaspar Hauser zwei Punkt null?«, wollte sie wissen. »Und die Pegnitzleiche?«

Kastner setzte seine Lebensgefährtin über die neuesten Erkenntnisse ins Bild. »Felix Wernreuther denkt, der Tote ist ein Flüchtling, der zu viele Drogen erwischt hat«, schloss er.

»Ach so?« Mirjam hob die Augenbrauen. »Und weil das öffentliche Interesse an ertrunkenen Migranten eher gering ist, meint er jetzt, ihr bräuchtet euch bei den Ermittlungen kein Bein auszureißen?«

Kastner zuckte die Achseln. Wegen der modularen Schulung hatte er Wernreuther gegenüber ein schlechtes Gewissen und wollte ihn vor Mirjam nicht bloßstellen. »Es ist ja in der Tat so, dass Tausende Flüchtlinge im Mittelmeer ertrinken, ohne dass der deutsche Michel deshalb schlechter schläft«, gab er zu bedenken.

Mirjam runzelte die Stirn. »Das macht es ja nicht besser, oder? Und der hier ist in Nürnbergs guter Stube ertrunken, also gewissermaßen direkt vor den Augen des deutschen Michels … Wie kommt ihr überhaupt drauf, dass das ein Flüchtling war? Weil ihn niemand vermisst? Weil er keine Papiere bei sich hatte? Weil er mit diesem Kaspar-Hauser-Jungen in dem Gebüsch gelebt hat, was ein ordentlicher Deutscher ja niemals tun würde? Oder weil er nicht aussieht wie ein *Arier*?« Sie hatte ihre Stimme erhoben, und die Gäste an den benachbarten Tischen sahen leicht befremdet von ihrem Essen auf.

Kastner seufzte. »Das sind vermutlich die Gründe, die Wernreuthers Eifer zügeln.«

»Na dann Prost, armes Deutschland«, sagte Mirjam und trank einen Schluck von dem Reiswein, den der Kellner inzwischen gebracht hatte. »Glaubt dein Kollege eigentlich, er wäre hier aus dem Boden gewachsen? Im deutschen Vaterland lebt keiner, dessen Vorfahren nicht irgendwann mal eingewandert sind ... Zuerst kam Homo sapiens höchstselbst aus Afrika, danach die Linearbandkeramiker aus dem Nahen Osten, die Trichterbecher-, Schnurbandkeramik- und Glockenbecherleute, die so nützliche Dinge wie Tongefäße, Ackerbau und Viehzucht mitbrachten; dann gab es die Völkerwanderung der germanischen Stämme ...«

Der Kellner stellte das Essen auf den Tisch, und Kastner fragte sich unwillkürlich, was er danach essen sollte.

»Und? Wie schmeckt das fränkische Sushi?«, fragte Mirjam, nachdem sie andächtig seufzend ihre Suppe gelöffelt hatte.

»Nicht schlecht. Es ist halt kalt. Und, na ja, ein bisschen wenig ...«

»Tja, es kann nicht immer wie daheim bei Muttern sein«, konstatierte seine Lebensgefährtin mitleidlos. »Um noch mal auf deinen Kollegen zu kommen: Was glaubt Wernreuther eigentlich, wer mal seine Rente bezahlt – der Wellensittich von Frau Schmidt? Will er, dass das deutsche Volk in Ruhe aussterben kann?«

»Hase«, sagte Kastner begütigend.

»Ist doch wahr! Erst beutet man die armen Schweine durch Sklavenhandel und Imperialismus aus, dann durch Globalisierung, Rohstoffdiebstahl und Wirtschaftsimperialismus, dann verkauft man Diktatoren und zwielichtigen Rebellen Waffen und verdient sich damit eine goldene

Nase – und zuletzt wundert man sich, dass es den Leuten in ihren ausgeplünderten, perspektivlosen, zerbombten Ländern nicht mehr gefällt? Das ist doch bigott! Eigentlich sollte man da ein Zeichen setzen. Da muss man sich doch positionieren, gegen diese Pegida-Spacken – sag mal, was hältst du davon, ein paar Flüchtlinge zum Weihnachtsessen einzuladen?«

Kastner flog eine leichte Panik an. »Äh, wie meinst du das?«

»Mein Kollege Winfried arbeitet ehrenamtlich bei der Flüchtlingshilfe – dem fällt bestimmt jemand ein, der sich über ein warmes Weihnachtsessen freut.«

Kastner spülte den letzten Bissen Bratwurst-Sushi mit japanischem Bier hinunter. Er hatte nichts gegen Flüchtlinge, aber er war sich nicht sicher, ob er Weihnachten mit fremden Menschen verbringen wollte. Genau genommen war schon der Besuch von Mirjams Eltern ein Kompromiss, auf den er sich etwas zugutehielt. »Aber Hase«, sagte er. »Was, äh ... was würden denn deine Eltern dazu sagen?«

»Das tut denen gut«, stellte Mirjam ungerührt fest. »Die machen immer auf tolerant und aufgeschlossen, aber unter uns gesagt halten sie Flüchtlinge für etwas, um das sich gefälligst der Staat zu kümmern hat.«

»Hm«, machte Kastner und fühlte sich ertappt.

Zum Frühstück holte Kastner süße Teilchen und Kaffee vom Bäcker an der Ecke, und sie frühstückten im Wohnzimmer auf dem Sofa. Zwischen Mohnschnecke und Quarktasche griff Mirjam nach ihrem Handy und rief Winfried an. Für eine Weile gab Kastner sich der Hoffnung hin, dass Winfried keine passenden Flüchtlinge bei der Hand haben würde, dass er Bedenken wegen der traumatisierenden Wirkung eines Kulturschocks äußern oder Mirjams Ansinnen als bourgeois und naiv abtun würde.

Mirjams strahlendes Gesicht strafte diese Hoffnung Lügen. »Es klappt«, sagte sie zufrieden, nachdem sie das Gespräch beendet hatte. »Winfried hat fünf Äthiopier für uns!«

»Bitte?«, rutschte es ihm heraus.

»*Äthiopier?*«, wiederholte Mirjam mit hochgezogenen Augenbrauen. »*Fünf?* Spreche ich irgendwie undeutlich, oder haben wir uns gestern missverstanden?«

»Nein, nein«, versicherte Kastner. »Äthiopier. Fünf. Das ist ... äh ... ganz klar.«

»Was koch ich da nur?«, überlegte Mirjam. »Ob die Gans essen? Was essen Äthiopier eigentlich?«

Kastner hatte nicht die geringste Ahnung, aber er wollte sich keine Blöße geben. »Sind das Moslems?«, fragte er zurück. »Dann essen die kein Schweinefleisch.«

»Keine Ahnung, was die sind«, gab Mirjam zu. »Gibt's in Afrika nicht auch jede Menge Christen? Jedenfalls wäre es eine schöne Geste, was zu kochen, das die kennen ... am besten geh ich gleich mal Internetz und schau nach, was die so essen.«

Kastner nickte.

»Wir müssen Injera backen«, waren Mirjams erste Worte, als sie sich am Abend von ihrem Laptop erhob. »Das sind so Sauerteigpfannkuchen aus einem ganz bestimmten Getreide. Äh – Dings. Teff.«

»Teff«, wiederholte Kastner etwas dümmlich.

»Genau«, sagte Mirjam. »Die servieren das Essen auf diesen Teffpfannkuchen, und damit schaufeln sie es sich auch in den Mund. Das ist Teller, Besteck und Beilage gleichermaßen, verstehst du?«

»Natürlich«, behauptete Kastner. Er saß vor dem Fernseher und sah sich eine Doku über den Yellowstone-Nationalpark an, der nach Auskunft des Sprechers über einer gigantischen vulkanischen Gasblase lag, die jederzeit explodieren konnte. Allerdings sprach der Mann mit so sonorer und beruhigender Stimme, dass weder die drohende Katastrophe im Nationalpark noch die Vorstellung, wie Mirjams Eltern sich zusammen mit fünf Äthiopiern das Weihnachtsessen mithilfe von Pfannkuchen in den Mund schaufeln würden, Kastner nennenswert beunruhigte.

Kastner schichtete Nudelsalat, Chicken Wings und hart gekochte Eier mit Fleischsalatgarnitur auf seinen Teller, und nachdem der Thekenmann – ein smarter Vollbart – seine Auswahl auf sieben Euro sechzig geschätzt hatte, bestellte er sich einen großen Cappuccino dazu. Wegen des anhaltend traurigen Zustands der Küche hatte Mirjam vorgeschlagen, ins *Balazzo Brozzi* zum Sonntagsbrunch zu gehen.

»Dahinten wird was frei«, gab sie jetzt ihrer Hoffnung Ausdruck und steuerte ein zerschlissenes rotes Samtsofa an, von dem sich gerade ein Pärchen erhob. Kastner erkannte sofort, dass er kein ruhiges Frühstück haben würde: An dem ovalen Holztisch vor dem Sofa saß noch eine Gruppe junger Mütter, offensichtlich Anhängerinnen des Laissez-faire, mit Kindern im kritischen Alter zwischen zwei und fünf.

Mirjam stellte ihren Teller auf den Tisch und lächelte triumphierend. »Na also«, sagte sie. »Man kann auch mal Glück haben!«

Kastner nickte und versank bis zur Taille in rotem Samt. Die jungen Mütter tranken Prosecco und unterhielten sich laut über die kommunikativen Schwächen ihrer Lebensgefährten und den geplanten Bildungsweg ihrer Knirpse.

»Regelschule? Auf keinen Fall«, sagte eine kurzhaarige Brünette energisch. »Frontalunterricht, Leistungsdruck und lauter Verhaltensgestörte.«

»Aber ist das nicht die Realität, der sich die Kinder stellen müssen?«, fragte ihre Stuhlnachbarin zur Linken mit sanfter Stimme. Sie hatte blonde Rastalocken und trug ein pinkfarbenes Dirndl mit Bärchendruck über Leopardenleggings und roten Lackstiefeletten – definitiv ein Hingucker.

»Suggeriert eine Privatschule nicht ein Wolkenkuckucksheim fern der Wirklichkeit?«

»Darum geht's doch nicht«, stellte die Brünette barsch fest. »Um mit der Realität interagieren zu können, muss ja erst mal die Persönlichkeit gefestigt sein. Und in der Regelschule wird die Persönlichkeit von Anfang an kastriert. Nicht so wild, Jonas«, mahnte sie dann ihren Sohn, der einem der jüngeren Jungs die Daumen in die Augen bohrte, bis der kreischte.

»Ist doch schön, mal wieder hier zu frühstücken«, sagte Mirjam strahlend – sie hatte das beneidenswerte Talent, störende Umgebungsgeräusche einfach auszublenden. »Auf diesem Sofa hab ich vor fünfzehn Jahren schon gesessen, da war ich so jung wie die Mädels da.« Sie nickte zu den jungen Müttern hinüber und schob sich eine Gabel Möhrenrohkost in den Mund. Ihr Frühstücksteller war mit deutlich weniger Kalorien bestückt als der von Kastner.

»Wie läuft's mit Fritz?«, erkundigte sich die Brünette bei einer mageren Rothaarigen zu ihrer Rechten.

»Frag nicht. Seit Lara Zähne kriegt, hat er nicht mehr bei uns übernachtet. Er kann bei dem Geschrei nicht schlafen, sagt er.«

»Tja, ich hab dich gewarnt«, sagte die Brünette. »Als Fritz noch mit mir zusammen war, hat er sich ja auch schon vor allem gedrückt. Trifft er sich eigentlich noch mit dieser Ina?«

Die Rothaarige nickte finster, die Brünette lächelte zufrieden.

»Wir brauchen noch Stühle«, überlegte Mirjam laut. »Wir haben bloß sieben – vielleicht leihen uns die Güners welche?«

Die Güners wohnten zwei Stockwerke unter Kastner und Mirjam, im ersten Stock links. »Für das Weihnachtsessen, meinst du?«, fragte Kastner. »Hm. Die haben doch vermutlich selber Gäste?«

»An Weihnachten? Wieso – das sind doch Moslems, oder? Feiern die Weihnachten?«

»Keine Ahnung«, gab Kastner zu. »Aber die leben ja schon seit zwanzig Jahren hier, vielleicht feiern die dann auch Weihnachten?«

»Hm«, sagte Mirjam und löffelte die Sahne von ihrem Kakao. »Schon komisch, wie wenig man von seinen Nachbarn weiß. Eigentlich eine Schande.«

Kastner nickte.

»Was macht ihr eigentlich Weihnachten?«, fragte die Brünette das Bärchendirndl.

»Meine Eltern kommen«, sagte das Dirndl, »und Marek. Ich hab gedacht, ich brat mal ne Gans.«

»Im Ernst jetzt?«, wunderte sich die Brünette. »So richtig retro? Herkunftsfamilie und Gans? Ist Marek nicht Veganer?«

»Schon«, lächelte das Bärchendirndl. »Aber da muss er durch. Ich hab schon vor zwei Wochen eine Nordmanntanne gekauft, und René freut sich total. *Ich will ganz viel Lametta an den Baum hängen, Mama,* hat er gesagt ...«

»Lametta«, wiederholte die Brünette und lauschte dem Klang des Wortes eine Weile nach, ehe sie den Kopf zu der Rothaarigen drehte und mit ihr einen einvernehmlichen Das-ist-ja-wohl-völlig-bescheuert-Blick tauschte. Der kleine René machte sich unterdessen daran, bunt lackierte Holzbauklötze in die Sektgläser zu stopfen, während Jonas neben Mirjam aufs Sofa kletterte und ihr tief in die Augen sah.

»Hallo, junger Mann«, grüßte Mirjam. »Wie heißt du denn?«

»Arschkackepups«, sagte Jonas und lachte schallend.

»Freut mich«, sagte Mirjam. »Ich heiße Mirjam.«

»Miriampopiriam«, grölte Jonas und begann, seine Latzhose auszuziehen. Der kleine René war mit den Sektgläsern fertig, hatte aber noch Bauklötze übrig. Er nahm Kastners Cappuccino-Tasse ins Visier.

»Vergiss es, René«, sagte Kastner streng.

René lächelte verschmitzt und bohrte in der Nase. Jonas zog sich die ausgezogene Latzhose über den Kopf und fing an, auf dem Sofa zu hüpfen.

»Du bist ja ein kleiner Alleinunterhalter«, stellte Mirjam fest.

»Nicht so wild, Schatz«, sagte die Brünette zu ihrem Sohn, sah dabei aber Mirjam vorwurfsvoll an.

»Ist schon gut«, sagte Mirjam. »Wir waren alle mal jung. Das ist ja ein ganz Süßer – wie heißt er denn?«

»Jonas«, sagten Kastner und die Brünette gleichzeitig.

René nutzte den Augenblick der Verwirrung und ließ einen Bauklotz in Kastners Tasse gleiten.

»Das macht nichts«, erklärte das Bärchendirndl freundlich, »das sind lebensmittelechte Naturfarben!«

»Ja dann«, sagte Kastner, nicht ganz so freundlich.

»Hören Sie mal«, mischte sich die Brünette ein, »das klingt irgendwie so passiv-aggressiv, wie Sie das sagen. Das ist ein Kind, oder? Da kann das schon mal vorkommen, meinen Sie nicht?«

»Aber es war doch gar nichts«, beschwichtigte das Bärchendirndl.

Die Rothaarige runzelte die Stirn. »Julia hat das gesagt, um dich zu unterstützen, Lena!«, erklärte sie dem Bärchendirndl. »Es ist doch völlig doof, ihr dafür in den Rücken zu fallen – schon mal was von Frauensolidarität gehört?«

Die Brünette – Julia – ließ Kastner nicht aus den Augen. »Ich warte immer noch auf eine Antwort«, sagte sie forsch. »Soll Lena Ihnen jetzt etwa von ihrem bisschen Erziehungsgeld einen neuen Cappuccino kaufen, nur weil ein Holzklotz in Ihre Tasse gefallen ist?«

»Aber davon hat er doch gar nichts gesagt!«, wandte Lena ein.

Die Rothaarige schnaubte. »Du bist so harmoniesüchtig, Lena. Das nervt! Man kann doch mal kontrovers diskutieren, ohne dass gleich der dritte Weltkrieg droht ...«

»Halt doch du einfach mal den Mund, Marion«, sagte die Brünette jetzt zu der Rothaarigen. »Was *mich* nervt, ist, dass du dich immer einmischen musst. Das geht dich doch jetzt gar nichts an ...«

»Ja dann«, wiederholte Kastner. »Äh – es scheint, ihr habt hier einiges zu besprechen, da wollen wir nicht stören. Wir wollten eh gerade gehen ...«

»Du willst schon gehen? Echt?«, fragte Mirjam, die immer noch mit Jonas flirtete.

»Ja!«, sagte Kastner.

***

»Das war ja ne muntere Truppe«, stellte Mirjam auf dem Nachhauseweg fest. »Ich staune immer wieder, wie die Mädels das auf die Reihe kriegen mit den Gören. Also ich hatte in dem Alter ganz andere Sachen im Kopf ...«

»Hört, hört«, sagte Kastner.

»... und deshalb wird mein Alter einsam und farblos, weil ich keine Enkel auf meinen Knien schaukeln kann.«

»Du denkst aber weit voraus«, wunderte sich Kastner. »Bevor man Enkel auf den Knien schaukeln kann, muss man ja erst mal den ganzen anderen Wahnsinn abarbeiten: die Schmerzen der Geburt, die Kindbettdepression, Scharlach und Mumps, schlechte Schulnoten, Pubertät …«

»Du bist ein elender Misanthrop, Kastner.«

»Wir können uns im Alter ja einen Hund anschaffen«, schlug Kastner vor. »Hunde werden schneller stubenrein als Enkel, und sie gehorchen auch besser.«

Mirjam seufzte. »Meinst du, wir sind schon zu alt für ein Kind?«

»Ich auf jeden Fall«, beteuerte Kastner. »Ich war schon immer zu alt für ein Kind, Hase. Schon im Kindergarten konnte ich mit den anderen Kindern rein gar nichts anfangen.«

Mirjam verdrehte die Augen. »Mit dir hat man's echt nicht leicht. Weißt du, manchmal überleg ich mir schon …«

»Hm«, machte Kastner und hoffte, das Thema Kind damit ein für alle Mal vom Tisch zu haben.

Kastner hatte sich am Morgen erneut mit einem Cappuccino to go begnügen müssen – er beschloss, dass das so nicht weitergehen konnte und wählte, China hin oder her, entschlossen Peters Handynummer, sobald er am Montagmorgen in seinem Büro saß. Es tutete lange, dann hörte er einen dumpfen Schlag und ein unterdrücktes Fluchen.

»Hier ist Kastner – du erinnerst dich – die Spülmaschine? Ich hoffe, ich störe nicht?«

»Herrje«, sagte Peter. »Passt schon – ich stand nur gerade unter der Dusche.«

Kastner schämte sich ein wenig. »Tut mir leid. Aber ich habe versehentlich deine E-Mail gelöscht, und Mirjam steht kurz vor einem Nervenzusammenbruch ...«

»Ja, schon gut. Pass auf!« Peter erklärte ihm Punkt für Punkt, wie er die Wassertasche wieder einbauen sollte.

»Da kann man kaum was falsch machen«, meinte er zum Schluss.

Zumindest wenn man Ingenieur ist, dachte Kastner, aber er sagte: »Vielen Dank, Peter! Ich schulde dir was! Und noch eine, äh, gute Zeit in China.«

Er hatte das Gespräch kaum beendet, als Nele in sein Büro stürmte. »Und?«, fragte sie.

»Guten Morgen, Nele. Und ... was?«

»Die Fotos! Sagen Sie jetzt nicht, Sie hätten sich die Fotos noch nicht angesehen.«

»Es ist gerade mal acht, Nele. Ich bin hier eben erst zur Tür rein.« Kastner hob veranschaulichend seinen Pappkaffeebecher hoch. »Hat Polizeimeisterin Hirschel dir noch nicht erklärt, dass Hektik in der Ermittlungsarbeit fatale Folgen haben kann?«

»Entschuldigung«, sagte Nele pro forma und wippte ungeduldig auf den Fußsohlen. »Hey – ich hab das ganze Wochenende an den Fotos gearbeitet, und ich bin ziemlich stolz auf mich.«

»Also gut«, sagte Kastner, öffnete sein E-Mail-Postfach und klickte auf die Nachricht mit dem Absender Filipowitz, dem Betreff Fotos und dem roten Ausrufezeichen. Einer der Anhänge hieß Kennzeichen.jpg.

»Ist das …?«, fragte er hoffend.

»Freilich«, grinste Nele. »Darf ich?« Sie beugte sich über Kastners Schulter und griff nach seiner Maus. Nach einer Serie rascher Klicklaute, wie sie von Walen zur Orientierung benutzt werden, öffnete sich auf dem Monitor ein Bildausschnitt.

»Der weiße Transporter ist ein Ford Transit älteren Baujahrs«, erklärte Nele. »Mit einem deutschen Kennzeichen, Kreis Erlangen-Höchstadt. Ich hab mir erlaubt, es zu überprüfen: Es wurde bereits im Juni als gestohlen gemeldet, von einem unbescholtenen Bürokaufmann aus Eckental.«

Kastner war beeindruckt. »Nicht schlecht«, lobte er.

»Und jetzt …« Nele öffnete ein anderes Foto und zoomte hinein. »Das war kniffliger als das Kennzeichen«, sagte sie, »aber ich liebe Herausforderungen!«

»Hm …« Kastner kniff die Augen zusammen, während Nele durch den vollen Mülleimer navigierte. Er erkannte zusammengeknüllte Papiertaschentücher, Schokoriegel-Blister, Zigarettenschachteln und Pizzakartons.

»Das ist natürlich kein Profiprogramm, was ich da hab«, gab Nele zu. »Aber sehen Sie mal hier …«

Kastner sah eine zusammengerollte Tageszeitung, die jemand zwischen eine leere Dose und ein Nest aus Zigarettenkippen gestopft hatte. Auf der Dose war ein freundlich lächelnder blonder Hund abgebildet, woraus Kastner schloss, dass es sich um eine Hundefutterdose handelte. Ob man den Hund damit gefüttert hatte, der auf den Fotos zu sehen war?

Nele zoomte weiter hinein, und der Dosenhund verschwand am Bildschirmrand. Dafür war nun die Schlagzeile der Zeitung vage zu erkennen – zumindest die halbe. Es war eine sehr große Schlagzeile mit einem Ausrufezeichen am Ende.

»Das ist die *Bild*«, erklärte Nele das Offensichtliche.

...*SIS, von, bul!*, entschlüsselte Kastner die Pixel. »Hm. Schade, dass man das Datum nicht sehen kann.«

»Es ist die Ausgabe vom dreißigsten Juni dieses Jahres«, sagte Nele. »Die Schlagzeile lautet: *Die ISIS-Killer von Istanbul!* Da geht's um den Anschlag auf den Flughafen in Istanbul vom achtundzwanzigsten Juni – hab ich im Internet recherchiert.«

»Alle Achtung«, sagte Kastner.

Nele nickte und öffnete ein weiteres Foto. »Mit den Leuten, die da hinten um den Tisch sitzen, hab ich mich leider vergeblich abgemüht, da braucht's wirklich ein Profiprogramm. Ich würde sagen, es sind acht Männer – vier von ihnen essen was, einer hält eine Flasche in der Hand. Und gucken Sie mal hier: Das könnte doch eine Hundeleine sein, die da über der Bank hängt.«

»Hm«, machte Kastner, der nur einen grauen Strich sah. »Oder eine Krawatte oder ein Gürtel oder eine Ringelnatter. Aber apropos Hund – was für eine Rasse ist das?«

»Keine Ahnung. Moment ... hier haben wir den Hund in Großaufnahme. Kniehoch, braun, struppig. Eine Steuermarke oder so was ist nicht zu sehen. Die hängt doch normal da vorne am Halsband?«

»Eventuell ist der Hund illegal eingereist und zahlt keine Steuern?«, vermutete Kastner.

Nele kicherte. »Sie glauben, das ist eine Bande von Welpenschmugglern?«

»Nein«, gab Kastner zu. »Aber ich habe so eine Ahnung, was Wernreuther zu diesen Männern einfallen wird.«

***

»Na also, ich hab's doch gewusst«, sagte Wernreuther bei der Teambesprechung, an der erstmals auch Nele teilnehmen durfte.

»Und zwar was?«, wollte Claudia wissen.

»Hallo? Das sind Illegale, die von irgendwelchen Schleppern in unser Land gekarrt werden, damit sie uns hier die Arbeitsplätze wegnehmen und von Sozialhilfe leben können.«

»Was jetzt?«, hakte Claudia nach. »Das ist doch ein Widerspruch. Arbeitsplätze wegnehmen *oder* von Sozialhilfe leben. Hast du Angst, einer von denen könnte dir den Arbeitsplatz wegnehmen, Felix?«

»Das ist sehr feinfühlig, dass ausgerechnet du mich das fragst!«, fauchte Wernreuther.

Claudia war verwirrt. »Bitte?«

»Modulare Schulung?«

»Modulare ... Das war doch nicht *meine* Idee! Woher weißt du das überhaupt?«

Kastner räusperte sich. »Wenn es euch recht ist, möchte ich gern über den Fall sprechen. Neles Wochenendarbeit hat uns ein ganzes Stück weitergebracht, finde ich, aber wir sollten keine voreiligen Schlüsse ziehen. Wir haben bisher nur einen unbekannten Toten; einen linken, braunen Herrenschuh, der in der Nähe des Leichenfundortes neben einer toten, äh, Plötze lag, sowie ein Handy, das flussaufwärts des Leichenfundortes gefunden wurde und Fotos gespeichert hatte, auf denen der dazu passende rechte Schuh zu sehen ist. Dieser befand sich am oder kurz nach dem dreißigsten Juni auf einem Rastplatz, zusammen mit einem struppigen Hund, acht Männern plus Fotograf und Brotzeit, und einem gestohlen gemeldeten älteren Ford Transit mit deutschem Kennzeichen.«

»Also haben wir eigentlich nichts«, sagte Wernreuther.

»Wie jetzt«, sagte Claudia. »Gerade hast du noch behauptet, alles ist klar und du hast es schon immer gewusst!«

»Jetzt lasst doch mal die Kabbelei«, mahnte Kastner.

»Sorry.« Claudia machte eine entschuldigende Geste, Wernreuther zog die Mundwinkel nach unten und verschränkte die Arme vor der Brust.

»Das Nächste, was uns interessiert, ist also der DNA-Abgleich«, fuhr Kastner fort. »Wir wollen wissen, ob diese Schuhe unserem Toten gehört haben. Priorität haben noch immer die Identität des Opfers und die Frage, ob und was er mit diesem Jungen zu tun hatte.«

»Da hab ich was«, sagte Claudia. »Das, was der Junge aufgeschrieben hat, ist tatsächlich albanisch. Übersetzt heißt es: *Zwei Füße und ein Schritt ohne Schatten.* Das ist eine Zeile aus einem Gedicht, von einem Dings, äh, wo hab ich's, Martin Camaj. Das Gedicht heißt ›Unterführung‹, und die ganze Passage geht so: *Zwei Füße und ein Schritt ohne Schatten begleiten ihn unter Tage durch den Fels, von Stadt zu Stadt.* Das hab ich aus dem Internet. Dieser Camaj war ein albanischer Schriftsteller, ein Emigrant und

Professor für Albanologie an einer Münchner Universität. Er ist 1992 gestorben.«

»Aha. *Zwei Füße und ein Schritt ohne Schatten* ... Was soll das bedeuten?«, fragte Kastner.

»Ich habe nicht die geringste Ahnung«, gab Claudia zu. »Die Interpretation albanischer Lyrik ist keins meiner Hobbys. Soweit ich das verstanden hab, geht es in Camajs Gedichten oft um Flucht und Vertreibung, weil er selbst ein Flüchtling war – er ist vor dem albanischen Stalinismus aus Albanien geflohen.«

»Hm. Na gut. Gibt es eigentlich schon Hinweise aus der Bevölkerung?«

»Jede Menge«, sagte Claudia und zog einen Computerausdruck aus ihrer Mappe. »Das meiste ist Mist, aber ein Hinweis könnte interessant sein: Eine Frau Pietsch behauptet, auf der Hallerwiese unseren unbekannten Toten und einen Jungen beobachtet zu haben. Jemand sollte wohl mal hinfahren und mit der Frau sprechen.«

»Das kann ich machen«, schlug Wernreuther konstruktiv vor.

Kastner nickte zustimmend. »Gut. Hat sich Interpol eigentlich schon gemeldet? Nein? Schade. Nele, könntest du rund um die Hallerwiese Klingelschilder putzen und die Anwohner befragen? Sehr gut. Ich werde noch mal mit dem Psychologen sprechen, der den Jungen betreut, dann werde ich Martina Götz wegen der DNA-Analyse nerven und bei positivem Ergebnis versuchen, jemanden mit einem Profibildbearbeitungsprogramm aufzutreiben, der unseren Rastplatzbesuchern ein Gesicht gibt. Vielleicht findet sich einer von denen in irgendeiner Kartei?«

***

Dr. Frodenberg sei montags und freitags nicht in seiner Praxis, erfuhr Kastner von einer melodisch unterlegten Bandansage, aber er erreichte den Kinderpsychologen auf seinem Handy und erzählte ihm, was Claudia über die albanische Gedichtzeile herausgefunden hatte.

»Vielleicht kann ein albanischer Dolmetscher bei der Kommunikation mit dem Jungen helfen«, regte er an. »Wie geht es ihm denn?«

»Er lebt sich ein«, sagte Frodenberg, »das heißt, er gewöhnt sich an die Essens- und Schlafenszeiten und an eine tägliche Dusche. Nein, etwas gesagt hat er noch nicht. Andere Kinder ignoriert er komplett, und Erwachsene beachtet er nur, wenn sie Essen oder Spielzeug in der Hand haben. Also, er beachtet dann zumindest das Essen oder das Spielzeug.«

»Malt der Junge vielleicht?«, erkundigte sich Kastner. Er dachte an die Kinderzeichnungen in Frodenbergs Büro. »Sie verstehen schon – vielleicht kann er mit Papier und Buntstiften ausdrücken, was in ihm vorgeht?«

Frodenberg lachte verhalten. »Bei allem Respekt, Herr Kastner – das sind Klischees, die aus Fernsehfilmen und populärer Literatur stammen. Kinder malen sehr standardisiert. Ein Häuschen mit Baum und Zaun, Mama Papa Kind ... Mit ihrem Innenleben hat das wenig zu tun. Abgesehen davon malt der Junge ohnehin nichts. Aber ich habe ihm heute eine Videospielkonsole mitgebracht, und seitdem daddelt er darauf herum. Er knackt ein Level nach dem anderen.«

»So was«, sagte Kastner. »Haben Sie ihm gezeigt, wie man die Konsole bedient? Ach, das wusste er schon ... Also ein wirklich moderner Kaspar Hauser. Einer, der in seinem Kerker eine Spielkonsole mit Ladekabel zur Unterhaltung hatte anstatt zweier Holzpferdchen. Kaspar Hauser zwei Punkt null.«

Frodenberg räusperte sich verlegen. »Sie spielen vermutlich auf die Berichterstattung der Presse an? Wissen Sie – ich dachte, es könnte nicht schaden, die Öffentlichkeit einzubeziehen. Dass die Zeitungsartikel dann derart reißerisch waren ... Es tut mir leid. Ich hätte das wohl besser mit Ihnen abstimmen sollen.«

»Das hätte nicht geschadet«, stimmte Kastner zu. »Aber im Prinzip haben Sie natürlich recht – auch wir hoffen auf Hinweise aus der Bevölkerung. Haben Sie dem Kind das Foto des Toten schon gezeigt?«

»Nein«, war die prompte Antwort. »Dabei gilt es, Risiko und Nutzen sorgfältig abzuwägen ...«

»Natürlich«, stimmte Kastner zu. »Sie sind der Fachmann, ich will Sie zu nichts drängen. Aber ich habe eine Bitte: Wenn Sie sich entschließen, dem Jungen das Foto zu zeigen, dann wäre ich gerne dabei.«

Er hatte mit Widerspruch gerechnet, aber Frodenberg stimmte sofort zu. »Das dürfte kein Problem sein«, sagte er. »Das Kind reagiert so wenig auf Menschen, dass Sie ihm gar nicht auffallen werden, wenn Sie sich im Hintergrund halten.«

»Vielen Dank, Herr Frodenberg. Dann sagen Sie mir doch einfach rechtzeitig Bescheid.«

Kastner beendete das Gespräch und wählte Martina Götz' Nummer.

»Du schon wieder«, sagte sie zur Begrüßung.

Kastner entschuldigte sich artig für die Störung und fragte, ob es bezüglich des DNA-Abgleichs schon etwas Neues gebe.

Martina stöhnte. »Ich hab dir doch schon ein- oder zweimal erklärt, wie unsere Zusammenarbeit geregelt ist: Wenn ich Ergebnisse habe, melde ich mich.«

»Ich erinnere mich dunkel, dass wir darüber gesprochen haben. Aber ich dachte, es kann nichts schaden, mal nachzufragen.«

Martina seufzte. »Bleib dran«, sagte sie.

Es knackte in der Leitung, und Kastner wartete geduldig, während Martina, so hoffte er zumindest, mit dem Labor telefonierte.

»Kastner?«

»Ja?«

»99,8.«

»Der Schuh aus dem Brunnenbecken hat also mit einer Wahrscheinlichkeit von 99,8 Prozent dem Ertrunkenen gehört?«

Martina lachte. »Das ist der einzige Grund, aus dem ich überhaupt noch ans Telefon gehe, wenn ich deine Nummer im Display sehe – deine Schlüsse sind so erfrischend. In Wirklichkeit ist es natürlich so, dass es sich bei der DNA, die in dem Schuh gefunden wurde, zu 99,8 Prozent um die des Toten handelt.«

»Na, das mein ich doch«, sagte Kastner. »Es war also sein Schuh.«

»Ich würde es so ausdrücken: Das kann man mit an Sicherheit grenzender Wahrscheinlichkeit annehmen«, sagte Martina. »Es sei denn, der Mann hatte einen eineiigen Zwilling. Oder Drilling. Sagen wir Mehrling, dann sind wir auf der sicheren Seite.«

»Siehst du«, sagte Kastner, »das ist der Grund, aus dem ich immer wieder gern bei dir anrufe. Bei euch Forensikern scheint alles von einer ätherischen Mystik durchstrahlt ... Martina? Hallo?«

Seine Gesprächspartnerin hatte aufgelegt, aber Kastner war deshalb nicht beunruhigt. Er lieferte sich seit vielen

Jahren Wortgefechte mit Martina Götz, und der Punktestand war ausgeglichen.

Er lehnte sich zurück und starrte an die fleckige Decke seines Büros. Unser unbekannter Toter hat also Ende Juni auf einem Rastplatz seinen rechten Schuh fotografiert, dachte er, zusammen mit einem weißen Ford Transit, einem Hund und mehreren Männern. Warum? War der junge Mann dort in den Fluss gesprungen – oder hineingestoßen worden –, wo die Spurensicherung das Handy gefunden hatte, also am linken Pegnitzufer zwischen Maxbrücke und Kettensteg? Hatte er das Handy absichtlich weggeworfen oder beim Kampf mit seinem Mörder verloren? Wer war Kaspar Hauser 2.0 und in welchem Verhältnis hatte er zu dem Toten gestanden?

Er telefonierte ein bisschen herum, bis ein Bamberger Kollege ihm versprach, die Fotos vom Rastplatz zu sichten, sobald seine eigene Arbeit ihm Zeit dafür ließ.

»Ich muss dich bitten, von telefonischen Nachfragen abzusehen«, sagte der Kollege zum Abschied. »Ich melde mich bei dir, wenn ich was hab.«

Kastner seufzte. Dann ging er mittagessen.

***

In der Rathauskantine gab es Rindsroulade mit Kartoffelpüree oder Gemüsebratlinge mit Joghurtdip.

»Was macht ihr eigentlich an Weihnachten?«, erkundigte sich Claudia, während sie mit der Schlange, die sich vor der Essenausgabe gebildet hatte, einen Schritt nach vorne rückten. »Fahrt ihr weg?«

»Eigentlich wollten wir zu Mirjams Eltern fahren, aber dann haben die beschlossen, dass sie lieber zu uns kommen wollen. Seit sie nach Eichstätt gezogen sind, halten sie Nürnberg für eine pulsierende Großstadt und können nicht genug davon bekommen. Und bei dir?«

»Na ja, das ganze Programm«, seufzte Claudia. »Wegen der Kids. Oma und Opa, Gans, Weihnachtsbaum ... mir geht das alles so auf den Arsch. Am liebsten würde ich in den sonnigen Süden fliegen, *ohne Kinder*, und am Strand herumliegen und lesen. Aber das ist für mich genauso schwierig, wie an einer modularen Schulung teilzunehmen.«

»Hast du noch mal drüber nachgedacht?«

»Die Gemüsebratlinge, bitte«, sagte Claudia zu der Frau an der Essenausgabe und holte sich einen Beilagensalat aus der Vitrine. »Kastner, nachdenken hilft da nicht viel. Jemand müsste mir die Kinder abnehmen, zumindest tageweise, und so jemand gibt es einfach nicht.« Sie schüttete Dressing auf ihren Salat und stellte die Gemüsebratlinge auf ihr Tablett. »Oder nimmst du sie?«

»Ich nehme die Roulade«, sagte Kastner zu der weiß beschürzten Dame. »Äh, was hast du gerade gesagt?«, fragte er Claudia, während er ihr zu einem Tisch folgte, an dem noch zwei Plätze frei waren.

»Das war ein Scherz, Kastner. Ich hab gefragt, ob *du* meine Kinder betreust, während ich die modulare Schulung mache.«

Kastner starrte sie an.

Claudia verteilte den Joghurtdip über den Bratlingen, dann schob sie sich eine Gabel Salat in den Mund. »Mahlzeit. Mann, hab ich einen Hunger«, sagte sie mit vollem Mund.

Dann hättest du die Roulade nehmen sollen, wollte Kastner sagen, aber was er tatsächlich sagte, war: »Natürlich kann ich die Kinder nehmen, wenn du die Schulung machst.«

Claudia verschluckte sich und hustete den Salat wieder aus.

»Das ist mein Ernst«, sagte Kastner und klopfte ihr auf den Rücken. »Wenn die nachmittags im Hort sind, dann kriegen wir das schon irgendwie hin. Notfalls nehm ich mir mal ein paar Tage frei.«

Claudia rang um Fassung, während Kastner seinen Kartoffelbrei mit der Soße verrührte und die Roulade anschnitt.

»Aber du kennst meine Kinder doch gar nicht«, sagte Claudia schließlich. »Und sie kennen dich auch nicht ... Und was würde wohl Mirjam dazu sagen?«

»Also Jannik kenne ich durchaus – den hast du doch ab und zu mal mit ins Präsidium gebracht, als er noch in den Kindergarten gegangen ist. Und Mirjam ... Sie liebt Kinder. Sie wird begeistert sein!« Kastner probierte die Roulade. »Schmeckt gar nicht mal so schlecht«, lobte er auf Fränkisch.

Nach dem Mittagessen war Kastner ausgesprochen gut gelaunt. Während Claudia, die seinem Angebot noch immer nicht ganz zu trauen schien, im Gewühl der weihnachtlichen Straßen verschwand, um eine Besorgung zu machen, schlenderte er beschwingt an den hölzernen Buden des Christkindlesmarktes vorbei und machte vor der Fleischbrücke eine kurze Rast an einem Glühweinstand. Er wärmte seine klammen Finger an einer Tasse Heidelbeerglühwein und kam nicht umhin, stolz auf sich zu sein. Dank seiner genialen Eingebung würde Claudia an der modularen Schulung teilnehmen können, wodurch ihm selbst, mit etwas Glück, eine *engere Zusammenarbeit* mit Wernreuther erspart bliebe; und wenn sich Jannik seit seinem letzten Besuch im Präsidium nicht völlig verändert hatte, würde er Mirjam unweigerlich an den Rand des Wahnsinns treiben und von jedwedem Kinderwunsch kurieren.

Der Glühwein versetzte ihn in einen schummrigen Zustand entrückter Seligkeit. Mit einem Mal fühlte er sich all den Menschen mit ihren Bratwurstbrötchen und Einkaufstüten brüderlich verbunden, und das fröhliche Glöckchenbimmeln der historisierenden Postkutsche trieb ihm vor lauter Kindheitserinnerung eine Träne ins Auge. Seine Rührung verblasste allerdings, als die schweren Kaltblüter Schlamm auf seine Hose spritzten und der Postillion ihn anschrie: »Schleich di, du bsuffner Depp, du stehst im Weech!«

Er trat einen Schritt zurück, was den Kutscher aber nicht zufriedenstellte. Der Mann zog an den Zügeln, bis sein Gespann schlitternd zum Stehen kam, und informierte Kastner vom Kutschbock herab, dass eines seiner Rösser neunhundert Kilo wiege und ernsthafte Schäden anrichten könne, wenn es auf einen Fuß trete. Kinder und Begleitpersonen im Inneren der gelben Kutsche pressten neugierig die Nasen an die Fensterscheibe. Kastner trat noch einen Schritt zurück.

»Na also«, sagte der Kutscher. »Geht doch.«

Dermaßen zurechtgestutzt und wieder eingenordet erreichte Kastner das Polizeipräsidium.

»Ich habe ihn«, sagte Wernreuther zur Begrüßung und schwenkte einen Computerausdruck.

»Du hast was?«

»IHN«, sagte Wernreuther. »Sag mal, hast du was getrunken, Kastner? Deine Augen glänzen so.«

»Ich trinke nie im Dienst«, erklärte Kastner. »Das wäre ja noch schöner. Also wen hast du?«

»Na, den Toten. Die Pegnitzleiche. Ich habe ihn identifiziert.« Wernreuther hielt ihm den Computerausdruck hin.

*Luka Marković*, las Kastner und versuchte, das ausgedruckte Foto eines schüchtern lächelnden Jugendlichen mit den aufgedunsenen Gesichtszügen des Ertrunkenen in Einklang zu bringen.

»Ein Serbe aus dem Kosovo«, erklärte Wernreuther. »Der ist schon letztes Jahr als Flüchtling nach Nürnberg gekommen, da war er siebzehn. Sobald er volljährig wurde, hat man ihn abgeschoben. Offenbar hat es ihm zu Hause aber nicht gefallen, und deshalb ist er gleich wieder eingereist. Illegal.«

»Ende Juni, mit einem weißen Transporter«, ergänzte Kastner. »Woher weißt du das alles?«

»Ich hab doch letzte Woche Fotos verteilt, du weißt schon – Heilsarmee, Rotes Kreuz ... Und heut hat mich ein Herr Schwertfeger angerufen, der beim Roten Kreuz offenbar regelmäßig Garderobe und Literatur ersteht. Der hat das Foto da aushängen sehen und den Mann erkannt, und er wusste sogar seinen Namen. Der Rest war einfach: Ich hab beim Jugendamt nach Luka Marković gefragt, und die haben eine Akte über ihn.«

»Das Jugendamt?! Lesen die keine Zeitung? Am Samstag war ein Foto des Toten in allen regionalen Tageszeitungen ...«

Wernreuther grinste. »Auch das hat seinen Dienst getan. Zwar nicht beim Jugendamt, aber bei einem Herrn Josef Knüst. Der hat über die Hotline angerufen. Tja, so schnell kann's gehen. Gestern noch ein mysteriöser Unbekannter, heute schon ein dreifach identifizierter illegaler Flüchtling.«

»Wer ist dieser Knüst? Was hat er über Marković gesagt?«

»Frag mich lieber, was er *nicht* gesagt hat ... der Mann hört sich gerne reden. Ein Germanist und früherer Gymnasiallehrer, der sich den Ruhestand mit Deutschkursen für Einwanderer versüßt ...«

***

Josef Knüst, Studiendirektor a. D., sechsundsechzig Jahre alt, geschieden und kinderlos, wohnte mit seiner Lebensgefährtin in einer Doppelhaushälfte im Eifelweg, Gartenstadt, unweit des Südfriedhofs. Knüst/S. Grabowski stand auf dem Briefkasten. Eine Klingel gab es nicht, aber das hölzerne Gartentürchen stand offen, und Kastner folgte einem von bunt lasierten Terrakottabuddhas gesäumten Weg zur Haustür. Jemand hatte reichlich Salz auf den Weg gestreut, die Körnchen knirschten unter seinen Schuhen. An der Haustür hing eine schmiedeeiserne Glocke, die einen heidnischen Lärm machte, als er sie anschlug.

Kastner hatte nicht gewusst, dass er eine bestimmte Vorstellung von Germanisten und ehemaligen Lehrern hatte, bis Knüst die Tür öffnete und ganz anders aussah. Der Mann war hager und trug zu einem ausgeleierten Trainingsanzug Pantoffeln aus senfgelbem Plüsch, sein schütteres, karottenrotes Haar kontrastierte mit nikotingelben Zähnen.

»Und Sie sind?«, fragte er Kastner, nachdem er seine eigene Identität bestätigt hatte.

Kastner stellte sich vor.

»Wegen dem Luka? Na bitte!«

Kastner folgte der einladenden Handbewegung und Josef Knüst durch eine quadratische Diele, in der sich Winterstiefel, Mäntel und allerlei Pappkartons bis zur Decke stapelten, in ein dicht möbliertes Wohnzimmer. Linker Hand führte eine offene Tür in eine kleine Küche, geradeaus bot ein Panoramafenster Ausblick auf eine von Moosrasen gesäumte, waschbetongepflasterte Terrasse. Die ehemals wohl weiß getünchten Wände des Wohnzimmers hatten über die Jahre den Farbton von Knüsts Zähnen angenommen, ein riesiger Flachbildfernseher zeigte eine Schwimmsportveranstaltung: Turmspringen der Männer.

»Steffi?«, rief Knüst laut, dann griff er nach der Fernbedienung und schaltete den Ton ab. »Wollen Sie eine Tasse Kaffee?«, fragte er.

»Ich will Ihnen keine Umstände machen«, sagte Kastner, »ich habe nur ein paar Fragen bezüglich Luka Marko...«

»Umstände, papperlapapp«, sagte Knüst, dann schrie er wieder: »Steffi?«

Steffi kam eine Wendeltreppe herunter, die ins Obergeschoss führte. Auch sie trug eine schlabbrige Jogginghose, aber sie war recht hübsch. Dunkler Pferdeschwanz, hohe Wangenknochen, veilchenblaue Augen; höchstens Anfang vierzig.

»WAS?«, fragte sie unwirsch.

»Das ist der Herr Kastner von der Kriminalpolizei«, erklärte Knüst. »Machst du uns bitte einen Kaffee?«

Steffi knurrte und verschwand in der Küche, wo sie geräuschvoll mit Schranktüren und Geschirr hantierte.

Knüst ließ sich auf eine braune Cordsamtcouch fallen und bot Kastner einen der dazu passenden Sessel an. Dann zündete er sich eine Zigarette an.

»Fünfunddreißig Jahre lang war ich Lehrer«, begann er, »Deutsch und Englisch. Fachbereichsleiter, die letzten fünf Jahre sogar stellvertretender Schulleiter. Da fühlt es sich komisch an, wenn man plötzlich in den Ruhestand geschickt wird. Ich hätte mich zu Hause zu Tode gelangweilt, wenn ich mich nicht ehrenamtlich engagiert hätte ...«

»Also haben Sie begonnen, Flüchtlingen Deutschkurse zu geben«, suchte Kastner einen Einstieg ins Gespräch.

»Also hab ich mich gefragt, wo meine Fähigkeiten noch gebraucht werden«, fuhr Knüst fort, ohne Kastners Einwurf zu beachten. »Wo das Leben noch Herausforderungen für mich bereithält und wie ich etwas von dem zurückgeben kann, was ...«

Steffi kam wieder aus der Küche und knallte ein Tablett mit zwei Tassen Kaffee, Zucker und Milch auf den gläsernen Couchtisch. »Du faselst, Joe«, stellte sie fest, ehe sie sich diskret zurückzog.

Knüst schob Kastner eine Kaffeetasse hin und schielte dabei auf den Fernseher, wo gerade ein junger Mann mit dem Kopf voran ins Wasser sprang.

Kastner ergriff die Gelegenheit, um zu Wort zu kommen. »Herr Knüst«, sagte er, »wie Sie ja wissen, wurde Luka Marković letzten Mittwoch tot aufgefunden ...«

»Ganz schrecklich«, fiel Knüst ihm ins Wort, »so ein netter Kerl war das. In der Pegnitz ertrunken, hieß es in der Zeitung, und mein erster Gedanke war, dass man für die Flüchtlinge neben den Deutsch- auch Schwimmkurse anbieten müsste. Da sind ja einige im Baggersee ertrunken im letzten Jahr ...«

»Dass Luka Marković ertrunken ist, war sicher kein Badeunfall«, versuchte Kastner es noch einmal. »Was wissen Sie über ihn?«

»Er war in einer der ersten Gruppen, die ich unterrichtet habe – das wird jetzt so eineinhalb Jahre her sein«, sagte Knüst. »Er sprach fließend Albanisch und Serbisch und auch schon etwas Deutsch, als er ins Land kam, und er hat schnell dazugelernt. Ein ausgesprochen ernsthafter, höflicher und kluger junger Mann ...«

»Wie lange haben Sie ihn denn unterrichtet?«

Knüst zuckte die Achseln und legte die Stirn in Falten. »Ein Vierteljahr? Die Kurse sind zweimal wöchentlich, kleine Gruppen von maximal fünfzehn Mann. Ich sage *Mann*, weil es tatsächlich nahezu ausschließlich junge Männer sind. Minderjährige Flüchtlinge, die ohne Begleitung ins Land kommen, sind meistens männlich, weil …«

»Wo hat der Sprachkurs stattgefunden?«

»In Räumlichkeiten der Volkshochschule. Minderjährige Flüchtlinge werden besonders gefördert, selbst wenn sie aus dem Balkan kommen und damit kaum Aussichten auf ein Bleiberecht …«

»Haben Sie eine Liste der Jugendlichen, die zusammen mit Marković in diesem Kurs waren? War er vielleicht mit einem der anderen Jugendlichen befreundet?«

»Von Freunden weiß ich nichts«, sagte Knüst, drückte seine Zigarette aus und steckte sich eine neue an. »Und eine Liste hab ich auch nicht – die Bürokratie ist nicht das, was mir nach dem Ausscheiden aus dem Schuldienst am meisten gefehlt hat, wenn Sie verstehen, was ich meine. Aber die kamen alle aus betreuten Einrichtungen, also müsste das Jugendamt da einen Überblick haben.«

Kastner nickte. »Gut. Und was wissen Sie sonst über Marković?«

Knüst aschte ab und dachte nach. »Er kam aus dem Kosovo. Serbe und Christ, das erklärt ja schon alles – die meisten Serben sind während des Balkankonfliktes aus dem Kosovo geflohen, danach wurden viele vertrieben oder ermordet. Und die paar, die dort noch leben, werden noch immer auf vielerlei Art schikaniert. Natürlich hat die albanische Mehrheit im Kosovo während des Krieges durch die Serben ebenfalls schlimmes Unrecht erlitten, aber was kann ein Junge wie Luka dafür?«

»Hat er Ihnen erzählt, warum er geflohen ist? Und warum nach Deutschland?«

»Ähm, ja. Er war Waise, wenn ich mich recht erinnere.« Knüst trank einen Schluck Kaffee und dachte kurz nach.

»Ja, so war es – er hat bei seiner Großmutter gelebt. Die alte Frau ist dann aber krank geworden und konnte sich nicht mehr um ihn kümmern, und deshalb hat sie ihm geraten, nach Deutschland zu gehen – irgendeiner ihrer Vorfahren hatte wohl deutsche Wurzeln.«

Kastner fragte sich unwillkürlich, ob Knüst über jeden seiner Schüler so viel wusste. »Wie ist er hierhergekommen? Mit einem Schlepper?«

»Darüber hat er nichts gesagt. Was Fluchtwege angeht, halten sich Flüchtlinge bedeckt. Aus gutem Grund, nehme ich an ...«

»Hat Herr Marković gehofft, als Asylberechtigter anerkannt zu werden?«

Knüst zuckte die Achseln. »Tja, das war natürlich blauäugig. Die Westbalkanstaaten wurden zwar erst vor Kurzem zu sicheren Herkunftsländern erklärt, aber schon vorher hat man nahezu alle Kosovaren wieder abgeschoben. Der Junge wollte hier arbeiten. Aber das durfte er als Geduldeter die ersten drei Monate nicht.«

»Sie sind wirklich gut informiert«, sagte Kastner. »Wussten Sie, dass man Marković abgeschoben hat, als er volljährig wurde?«

Knüst nickte.

»Ende Juni dieses Jahres ist Marković dann illegal wieder eingereist. Hat er sich danach bei Ihnen gemeldet?«

Knüst schüttelte den Kopf.

»Offensichtlich haben Sie den jungen Mann aber sehr gut gekannt«, stellte Kastner fest. »Hatten Sie auch privaten Kontakt mit ihm?«

»Bitte?« Knüst zog die Augenbrauen hoch und vergaß abzuaschen. Ein langer Aschezylinder verschwand, der Schwerkraft gehorchend, zwischen den Polstern der Couch.

»Ob Sie sich auch außerhalb des Sprachkurses mit ihm getroffen haben – vielleicht ein Museumsbesuch oder eine private Einladung?«

»Nein«, sagte Knüst. »Nein.«

»Also gab es keinen privaten Kontakt?«

»Das sag ich ja.« Knüst bemerkte, dass seine Zigarette bis zum Filter abgeraucht war, und warf die Kippe in den Aschenbecher. Er zündete sich keine neue an. Stattdessen erhob er sich von der Couch und streckte Kastner die Rechte hin: »Ja, dann noch einen schönen Tag, Herr Kastner. Ich hoffe, ich konnte Ihnen helfen.«

***

Kurt Schwertfeger, der Mann, der seine Garderobe beim Roten Kreuz erstand und Luka Marković auf dem Foto erkannt hatte, wohnte in St. Leonhard. Kastner ging von der U-Bahn-Haltestelle Rothenburger Straße aus zu Fuß. Er kannte sich in St. Leonhard leidlich aus: Zwei seiner Volksschulfreunde hatten in diesem Stadtteil gewohnt, und während der großen Ferien, als Acht- oder Neunjährige, waren sie häufig über den Zaun geklettert, der das verwilderte Zuckerbär-Gelände vor unbefugtem Betreten schützen sollte, um dort zwischen Glasscherben, bröckelnden Ruinen und verrosteten Maschinen irgendetwas zu spielen. Erst spät am Abend war Kastner wieder nach Hause gekommen, verdreckt, hundemüde und voller blutiger Schrammen, und niemand hatte sich deshalb beunruhigt ... So etwas gab es heutzutage nicht mehr.

Inzwischen war das Gelände der ehemaligen Süßigkeitenfabrik neu bebaut worden, und Kastner hatte sich darüber gefreut, dass wenigstens die alte Fabrikantenvilla erhalten worden war. Auch sonst hatte sich in St. Leonhard seit Kastners Kindheit einiges verändert – am Schlachthof, der schon 1997 geschlossen worden war, war ein Großteil der alten Backsteingebäude den Abrissbaggern zum Opfer gefallen und hatte einer Neubebauung weichen müssen, die man bunt und modern nennen konnte, wenn man nichts Negatives sagen wollte. Obwohl mit dem sogenannten *Kachelbau* dort auch ein Kinderkulturzentrum errichtet worden war, empfand Kastner Mitleid mit all den sauberen und rund um die Uhr per Handyüberwachung beaufsichtigten Jungen und Mädchen, denen weder Freiräume noch wilde Biotope gelassen wurden.

Schwertfeger wohnte in einer Seitenstraße der Rothenburger Straße, einem nüchternen Neubau mit quadratischen Fenstern, der bis zum ersten Stock grau gefliest und darüber altrosa gestrichen war. Orangefarbene Markisen über kantigen Beton-Balkonen boten einen fesselnden Kontrast zur Fassadenfarbe.

Kastner drückte mehrmals den Klingelknopf – erster Stock links –, aber nichts rührte sich. Herr Schwertfeger war entweder nicht zu Hause, oder er legte keinen Wert auf Nachmittagsbesuch. Der Mann sei arbeitslos gemeldet, hatte Wernreuther ihm erzählt; aber natürlich hatten auch Arbeitslose Termine oder gingen einkaufen. Ich hätte doch vorher anrufen sollen, dachte Kastner halbherzig. Polizeidirektor Wismeth riet ihm stets, die Leute für Befragungen einzubestellen, aber Kastner führte lieber informelle Gespräche, überraschend und im persönlichen Umfeld. Er ging die Straße hinauf und wieder hinunter, dann läutete er noch einmal. Nichts. In diesem Moment hielt ein kleiner Lieferwagen am Straßenrand, dessen Ladefläche mit Schubkarren, Schaufeln und Pflastersteinen beladen war, und ließ einen jungen Mann in einem grünen Overall aussteigen. Kastner schöpfte Hoffnung. »Herr Schwertfeger?«

»Wer will das wissen?«, fragte der Mann misstrauisch zurück.

»Mein Name ist Kastner. Kriminalfachdezernat 1. Es geht um Luka Marković.«

»Oh«, sagte Schwertfeger, schloss die Haustür auf und stapfte die Treppe hoch. Kastner nahm dies als Bestätigung und Einladung und folgte ihm.

Schwertfegers Wohnung war klein und sehr nüchtern eingerichtet. Aufgeräumt. Schwertfeger selbst war groß, breitschultrig und blond, und er hatte den Teint eines Menschen, der viel an der frischen Luft ist.

»Kommen Sie von der Arbeit?«, fragte Kastner, bevor ihm einfiel, dass das bei einem Arbeitslosen vielleicht ein heikles Thema sein könnte.

Schwertfeger, der gerade seine schlammverkrusteten Stiefel auszog, errötete prompt wie ein Schuljunge. »Äh, nein«, beeilte er sich zu versichern. »Ich hab bloß bei einem Bekannten im Garten geholfen. Der äh, Bekannte hat's im Kreuz, und ...«

»Schon gut«, sagte Kastner, »ich bin nicht vom Arbeitsamt. Ich bin wegen Luka Marković hier.«

Schwertfeger schlüpfte in braunkarierte Hausschuhe. »Setzen Sie sich doch«, bot er an und führte Kastner in eine beige geflieste Küche, wo drei Holzstühle um einen runden, blitzblanken Tisch standen. »Der Luka. Ich kann's immer noch nicht glauben!«

»Woher kannten Sie ihn denn?«

»Hm«, machte Schwertfeger, legte die Füße auf den freien Stuhl und verschränkte die kräftigen Arme vor der Brust. »Das müsste allerdings unter uns bleiben.«

Solche Versprechen durfte ein Beamter im Zuge einer Ermittlung natürlich niemals geben. Gleichermaßen natürlich erfuhr er dann auch nichts wirklich Interessantes, und deshalb machte Kastner gelegentlich Ausnahmen von dieser Regel, wenn es ihm angemessen schien. In Herrn Schwertfegers Fall schien es ihm angemessen. Er nickte.

»Dieser Bekannte mit dem Garten«, sagte Schwertfeger, »der hat seinerseits auch wieder Bekannte, die auch einen Garten haben, und die haben wiederum Bekannte – der eine braucht ein Fundament für sein Gewächshaus, der andere will seine Terrasse pflastern, der dritte hat einen undichten Fischteich; und so kommt eins zum anderen. Um da den Überblick zu behalten, hat der Schorsch, äh, das habe ich jetzt nicht gesagt. Also – um den Überblick zu behalten, hat einer meiner Bekannten die Koordination übernommen; und der ist immer auf der Suche nach jungen Burschen, die einen Spaten von einer Grabegabel unterscheiden und aus den unterschiedlichsten Gründen keine Festanstellung annehmen können. Sie verstehen?«

Kastner nickte.

»Na ja, und der Luka war eine Weile bei unserer Truppe. Der kam aus irgendeinem Kaff im Kosovo und hat da seiner Oma den Garten gemacht, der kannte sich mit Pflanzen aus und konnte ordentlich schaufeln. Vom Pflastern hat er nichts verstanden, aber wir sind da breit aufgestellt.«

Kastner nickte wieder. Solange jemand über interessante Dinge sprach, sah er keinen Grund, ihm ins Wort zu fallen.

»Luka war pünktlich, fleißig und bescheiden, und seine Abschiebung hat eine echte Lücke gerissen. Auch menschlich. Das war echt ein feiner Kerl, und er hat besseres Deutsch gesprochen als manche unserer Kunden. Äh … Bekannten. Warum schiebt man so einen ab, können Sie mir das erklären?«

Das konnte Kastner nicht. »Wann hat Luka denn bei der *Truppe* angefangen?«, fragte er.

»Das war letztes Jahr im Sommer. Er hat ja die ersten drei Monate nicht arbeiten dürfen, und in die Schule wollte er nicht.«

»Warum nicht?«

»Ich glaube, er hatte schon einen Schulabschluss.«

»Und er hat bis zu seiner Abschiebung bei der Truppe gearbeitet?«

»Genau.«

»Obwohl er nach Ablauf von drei Monaten auch eine reguläre Arbeit hätte aufnehmen können?«

»Oh, das hat er. Er hat in irgendeiner Gärtnerei gearbeitet, aber da hat er nicht viel verdient. Deshalb war er an den Wochenenden auch noch mit uns zugange.«

»Welche Gärtnerei war das?«

Schwertfeger zuckte die Achseln. »Da muss ich passen.«

»Es würde uns helfen, mit ihren Gärtnerfreunden zu sprechen. Mit diesem Schorsch, zum Beispiel.«

»Ich kann es ihm sagen, vielleicht meldet er sich bei Ihnen. Aber bitte verstehen Sie, dass ich die Kontaktdaten meiner Bekannten aus verschiedenen Gründen mit äußerster Diskretion behandeln muss.«

»Tja, das muss ich wohl. Vielen Dank, Herr Schwertfeger!«, sagte Kastner.

***

Am Abend versuchte Kastner ernsthaft, die Spülmaschine wieder zusammenzubauen.

»Muss das nicht eher da dran?«, fragte Mirjam.

»Hase, bitte halt die Füße still«, bat er. »Peter hat mir

das am Telefon ganz genau erklärt. Warum schenkst du dir nicht ein Glas Rotwein ein und schaust nach, was später im werbefreien Fernsehen kommt?«

»Weil ich das schon weiß«, sagte Mirjam. »Weihnachtsshows mit Helene Fischer, Familienfilme mit Christine Neubauer und vorhersehbarer Dramaturgie, und die ersten Jahresrückblicke.«

»Das ist geraten«, vermutete Kastner.

»Es ist nicht meine erste Vorweihnachtszeit«, konterte Mirjam. »Also der dicke Schlauch passt doch da gar nicht hin, wo du rumfummelst. Und diese Wassertasche – hätte man die nach dem Einweichen nicht noch mal durchspülen müssen?«

»Was hältst du davon, wenn wir im neuen Jahr tageweise Claudias Kinder betreuen, damit sie die modulare Schulung für den höheren Dienst machen kann?«, fragte Kastner, um Mirjam von seinen Versäumnissen abzulenken.

»Claudias Kinder? Diesen überdrehten Jannik und die superbrave Dings, wie heißt das Mädel – Sofie? Und was genau meinst du mit *tageweise betreuen*?« Mirjam folgte endlich seinem Rat und goss sich ein Glas Rotwein ein.

»Na ja, die sind vormittags sowieso in der Schule und nachmittags im Hort«, erklärte Kastner. »Die brauchen höchstens noch was zu essen abends, und dann schlafen die.«

»Ach. Und *wo*?«, fragte Mirjam. »Auf unserem Wohnzimmersofa?«

»Da fällt uns schon was ein«, wiegelte Kastner ab. »Es sind ja nur ein paar Tage.«

»Aha«, sagte Mirjam gedehnt. »Und wer kocht abends für die Gören?«

»Ich, natürlich«, behauptete Kastner. Er war nicht gerade ein begnadeter Koch, und seine stille Hoffnung war, dass Mirjam ihm diese Sache nach der ersten Tiefkühlpizza wieder aus der Hand nehmen würde. »Was ist, Hase? Ich dachte, du willst unbedingt Kinder?«

Mirjam legte den Kopf schief. »Da hab ich mich wohl unklar ausgedrückt ... Warum zur Hölle findet die Claudia eigentlich keinen neuen Mann? Die sieht doch super aus und ist ein patentes Mädel – war Wernreuther nicht mal hinter ihr her?«

»Hm. Die berufliche Konkurrenzsituation hat seine Euphorie wohl etwas abgekühlt. Und von ihren Kindern wollte er schon vorher nichts wissen.«

»Na, der hat sie eh nicht verdient. Sag mal, was machst du da eigentlich, Kastner?«

»Ich befestige den Schlauch?«

»Hm. Aber durch den Schlauch soll doch das Wasser ablaufen, oder?«

Kastner hob den Kopf von seiner diffizilen Tätigkeit und sah seine Lebensgefährtin fragend an.

»Ich mein ja nur«, sagte sie schulterzuckend. »Wenn du die Schlauchklemme *vor* dem Plastik-Anschlussteil bis zum Anschlag zudrehst, dann strangulierst du doch quasi den Schlauch – sollte man den Schlauch nicht besser direkt *auf* diesem Anschlussteil mit der Klemme fixieren?«

»Das ist ein Punkt«, gab Kastner zu.

»Es ist ein Pudel«, sagte Nele.

Das Ermittlungsteam hatte sich um halb neun in Kastners Büro versammelt, und Kastner hatte den Kollegen zunächst von seinen Gesprächen mit Josef Knüst und Kurt Schwertfeger berichtet, ehe er Nele das Wort erteilt hatte.

»Der Hund auf dem Rastplatz«, ergänzte sie. »Das ist keine Promenadenmischung, sondern ein Schafspudel, und er ist auch nicht braun, sondern dings ... weizenfarben.«

»Was es nicht gibt«, sagte Wernreuther.

»Schafspudel sind Hütehunde, die vornehmlich in Sachsen-Anhalt, Mecklenburg-Vorpommern und Thüringen gezüchtet werden – meint der Hundeexperte, dem ich die Fotos gemailt habe.«

»Also ein Ossi-Pudel!«, feixte Wernreuther. »Und inwiefern ist das ermittlungsrelevant?«

»Vorerst keine Ahnung«, gab Nele zu, ohne beleidigt zu wirken. »Aber wir können nach der Klärung des Falles gern noch mal drüber reden. Dann weiß ich sicher mehr.«

Kastner nickte der Anwärterin anerkennend zu. Ihre gelassene Sachlichkeit gefiel ihm ebenso wie der Einsatz, den sie an den Tag legte. »Und die Anwohnerbefragung?«

»Das war interessant«, sagte Nele. »Also zumindest für mich – ich hab so was ja noch nie gemacht. Ob da jetzt was bei rumgekommen ist, ist eine andere Frage. Die meisten wollen nichts Ungewöhnliches bemerkt haben, und die anderen ... na ja. Eine Frau hat mir Folgendes erzählt: In der Woche, in der Luka ertrunken ist, stand ein Grüppchen junger Männer vor ihrem Haus und hat sich merkwürdig benommen.«

»Inwiefern?«, fragte Claudia.

»Sie haben die Köpfe zusammengesteckt und getuschelt. Die Frau dachte spontan an Drogengeschäfte.«

»Konnte sie die Männer beschreiben?«, wollte Wernreuther wissen.

Nele zuckte die Achseln. »*Männlich, jung, irgendwie verdächtig* – und *vermutlich Ausländer*. Das waren ihre Worte.«

»Das ist zu vage«, sagte Claudia. »Nach dieser Beschreibung können es japanische Touristen gewesen sein, die einander Altstadtfotos gezeigt haben. Oder Schüler, die sich ein Pornofilmchen auf dem Smartphone angesehen haben.«

»Trotzdem«, sagte Wernreuther. »Marković fällt ja wohl in die Kategorie *männlich, jung, irgendwie verdächtig und vermutlich Ausländer*. Der Gedanke, dass er auch in Drogengeschäfte verwickelt war, liegt dann nicht allzu fern.«

Claudia schnaubte. »Hör ich da etwa gewisse Vorurteile heraus?«

»Wieso *Vor*urteile? Ich würde es Erfahrungswerte nennen. Bisher lag ich mit meinen Vermutungen ja richtig: Marković *ist* illegal eingewandert und er *hat* schwarzgearbeitet ...«

Claudia verdrehte die Augen. »Aber die Autopsie hat keinerlei Hinweise auf Drogenkonsum ergeben. Merkst du eigentlich nicht, wie engstirnig und intolerant du klingst, Felix?«

»Jetzt geht's aber los!«, fuhr Wernreuther auf. »Ich nenne die Dinge doch nur beim Namen ...«

»Wir sollten bei unserem Fall und den Fakten bleiben«, schlug Kastner vor. »Nele? Was hast du noch?«

»Ja, da ist noch was. Ein paar Anwohner haben sich darüber beschwert, dass die Gäste vom *Kettensteg* nachts reichlich Lärm machen – sogar im Winter, weil die Raucher vor der Tür stehen müssen.«

»Und wen interessiert das?«, grummelte Wernreuther.

»Offensichtlich niemanden. Aber es hat mich auf die Idee gebracht, im *Kettensteg* mal nachzufragen, ob einem etwas aufgefallen ist.«

»Und?«, fragte Claudia.

»Da gab's eine private Weihnachtsfeier in der Woche, in der Luka Marković ertrunken ist. Das war am – Freitag, also am neunten Dezember. Die Bedienung hat mir erzählt, dass es dabei hoch herging. Wein und Bier sind in Strömen geflossen, und die Raucher sind ständig rein und raus und haben die Tür nicht ordentlich zugemacht, obwohl es draußen eiskalt war ...«

Wernreuther deutete ein Gähnen an. »Das ist ja hochinteressant.«

»Jetzt lass die Nele doch mal ausreden, Felix!«, bat Claudia.

»Danke«, sagte Nele. »Das mit der offenen Tür hab ich erwähnt, weil die Bedienung sich darüber geärgert hat – sie hat die Weihnachtsfeiergäste deshalb besonders im Auge behalten und alles mitgekriegt, was passiert ist.« Nele blätterte in ihren Notizen. »Wo hab ich denn ... Hier. Irgendwann kam eine der Raucherinnen rein und war ganz aufgelöst. Sie hat gesagt, dass es am Flussufer einen Streit gibt; und dann hat sie zwei Herren aus der Weihnachtsrunde genötigt, draußen nach dem Rechten zu sehen. Als sie zurückkamen, hat die Bedienung gefragt, was los ist, aber die Herren haben abgewinkt – alles sei ruhig, die Helga vertrage halt keinen Alkohol und sehe nach dem zweiten Schoppen überall Gespenster.«

»Hm. Was waren das für Leute auf dieser Weihnachtsfeier?«, fragte Kastner. »Kommen wir da irgendwie an Namen?«

Nele nickte. »Da könnten wir Glück haben. Einer von denen hat für Anfang Januar gleich wieder einen Tisch für zehn Personen reserviert – auf den klingenden Namen … Moment … Ulf Reiner-Tellau. Davon gibt es vielleicht nicht allzu viele in der Metropolregion. Und die Bedienung hat vermutet, es könnten Künstler oder irgendwelche anderen Kreativen gewesen sein.«

»Allmächd«, sagte Wernreuther. »Kreative sind ganz schlechte Zeugen, die haben alle zu viel Fantasie und ein Obrigkeitsproblem.«

»Felix«, sagte Claudia genervt, »kannst du dich bitte mit deinen bescheuerten Verallgemeinerungen zurückhalten?«

»Das war ein Witz«, behauptete Wernreuther. »*Ein Witz.* Könntest *du* mal bitte ein bisschen locker bleiben?«

Kastner räusperte sich. »Im polizeilichen Fortbildungsprogramm gibt es einen schönen Workshop: *Teamwork – Chancen und Konflikte*, mit Supervision, Moderation und Hochseilgarten«, sagte er. »Zweitägig, natürlich am Wochenende. Entweder ihr beide reißt euch am Riemen, oder ich buch den für euch.«

Wernreuther verzog das Gesicht, Claudia blies die Backen auf.

»Also gut«, fuhr Kastner fort. »Nele versucht, an Namen und Adressen der Weihnachtsfeiergäste zu kommen. Und jetzt zu dieser Frau Pietsch, die sich gestern über die Hotline gemeldet hat – Felix?«

»Frau Gabi Pietsch wohnt an der Kleinweidenmühle und joggt jeden Morgen um sechs ein paar Runden um die Hallerwiese«, erzählte Wernreuther. »Und am Freitag – also am neunten Dezember, dem Tag von Neles Weihnachtsfeier – hat sie etwas beobachtet.« Er unterbrach sich und blätterte in seinen Notizen. »Etwa auf Höhe des Schnepperschützenbrunnens sind ein junger Mann und ein kleiner Junge auf dem Fuß- und Radweg stadteinwärts nebeneinander hergegangen. Frau Pietsch will Marković auf dem Zeitungsfoto sofort erkannt haben, bei dem Jungen ist sie sich weniger sicher, weil sie sein Gesicht nicht gut sehen konnte.«

Kastner nickte und war ganz Ohr.

»Der Mann hatte einen Arm um die Schultern des Jungen gelegt«, fuhr Wernreuther fort, »und hat auf ihn eingeredet, aber das Kind hat immer nur stur auf seine Füße geschaut. Das klingt doch nach diesem Kaspar Hauser, oder? Vor der Unterführung sind die beiden dann im Ufergebüsch verschwunden.«

Wernreuther machte eine Kunstpause, bis Claudia fragte: »Und dann?«

»Frau Pietsch hat sich gewundert, was die da vorhaben. Also ist sie stehen geblieben und hat nachgesehen.«

»Respekt«, sagte Claudia. »Und? Wie ging es weiter?«

»Der junge Mann hat sie beruhigt: Alles sei in Ordnung, sein kleiner Bruder müsse nur mal pinkeln.«

»Wie jetzt?«, fragte Claudia irritiert. »Und damit hat sich Frau Pietsch zufriedengegeben?«

Wernreuther grinste breit und kramte in seinen Unterlagen. »Ja, in der Tat. Marković hat großen Eindruck auf sie gemacht – ich zitiere: *Er hatte eine warme Aura aus reinstem Purpur, ohne jede Trübung. Kristallklar.*«

»Na toll«, schnaubte Claudia. »Gib mir ihre Telefonnummer, wir stellen sie ein. Leute, die Verbrecher an ihrer *Aura* erkennen, werden bei der Kriminalpolizei mit Gold aufgewogen.«

»Na, na, na«, feixte Wernreuther. »Hör ich da etwa gewisse Vorurteile heraus?«

»Hallo?!«, fuhr Claudia auf. »Die Alte ist ja wohl nicht ganz dicht! Wenn du Kinder hättest, Felix, dann würdest du jetzt nicht so blöd grinsen …«

»Gemach, gemach«, beschwichtigte Kastner. »Immerhin ist Frau Pietsch nicht einfach weitergelaufen, sondern hat zunächst mal nachgesehen. Und sie hat sich sofort gemeldet, als sie Markovićs Foto in der Zeitung erkannt hat. Das ist doch schon mal was. Und wir wissen ja, dass der Junge nicht missbraucht wurde …«

Claudia schien wenig überzeugt. »Aber die Pietsch konnte das nicht wissen! *Eine purpurne Aura*, das ist doch gequirlte …«

»Wie auch immer«, fiel Kastner ihr ins Wort. »Das Wesentliche an Frau Pietschs Aussage ist ja nicht die Farbe von Luka Markovićs Aura, sondern der Zeitpunkt ihrer Beobachtung. Demnach war Luka am Morgen des neunten Dezember noch am Leben.«

»Die Gerichtsmedizinerin hat gesagt, er starb am achten oder neunten Dezember«, konstatierte Nele aufgeregt. »Wenn er also am Morgen des Neunten noch gelebt hat, muss er irgendwann im Lauf dieses Tages gestorben sein. Und das heißt, dass die Raucherin vom *Kettensteg*, diese Helga, unter Umständen eine Tatzeugin sein könnte!«

»So ist es«, stimmte Kastner zu. Dann wandte er sich wieder an Wernreuther. »Das war hilfreich, Felix. Gibt's noch was Interessantes?«

»Eher nein. Ich hab noch ein paar Passanten an der Hallerwiese befragt – einige haben mir erzählt, dass sich dort ein Penner herumtreibt, aber die Beschreibung passt nicht auf Marković. Mitte vierzig, blondes Haar, grüner Parka …«

»Das ist dieser Pegnitzbeobachter, von dem ich euch schon erzählt hab«, unterbrach Kastner. »Aus dem ist nichts herauszubringen bis auf eins: dass der Fluss gefährlich ist.«

»Tja«, sagte Wernreuther. »Das war's von meiner Seite. Von Interpol liegt noch nichts vor, aber heute oder morgen sollte da mal was kommen – auch wenn wir Marković inzwischen schon identifiziert haben, besteht ja noch Hoffnung, etwas über das Kind herauszufinden.«

»Gut«, sagte Kastner. »Sehr gut. Claudia? Was gibt's bei dir?«

»Ich hab inzwischen die Verbindungsdaten von dem Prepaidhandy von David Hasselhoff alias Luka Marković. Der Netzbetreiber hat freundlicherweise Standortdaten und ausgehende Verbindungen gespeichert – für dreißig Tage. Das ist die gute Nachricht. Die schlechte Nachricht ist, dass das Handy kaum benutzt worden ist. Es hat sich während dieser Zeit nur zweimal ins Netz eingewählt, und das kurz nacheinander.«

»Wahrscheinlich war der Akku leer?«, vermutete Wernreuther. »In diesem Gestrüpp an der Pegnitz gab's bestimmt keine Steckdosen.«

»Und mit wem hat Marković telefoniert?«, fragte Kastner.

Claudia schob ihm einen Computerausdruck hin. »Mit zwei anderen Prepaidnutzern. Beide Telefonate haben kurz nacheinander am achten Dezember stattgefunden – also am Tag *vor* Markovićs Tod, wie wir jetzt wissen. Dabei hat sich Marković im Bereich von Funkzellen der Nürnberger Altstadt aufgehalten. Ich hab die angerufenen Nummern überprüft: Die SIM-Karte des ersten Gesprächspartners war auf den Namen Draşko Raznatović registriert. Inzwischen hat sich Draşko aber wohl eine neue SIM-Karte besorgt – die von Marković angerufene Nummer ist nicht mehr vergeben. Über den zweiten Gesprächspartner wissen wir gar nichts – offensichtlich ein im Ausland gekauftes Handy, das ebenfalls mit einer neuen SIM-Karte ausgestattet worden ist. Das erste Gespräch hat gut fünf Minuten gedauert, das zweite knapp drei.«

»Marković und Raznatović sind beides serbische Namen, oder?«, erkundigte sich Kastner.

Claudia nickte.

»Das kann doch kein Zufall sein – vielleicht ist dieser Raznatović ein Freund von Luka aus dem Kosovo, oder irgendein Verwandter ... Äh, Claudia? Gibt's diesen Raznatović wirklich oder ist das eine Art serbischer David Hasselhoff?«

»Hm«, machte Claudia. »Draşko Raznatović hat bei der Registrierung eine Adresse in Regensburg angegeben, unter der tatsächlich ein Raznatović gemeldet ist. Der heißt allerdings Radan mit Vornamen und hat selbst weder Festnetz noch Mobiltelefon. Ich hab bei den Regensburger Kollegen angefragt, ob sie etwas über Radan wissen, aber bisher noch keine Rückmeldung. Ich bleib dran.«

»Gut«, meinte Kastner. »Immerhin eine Spur. Hast du sonst noch was?«

»Ja. Die Mitarbeiterin des Jugendamtes, die Marković bis zu seiner Abschiebung betreut hat, hat uns ein Gespräch angeboten.«

»Prima, das kann ich übernehmen«, sagte Kastner. »Kam über die Hotline noch was rein?«

Claudia zuckte die Achseln. »Nichts Konkretes, bis auf eins: Ein Mann hat Ende November einen Tramper mitgenommen, von der Fürther Freiheit bis zum Nürnberger Hauptbahnhof. Er ist sich sicher, dass es Marković war, aber sonst weiß er nichts. Sie haben sich während der Fahrt wohl nur übers Wetter unterhalten.«

»Okay. Etwas zu dem Kind?«

»Hm. Wegen dem Jungen rufen pausenlos Leute an, aber – na ja. Diese Kaspar-Hauser-Story war den Ermittlungen nicht gerade dienlich. Alle möglichen Psychos breiten ihre Verschwörungstheorien aus.«

»Wie zum Beispiel?«, fragte Wernreuther neugierig.

Claudia seufzte. »Der Junge sei der Spross eines Nürnberger Industriellenclans und im Zuge von Erbstreitigkeiten vertauscht worden. Oder: Man habe den Nachbarn in Verdacht, Kinder in seinem Keller gefangen zu halten, vielleicht sei nun eines geflohen. Kaspar-Hauser-Legenden, halt. Den weniger haarsträubenden Hinweisen geh ich natürlich nach, aber ich hab da ganz wenig Hoffnung.«

»Ist das nicht ungewöhnlich, dass ein kleines Kind so gar nicht vermisst wird?«, wunderte sich Nele.

»Wie man's nimmt«, antwortete Claudia. »Deutsche Kinder werden eigentlich immer sofort als vermisst gemeldet. Aber bei unbegleiteten Flüchtlingskindern müssen die Verwandten ja erst mal merken, dass ihr Kind nicht da angekommen ist, wo es hinsollte. Und dann müssen sie sich an eine Behörde wenden und mit ihrem Anliegen gehört werden, in einem Land, das sich womöglich im Kriegszustand befindet und in dem viele Kinder vermisst werden – das ist nicht so einfach. Und dann muss die Information an die Behörden der Länder weitergegeben werden, durch die die Kinder mutmaßlich gereist sind; auch da sind die Behörden oft unterbesetzt und überfordert. Manche Kinder fliehen mit ihren Eltern und werden auf der Flucht zu Waisen, wer sollte die wohl als vermisst melden? Das BKA gibt an, dass deutschlandweit an die fünfhundert Flüchtlingskinder unter dreizehn vermisst werden. Bei den älteren sind die Zahlen noch weit höher. Und da gibt es sicher eine hohe Dunkelziffer, aus den genannten Gründen.«

»Furchtbar«, sagte Nele und schüttelte sich. »Man mag sich gar nicht vorstellen, was mit diesen Kindern passiert ist.«

Claudia nickte. Mit einem Blick auf Wernreuther fügte sie hinzu: »Und man mag sich gar nicht vorstellen, wie viel Leid und Hoffnungslosigkeit Eltern erlebt haben müssen, die ihre Kinder aus lauter Verzweiflung auf eine so gefährliche Reise schicken. Das werden wohl kaum alles Sozialbetrüger und Drogenmafiosi sein ...«

»Nein, nein«, sagte Wernreuther ironisch. »Das sind alles Engel mit kristallklarer Aura.«

»Unsere Landsleute sind auch nicht alle Engel mit kristallklarer Aura«, sagte Claudia, »sonst könnten wir uns umschulen lassen.«

Kastner räusperte sich. »Was Claudia da gerade gesagt hat, könnte die Verbindung zwischen Luka Marković und dem Jungen erklären ... Vielleicht war das Kind allein unterwegs, und Marković hat sich seiner angenommen?«

»Dann kommt der Junge ebenfalls aus dem Kosovo?«, mutmaßte Wernreuther. »Dazu würde sein albanisches Gekritzel auf diesem Zettel passen ... Claudia? Albanisch ist doch die Amtssprache im Kosovo?«

»Ja. Und in Albanien, natürlich«, erklärte Claudia. »Aber als Minderheitensprache wird es in den meisten Balkanländern gesprochen.«

»Marković und das Kind konnten sich also vermutlich auf Albanisch verständigen, aber sie müssen nicht zwangsläufig aus demselben Land stammen«, stellte Kastner fest.

Claudia nickte. »Vielleicht sind sie zusammen eingereist, vielleicht hat Marković den Jungen aber auch erst später unter seine Fittiche genommen ...«

»Du meinst, unter seine Engelsflügel«, spottete Wernreuther.

***

»Wissen Sie, wie viele Fälle von Inobhutnahme unbegleiteter Minderjähriger wir in den letzten zwei Jahren hatten?«, fragte die Mitarbeiterin des Jugendamtes rhetorisch und stand auf, um die Heizung höher zu drehen. Sie hieß Verena Rebfeld und war eine burschikose, stämmige Blondine, um deren Hals eine strassbesetzte Lesebrille baumelte. Das winzige Büro teilte sie sich mit einer brünetten Kollegin, die angespannt auf ihren Bildschirm starrte und mit dem Zeigefinger auf ihre Maus eindrosch.

»Ich bin sicher, Sie haben viel zu tun«, sagte Kastner begütigend. Er hatte Frau Rebfeld keinen Vorwurf gemacht, weil sie Luka Markovićs Foto in der Zeitung nicht erkannt hatte, aber sie schien sich dennoch dafür rechtfertigen zu wollen.

»Wir arbeiten mit dem SOS-Kinderdorf, dem Sozialdienst katholischer Frauen und den Rummelsberger Diensten zusammen«, fuhr sie fort, »um möglichst viele von ihnen in familiären Verhältnissen unterzubringen, und allein für die Koordination könnten wir zehn neue Mitarbeiter brauchen. Haben wir aber nicht.« Sie schnaubte, setzte sich wieder auf ihren Bürostuhl und stützte einen Fuß an der Schreibtischkante ab. »Wir sollen effizienter arbeiten, rät man uns vonseiten der Politik. *Effizienter arbeiten!* Als hätten wir bisher auf der faulen Haut gelegen.«

»Dou hodd die Verena fei recht. Des is nedd besonders moddivierend«, mischte sich die Brünette ein. »Mir hamm Überstunden ohne Ende, obber däi maaner, äwenger Schulung in Brojeggdmänädschmend, und scho bassd der Käs widder.«

»Sie haben Luka Marković also bis zu seiner Abschiebung betreut?«, fragte Kastner die Blondine.

Sie nickte und schob einen Stapel Papier über den Schreibtisch. »Ich hab Ihnen ausgedruckt, was ich zu dem Fall habe. Marković kam im Juni letzten Jahres nach Nürnberg, allein. Damals war er siebzehn. Wir haben ihn zunächst in einem kirchlichen Wohnheim untergebracht, später sogar für längere Zeit in einer Familie. Er hätte zur Schule gehen können, aber das hat er abgelehnt; stattdessen hat er nur einen Deutschkurs besucht ...«

»Das ist ja interessant«, fiel Kastner ihr ins Wort. »Er hat bei einer Nürnberger Familie gelebt?«

Verena Rebfeld nickte. »Das fällt natürlich unter den Datenschutz, ich kann das nur offenlegen, weil es sich um polizeiliche Ermittlungen im Zusammenhang mit einem ungeklärten Todesfall handelt.«

Kastner blätterte durch die Unterlagen. »Familie Dürr. Taunusweg ... das ist doch in der Gartenstadt?«

Frau Rebfeld nickte erneut. »Das sind sehr zuverlässige Leute, die immer mal wieder minderjährige Flüchtlinge oder Pflegekinder aufnehmen, wenn Not am Mann ist. Auch kurzfristig.«

»Gartenstadt«, sinnierte Kastner laut.

»Herr Dürr hat eine Gärtnerei in Gebersdorf«, sagte Frau Rebfeld, »und seine Frau ist Sozialpädagogin und hat selbst drei Kinder. Besser kann man's nicht treffen.«

»Besser kann man's nicht treffen«, wiederholte Kastner nachdenklich. »Sagen Sie, wann genau hat Luka Marković bei diesem Ehepaar Dürr in der Gartenstadt gelebt?«

»Da muss ich nachschauen ...« Frau Rebfeld blätterte in den Papieren, bis sie das Gesuchte gefunden hatte. »Also ... vom einundzwanzigsten Mai bis Ende Juli letzten Jahres hat er den Sprachkurs besucht. Und bei den Dürrs war er vom dreizehnten Juli letzten bis zum siebten März dieses

Jahres, also ungefähr acht Monate lang. Am achtzehnten März wurde er abgeschoben.«

»Ach«, sagte Kastner. »Und warum hat Marković die Familie Dürr schon am siebten März verlassen, wenn er doch erst am achtzehnten abgeschoben wurde?«

Verena Rebfeld verdrehte die Augen. »Hören Sie, Herr Kastner, ich betreue sehr viele minderjährige Flüchtlinge. Ich kümmere mich um Unterkunft, Gesundheitsprüfung, Sprachkurse, Schulbesuch oder Ausbildung; um nötige Unterlagen und Dokumente und zum Teil um rechtliche Beratung. Aber ich kann nicht jedem eine Freundin sein. Ich nehme an, die Dürrs und Marković haben sich im gegenseitigen Einvernehmen getrennt, denn wenn irgendetwas vorgefallen wäre, dann stünde es in den Unterlagen. Ich weiß nur, dass der junge Mann ab dem achten März bis zu seiner Abschiebung wieder in dem Wohnheim untergebracht war.«

»Natürlich«, beeilte sich Kastner zu versichern. »Äh ... hatte Marković irgendeinen Schulabschluss? Hatte er ein Zeugnis dabei? Sie haben eine Ausbildung erwähnt – hätte er denn eine Lehre machen dürfen?«

»Im Prinzip ja. Seit 2013 hat für unbegleitete minderjährige Flüchtlinge in Deutschland das Jugendhilfegesetz Vorrang vor anderen Regelungen – Ausländerrecht, Aufenthaltsgesetz, Asylverfahrensgesetz und so weiter. In Bayern gibt es seither ein zweijähriges Schulungsangebot für junge Flüchtlinge an staatlichen Berufsschulen, damit sie einen Schulabschluss nachholen und die Ausbildungsreife erlangen können. Aber Marković hat behauptet, er habe bereits einen mittleren Schulabschluss und seine Großmutter würde ihm die Bestätigung nachsenden – bei mir ist so eine Bestätigung aber nie angekommen. Eine Lehrstelle hätte er hingegen angenommen, auch in der Hoffnung, dass seine

Duldung zumindest bis zum Abschluss der Lehre verlängert wird – aber ohne Schulzeugnis keine Lehrstelle.«

»Aber abgeschoben hätte man ihn mit Erreichung der Volljährigkeit so oder so? Also auch dann, wenn er in Deutschland zur Schule gegangen wäre oder eine Lehre gemacht hätte?«

»Vermutlich ja. Eine Ausbildung bedingt kein Aufenthaltsrecht, und eine Duldung ist immer Ermessenssache«, erklärte Frau Rebfeld. »Aber vielleicht hätte er die Ausbildung abschließen dürfen.«

»Das scheint eine recht komplizierte Materie zu sein«, sagte Kastner, dem schon ein wenig der Kopf schwirrte.

»Es geht so«, sagte Verena Rebfeld trocken.

»Ja, dann herzlichen Dank, Frau Rebfeld, Sie haben mir wirklich weitergeholfen! Wenn ich zu den Unterlagen noch Fragen habe, dann melde ich mich.«

***

Vom Jugendamt in der Dietzstraße lief Kastner zur Haltestelle Kohlenhof, fuhr mit der Linie 4 nach Gibitzenhof und stieg dort in den Stadtbus 68 Richtung Langwasser. Draußen ging ein Regenschauer nieder, dessen nasse Böen gegen die Scheiben klatschten, im Bus war es dagegen unsinnig heiß. An der Saarbrückener Straße stieg Kastner aus, zusammen mit einer stark erkälteten älteren Dame, die einen beige-braun karierten Regenschirm gegen den Schneeregen stemmte.

Die Saarbrückener Straße war lang, sie trennte die Gartenstadt von der Trierer Straße und der Kettelersiedlung – eine rein akademische Trennung, da links wie rechts der Straße Familienhäuser mit für Nürnberger Verhältnisse geräumigen Gärten dominierten. Ein Teil der Gartenstadt stand unter Ensembleschutz, wusste Kastner, aber es konnte nicht der Teil sein, den er gerade sah – hier hatten Nachverdichtung und Modernisierung deutliche Spuren hinterlassen. Verschachtelte Anbauten, Doppelgaragen, Carports und Swimmingpools drängten sich an und zwischen die Häuser, schwarz eingedeckte Dächer glänzten latent aggressiv. Auch gärtnerisch hatte wohl nicht jeder Hausbesitzer ein glückliches Händchen: Blaufichten und Hochbeete aus fleischfarbenem Plastik ergaben selbst für Kastners ungeschultes Auge kein harmonisches Bild. Mirjam geriet regelmäßig in Rage, wenn sie solche Gärten sah: *Das ist Misshandlung Schutzbefohlener*, sagte sie dann zähneknirschend, *und man sollte es entsprechend bestrafen. Zumindest das Sorgerecht gehört denen entzogen.* Kastner war etwas toleranter – *Immerhin ist es grün*, war seine Meinung, *und man kann den Leuten ja schlecht vorschreiben, was sie in ihre Gärten pflanzen sollen.* Daraufhin zischte Mirjam dann immer: *Schade eigentlich!*

»Was schleichen S' denn su bläid hinter mir her?«

Kastner sah sich unversehens von dem karierten Regenschirm der erkälteten Dame bedroht – offenbar war es in der Gartenstadt unüblich, anderen Passanten mit nur drei Meter Abstand auf derselben Gehwegseite zu folgen.

»Ich wohne in der Südstadt«, sagte er erklärend, aber die alte Dame konnte mit dieser Aussage nichts anfangen. Sie hielt ihre Handtasche umklammert und fuchtelte mit dem Schirm vor seinem Gesicht herum.

»Na und? Des iss mir wurschd, wo Sie wohner. Gänger S' weider, sonsd hulli die Bollizei.«

»Wir haben nur zufällig den gleichen Weg«, versuchte Kastner einen anderen Ansatz. »Wenn es Sie stört, dass ich hinter Ihnen gehe, dann kann ich auch vorausgehen.«

»Und ich kann Dschu-Dschidsu«, behauptete die Frau.

»Was halten Sie davon?«, schlug Kastner vor. »Sie gehen einfach weiter, und ich warte hier, bis Sie außer Sichtweite sind.«

Die Dame ließ den Schirm sinken und musterte ihn misstrauisch. »Und dann schbionieren Sie mir nach und brechen bei mir derhamm ei, wenn's finsder wird.«

»Das ist doch absurd«, sagte Kastner. »Ich muss in den Taunusweg, gute Frau, zu einer Familie Dürr. Und zu diesem Zweck muss ich eben jetzt die Saarbrückener Straße hinunterlaufen. Eine öffentliche Straße, wohlgemerkt.«

»Zu die Dürr? Des häddn S' doch gleich sang könner. Die Dürr kenn ich. Der Dürr hat mein Gaddn gmacht; wie mei Willi gschdorm is, wolld ich des alles erweng bflegeleichder. Sie hom gwiss a ern Gaddn?«

»Nein. Wie schon erwähnt, wohne ich in der Südstadt.« Kastner hätte der Frau seinen Polizeiausweis vor die Nase halten können, aber es war ihm ein Anliegen, diese Sache zivilrechtlich zu klären. Von Mensch zu Mensch.

»Südstadt«, sinnierte die Dame, zog ein Stofftaschentuch aus ihrer Handtasche und schnäuzte sich ausgiebig. »Na ja, nix für unguud. Ich hobb hald denggd. Es gibt ja so viel Gsindel heidzudooch.«

Kastner nickte unverbindlich und ging weiter. Er hörte die streitbare Dame noch eine Weile hinter sich husten und niesen, bis sie schließlich in den Eifelweg abbog, in der der pensionierte Lehrer Knüst wohnte. Der Taunusweg war die nächste Straße rechts. Konnte es Knüst entgangen sein, dass Luka Marković acht Monate lang in seiner unmittelbaren Nachbarschaft gewohnt hatte? Erwähnt hatte er es jedenfalls nicht.

***

Der Dürr'sche Vorgarten wirkte eher wie eine pragmatische Nutzfläche als wie die Visitenkarte eines Gärtners. Neben den Mülltonnen standen Erwachsenen- und Kinderfahrräder im Schneematsch, vor der Garage stapelten sich Eimer, Plastikkisten und leere Blumentöpfe. An einer kahlen Birke war ein Basketballkorb befestigt, auf den ein Mädchen immer wieder einen Ball warf, ohne je zu treffen. Es trug eine rote Wollmütze mit Bommel, dazu passende Fäustlinge und eine dicke, beige Daunenjacke, die seine Bewegungsfreiheit einschränkte. »*Fuck*«, schrie das Kind, als der Ball von der Birke abprallte und über das Gartentürchen vor Kastners Füße fiel.

»Hallo«, sagte Kastner, während er den nassen Ball aufhob und zurückreichte. »Sind dein Vater oder deine Mutter zu Hause? Ich möchte gern mit ihnen sprechen.«

Das Mädchen musterte ihn von Kopf bis Fuß. »Meine Alte ist nie zu Hause«, erklärte es schließlich. »Bis vor Kurzem war die nie zu Hause, weil sie sich durch die Kneipen gesoffen hat; und jetzt ist die nie zu Hause, weil sie eine Entziehungskur macht.«

»Oh.«

»Und mein Vater ist zu blöd zum Scheißen, sagt Mama«, fuhr das Kind freimütig fort. »Der wohnt in Bamberg; keinen Plan, ob der zu Hause ist.«

»Ich verstehe. Äh … Und die Dürrs? Ist von denen vielleicht jemand da?«

Das Mädchen klemmte sich den Ball unter den Arm und wischte sich die Nase an einem der roten Fäustlinge ab. »Ich bin die Emma.«

»Und ich bin Kommissar Kastner von der Polizei. Wie

sieht es aus, Emma – ist einer von den Dürrs da? Darf ich reinkommen?«

Emma nickte gnädig und öffnete das Gartentürchen. »Die Melanie und der Lars sind da«, sagte sie und wies auf das Wohnhaus. »Der Lars ist angeblich krank.« Dann drehte sie ihm den Rücken zu und zielte wieder auf den Korb.

Neben der Haustür fand Kastner einen Klingelknopf unter einem aus Fimo gestalteten Türschild, das verkündete: Hier wohnen Bernd, Melanie, Lars, Chiara und Flo. Er drückte ihn.

»Was denn?«, begrüßte ihn eine abgehetzt wirkende Frau Mitte vierzig. Sie trug enge Jeans auf knochigen Hüften, der Schalkragen ihrer lindgrünen Bluse rahmte eine Perlenkette über teigig blasser Haut. Ihr schulterlanges Haar war nussbraun gefärbt, die dicken Gläser einer horngefassten Brille ließen wasserblaue Augen hervorquellen, die Kastner überrascht anstarrten.

Er sagte sein Sprüchlein auf.

»Das musste ja kommen«, seufzte die Frau. »Ja, ich hab's in der Zeitung gelesen. Aber im Moment ist es wirklich ungünstig – ich muss heute noch einen Artikel fertig schreiben. Könnten wir nicht ein andermal ...?«

»Ich bedaure«, sagte Kastner frostig. »Frau Dürr, wir haben einen Todesfall zu klären. Warum haben Sie sich nicht gemeldet, nachdem Sie *es* in der Zeitung gelesen hatten? Sie hätten uns viel Arbeit ersparen können.«

Melanie Dürr schob sich eine Haarsträhne aus dem Gesicht und zuckte resigniert die Achseln, ehe sie ihn mit den Worten *wenn es denn sein muss* hereinbat. Sie führte ihn in ein weiträumiges Wohnzimmer, das nach hinten hinausging. Etwas, das Mirjam eine *Wohnlandschaft* genannt hätte – über Eck gestellte Ledersofas, Sessel und Fußhocker um einen Couchtisch, eine fleckige Glasplatte auf einem Gestell aus, nun ja, kreativ miteinander verschweißten Weißblechdosen. Kastner sank in einen der Sessel. »Sind das ... Dosen?«, fragte er und zeigte auf das Tischgestell.

»Richtig«, sagte Melanie Dürr. »Katzenfutterdosen. Ein Bekannter von mir hat eine kleine Werkstatt, in der er mit Flüchtlingen und sozial benachteiligten Jugendlichen arbeitet. Das ist eine ganz tolle Erfahrung für die Kids.« *Und was machst du in deiner Freizeit*, fragte ihr Blick, *das irgendeinen Nutzen für die Menschheit hat?*

»Äh, ja«, sagte Kastner. »Das ist ... interessant. Um auf meine Frage zurückzukommen: Warum haben Sie sich nicht gemeldet, als Sie Luka Markovićs Foto in der Zeitung gesehen haben? Der Junge hat doch immerhin acht Monate lang bei Ihnen gelebt.«

»Aber das wollte ich ja!«, beteuerte Melanie Dürr. »Ich hab nur gerade wirklich viel um die Ohren, so kurz vor Weihnachten. Ich schreibe eine Artikelserie für eine pädagogische Fachzeitschrift, ich bin ehrenamtlich im sozialen Bereich tätig, ich muss mich um drei Kinder und einen Haushalt kümmern, und im Moment habe ich noch zwei Pflegekinder vom Jugendamt im Haus. Ich hatte das Telefon schon in der Hand, und dann kam irgendwas dazwischen.« Sie lachte etwas affektiert.

»Was können Sie mir denn über Luka erzählen?«, fragte Kastner.

Melanie Dürr blies die Backen auf und verschränkte die Arme vor der Brust. »Ja nun, was soll man da sagen. Er war recht höflich und sprach gut Deutsch. Allerdings war er ein wenig ... verschlossen.«

»Verschlossen? Was genau meinen Sie damit?«

»Hm, wie erklär ich das ... Als Sozialpädagogin habe ich einen gewissen Anspruch an meine Arbeit mit den Pflegekindern. Ich verfolge ein ganzheitliches Konzept. Die Kinder – oder die Jugendlichen – sollen etwas zum Familienleben beitragen und auch kleinere Aufgaben übernehmen, und sie müssen lernen, mit Anforderungen und Kritik umzugehen. Luka blieb jedoch gerne für sich und dachte, er könne kommen und gehen, wie es ihm beliebt. Aber dies hier ist ja kein Hotel.«

»Ich verstehe«, behauptete Kastner. »Frau Dürr – Luka ist eventuell einem Gewaltverbrechen zum Opfer gefallen. Hatte er vor irgendjemandem Angst? Fühlte er sich bedroht?«

Melanie Dürr starrte ihn an. »Soll das heißen, er wurde *ermordet*? Aber – in der Zeitung stand doch, dass er ertrunken sei?«

»Wir sind gerade dabei, die Umstände seines Todes zu klären«, sagte Kastner.

In diesem Augenblick betrat ein junger Mann das Wohnzimmer. Er mochte achtzehn oder neunzehn sein, ein dunkelblonder, großer und kräftiger Bursche, der trotz eines mürrischen Gesichtsausdrucks wie das blühende Leben aussah. Er trug eine Trainingshose aus Ballonseide, ein pflaumenblaues T-Shirt und den unvermeidlichen Vollbart. »Mama«, sagte er vorwurfsvoll, »könntest du mir *bitte* einen Tee machen? Ich hab echt übel Halsweh. Oh. Sorry ...«

»Kommissar Kastner von der Kriminalpolizei – mein Sohn Lars«, stellte Melanie Dürr vor. »Herr Kastner ist wegen Luka da.«

»Okay«, sagte Lars und nickte Kastner zu. »Dann – geh ich wieder hoch.«

»Aber Sie stören doch nicht«, sagte Kastner. »Im Gegenteil. Sie haben Luka Marković ja auch gekannt – Sie waren etwa im selben Alter, nicht wahr?«

Lars runzelte die Stirn.

»Wie haben Sie sich denn mit Luka verstanden?«, fragte Kastner.

Lars verzog den Mund. »Die wohnen hier, und wenn man sich an sie gewöhnt hat, verschwinden sie wieder. Die meisten nerven.« Er sann ein wenig nach und zuckte dann die Achseln. »Aber Luka war ganz okay.«

»Haben Sie sein Foto in der Zeitung gesehen? Warum haben Sie sich nicht bei uns gemeldet?«

»Ich les keine Zeitung. Mama hat's mir gesagt, und ich hab gedacht, sie kümmert sich schon drum. Sie kümmert sich ja um alles und jeden, ihre eigenen Kinder mal ausgenommen.«

Melanie Dürr nestelte am Kragen ihrer Bluse. »Herr Kastner sagt, Luka wurde ermordet«, klärte sie ihren Sohn auf.

»Echt jetzt? Krass«, sagte Lars.

»Was hat Luka denn den ganzen Tag über gemacht, als er bei Ihnen gewohnt hat?«, erkundigte sich Kastner.

Während seine Mutter noch über eine Antwort nachdachte, ließ Lars sich in einen der Sessel fallen und erklärte: »Der hat bei Papa in der Gärtnerei geschuftet.«

»Das ist wohl kaum der richtige Ausdruck«, sagte Melanie Dürr und erklärte, an Kastner gewandt: »Luka hat bei meinem Mann lediglich ein Praktikum gemacht.«

Kastner nickte. »Hat er dafür Geld bekommen?«

»Selbstverständlich«, sagte Frau Dürr.

»Der Hungerlohn war nicht der Rede wert«, sagte ihr Sohn gleichzeitig.

»Für minderjährige Praktikanten gilt der Mindestlohn nicht«, erklärte Frau Dürr eilig. »Das war alles ganz rechtmäßig. Mein Mann musste ihm ja erst alles zeigen und ihn einarbeiten – ein wirtschaftlicher Gewinn ist damit nicht zu machen.«

»Der hat geschuftet wie ein Besessener«, sagte Lars. »Zehn, elf Stunden am Tag. Und man musste ihm gar nicht viel erklären.«

»Zehn, elf Stunden?«, fragte Kastner erstaunt. »Gibt es da nicht ein Jugendschutzgesetz, das so etwas verbietet?«

Frau Dürr winkte ab. »Solche Arbeitszeiten gab es sicher nur ausnahmsweise, wenn überhaupt!«, behauptete sie. »In einer Gärtnerei fallen eben Arbeiten an, die man nicht einfach liegen lassen kann.«

»Der wollte bei Papa eine Ausbildung machen«, sagte Lars unbeeindruckt. »Deshalb hat er sich so den Arsch aufgerissen.«

»Bitte sei nicht so vulgär«, mahnte seine Mutter. »Luka konnte gar keine Ausbildung machen, er hatte nämlich kein Schulzeugnis.«

»Aber Papa hat doch gesagt …«

Melanie Dürr schnitt ihm mütterlich lächelnd das Wort ab: »Du solltest dich jetzt ein bisschen hinlegen, Lars. Ich bringe dir eine Tasse Tee, sobald das hier beendet ist.«

Lars zuckte die Achseln und machte Anstalten, sich zu trollen.

»Ein paar Fragen hätte ich noch an Sie beide, wenn es Ihnen recht ist«, sagte Kastner, der zunehmend Gefallen an der Parallelbefragung von Mutter und Sohn gefunden hatte. »Hatte Luka Freunde, die ihn hier besucht haben? Oder von denen er Ihnen erzählt hat?«

»Es ist Teil meiner pädagogischen Arbeit, die Pflegekinder aus ihrem kritischen Umfeld herauszuholen«, erklärte Melanie Dürr. »Deshalb haben sie in der Regel hier keine Freunde.«

Kastner nickte und holte sein Notizbuch aus der Manteltasche. Er notierte *kein Hotel* und *für einen Hungerlohn geschuftet / Praktikum*, dann erkundigte er sich nach Lukas Handy.

Melanie Dürr zuckte die Achseln. »Ich dulde in den gemeinsam genutzten Räumen keine Handybenutzung. Und alles andere fällt meines Erachtens bei einem Jugendlichen in den Bereich der Intimsphäre.«

»Klar, der hatte so einen alten Knochen von vorm Krieg«, sagte Lars. »Ein Dumbphone.«

Kastner nickte Lars aufmunternd zu und zeigte ihm ein Foto von Lukas Mobiltelefon. »Sah es so aus?«

Lars nickte.

»Konnte Luka eigentlich schwimmen?«, erkundigte Kastner sich beiläufig.

Melanie Dürr und ihr Sohn machten ratlose Gesichter.

»Sie waren also nie zusammen im Schwimmbad oder an einem Badesee? Nein? Na gut, etwas anderes: Wissen Sie, dass Luka bei einem Ihrer Nachbarn Deutsch gelernt hat? Bei Josef Knüst aus dem Eifelweg?«

Melanie Dürr lächelte unverbindlich. »Leider haben wir keinen sehr engen Kontakt zu unseren Nachbarn ...«

»Freilich wissen wir das«, sagte Lars. »Der alte Knüst hängt ja dauernd über den Gartenzaun und schäkert rüber.«

»Ach«, sagte Kastner. »Ihre Gärten grenzen direkt aneinander? Das ist wirklich interessant.« Er machte sich eine Skizze in sein Notizbuch. »Was genau meinen Sie mit *schäkern*, Herr Dürr?«

Lars zuckte die Achseln und verdrehte die Augen. »Keine Ahnung. Der Alte hört sich gern labern, und er meint, allen anderen müsste es auch so gehen. Da täuscht er sich aber.«

»Lars«, mahnte seine Mutter sanft.

»Ist doch wahr! Und meiner Meinung nach ist das ein verkappter Schwuler ...«

»*Lars!*«

»Isso«, beharrte Lars. »Wenn früher meine Kumpels zum Fußballspielen da waren, hatte der plötzlich immer hinten an seinem Komposthaufen zu tun und hat uns vollgelabert. Und an Luka hatte er einen besonderen Narren gefressen, ich schätz mal, weil der zu höflich war, um ihm übers Maul zu fahren.«

Kastner räusperte sich. »Hat Herr Knüst Ihnen jemals sexuelle ... äh, ich meine, gab es einen konkreten Anlass, der Sie zu der Überzeugung gebracht hat, dass er ...«

»Ob der mich angetatscht hat oder vorgeschlagen, ich soll ihm einen blasen? Das wollen Sie doch wissen, oder? Nö. Drum sag ich ja *verkappt.*«

Melanie Dürr schüttelte den Kopf. »Das sind Mutmaßungen und Unterstellungen, Lars. Nicht jeder, der freundlich mit jungen Menschen plaudert, ist zwangsläufig ein Pädophiler. Herr Knüst war früher Lehrer«, erklärte sie Kastner, »und zeit seines Lebens den Umgang mit Jugendlichen gewohnt. Ich schätze, nur aus diesem Grund hat er gerne mal ein paar Worte mit den Jungs über den Gartenzaun gewechselt.«

»Ein *paar* Worte!«, spottete Lars. »Und geglotzt hat er auch.«

»Luka Marković hat fast acht Monate lang bei Ihnen gewohnt, Frau Dürr«, sagte Kastner. »Das ist eine lange Zeit. Warum ist er kurz vor seiner Abschiebung wieder ausgezogen? Gab es Streit?«

Zum ersten Mal wechselte Lars einen Blick mit seiner Mutter und überließ ihr die Antwort.

»Nein, nein, es gab keinen besonderen Grund«, sagte Melanie Dürr. »Wir können die Kinder eben nur für eine begrenzte Zeit aufnehmen. Eine allzu enge emotionale Bindung sollte vermieden werden, damit sie bei der Trennung nicht erneut traumatisiert werden.«

»Was Sie nicht sagen. Hat sich Marković nach seiner Abschiebung eigentlich noch einmal bei Ihnen gemeldet?«

»Wir haben nie wieder etwas von ihm gehört«, sagte Melanie Dürr.

»Ich verstehe«, sagte Kastner. »Danke, Sie haben mir wirklich weitergeholfen. Schade nur, wie gesagt, dass Sie sich nicht gleich bei uns gemeldet haben. Ich muss auch mit Ihrem Mann sprechen, Frau Dürr. Wenn Sie mir die Adresse der Gärtnerei geben würden? Und eine Telefonnummer, unter der ich ihn tagsüber erreichen kann?«

Als Kastner das Haus verließ, saß Emma auf einer Holzbank vor der Garage und hielt den Kopf mit der Pudelmütze über ein Handy gebeugt. Die Handschuhe hatte sie ausgezogen und drückte mit blau gefrorenen Daumen auf dem Gerät herum.

»Ist dir nicht kalt?«, fragte Kastner. »Was machst du da?«

»Ich spiele«, erklärte Emma, ohne den Kopf zu heben.

»Aha«, sagte Kastner. »Und mit dem Handy darfst du drinnen nicht spielen, stimmt's? Aber du könntest doch drinnen was anderes spielen.«

»Nein. Die Melanie hat gesagt, ich soll draußen spielen.«

Kastner war eine Weile sprachlos. »Sie hat dich vor die Tür gesetzt? Bei der Kälte?«

Emma nickte. »Frische Luft ist wichtig für Kinder«, sagte sie sarkastisch.

»Verrätst du mir, wie alt du bist?«, fragte Kastner.

»Neun. Aber ich geh erst in die zweite Klasse, weil ich eine Entwicklungsstörung hab. Das sagt die Melanie. Meine Alte sagt, ich bin so bescheuert wie mein Papa.«

»Also mir kommst du recht aufgeweckt vor«, sagte Kastner, mehr zu sich selbst, denn Emma war wieder in ihr Spiel vertieft. Er ging noch einmal zurück zum Haus und legte den Daumen auf den Klingelknopf.

»Was ist denn noch?« Melanie Dürrs blassblaue Augen funkelten ihn an.

»Das Mädchen da draußen friert«, sagte Kastner. »Sie haben ja erwähnt, dass Sie so kurz vor Weihnachten viel mit sozialen Projekten beschäftigt sind ... meinen Sie nicht, Ihr Pflegekind könnte vielleicht ein lohnendes Ziel Ihrer Wohltätigkeit sein? Ein heißes Bad, eine Tasse Tee, eine Geschichte vorlesen?«

Melanie Dürr öffnete den Mund und ließ ihn eine Weile offen. »Haben Sie Kinder?«, fragte sie schließlich. »Pflegekinder mit Entwicklungsverzögerungen? Haben Sie eine pädagogische Ausbildung? Ein bisschen frische Luft hat noch keinen umgebracht, und Emma könnte selber lesen, wenn sie es denn wollte.«

»Ihre Finger sind blau vor Kälte«, sagte Kastner. »Das konnte ich ganz ohne pädagogische Ausbildung erkennen. Übrigens komme ich gerade vom Jugendamt, da habe ich mit einer Frau Rebfeld gesprochen, die voll des Lobes über Ihr soziales Engagement war.«

Frau Dürr kniff die Augen zusammen.

»Vermutlich könnten Sie Frau Rebfeld Ihr pädagogisches Konzept der frischen Luft leichter erklären als einem Laien wie mir? Ich meine nur, weil Frau Rebfeld ja gewissermaßen auch eine Fachfrau ist?«

»Also das ist doch ...«, murmelte Melanie Dürr, dann schrie sie an Kastner vorbei: »Emma! Komm sofort rein, und mach endlich das verdammte Handy aus!«

Von den Dürrs ging Kastner direkt zu Josef Knüst in den Eifelweg. Steffi öffnete die Haustür und sah ihn fragend an.

»Guten Tag, Frau Grabowski. Kastner vom Dezernat 1, Sie erinnern sich? Ich war gestern schon mal hier.«

»Der Bulle«, konstatierte Steffi.

»Genau. Sagen Sie, ist Herr Knüst auch zu Hause?«

»Nix«, sagte Steffi.

»Aha. Dürfte ich dann vielleicht Ihnen ein paar Fragen stellen?«

Steffi hob die Augenbrauen. »Mir? Wozu?«

»Es sind nur Routinefragen. Darf ich reinkommen?«

Steffi zuckte die Achseln und schlurfte vor ihm her ins Wohnzimmer, wo sie sich in einen der Cordsamtsessel warf und das Kinn auf die Hand stützte.

Kastner setzte sich auf die Couch. »Hübsch haben Sie's hier«, behauptete er. »Seit wann leben Sie und Herr Knüst denn zusammen?«

»Kommt mir lang vor«, sagte Steffi. »Club-Fan?«

»Ähm, eher nein«, sagte Kastner und strich über seinen rosa-schwarzen Schal. »Frau Grabowski, ich komme gerade von den Dürrs, Ihren Gartennachbarn aus dem Taunusweg. Haben Sie gelegentlich Kontakt mit ihnen?«

»Ich geh selten in den Garten.«

»Aber Sie kennen die Familie Dürr?«, fragte Kastner geduldig nach.

Steffi zuckte die Achseln und schwieg.

»Gibt es gegenseitige Besuche? Oder mal einen Schwatz über den Gartenzaun?«

»Eher nicht.«

»Und Ihr Lebensgefährte? Er scheint von Ihnen beiden ja der, äh, kommunikativere Teil zu sein.«

»Joe faselt den ganzen Tag«, stellte Steffi fest. »Ich hör gar nicht mehr hin.«

»Aha«, sagte Kastner. »Na gut, dann muss ich Herrn Knüst wohl selbst danach fragen. Wussten Sie, dass Luka Marković acht Monate lang bei den Dürrs gelebt hat?«

»Luka Wer? Ach, der aus der Pegnitz. Was Sie nicht sagen.«

»Haben Sie den jungen Mann gelegentlich bei den Dürrs gesehen? Hat Ihr Lebensgefährte ...«

»Das bringt doch hier nix«, fiel Steffi ihm ins Wort und stand auf. »Ich weiß nichts über den Pegnitz-Typen, und falls Joe mir etwas über ihn erzählt hat, kann ich es Ihnen nicht weitersagen, weil Joes Gefasel mir zum einen Ohr rein und zum anderen raus geht. Apropos raus ... ich hab jetzt zu tun.« Sie machte eine Geste in Richtung Tür.

Kastner erhob sich ebenfalls. »Hat Ihr Lebensgefährte homosexuelle Neigungen, Frau Grabowski?«

»Wer weiß«, sagte Steffi ungerührt. »Fragen Sie ihn doch, vielleicht sagt er's Ihnen.«

Josef Knüst und Steffi Grabowski scheinen eine interessante Beziehung zu führen, dachte sich Kastner, als er wieder draußen auf dem Eifelweg stand. Unschlüssig sah er auf seinem Handy nach der Uhrzeit – es war 14.30 Uhr – und stellte dabei fest, dass Dr. Frodenberg versucht hatte, ihn zu erreichen. Er rief zurück.

»Hallo, Herr Kastner«, sagte Frodenberg. »Wenn Sie morgen um halb elf Zeit hätten ... Ich werde dem Jungen dann das Foto von Luka Marković zeigen. Sie können gerne dabei sein.«

Kastner notierte sich Adresse und Wegbeschreibung in sein Notizbuch; dann rief er Claudia an.

»Claudia? Was machst du gerade?«

»Ich langweile mich an der Hotline zu Tode und recherchiere nebenher über albanische Lyrik. Ist das ein Kontrollanruf?«

»Genau. Pass auf, ich muss dringend nach Gebersdorf. Kannst du mich vielleicht in der Gartenstadt abholen? Die Nele kann doch die Hotline für eine Weile übernehmen?«

»Freilich. Wo finde ich dich?«

»Saarbrückener Ecke Eifelweg. Es gibt Neuigkeiten, ich erzähl dir alles unterwegs.«

»Okay, bis gleich!«

»Bis gleich. Äh – ob du mir wohl irgendwas zu essen mitbringen könntest? Meine Mittagspause ist ausgefallen.«

***

»Mahlzeit«, sagte Claudia. Sie hielt Kastner mit einer Hand ein Leberkäsbrötchen hin und zeigte mit der anderen auf einen Pappbecher, der im Getränkehalter der Mittelkonsole steckte. »Da ist ein Cappuccino für dich. Gebersdorf? Gibt es eine Adresse?«

Kastner gab ihr den Zettel mit der Anschrift der Gärtnerei Dürr, und sie tippte die Daten ins Navigationsgerät. Bald bretterte sie mit Tempo hundertzwanzig über die Südwesttangente und bediente gelegentlich die Scheibenwaschanlage, weil brauner Matsch ihr die Sicht nahm. Einen Laster, der vor dem Streifenwagen auf die Überholspur ausscherte, scheuchte sie mit Blaulicht und Tonsignal zurück auf die rechte Spur.

Nachdem Kastner sich den Senf aus den Mundwinkeln gewischt hatte, brachte er seine Kollegin auf den neuesten Stand.

»Das ist hart«, stellte sie fest. »Machen einen auf sozial engagiert, diese Dürrs, und melden sich dann nicht, wenn einer ihrer ehemaligen Schützlinge tot aus der Pegnitz gezogen wird? Auch wenn es schon über ein halbes Jahr her ist, dass Luka dort gewohnt hat, finde ich das befremdlich.«

Kastner nickte. »Melanie Dürr hat sich regelrecht hinter pädagogischen Worthülsen verschanzt – entweder weiß sie erschreckend wenig über ihr ehemaliges Pflegekind, oder sie hält mit etwas hinter dem Berg. Der Sohn, Lars, war deutlich auskunftsfreudiger. Wir sollten noch einmal unter vier Augen mit ihm sprechen.«

»Machen wir«, sagte Claudia und ordnete sich vor der Ausfahrt rechts ein. »Und diesem Knüst sollten wir auch noch mal auf den Zahn fühlen, oder? Dass er nach dem Sprachkurs nichts mehr von Luka gehört hat, war ja wohl gelogen, wenn er über den Gartenzaun mit ihm *geschäkert* hat.«

Kastner nickte. »Richtig. Knüst wusste über Luka auffallend gut Bescheid. Ich meine – der hat zwanzig, dreißig Flüchtlinge in seinem Kurs, und immer nur für ein paar Monate. Kennt man da von jedem die Lebensgeschichte? Andererseits – warum hätte er sich freiwillig bei uns melden sollen, wenn er etwas zu verbergen hat?«

Claudia zuckte die Achseln und bog in die Ansbacher Straße ab. *Fahren Sie an der nächsten Kreuzung rechts*, sagte das bisher schweigsame Navigationsgerät plötzlich mit sonorer Stimme. *Fahren Sie an der nächsten ...* »Du sollst die Waffel halten«, wies Claudia es zurecht und stach mit dem Zeigefinger auf das Ding ein, bis es beleidigt schwieg. »Weil wir auf die Sache mit dem Sprachkurs früher oder später auch selber gekommen wären?«, schlug sie vor.

»Hm«, machte Kastner. »Dieser Luka bleibt irgendwie schwer greifbar, finde ich. Fleißig, freundlich, höflich, verschlossen ... Vielleicht war er depressiv? Vielleicht hat er sich umgebracht, weil ihm seine Lage aussichtslos erschien?«

Claudia schüttelte den Kopf. »Glaub ich nicht. Warum in der Pegnitz? Ich meine, wenn man sich umbringen will, dann gibt es doch schnellere und sicherere Arten – warum ist er nicht vom Norikus gesprungen oder hat sich vor die U-Bahn geworfen? Und wer sich Diazepam besorgen kann, kommt auch an eine Überdosis Schlafmittel ran. Aber entscheidender finde ich, dass er sich um diesen Jungen gekümmert hat. Da bringt man sich doch nicht einfach um und lässt das hilflose Kind allein zurück ...« Claudia setzte den Blinker. »*Landschafts- und Staudengärtnerei Bernd Dürr*«, las sie vor. »Schätze, wir sind da.«

***

Kleine Blumentöpfe, aus denen grüne Blattrosetten ragten, standen dicht an dicht auf dem Boden des kühlen Folienhauses; zwei junge Frauen waren damit beschäftigt, sie in braune Plastikkisten zu räumen. Dürr, ein sehniger und fast glatzköpfiger Mann Ende vierzig, stapelte die vollen Kisten auf eine Schubkarre.

»Hallo«, sagte er und wischte sich die Rechte an der braunen Cordhose ab, ehe er sie zuerst Claudia und dann Kastner hinstreckte. »Meine Frau hat mich schon vorgewarnt, dass jemand wegen dem Luka kommen würde.«

»Kastner«, sagte Kastner und schüttelte die angebotene Hand. »Und das ist meine Kollegin, Frau Wolfschmidt.«

»Sehr erfreut«, sagte Dürr und sah dabei vor allem Claudia an. »Wie kann ich Ihnen denn helfen?«

»Das sind Primeln, oder?«, fragte Claudia und deutete auf die Blattrosetten.

Dürr nickte und lächelte.

»Ich hatte mal einen Ferienjob in einer Gärtnerei«, sagte Claudia und lächelte zurück, »da hab ich sechs Wochen lang nur Primeln eingetopft. Darf ich mich ein bisschen umsehen?«

»Äh – ja freilich. Warum nicht?«

Während sein Blick Claudia folgte, beantwortete Dürr Kastners Fragen. Auch er beteuerte, er habe sich natürlich melden wollen, nachdem er Lukas Foto gesehen hatte, aber die viele Arbeit ... Ja, Luka habe ein Praktikum in seiner Gärtnerei gemacht, er sei recht anstellig und fleißig gewesen, es gebe nichts Schlechtes über ihn zu sagen. Claudia schlenderte inzwischen durch das Folienhaus, blieb schließlich bei den beiden jungen Frauen stehen und plauderte ein paar Worte mit ihnen.

»Wie lange hat dieses Praktikum denn gedauert?«, erkundigte sich Kastner.

»Ach ... pff. Vielleicht acht Wochen? So in etwa.«

»Kennen Sie Herrn Knüst? Josef – oder auch Joe – Knüst?«

»Natürlich. Joe ist unser Nachbar, unsere Gärten grenzen aneinander. Äh ... Luka hat bei ihm Deutsch gelernt. Joe war früher Lehrer und ist seit seinem Ruhestand ehrenamtlich sehr engagiert.«

»So hört man«, sagte Kastner. »Dann kennen Sie sicher auch seine Lebensgefährtin, Steffi Grabowski?«

»Freilich. Die hat früher manchmal auf den Flo aufgepasst, bevor er den Hortplatz bekommen hat ... Florian, das ist mein Jüngster.«

»Das klingt nach einem recht guten Verhältnis zu Ihren Nachbarn«, wunderte sich Kastner. »Seltsam ... Sowohl Ihre Frau als auch Frau Grabowski haben behauptet, sie würden einander kaum kennen.«

»Ach Gott, das sind so Frauengeschichten«, lächelte Dürr. »Die Steffi ist ein bisschen speziell, und Melanie, nun ja. Sie findet, Steffis pädagogischer Ansatz sei eine Katastrophe. Irgendwann gab's mal Zoff zwischen den beiden, und seitdem herrscht Eiszeit.« Er schielte wieder zu Claudia hinüber, die ihr Gespräch mit den Frauen beendet hatte und nun hinaus auf den Hof trat.

»Äh«, machte Dürr, »Ihre Kollegin …«

»Wenn ich Ihren Sohn Lars richtig verstanden habe, dann hat Marković länger als acht Wochen in Ihrer Gärtnerei gearbeitet«, fiel Kastner ihm ins Wort. »Zehn, elf Stunden täglich. Lars hat das Wort *schuften* verwendet.«

Dürr vergaß Claudia und wurde rot im Gesicht. »Das ist doch Quatsch«, fuhr er auf. »Wenn ich Lars den Kompost umsetzen lasse, jammert er nach einer halben Stunde schon was von Sklavenarbeit, und ein Achtstundentag scheint ihm ein halbes Leben. Sie dürfen ihm nicht alles glauben, was er sagt.«

»Ich verstehe«, sagte Kastner freundlich. »Es gibt ja vermutlich Unterlagen über Luka Markovićs Praktikum und seine genauen Arbeitszeiten? Wenn Sie mich einen kurzen Blick darauf werfen lassen, klärt sich das sicher schnell auf.«

Dürr runzelte die Stirn. »Wie – jetzt sofort? Äh – das geht nicht. Meine Bürokraft ist heute nicht da …«

»Ach, ist das so kompliziert?« Kastner schüttelte betrübt den Kopf. »Schade. Letztes Jahr haben wir in einem Betrieb ermittelt – Baubranche, wenn ich mich recht erinnere –, da mussten wir die gesamte EDV-Anlage beschlagnahmen. Die Firma war für drei Wochen lahmgelegt – vom öffentlichen Aufsehen ganz zu schweigen –, und am Ende waren die Unterlagen, die uns interessiert haben, ganz simpel in einem

Ordner. Solche Unannehmlichkeiten würde ich Ihnen gern ersparen, Herr Dürr.«

»Na gut – ich kann ja mal nachsehen«, bot Dürr mürrisch an.

Claudia startete den Motor und fuhr los, sobald Kastner den Gurt angelegt hatte. »Was Dürr dir auch erzählt hat – vermutlich war es nicht die reine Wahrheit«, sagte sie. »Meine Gespräche mit einigen Hilfskräften und, äh, *Praktikanten*, waren sehr aufschlussreich.«

»Ich bin ganz Ohr.«

»Punkt eins: Dürr hält sich hier auf dem Gelände einige Problemkinder. Das weiß ich von den beiden Mädels im Folienhaus, die hier einen Minijob machen und sich unter der Hand über die Gören beschwert haben. Faulpelze, Kiffer, Verhaltensauffällige ... Anscheinend hält Dürr diesen Kids einen Ausbildungsplatz vor die Nase wie dem Hund die Wurst.«

»Na ja«, sagte Kastner, »wenn's der Disziplinierung dient.«

»Das tut es wohl, aber die Wurst bekommen sie trotzdem nicht. Manche von denen sind schon zwei Jahre da, arbeiten acht Stunden am Tag für ein Butterbrot und haben immer noch keinen Ausbildungsplatz.«

»Sieh an«, sagte Kastner. »Mir hat Dürr erklärt, die Praktika würden maximal drei Monate dauern. Er bietet sie übrigens nur an, um sozial benachteiligte Jugendliche mit Basiswissen über Struktur und Ordnung vertraut zu machen.«

»Wie nett von ihm«, sagte Claudia und bretterte bei Gelb über eine Kreuzung. »Wie ich die Sache sehe, lässt Dürr die Problemkinder für mau schuften und requiriert seine Lehrlinge dann trotzdem aus anderen sozialen Schichten. Sein Sohn Lars ist hier übrigens der Einzige mit Festanstellung in Vollzeit, alle anderen sind Minijobber oder Aushilfskräfte. Wie lange hat Luka für Dürr gearbeitet?«

»Nach den Unterlagen hat er ein achtwöchiges Praktikum gemacht, und dafür hat er fünfhundert Euro bekommen.«

Claudia pfiff durch die Zähne. »Das ist günstig für eine Ganztagskraft. Und das mit den acht Wochen ist vermutlich nur die offizielle Version. Aber jetzt zu Punkt zwei ...«

»Ich höre.«

»Eins von den Mädels, die bei Dürr *Struktur und Ordnung* lernen, hab ich beim Kiffen hinter der Giftkammer ertappt. Eine gewisse Aylin.«

»Giftkammer?«, fragte Kastner irritiert.

»Pestizide, Insektizide, Fungizide, Mineraldünger ... Du glaubst doch nicht etwa, dass sich das Grünzeug hier von Felsquellwasser und Sonnenschein ernährt?«

»Äh, nein. Und was ist mit dieser Aylin?«

»Aylin und Lars sind ganz dicke Kumpels.« Claudia nahm die Rechte vom Lenkrad und verschränkte erläuternd Zeige- und Mittelfinger.

»Soso«, sagte Kastner. »Und?«

»Und Aylin hat ebenfalls eine Weile als Pflegekind bei den Dürrs gelebt, und zwar exakt zu der Zeit, als auch Luka dort gewohnt hat!«

***

»Hallo«, rief Kastner, als er abends die Wohnungstür aufschloss. Er bekam keine Antwort, aber aus dem Wohnzimmer war die Geräuschkulisse eines Fußballspiels zu hören.

Er spähte in die Küche, wo die Spülmaschine noch immer mitten im Raum stand. Mirjam hatte seinen technischen Fähigkeiten so wenig vertraut, dass sie vor dem endgültigen Einbau auf einen Probedurchlauf bestanden hatte. Es sah nicht gut für ihn aus: Aus dem höhnisch geöffneten Maul des Sorgenkindes starrten ihn schmutzige Teller an, und über den Küchenboden schlängelte sich ein Rinnsal Wasser. Eimer und Schrubber standen daneben und formten ein anklagendes Ausrufezeichen.

Kastner schloss die Küchentür von außen und ging ins Wohnzimmer, wo Mirjam im Schneidersitz auf der Couch saß und konzentriert das Spiel verfolgte.

»Hallo, Hase«, sagte Kastner und küsste seine Lebensgefährtin auf die Wange. »Wer spielt?«

»Deutschland«, sagte Mirjam, ohne den Blick vom Bildschirm zu nehmen. »Hallo, Kastner.«

»Gegen wen spielen wir denn?«, fragte Kastner pflichtschuldig. Er interessierte sich nicht im Geringsten für Fußball.

»*Wir*?«, feixte Mirjam. »Ich wusste gar nicht, dass Jogi dich in die nationale Auswahl berufen hat. Die Jungs spielen gegen die Niederlande. Freundschaftsspiel. Willst du übrigens ein Bier?«

»Gerne«, sagte Kastner.

»Dann bring mir doch bitte eins mit.«

Die kleinen schwarz-weißen Männchen liefen von links nach rechts, die kleinen orangefarbenen Männchen liefen von rechts nach links. Lange Zeit geschah sonst nichts. Kastner nippte an seinem Bier und gähnte verstohlen.

»Hallo?«, fuhr Mirjam auf. Eines der Männchen war umgefallen. »Kann man dem Schlächter für seine Blutgrätsche vielleicht mal Gelb geben und einen Elfer pfeifen?«

»Ich bin gespannt auf die Zeitlupe«, sagte Béla Réthy. »Ja, aus dieser Perspektive würde ich sagen, das ist ein klarer Elfmeter ... Sie erinnern sich sicher an das DFB-Pokalspiel zwischen dem HSV und Borussia Mönchengladbach 1974, als es nach einem Foul von Bertl eine ähnlich strittige Entscheidung gab ...«

Kastner erinnerte sich nicht daran. Er holte sich noch ein Bier, in der Hoffnung, dass es seiner Erinnerung auf die Sprünge helfen würde.

»Abseits!«, rief Mirjam empört, als er zurückkam. »Steht da ein Sehbehinderter an der Linie? Man kann die Inklusion auch zu weit treiben, finde ich.«

»Ich bin gespannt auf die Zeitlupe«, sagte Béla Réthy. »Ja, da hätte der Linienrichter die Fahne heben müssen, das war ganz klar Abseits.«

Die Männchen rannten wieder in die andere Richtung, und Béla Réthy erklärte Kastner, für welche Zweit- und Drittligisten der in die Stammelf der Niederländer nachgerückte Innenverteidiger in den Jahren 2005 bis 2013 gespielt hatte, und dass der Kreuzbandriss, den er in einem Ligaspiel im Jahr 2012 erlitten habe, der Karriere nicht förderlich gewesen sei. Währenddessen schossen die Deutschen ein Tor.

»Jepp«, sagte Mirjam. »Geht doch! Ein typisches Müller-Tor, was?«

»Und da ist endlich das Tor!«, bemerkte jetzt auch Béla Réthy. »Ein typisches Müller-Tor, wenn ich das so sagen darf ...«

»Nö, Béla, du bist jetzt mal still«, sagte Mirjam und schaltete den Ton ab. »Wir sollten das Ding auf den Müll kippen«, fuhr sie fort, nachdem sie sich eine Zigarette angezündet hatte. Kastner ahnte, dass sie nicht vom Fernseher sprach. »Irgendwo läuft Wasser raus, *schmutziges* Wasser, und zwar jede Menge davon. Bist du sicher, dass du den Schlauch richtig festgemacht hast? Wann wollte dieser Peter aus China zurückkommen? Morgen, oder? Der soll bitte vom Flugplatz direkt hierherkommen, egal um welche Uhrzeit. Ich zahl ihm auch das Taxi.«

Der Junge vom Pegnitzufer trug Jeans und ein rotes T-Shirt mit Krokodilaufdruck. Jemand hatte ihm die verfilzten Haare geschoren, wodurch er noch ausgezehrter aussah, als Kastner ihn in Erinnerung hatte; und er wirkte in dem hellen Raum mit der hohen Decke ebenso verloren wie in dem Gebüsch an der Pegnitz. Der Raum war das Spielzimmer des kirchlichen Kinderheims – blau gestrichene Wände mit schablonierten Schmetterlingen, niedrige Regale mit Legosteinen, Brettspielen und Teddybären. Über der Tür hing ein schmales Holzkreuz.

Dr. Frodenberg führte Kastner zu einem Tisch in Kindergröße und bot ihm einen kleinen, gelben Plastikstuhl an.

»Macht das Kind manchmal auch etwas anderes?«, fragte Kastner. Der Junge saß in einer Ecke, mit dem Gesicht zur Wand, und bearbeitete seine tragbare Spielkonsole mit den Daumen. Der blaue Stoffhase saß neben ihm und ließ beide Ohren hängen.

»Essen und schlafen«, sagte Dr. Frodenberg. »Aber er ist schon bei Level dreißig.«

»Aha. Ist das gut?«

Frodenberg nickte. »Außerordentlich gut – es gibt nur zweiunddreißig Level. Bitte, setzen Sie sich doch.«

Kastner musterte skeptisch das fragile Stühlchen.

»Wir können natürlich auch gleich anfangen, wenn Sie knapp bei Zeit sind«, schlug Frodenberg höflich vor.

»Das wäre mir recht«, sagte Kastner.

Frodenberg zog eine Mappe aus seiner Aktentasche und ging zu dem Jungen hinüber. »Hallo«, sagte er und setzte sich im Schneidersitz neben das Kind. »Ich habe heute einen Freund mitgebracht, Herrn Kastner. Du hast doch nichts dagegen?«

Der Junge rückte etwas von Frodenberg ab, ohne den Blick von der Konsole zu nehmen.

»Und ich habe dir noch etwas mitgebracht«, fuhr der Psychologe munter fort und öffnete die Mappe. »Fotos. Bilder. Möchtest du dir die Bilder ansehen?« Er zog ein Foto hervor, legte es vor dem Kind auf den Boden und deutete darauf. »Weißt du, was das ist?«

Kastner trat näher heran und erkannte einen kleinen Hund, der einen Ball apportierte. Der Junge starrte auf seine Konsole.

»Das ist ein Hund«, sagte Frodenberg. Dann legte er das nächste Foto hin, eine junge Frau mit einem Baby im Arm. »Und was ist das?«, fragte er.

»Haben Sie es schon mal mit einem albanischen Dolmetscher versucht?«, erkundigte sich Kastner.

»Ja, durchaus. Aber der Junge hat ihn ebenso ignoriert wie jeden anderen. Wir vermuten inzwischen eine Störung aus dem autistischen Spektrum, vielleicht ein Asperger-Syndrom. Und meines Erachtens liegt außerdem ein psychisches Trauma vor.«

Es folgten Fotos von einem Baum, einem roten Lastwagen und einem Fachwerkhaus. »Er hat Level dreißig geknackt«, stellte Frodenberg nach dem Fachwerkhaus fest.

Er hielt dem Kind noch Aufnahmen eines Wasserfalls und eines Mannes im Rollstuhl hin, dann legte er das Foto von Luka Marković auf den Boden.

Der Junge nahm weder den Blick noch die Daumen von der Spielkonsole, aber nach einer Weile sagte er in lupenreinem Deutsch: »Der Fluss ist gefährlich. Man muss ihn im Auge behalten.«

***

Kastner traf sich zum Mittagessen mit Claudia in der Kantine. Er wählte das Weihnachtsmenü – Leberknödelsuppe, gebratene Gänsebrust mit Blaukraut und Kloß und zum Dessert Milchreis mit Apfel und Zimt – und aß es bis zum letzten Rest auf. Erst dann erzählte er seiner Kollegin von dem Jungen.

»*Der Fluss ist gefährlich. Man muss ihn im Auge behalten …*«, schloss er. »Das ist genau das, was der Mann mit dem grünen Parka gesagt hat. Der Pegnitzbeobachter.«

»Und was bedeutet das?«, fragte Claudia verwirrt. »Ich meine – für uns? Für die Ermittlungen?«

»Ich habe *keine* Ahnung«, sagte Kastner, knüllte seine Serviette zusammen und warf sie mit Schwung auf den leeren Teller.

»Hm«, machte Claudia und sah auf ihre Armbanduhr. »Übrigens hab ich Lars Dürr und Aylin Emre ins Präsidium bestellt – sie müssten bald da sein. Josef Knüst habe ich auch um einen Besuch gebeten. Er hat versucht, sich zu drücken, aber ich war sehr streng mit ihm. Das hat geholfen.«

»Das kann ich mir vorstellen«, sagte Kastner. »Das kennt er von daheim.« Er schob die Serviette auf dem Teller hin und her. »Danke«, sagte er dann.

»Mit dem Pegnitzbeobachter müssen wir natürlich auch reden«, stellte Claudia fest. »Aber der ist telefonisch schwer zu erreichen …«

***

Joe Knüst erschien ordnungsgemäß gekleidet in Kastners Büro: Er trug Jeans und ein blau kariertes Holzfällerhemd, eine feuerrote Daunenjacke hatte er sich unter den Arm geklemmt. Er wirkte nervös, ob nun wegen der Befragung oder einfach deshalb, weil im Präsidium Rauchverbot herrschte.

»Sie müssen sich keine Sorgen machen, Herr Knüst«, sagte Kastner und bot ihm einen Besucherstuhl an. »Ich hab nur noch ein paar Fragen, es geht ganz schnell.«

Knüst nahm Platz und machte ein ratloses Gesicht. »Was wollen Sie denn noch wissen?«

»Bernd und Melanie Dürr sind Ihre Nachbarn? Ihre Gärten grenzen aneinander?«

Knüst nickte zustimmend.

»Sie wissen, dass Luka Marković acht Monate lang bei den Dürrs gelebt hat?«

»Freilich. Luka hat ja bei Bernd in der Gärtnerei gearbeitet ...«

»Ach ja? Und warum haben Sie das bei unserem ersten Gespräch mit keinem Wort erwähnt, Herr Knüst?«

Knüst zuckte die Achseln. »Ich dachte, Sie wüssten das. Ich habe natürlich angenommen, dass Sie mit dem Jugendamt gesprochen haben.«

»Das habe ich«, sagte Kastner geduldig, »aber erst *nach* unserem Gespräch. Dass Luka bei den Dürrs gelebt hat, wäre eine wichtige Information für mich gewesen.«

»Ach so«, sagte Knüst lahm. »Ja, dann ... tut es mir leid. Ich dachte wirklich ...«

»Luka war also acht Monate lang Ihr Nachbar«, fuhr Kastner fort. »Das würde ich doch als privaten Kontakt bezeichnen – Sie nicht? Warum haben Sie abgestritten, dass Sie Luka privat kannten? Dass Sie ihn auch nach dem Sprachkurs noch gesehen und mit ihm gesprochen haben?«

Knüst faltete die Hände wie zum Gebet, legte sie vor sich auf den Tisch und hielt sich mit den Augen an seinen nikotingelben Fingern fest. »Da haben wir uns wohl missverstanden. *Privater Kontakt*, das klingt so ... Mehr als ein paar belanglose Worte habe ich mit Luka nicht gewechselt, während er bei den Dürrs gewohnt hat – ein *Hallo, wie geht's* über den Gartenzaun, und einmal waren Steffi und ich nachmittags zum Grillen drüben. Das war's dann aber auch schon.«

»Ach – ein gemeinsamer Grillnachmittag?«, hakte Kastner ein. »Sie und Frau Grabowski, die Dürrs und Luka Marković? Wann war denn das?«

»Oh Gott, das ist ewig lange her ... Im Sommer vor einem Jahr, ein elend heißer Tag – Juli? August?«

»Frau Grabowski kannte Luka Marković also?«

»So würde ich es nicht ausdrücken«, sagte Knüst. »Die Dürrs haben ja dauernd irgendwelche Pflegekinder im Haus – ich glaube nicht, dass Steffi sich da Namen oder Gesichter merkt. Und bei dem Grillfest saßen die jungen Leute an einem extra Tisch, weil Melanie gesagt hat, sie braucht auch mal Freizeit.«

»Hm«, machte Kastner. »Sagen Sie, Herr Knüst, was macht Ihre Lebensgefährtin eigentlich beruflich?«

»Sie ist Arzthelferin.«

»Und in welcher Praxis arbeitet sie?«

»Äh, sie macht vor allem Urlaubs- und Schwangerschaftsvertretungen. Bei verschiedenen Ärzten – sie schätzt die Abwechslung. Und das Mehr an Freizeit. *Warum soll ich mich krummarbeiten?*, fragt sie immer. *Damit Herr und Frau Doktor Tauchurlaub auf den Malediven machen können?*«

»Aha«, sagte Kastner. »Bernd Dürr hat mir erzählt, dass Ihre Lebensgefährtin eine Zeit lang den jüngsten Sohn der Dürrs betreut hat – Florian, so heißt er doch?«

Knüst nickte. »Ja, das hat sie eine Zeit lang gemacht. Um sich ein bisschen was dazuzuverdienen, nehme ich an. Warum interessiert Sie das eigentlich alles?«

»Das ist reine Routine«, sagte Kastner. »Herr Knüst – wenn ich Bernd Dürr richtig verstanden habe, sprechen seine Frau und Ihre Lebensgefährtin inzwischen kein Wort mehr miteinander. Warum? Seit wann?«

Knüst hob abwehrend die Hände. »Fragen Sie mich nicht, was da los war. Die Chemie zwischen den beiden war noch nie besonders gut – Steffi nennt Melanies Engagement *Sozialgetue* und sagt, von Menschen mit Profilneurose halte sie sich lieber fern. Ein paar Wochen nach dem Grillfest ist irgendwas vorgefallen, und seither herrscht Schweigen.«

»Ich verstehe«, sagte Kastner. »Vielen Dank, Herr Knüst.«

***

Lars Dürr und Aylin Emre warteten Händchen haltend vor Kastners Büro, und es brauchte seine ganze Autorität als leitender Ermittler, um sie für die Befragung voneinander zu trennen.

»Ist es wegen dem Dope?«, fragte Aylin mit finsterem Gesicht. Sie maß höchstens einen Meter fünfzig und trug eine grüne Latzhose, eine Ponyfrisur und pinkfarbenen Nagellack, unter dem sich braune Halbmonde abzeichneten. Ihre Gummistiefel hinterließen dunkle Pfützen auf dem Linoleum – offensichtlich kam sie von der Arbeit.

»Welches Dope?«, fragte Kastner zurück. »Ich habe Sie hergebeten, weil Sie uns vielleicht helfen können, nicht weil Ihnen etwas vorgeworfen wird.«

Aylin dachte eine Weile darüber nach. Als sie damit fertig war, sagte sie: »Aha.«

»Seit wann sind Sie und Lars Dürr denn ein Paar, Frau Emre?«

»Drei, vier Monate?«, riet Aylin.

»So lange schon. Dann ist das wohl etwas Festes?«

Diesmal musste Aylin nicht nachdenken, sie nickte und lächelte strahlend.

»Und seit wann arbeiten Sie in der Gärtnerei von Lars' Vater?«

Aylin blies ihre Backen auf. »Pff ... ein halbes Jahr? Oder so. Ich hab's nicht so mit Zahlen.«

»Und als was sind Sie dort angestellt?«

»Hä?«

»Was steht in Ihrem Arbeitsvertrag? Machen Sie eine Ausbildung oder ein Praktikum, ist es ein Minijob ...?«

»Äh ... weiß nicht.« Aylin kratzte an ihrem Nagellack. »Ein Praktikum?«

»Und Sie haben eine Zeit lang als Pflegekind bei den Dürrs gelebt ...«

»Aber nur für ein Vierteljahr oder so«, beteuerte Aylin. »Ich wohne schon lange wieder zu Hause. Oder besser: Ich wohne *noch* zu Hause. Lars und ich wollen bald zusammenziehen. Aber seine Mutter ist voll dagegen. Und der Chef eigentlich auch.«

»Das tut mir leid«, sagte Kastner väterlich. »Aber Ihr Freund ist volljährig und verdient sein eigenes Geld, da muss er ja nicht mehr alles so machen, wie seine Eltern es wollen, oder?«

»Hm«, machte Aylin skeptisch.

»Während Sie bei den Dürrs gewohnt haben, war auch Luka Marković dort untergebracht. Was wissen Sie von ihm?«

»Von dem war ein Foto in der Zeitung, sagt Lars. Der ist tot.«

Das waren für Kastner nicht gerade Breaking News. »Na gut – und was wissen Sie sonst von Luka? Wie kamen Sie mit ihm aus? Wie kam Luka mit den Dürrs aus?«

Das waren offensichtlich zu viele Fragen auf einmal. Aylin dachte wieder nach und zog dabei einen Flunsch. »Das hat schon gepasst«, erklärte sie schließlich.

Kastner nickte. »War Luka mit einem der Dürr-Kinder besonders befreundet? Oder hatte er andere Freunde, die ihn mal besuchen kamen?«, fragte er geduldig.

Aylin zuckte ratlos die Achseln.

Kastner überdachte seine Strategie. »Luka ist Anfang März bei den Dürrs ausgezogen. Sie wissen ja sicher, warum?«

»Na wegen Chiara«, sagte Aylin wie aus der Pistole geschossen.

»Richtig, wegen Chiara«, nickte Kastner und widerstand der Versuchung, sein schwarzes Notizbuch hervorzuholen. Chiara war Lars' Schwester, erinnerte er sich. Hatten Chiara und Luka etwas miteinander gehabt? Hatte es deshalb einen Streit im Hause Dürr gegeben?

»Nach der Schlägerei«, ergänzte Aylin.

»Freilich, die Schlägerei«, sagte Kastner und machte ein wissendes Gesicht.

Aylin nickte und schwieg.

»Wann war das noch mal, diese – Schlägerei?«, fragte Kastner.

»Hallo? Bevor Luka ausgezogen ist?«, erinnerte ihn Aylin. »Melanie war total hysterisch und hat rumgebrüllt. War aber auch übel. Blut und alles.« Sie schüttelte sich. »Chiara hat echt einen an der Waffel, wenn Sie mich fragen.«

Kastner nickte.

»Aber eigentlich war Melanie selber schuld«, fuhr das

Mädchen fort. »Warum lässt sie so einen Arsch überhaupt ins Haus?«

»Sie meinen Luka?«, erkundigte sich Kastner vorsichtig.

»Hä? Wieso denn Luka?«

Nun war es an Kastner, eine Weile nachzudenken. »Weil Luka in die Schlägerei verwickelt war?«, schlug er vor, als er damit fertig war.

»Hallo?«, fuhr Aylin auf. »Der Arsch hat mich *Türkenschlampe* genannt! Lars hat ihm gesagt, er soll sich verpissen, und ja, vielleicht hat er ihn dabei ein bisschen geschubst ... aber mit dem Zuschlagen hat der Arsch angefangen! Luka hat Lars nur geholfen, ihn rauszuschmeißen!«

»Ach so«, sagte Kastner. »Also war gar nicht Luka der Arsch, sondern ...«

»Genau«, schnaubte Aylin. »Nazi-Gernot. Chiaras bescheuerter Lover!«

***

Nach Aylins Befragung nötigte Kastner Wernreuther, das Mädchen zurück in die Gärtnerei zu fahren. Dann bat er Lars Dürr um etwas Geduld und folgte dem Röcheln der Kaffeemaschine in die frisch gestrichene Küche, wo er auf Claudia traf.

»Aylin war ein Volltreffer«, lobte er und hielt ihr seine geblümte Tasse hin. »Du musst unbedingt diese Schulung machen, auch wenn du sie eigentlich gar nicht nötig hast.«

»Soso«, schmunzelte Claudia und füllte seine Tasse. »Du bist ein elender Schmeichler, Kastner. Was hat sie denn so erzählt?«

»Mal angenommen, du würdest beim Jugendamt arbeiten«, sagte Kastner, »würdest du Pflegekinder mit Migrationshintergrund in eine Familie geben, in der Neonazis verkehren? Sagen wir mal, weil sie mit der Tochter des Hauses liiert sind?«

»Oha«, sagte Claudia.

***

»Ihre Freundin Aylin ist ein sehr nettes Mädchen«, stellte Kastner fest.

»Das seh ich auch so«, nickte Lars Dürr und streckte die langen Beine aus.

Kastner lächelte. »Sie macht ein Praktikum bei Ihrem Vater?«

Lars nickte.

»Ein recht langes Praktikum, oder?«

»Also so was müssen Sie schon mit meinem Vater besprechen. Ich arbeite bei ihm, aber ich mach nicht seine Steuererklärung. Und mal ehrlich, was sollte Aylin machen, wenn sie *nicht* bei meinem Vater arbeiten würde? Sie hat nicht mal einen Hauptschulabschluss.«

»Schule abgebrochen?«, riet Kastner.

»Ihre Mutter ist krank geworden«, sagte Lars mit einer gewissen Schärfe. »Und das Schlimme daran war nicht, dass sie Aylin kein Pausenbrot mehr schmieren konnte. Aylin hat sie bis zu ihrem Tod gepflegt, und erst nach der Beerdigung hat ihr Vater sich daran erinnert, dass er eine Tochter hat.«

»Entschuldigung«, sagte Kastner. »Ich wollte nicht ...« Er schämte sich wirklich. Es war wohl leichter, sich über die Vorurteile der anderen erhaben zu fühlen, als den eigenen ins Auge zu sehen. »Das war dann wohl die Zeit, in der Aylin für eine Weile in Ihrer Familie gelebt hat?«

Lars nickte.

»Es ist sehr nett von Ihrer Mutter, sich um solche Kinder zu kümmern«, sagte Kastner.

Lars zog die Mundwinkel nach unten. »Wenn Sie meinen.«

»Sind Sie anderer Meinung? Immerhin haben Sie doch Aylin auf diese Weise kennengelernt.«

»Hey, ich hab nichts gegen die Kinder! Aber sitzen Sie mal alle drei Monate mit anderen Leuten beim Abendessen, in Ihrem eigenen Haus! Mich nervt das. Mama hat sowieso nie Zeit, die hält irgendwelche Vorträge auf bescheuerten Kongressen, und wenn sie zu Hause ist, hockt sie an ihrem Laptop. Muss jemand Pflegekinder aufnehmen, der schon für seine eigenen keine Zeit hat?«

»Warum tut sie es dann?«, fragte Kastner interessiert.

»Fragen Sie mich was Leichteres. Wegen der Kohle?«, riet Lars. »Oder weil sie sich damit aufblasen kann?«

Kastner überlegte, wie viel Geld man ihm bieten müsste, damit er fremde Kinder bei sich wohnen ließe. »Wie viel zahlt denn das Jugendamt für ein Pflegekind?«, fragte er, aber Lars zuckte die Achseln.

»Na gut, Herr Dürr. Dann sprechen wir jetzt über Luka Marković. Hat Ihr Vater ihm einen Ausbildungsplatz in Aussicht gestellt?«

»Na ja. Schon. Drum hat Luka sich ja so angestrengt.«

»Aber es ist nichts draus geworden. Warum?«

»Keine Ahnung? Weil Luka keinen Schulabschluss hatte?«

»Das hat Ihre Mutter behauptet. Haben Sie selbst einmal mit Luka darüber gesprochen?«

Lars zuckte wieder die Achseln. »Da war irgendwas mit einer Bestätigung, die seine Oma ihm schicken sollte ...«

»Was für eine Bestätigung?«

»Was weiß ich … eine Bestätigung, dass er einen Schulabschluss hat, so was halt. Was Amtliches. Aber das hat seine Oma wohl nicht auf die Reihe gekriegt, und deshalb gab's auch keine Lehrstelle.«

»Schade für Luka«, sagte Kastner. »Eine Lehrstelle hätte ihn vielleicht vor der Abschiebung bewahrt.«

»Vielleicht aber auch nicht«, stellte Lars Dürr trocken fest.

»Ja, vielleicht auch nicht. Aber er hätte auf jeden Fall bessere Chancen auf eine verlängerte Duldung gehabt«, sagte Kastner. »Gut, etwas anderes: Es gab einen Streit, bevor Luka ausgezogen ist? Eine Schlägerei?«

»Haben Sie das von Aylin? Na ja, ganz so dramatisch war's nicht. Ich bin mit dem Freund meiner Schwester aneinandergeraten, und der hatte danach Nasenbluten.«

»Und Herr Marković hat Ihnen beigestanden?«

Lars nickte. »Luka hat mir geholfen, den Deppen vor die Tür zu setzen.«

»Um was ging es denn?«

»Gernot hat Aylin beleidigt«, sagte Lars. »Sie hat ihn natürlich zuvor einen blöden Spacken genannt. Er ist aber auch wirklich ein blöder Spack, also hat sie nur die Wahrheit gesagt.«

»Ein *blöder Spack*? Inwiefern?«, erkundigte sich Kastner.

»Das ist schwer in Worte zu fassen«, sagte Lars und grinste. »Gernot ist eine Art Gesamtkunstwerk der Peinlichkeiten. Chiara hat echt einen an der Waffel mit dem Typen.«

»Genau das hat Aylin auch gesagt. Sie hat Gernot *Nazi-Gernot* genannt.«

Lars seufzte. »Ja, so nennen wir ihn, aber nur, wenn wir unter uns sind. Mama dreht durch, wenn sie das hört. Nicht jeder, der einen Seitenscheitel trägt, ist deshalb gleich ein Nazi – so sieht *sie* das jedenfalls. Sie wollte nicht, dass wir über die Sache reden, das wäre schlecht für ihre Arbeit, hat sie gesagt. Ich hab mich dran gehalten, aber Aylin lässt sich nicht so einfach den Mund verbieten.«

Kastner nickte. »Ist denn der Seitenscheitel der einzige Grund, aus dem Sie den Freund Ihrer Schwester *Nazi-Gernot* nennen?«

»Ach was«, sagte Lars. »Der trägt auch beige Pullunder. *Pullunder*! Das muss man sich mal vorstellen ...«

»Ich dachte jetzt eher an weltanschauliche Gründe«, erläuterte Kastner geduldig.

Lars runzelte die Stirn.

»Hitlergruß, Leugnung des Holocaust, ausländerfeindliche Äußerungen ...«

»Hallo? Er hat Aylin *Türkenschlampe* genannt! Das ist ja wohl ausländerfeindlich genug? Oder halt ... frauenfeindlich.«

»Beides«, stimmte Kastner zu. »Trotzdem – war es das erste Mal, dass er sich so geäußert hat? Oder hat er vorher schon ähnliche Dinge gesagt?«

»Klar«, sagte Lars. »Ständig. Seiner Meinung nach sind alle Ausländer Kriminelle oder Terroristen, die sich in Deutschland auf Kosten der Steuerzahler ein schönes Leben machen und den Deutschen die Arbeit wegnehmen.«

»Hm«, machte Kastner. »Also kein Hitlergruß? Keine Hakenkreuztattoos? Ist er politisch organisiert? Hat er mal mit Gewalt gedroht – Aylin oder Ihnen selbst? Oder ... Luka?«

Lars dachte nach und zuckte dann die Achseln. »Nicht dass ich wüsste. Gernot ist eher so ein Duckmäuser. Allenfalls ein Angstbeißer.«

Kastner nickte und beschloss, den Jungnazi einmal unter die Lupe zu nehmen. Nach Lars' Schilderung schien er eher ein Laffe mit fragwürdiger Weltanschauung zu sein als ein rechtsradikaler Gewalttäter, aber bei solchen Typen konnte man nie wissen. Vielleicht hatte sich der *Angstbeißer* für seine blutige Nase und den Rauswurf aus dem Dürr'schen Haus an Luka gerächt, dem schwächsten seiner Gegner?

»Wie steht eigentlich Ihre Schwester zu all dem?«, fragte er Lars abschließend.

»Na, der Typ ist ihr Lover – die steht da drauf, auf diesen Pullunderkram. Nachdem Luka und ich den Affen vor die Tür gesetzt hatten, hat sie zwei Monate nicht mehr mit mir geredet.«

***

In der Teeküche fand Kastner einen Rest öligen Kaffees in der Thermoskanne, seine Blümchentasse jedoch erst nach langer Suche und an einem unerwarteten Ort – in der Spülmaschine. Sie war so sauber, dass er sie beinahe nicht erkannt hätte: Die vertrauten dunklen Ränder waren verschwunden, und selbst das Blümchenmuster wirkte blass und ausgewaschen. Zu so etwas war vermutlich nur Polizeimeisterin Hirschel fähig. Kastner schüttelte traurig den Kopf und trug die gefüllte Tasse in sein Büro, wo er es sich ein wenig gemütlich machte: Er zog die Schuhe aus und legte die Füße auf den Tisch.

Also gut, dachte er, während er den ersten Schluck trank. Was haben wir nach einer Woche? Ein junger Mann, elternlos und fast noch ein Kind, verlässt seine Heimat, ein kleines Dorf im Kosovo. Auf den Rat seiner Großmutter hin schlägt er sich nach Deutschland durch – mithilfe von

Freunden? Mithilfe eines Schleppers? Er landet in Nürnberg. Man bringt ihn zunächst in einem Wohnheim unter, lässt ihn bei Herrn Knüst Deutsch lernen und bietet ihm an, eine Schule zu besuchen. Das lehnt Luka ab – er habe bereits einen Schulabschluss, behauptet er. Er will arbeiten, Geld verdienen, seine kranke Oma finanziell unterstützen. Aber arbeiten darf er nicht, zumindest nicht in den ersten drei Monaten, also schließt er sich der Gärtnertruppe um Schwertfeger und diesen Schorsch an und arbeitet schwarz. Er versteht etwas vom Gärtnern, ist fleißig und zuverlässig – und von heute auf morgen wird er von den Dürrs als Pflegekind aufgenommen, die, wie es der Zufall will, Knüsts Nachbarn und Besitzer einer Gärtnerei sind …

Kastner hielt in seinen Gedanken inne und schüttelte den Kopf: An solche Zufälle glaubte er nicht. Jemand musste den Dürrs einen Tipp gegeben haben, jemand, der Luka kannte und wusste, dass er ein fleißiger Arbeiter war, den man mit einem Hungerlohn abspeisen konnte. Der gut informierte Herr Knüst? Einer aus der Schwarzarbeitertruppe? Er holte sein schwarzes Notizbuch hervor und notierte: *Jugendamt anrufen.* Vielleicht ließ sich herausfinden, wie die Vermittlung von Luka an die Dürrs zustande gekommen war?

Dann dachte er weiter nach.

Acht Monate lang wohnt Luka bei den Dürrs, und die ganze Zeit über arbeitet er in Dürrs Gärtnerei. Er bekommt dafür nur wenig Geld, und deshalb arbeitet er in seiner knappen Freizeit weiterhin für die mobile Gärtnertruppe. Warum lässt er sich auf dieses ausbeuterische Arrangement ein? Aus Dankbarkeit, weil die Dürrs ihn aufgenommen haben? Oder eher, weil Dürr ihm eine Lehrstelle verspricht? Eine Lehrstelle, die ihn vielleicht vor der Abschiebung bewahrt. Eine Lehrstelle – Berichtshefte, Ausbildungsnachweise, Berufsschule, Prüfungen – alles zulasten der Arbeitszeit, vom bürokratischen Aufwand für den Lehrherrn ganz zu schweigen. Wie praktisch also für Dürr, dass Luka sein Zeugnis nicht beibringen kann. Und wie angenehm für ihn, dass Luka bis zuletzt die Hoffnung nicht aufgibt – auf sein Zeugnis und auf die Lehrstelle …

Kastner trank noch einen Schluck Kaffee und schrieb dann *Zeugnis?* in sein Notizbuch. Wenn Luka im Kosovo wirklich einen Schulabschluss gemacht hatte, warum hatte er dann das Zeugnis nicht mit nach Deutschland gebracht? Die Frau im Jugendamt und auch Lars Dürr hatten von einer Bestätigung gesprochen – hatte Luka das Zeugnis auf seiner Flucht aus dem Kosovo verloren? Hatte er seine Großmutter gebeten, ihm eine amtliche Bestätigung der Schulbehörde zukommen zu lassen? Aber so eine Bestätigung war anscheinend nie angekommen. Warum?

Luka arbeitet also in Dürrs Gärtnerei und lebt mit den Dürrs unter einem Dach, eine Weile auch mit Aylin. Jeder findet freundliche Worte für ihn, aber wirkliche Freunde scheint er nicht zu haben. Weil er keine Zeit für Freundschaften hat? Weil er *verschlossen* ist? Knüst und seine Lebensgefährtin Steffi kommen einmal zum Grillen herüber, sonst haben sie keinen Kontakt mit Luka – das behaupten sie jedenfalls. Dann gibt es Streit mit Chiaras Freund, Pullunder-Gernot, und kurz danach zieht Luka aus, geht zurück in das Wohnheim. Aus eigenem Antrieb? Oder weil Melanie Dürr ihn vor die Tür setzt? Einen guten Monat später wird er achtzehn und sofort abgeschoben. Niemand setzt sich für ihn ein, niemand hält Kontakt zu ihm, niemand scheint ihn zu vermissen.

Kastner drehte die Heizung ein wenig herunter und öffnete das Fenster einen Spalt. Eine traurige Geschichte, dachte er, und sie wird noch trauriger …

Ein gutes Vierteljahr später kommt Luka wieder nach Deutschland, illegal. Vermutlich bringt ihn ein Schlepper über die Grenze, zusammen mit anderen Flüchtlingen und einem Schafspudel, in einem alten Ford Transit mit gestohlenen Nummernschildern. Selbst wenn er sein Zeugnis nun dabei hat, nützt es ihm nichts mehr: Er muss untertauchen, darf nicht auffallen, kann nicht zum Arzt, wenn er krank ist. Von was lebt er? Hat er Ersparnisse aus dem Kosovo mitgebracht? Arbeitet er irgendwo schwarz? Findet er Unterschlupf bei einem Bekannten oder Freund, oder lebt er in den fünf Monaten bis zu seinem Tod auf der Straße? Er meldet sich weder bei Schwertfeger noch bei Knüst oder den Dürrs – zumindest gibt es keiner zu. Trotzdem ist Luka nicht allein: Er kümmert sich um ein Kind, einen kleinen Jungen; er versorgt ihn mit Essen und Trinken, sorgt dafür, dass er halbwegs warm schläft. Warum tut er das? Ist das Kind mit ihm zusammen über die Grenze gekommen? Hat er es in Nürnberg aufgelesen?

*Wer ist dieses Kind?*

Am Tag vor seinem Tod ruft Luka ein Prepaidhandy an, das auf einen Draşko Raznatović angemeldet ist. Gleich danach führt er ein weiteres Gespräch mit einem Unbekannten. Hat einer dieser Gesprächspartner Luka Diazepam verabreicht und ihn dann in die Pegnitz gestoßen? Oder jemand ganz anderes? Oder war es doch der Selbstmord eines verzweifelten Menschen ohne Perspektive?

Kastner trank den letzten Schluck Kaffee, dann beschloss er, Feierabend zu machen. Er stand schon in Mantel und Schal im Flur, als Claudia ihn abfing. »Der Herr Dezernatsleiter lässt unverzüglich bitten«, sagte sie.

»Zu was?«, fragte Kastner.

»Zu einer kleinen Weihnachtsfeier, behauptet Wismeth. Aber Franzi hat durchblicken lassen, dass er Gesprächsbedarf wegen des von seinen Mitarbeitern eingetragenen Weihnachtsurlaubs hat.«

»Oh, oh«, machte Kastner und zog die Mundwinkel nach unten, bis Claudia ihm den Rücken zuwandte. Dann lächelte er.

***

»Das ist jetzt nicht dein Ernst, Kastner«, sagte Mirjam. »Wir hatten doch besprochen, dass du dir zwischen Weihnachten und Neujahr freinimmst ...«

»Es tut mir wirklich leid, Hase, aber es handelt sich um eine Weisung meines Vorgesetzten.«

»Es handelt sich um einen Scheidungsgrund«, stellte Mirjam klar. »Meine Eltern wollen ab übermorgen bespaßt werden, und am ersten Feiertag schlagen die Äthiopier hier zum Mittagessen auf. Soll ich das alles alleine managen?«

»Aber ich muss einen Todesfall aufklären«, gab Kastner zu bedenken.

»Wenn du noch einmal *aber* sagst, gibt es gleich noch einen Todesfall«, zischte Mirjam. »Am besten ruf ich mal deinen Chef an und klär das mit ihm persönlich ...«

Da sie in solchen Dingen nicht zu scherzen pflegte, gab Kastner notgedrungen nach. *Natürlich haben Sie über die Feiertage familiäre Verpflichtungen*, hatte Wismeth gesagt, *denen Sie selbstverständlich nachkommen dürfen ...* »Vielleicht kann ich es irgendwie einrichten, wenigstens über die Feiertage zu Hause zu sein«, bot er an.

»Na also«, sagte Mirjam. »Und jetzt rufst du bitte deinen Freund Peter an und sprichst mit ihm über die inkontinente Fee Amaryllis.«

Nele fing Kastner ab, noch ehe er seine Bürotür aufsperren konnte. »Ich hab die Telefonnummer von Helga Hasler«, sagte sie und wedelte aufgeregt mit einem Notizzettel.

»Guten Morgen, Nele. Helga Hasler? Wer soll das sein?«

»Helga, die Raucherin? Helga, die den Streit am Pegnitzufer gehört hat? Sie wissen schon, die Weihnachtsfeier im *Kettensteg*. Dieser Ulf Reiner-Tellau hat eine Homepage – er betreibt eine Galerie für moderne Kunst. Ich habe Kontakt zu ihm aufgenommen, und er war sehr hilfsbereit. Äh ... wollen Sie selbst bei Frau Hasler anrufen, oder soll ich das machen?«

Kastner betrat sein Büro, drehte die Heizung hoch und zog seinen Mantel aus. »Du könntest sie anrufen und fragen, ob sie heute Vormittag vorbeikommen kann«, schlug er vor. »Mit möglichen Zeugen spreche ich gern persönlich.«

»Okay«, sagte Nele und klang etwas enttäuscht.

»Du solltest bei der Befragung natürlich dabei sein«, fügte Kastner an. »Du bist schließlich diejenige aus dem Team, die diese Helga aufgetan hat.«

Fünf Minuten später stand Polizeimeisterin Hirschel vor Kastners Schreibtisch und beschwerte sich.

»*Ich* war diejenige, die Frau Filipowitz hier in alles eingearbeitet hat«, sagte sie vorwurfsvoll. »Es war *meine* kostbare Zeit, in der ich sie herumgeführt und vorgestellt und mit den Abläufen und Datenbanken vertraut gemacht habe. *Sie* haben sie nur zum Kaffeeholen geschickt, Herr Kastner! Und jetzt, wo sie endlich ein bisschen was beitragen kann, belegen Sie sie ständig mit Beschlag. So geht das nicht!«

»Sie haben natürlich recht«, gab Kastner deeskalierend zu. »Ich hätte das mit Ihnen absprechen sollen. Es tut mir leid, Frau Hirschel. Ich kann zu meiner Entschuldigung nur anführen, dass ich mitten in einer Ermittlung stecke und jede Hilfe brauchen kann. Und Nele zeigt großes Interesse und Engagement.«

»Mir würde Zuverlässigkeit genügen«, schnappte Ulrike Hirschel. »Ich erwarte, dass sie die Aufgabenliste abarbeitet, die ich ihr gegeben habe. Das kann nicht alles einfach liegen bleiben, bis Ihr Todesfall aufgeklärt ist!«

»Eine Aufgabenliste, soso«, sagte Kastner. »Nele bringt Ihre persönliche Datenverwaltung auf Vordermann, stimmt's?«

Polizeimeisterin Hirschel kniff die Augen zusammen. »Ich habe hier keine *persönliche* Datenverwaltung, Herr Kastner. Es geht dabei um Einsatzberichte und Falldaten.«

»Ja, um *Ihre* Einsatzberichte und *Ihre* Falldaten. Aber wenn ich das richtig verstanden habe, soll sich Nele doch mit den Arbeitsabläufen des gesamten Dezernats vertraut machen, oder?«

»Also das ist doch ...«

»Ich will nicht mit Ihnen streiten, Frau Hirschel. Können wir uns nicht darauf einigen, dass es für Nele eine interessante Erfahrung ist, bei einer Mordermittlung zu helfen? Eine Erfahrung, bei der sie viel lernen kann? Und dass es darum ja irgendwie geht?«

Frau Hirschel sah ihn finster an.

»Kastner?« Franzi Mühlberg klopfte pro forma an Kastners offene Bürotür. »Störe ich? Da ist eine Frau Dürr, die dich sprechen möchte«, erklärte sie. »Hast du Zeit oder soll ich sie abwimmeln?«

»Immer her damit«, sagte Kastner. »Frau Dürr kommt wie gerufen. Tja, Frau Hirschel, ich muss unser Gespräch leider unterbrechen, aber wir können es gerne ein andermal fortsetzen.«

Ulrike Hirschel schnaubte und zog ab.

»Was ist denn mit der?«, fragte Franzi. »Nein, ich will's lieber nicht wissen. Dann schick ich dir diese Frau Dürr hinter?«

»Ja. Danke, Franzi. Äh – Könntest du uns vielleicht eine Kanne Kaffee bringen?«

Franzi seufzte, aber sie ließ sich erweichen. »Weil du's bist«, sagte sie. »Ich hab gerade einen gekocht. Kommt sofort.«

***

Melanie Dürr trug einen currygelben Kamelhaarmantel, beige Bundfaltenhosen und einen türkisen Grobstrickpullover, der einen sportiven Büstenhalter durchschimmern ließ. Mit einem Zipfel des Pullis wischte sie an ihrer beschlagenen Brille herum. »Hallo, Herr Kastner«, sagte sie zur Begrüßung. »Also ich war grad zufällig in der Gegend, und da dachte ich mir ... Ich störe Sie doch nicht?«

»Aber nein!«, versicherte Kastner. »Bitte setzen Sie sich doch. Möchten Sie eine Tasse Kaffee? Ein Glas Wasser?«

»Kaffee«, entschied Frau Dürr. »Wenn es keine Umstände macht.« Sie setzte ihre Brille wieder auf und musterte Kastners unaufgeräumtes Büro mit ihren hervorquellenden Augen. »Ja, also, der Grund, aus dem ich Sie sprechen wollte ...« Sie unterbrach sich, weil Franzi Mühlberg den Kaffee hereinbrachte.

»Zucker? Milch?«, fragte Kastner.

»Äh – beides. Mein Sohn hat mir erzählt, dass Sie ihn und diese Aylin verhört haben, und da ...«

»Ich hab mich mit den beiden nur unterhalten«, stellte Kastner klar.

»Dann eben *unterhalten*«, sagte Melanie Dürr professoral. »Wie Sie das nennen, ist ja egal. Der Punkt ist, dass Sie das vorher nicht mit mir und meinem Mann abgesprochen haben.«

»Warum hätte ich das tun sollen? Ihr Sohn ist volljährig.«

»Ja, aber noch nicht lange. Ein Anruf hätte genügt – *liebe Frau Dürr, wir würden gerne noch einmal mit Ihrem Sohn sprechen.* Das ist eine Frage des Respekts und der Höflichkeit, meinen Sie nicht? Damit hätten Sie mir die Möglichkeit gegeben, Lars moralisch zu unterstützen und auf diese unangenehme Erfahrung vorzubereiten.«

Kastner lächelte und schob Frau Dürr die Kaffeetasse hin. »Sie meinen, diese Demonstration geballter Staatsmacht hätte Ihr Kind traumatisieren können? Es war nur ein freundliches Gespräch, Frau Dürr. Oder meinen Sie *vorbereiten* in dem Sinn, dass Sie ihm nahegelegt hätten, über bestimmte Dinge besser zu schweigen?«

»Was für ein Unsinn«, sagte Melanie Dürr und brachte es fertig, dabei nicht wütend oder beleidigt, sondern menschlich enttäuscht zu klingen. »Ich wollte Ihnen jedenfalls mein Missfallen über diese unsensible Vorgehensweise kundtun. Und jetzt, wo das Kind schon im Brunnen liegt, würde ich gern einige Dinge klarstellen.«

»Nur zu«, sagte Kastner munter. »Ich bin ganz Ohr.«

Frau Dürr trank einen Schluck Kaffee, dann räusperte sie sich bedächtig. »In unserem Haus gibt es keine *Schlägereien*. Falls Lars dieses Wort verwendet hat, dann deshalb, weil Jugendliche sprachlich gerne dramatisieren. Da darf man nicht jedes Wort auf die Goldwaage legen, insbesondere nicht bei Lars. Mein Sohn ist zwar volljährig, aber nichtsdestotrotz noch ein unfertiger und leicht beeinflussbarer Charakter. Sie verstehen mich?«

»Durchaus, Frau Dürr. Sie wollen mir suggerieren, dass die Angaben Ihres Sohnes nicht belastbar sind.«

»*Suggerieren*? Herr Kastner, ich will Ihnen helfen! Ich bin schließlich Pädagogin und habe einen geschulten und professionellen Blick auf diese Dinge.«

Kastner verging das Lächeln. Frau Dürr machte nicht den Eindruck, als wolle sie ihn auf den Arm nehmen, sie schien vielmehr ernsthaft zu glauben, was sie da sagte.

»Nun gut«, lenkte er ein. »Es gab also, Ihrer Ansicht nach, keine Schlägerei. Wie würden Sie selbst diesen, äh, Vorfall denn beschreiben?«

Frau Dürr dachte nach. »Es war ein kleines Gerangel. Ein mehr oder weniger harmloses Geschubse.«

»Jemand hat geblutet«, gab Kastner zu bedenken.

»Der Freund meiner Tochter ist unglücklich gegen das Treppengeländer geprallt, und danach hatte er Nasenbluten.«

»Aha. Und wie kam es zu diesem ... Gerangel?«

»Eine Meinungsverschiedenheit unter Teenagern ... Diese Aylin hat ein recht vulgäres Mundwerk, was man ihr bei ihrem familiären Hintergrund wahrscheinlich nicht zum Vorwurf machen kann. Sie findet oft nicht den richtigen Ton. Das ist bedauerlich, aber wohl kaum ein Grund für eine Befragung durch die Mordkommission.«

»Der Freund Ihrer Tochter soll Aylin *Türkenschlampe* genannt haben«, sagte Kastner.

»Das habe *ich* nicht gehört«, behauptete Melanie Dürr sofort. »Also, diese Aylin ... verstehen Sie mich bitte nicht falsch. Sie ist sicher ein nettes Ding, aber das hellste Licht am Baum ist sie nicht. Sie fühlt sich schnell beleidigt, was wohl daher rührt, dass sie sprachliche Feinheiten wie Ironie oder Sarkasmus nicht richtig einordnen kann.«

»Sie meinen, dieser Gernot hat den Begriff *Türkenschlampe* ironisch benutzt?«, fragte Kastner einigermaßen fassungslos. »Sie wollen mir einreden, dass dieser Begriff Raum für Interpretationen bietet?«

»Keineswegs«, sagte Frau Dürr übertrieben deutlich und blinzelte hinter ihrer dicken Brille. »Wenn Sie mir zuhören würden, müssten Sie nicht dauernd Mutmaßungen darüber anstellen, was ich *meine*. Ich bin sicher, dass Gernot etwas Derartiges nicht gesagt hat. Er ist ein sehr höflicher und gut erzogener Junge aus bestem Haus.«

Kastner schenkte sich Kaffee nach und schwankte zwischen Ärger und Belustigung. »Es gibt Zeugen, die genau dieses Wort gehört haben«, erinnerte er. »Ihren eigenen Sohn und Aylin Emre. Luka Marković hat es vermutlich auch gehört, aber der kann ja nun nichts mehr dazu sagen.«

Das hielt Melanie Dürr keiner Erwiderung für würdig.

»Hat der Freund Ihrer Tochter rechtsradikale Ansichten?«, fragte Kastner im Plauderton. »Ist er ein Neonazi?«

Melanie Dürr lachte etwas schrill. »Sie wollen doch nicht etwa die Schlagworte pubertierender Jugendlicher für bare Münze nehmen? Das wäre sehr kurzsichtig, Herr Kastner. Es ist so: Gernot hat eine etwas, nun ja, retrospektive Einstellung. Er kleidet sich gepflegt und glaubt an Werte wie Familie, Freundschaft und Fleiß. Damit ist er für viele andere Jugendliche ein Freak, der mit dem Etikett *Nazi* versehen wird. Punkt.«

»Wo ich den Punkt mache, müssen Sie schon mir überlassen«, sagte Kastner. Melanie Dürr fing an, ihm auf die Nerven zu gehen. »Ich finde, dass die weltanschaulichen Statements von diesem Gernot zu dem Etikett *Nazi* ganz gut passen. Fragen Sie sich eigentlich nie, ob Sie nicht selbst ein wenig kurzsichtig sind?«

Melanie Dürr starrte ihn durch ihre dicken Brillengläser an. »Also gut«, sagte sie und stand auf. »Ich denke, ich konnte meinen Standpunkt deutlich machen.«

Kastner schüttelte die verschwitzte Hand, die Frau Dürr ihm hinhielt. »Wollen Sie eigentlich gar nicht wissen, wie wir mit unseren Ermittlungen vorankommen?«, fragte er.

»Ach so. Gibt es etwas Neues?«

»Wir haben eventuell eine Tatzeugin«, behauptete Kastner.

Melanie Dürr zuckte mit keiner Wimper. »Wie schön. Dann lassen Sie uns hoffentlich bald wieder in Ruhe. Auf Wiedersehen, Herr Kastner.«

»Auf Wiedersehen. Und grüßen Sie bitte Emma von mir.«

***

Helga Hasler war eine Dame um die fünfzig mit kinnlangem, blauschwarz gefärbtem Pagenschnitt. Sie trug mehrere Lagen farbenfroh wallender Gewänder übereinander und reichte Kastner zur Begrüßung eine Visitenkarte: *Die Haselmaus – Textile Kunstwerkstatt. Nonkonformismus zu fairen Preisen. Farbberatung gratis*. Auch Nele bekam ein Kärtchen.

»Bitte nehmen Sie doch Platz!«, bat Kastner, während er Frau Hasler die Hand gab. »Ich hoffe, es macht Ihnen keine Umstände, dass wir Sie so kurzfristig um ein Gespräch gebeten haben?«

»Iwo! Ich wollte heute sowieso in die Stadt, um ein paar Weihnachtsgeschenke zu besorgen.«

Kastner nickte. »Gut. Sie wissen, worüber wir mit Ihnen sprechen wollen?«

»Na, wegen dieser Sache da beim Kettensteg«, vermutete Frau Hasler und schüttelte ihr glänzendes Haar zurecht. »Ihre junge Kollegin hat am Telefon gesagt, dass es um einen ungeklärten Todesfall geht. Also, ich hab mir ja gleich gedacht, dass da was Schlimmes passiert sein muss, aber die anderen waren der Ansicht, ich hätte bloß einen in der Krone gehabt.«

»Es geht um einen jungen Mann, der am vierzehnten Dezember unweit des Kettenstegs tot aufgefunden wurde«, erklärte Kastner. »Haben Sie davon gehört? Die Presse hat darüber berichtet.«

»Ich verfolge aus Prinzip keine Nachrichten, weil mich das ganze Elend nur krank machen würde. Meiner Ansicht nach steigt die Zahl psychischer Erkrankungen allein deshalb stetig an, weil man heutzutage über jede Naturkatastrophe und jedes Massaker genauestens informiert wird. Sehen Sie, vor Erfindung des Buchdrucks hat man davon einfach nichts mitbekommen, und Fernsehen und Internet ...«

»Das ist eine, äh, interessante Hypothese«, unterbrach Kastner. »Gut, vielleicht erzählen Sie uns einfach, was genau Sie an diesem Freitagabend beobachtet haben? Das war der neunte Dezember, richtig?«

Frau Hasler überlegte. »Es war jedenfalls der Freitag, an dem Ulfi diese genreübergreifende Künstlerweihnacht organisiert hat.«

»Sie meinen Herrn Ulf Reiner-Tellau und die Weihnachtsfeier im *Kettensteg*?«, hakte Nele nach.

»Freilich. Künstler müssen netzwerken oder hungern, sagt Ulfi immer, und das trifft den Nagel auf den Kopf.«

»Die Bedienung vom *Kettensteg* hat ausgesagt, dass Sie draußen eine Zigarette geraucht haben«, sagte Nele. »Um wie viel Uhr war das genau?«

Frau Hasler lachte trocken. »Sie sind vermutlich Nichtraucherin, Kind? Ich war an diesem Abend länger vor der Tür als drinnen im Gastraum, und ich habe nicht die leiseste Ahnung, wie spät es bei dieser einen Zigarette gerade war.«

»Also gut«, sagte Nele, »jedenfalls waren Sie draußen, um zu rauchen. Und Sie haben dabei etwas beobachtet ...«

»Ja«, nickte Frau Hasler. »Das kann man so sagen! Es muss recht spät gewesen sein – die anderen Raucher waren schon alle nach Hause gegangen, und draußen war kaum noch jemand unterwegs. Alles war dunkel, ruhig und friedlich; und dann gab es plötzlich diesen Tumult.«

»Was genau meinen Sie mit *Tumult*?«, fragte Kastner.

»Ich weiß nicht recht, wie ich das beschreiben soll ... Zuerst hat es gequietscht und gekracht, ein ganzes Stück flussaufwärts, von der Maxbrücke her. Es klang wie ein Verkehrsunfall. Dann hat eine Frau etwas gerufen.«

»Haben Sie verstanden, *was* die Frau gerufen hat?«

Frau Hasler schüttelte den Kopf. »Nein. Es klang jedenfalls empört. Oder wütend.«

Kastner nickte aufmunternd. »Und was geschah dann?«

»Erst war eine Weile Ruhe, aber dann ging es am gegenüberliegenden Ufer weiter. Es sah aus, als würde jemand verfolgt und bedrängt, und ich habe auch die Stimme der Frau wieder gehört. Na, und da hab ich mir gedacht, jetzt hol ich mal besser einen von den Männern raus, damit der da nach dem Rechten sieht.«

Kastner und Nele wechselten einen Blick. »Sie haben sie also *gesehen*?«, fragte Kastner.

Helga Hasler nickte. »Für kurze Zeit standen die im Lichtschein einer Laterne. Einer der beiden ist herumgetorkelt, wie betrunken, und der andere hat ihn geschubst oder – gepackt.«

»Es waren also zwei Personen?«

»Ich habe jedenfalls zwei gesehen.«

»Würden Sie diese Personen wiedererkennen?«

»Auf keinen Fall«, versicherte Frau Hasler zu Kastners großer Enttäuschung. »Die waren ja am anderen Flussufer und standen nur ganz kurz unter der Laterne.«

»Können Sie sie beschreiben? Körpergröße, Haarfarbe, Kleidung ... irgendwas?«

Helga Hasler schüttelte den Kopf.

»Also gut. Sie haben zwei Personen gesehen, und eine davon hielten Sie, aufgrund der Stimme, für eine Frau.«

»Ja.«

»Würden Sie die Stimme der Frau wiedererkennen?«, fragte Kastner.

Frau Hasler verzog den Mund. »Ich weiß nicht. Es war eine durchaus prägnante Stimme, aber sie war gedämpft, wie ... wie bei einer Meinungsverschiedenheit, wegen der man die Nachbarn nicht wecken will.«

»Hm«, machte Kastner. »Und die andere Person? War das ein Mann?«

Frau Hasler zuckte die Achseln. »Das weiß ich nicht. Aber ich habe angenommen, dass die Frau belästigt wird, und so etwas tun in der Regel ja Männer, oder?«

»Leider ja«, gab Kastner zu. »Aber davon abgesehen – könnte es auch umgekehrt gewesen sein? Ist es möglich, dass die Frau die andere Person verfolgt hat?«

»Was weiß denn ich«, sagte Helga unwirsch. »Es war dunkel, es war auf der anderen Seite des Flusses, und ich hatte schon einen Schoppen Wein getrunken. Jedenfalls war da ein Handgemenge, und jemand schien in arger Not zu sein. Ich dachte natürlich, das sei die Frau ...«

Kastner nickte. »Sie haben nicht zufällig gesehen, wie

jemand in den Fluss gefallen ist? Ein lautes Klatschen gehört? Einen Hilferuf?«

»Nein, nichts dergleichen«, sagte Frau Hasler. »Ich bin ja gleich in den Gastraum zurück und hab die Jungs gebeten, draußen mal nach dem Rechten zu sehen. Aber wie schon gesagt – das sind solche Trottel, manchmal. Ständig blöde Machosprüche, und wenn dann wirklich mal ein Mann gebraucht wird, bestellen sie sich erst mal noch ein Bier und machen dumme Scherze. Ulfi und Norbert sind irgendwann mit raus, aber da war dann schon nichts mehr.«

»Was heißt das genau, *nichts*?«, wollte Nele wissen.

»Nichts eben. Alles war ruhig. Norbert ist gleich wieder rein, aber Ulfi ist mit mir über den Kettensteg gelaufen, um drüben nachzusehen. Aber da war niemand mehr.«

Kastner räusperte sich. »Frau Hasler, Sie sind womöglich Zeugin eines Mordes geworden«, sagte er. »Ich muss Sie bitten, Ihre Aussage zu wiederholen, damit sie aufgenommen werden kann. Meine Kollegin wird sich darum kümmern. Nele?«

»Aber gern!«, strahlte Nele. »Wenn Sie bitte mit mir kommen würden, Frau Hasler?«

***

Um sich Franzi Mühlbergs Wohlwollen zu erhalten, trug Kastner das benutzte Kaffeegeschirr in die Küche zurück, räumte die Besuchertassen in die Spülmaschine und spülte sogar die Thermoskanne aus. Es machte sich sofort bezahlt.

»Sehr löblich«, rief Franzi aus Wismeths Vorzimmer herüber und hob den Daumen.

*Aber das ist doch selbstverständlich*, hätte Kastner beinahe erwidert, verkniff es sich jedoch. Franzi hatte auch ihn schon gelegentlich daran erinnern müssen, dass weder das Kaffeekochen für die Damen und Herren Kommissare noch das Einsammeln verklebter Thermoskannen zu den Kernaufgaben einer Chefsekretärin gehörte – es war also besser, auf dünnem Eis nicht übermütig zu werden.

»Ach, Kastner?«, rief Franzi, »Bevor ich's vergesse: Während Frau Hasler bei dir war, hat ein gewisser *Schorsch* hier angerufen und wollte dich sprechen. Er hat es wohl auf deinem Handy versucht, aber nur deine Mailbox erreicht. Worum es geht, wollte er mir partout nicht sagen.«

»Hast du eine Nummer, unter der ich ihn erreichen kann?«, fragte Kastner.

»Äh, nein. Er hat gesagt, er meldet sich wieder.«

»Gut, dann schalt ich jetzt mal mein Handy ein ... Danke, Franzi!«

Schorsch hatte tatsächlich mit unterdrückter Rufnummer auf Kastners Mobiltelefon angerufen und eine Nachricht auf der Mailbox hinterlassen: seinen Spitznamen und die Ankündigung, es später noch mal zu versuchen.

Da half wohl nur Geduld. Um sich abzulenken, rief Kastner beim Jugendamt an und verlangte, Frau Rebfeld zu sprechen.

»Die Kollegin ist bis zum neunten Januar im Weihnachtsurlaub«, erklärte ihm eine Männerstimme. »Um was geht es denn?«

»Um einen Fall, den sie betreut hat. Gibt es eine Vertretung?«

»Äh. Ja. Einen Augenblick.«

Es knackte in der Leitung, dann meldete sich eine Frauenstimme. »Neumaier.«

»Kommissar Kastner vom Dezernat 1. Guten Tag, Frau Neumaier. Es geht um einen Fall Ihrer Kollegin, Frau Rebfeld. Ein gewisser Luka Marko...«

»Ach, Sie. Mir kenner uns.«

Frau Neumaier musste die Brünette sein, die sich das Büro mit Verena Rebfeld teilte, schloss Kastner, und war froh, dass er nicht alles von vorne erzählen musste. »Schön, dass Sie sich an mich erinnern«, sagte er. »Ich hätte noch eine Frage zu Luka Marković.«

»No froongs hald.«

»Mich würde interessieren, wie die Vermittlung von Marković an die Pflegefamilie Dürr zustande kam.«

Frau Neumaier schwieg.

Kastner wartete eine Weile, dann räusperte er sich. »Frau Neumaier?«

Nichts.

»Hallo? Frau Neumaier?«

»Drängeln hilfd nix«, erklärte die Brünette schließlich. »Ich mou erschd noochschauer.«

So beschieden wartete Kastner mit mehr Geduld.

»So, edzerdler. Marković, Luka. Familie Dürr.«

»Genau. Ist in der Akte vermerkt, warum Marković bei den Dürrs untergebracht wurde und nicht bei irgendeiner anderen Pflegefamilie?«

Frau Neumaier schwieg wieder, und Kastner konnte nur hoffen, dass sie in der Akte nach unten scrollte. Tatsächlich sagte sie nach einer Weile: »Edz häddmers. Des is anscheinend auf Wunsch von die Dürrs zuschdandekommer.«

»Sie wissen nicht zufällig Genaueres? Ob Herr oder Frau Dürr diesen Wunsch geäußert haben? Oder wie sie diesen Wunsch begründet haben?«

»Horngs, ich konn Ihner bloß soong, wos im Sysdeem is. *Die Vermittlung kam auf Wunsch der Familie Dürr zustande*. Mehr schdeehd dou nedd. Die Verena wisserd beschdimmd mehr, obber die is ja im Urlaub.«

»Ja«, sagte Kastner. »Vielen Dank, Frau Neumaier. Und noch eine schöne, äh, Weihnachtszeit.«

»Ja mei«, sagte Frau Neumaier und legte auf.

Auf Wunsch der Familie Dürr, dachte Kastner. Also hatten die Dürrs Luka entweder gekannt oder von ihm gehört. Sie hatten gewusst, dass er einen grünen Daumen hatte, dass er fleißig war ... aber woher? Von Joe Knüst?

Kastners Handy klingelte.

»Kastner?«

»Hallo«, sagte eine jugendlich helle Stimme. »Kurt Schwertfeger hat mir Ihre Nummer gegeben. Ich bin der Schorsch. Von der Gärtnertruppe. Ich hätte mich schon eher gemeldet, aber ich hab erst gestern erfahren, dass Luka tot ist. Ich war eine Weile verreist.«

»Vielen Dank, dass Sie anrufen. Sagen Sie – können wir uns irgendwo treffen?«

»Nein.«

»Ich verstehe. Herr, äh, *Schorsch* – ich kann Ihnen versichern, dass mich Ihre Steuererklärung nicht im Geringsten interessiert.« Das war die Wahrheit. Dass sich im Zuge der weiteren Ermittlungen auch sonst niemand dafür interessieren würde, konnte er natürlich nicht versprechen.

»Das ist nett«, sagte Schorsch prompt, »aber wir können uns trotzdem nicht treffen.«

»Schade. Sie kannten also Luka Marković? Er hat eine Zeit lang für Sie gearbeitet?«

»Ich koordiniere die Gärtnertruppe nur, ich bin nicht der

Chef«, stellte Schorsch klar. »Wir sind alle gleichberechtigte Partner.«

»Was wissen Sie von Luka? Warum ist er nach Deutschland gekommen? Welche Pläne hatte er?«

»Er wollte hier arbeiten. Geld verdienen. Seine Oma war krank und die Behandlung war teuer ... Ein Mitbewohner aus seinem Wohnheim hat Luka den Tipp mit der Gärtnertruppe gegeben, und so haben wir uns kennengelernt. Und weil er ein netter Kerl war, haben wir uns ein bisschen angefreundet.«

Jetzt bloß nichts falsch machen, dachte Kastner. »Es freut mich zu hören, dass Luka einen Freund hatte«, sagte er. »Bisher hatte ich nicht den Eindruck, dass er jemandem wichtig war.«

Schorsch lachte freudlos. »Die meisten haben ihn nach Strich und Faden ausgenutzt. Es fing damit an, dass sämtliche Ersparnisse von Lukas Oma draufgingen, um den Blutsauger von Schlepper zu bezahlen. Und vor der deutschen Grenze hat der Typ ihm dann auch noch sein Schulzeugnis abgenommen ...«

»Ich nehme an, Sie sprechen von Lukas erster Einreise als Minderjährigem?«, sagte Kastner. »Sein Zeugnis? Was wollte der Schlepper denn damit?«

»Er hat Luka angeboten, es zurückzukaufen. Gegen Bargeld.«

»Und? Hat Luka sich das Zeugnis zurückgekauft?«

»Nein. Der Preis stieg nämlich ständig. Luka war treuherzig genug, dem Schlepper auf die Nase zu binden, wie dringend er das Zeugnis braucht, nachdem dieser Gärtner, dieser Dürr, ihn mit der Aussicht auf eine Lehrstelle geködert hatte. Das hat dem Arsch gefallen, und er hat gleich noch mal fünfhundert Euro draufgeschlagen. Kein Zeugnis, keine Ausbildung, keine Chance auf eine verlängerte Duldung ...«

»Wie lief das mit Dürr und der Lehrstelle? Hat Luka Ihnen das erzählt?«

»So grob. Dürr hat Luka erst mal drei Monate für ein Taschengeld schuften lassen – Praktikum hat er das genannt. Und dann hat er ihm weisgemacht, dass er eine Lehrstelle bekommt, wenn er sich noch ein bisschen Mühe gibt. Und sofern er sein Zeugnis beibringt, natürlich. Luka hat sich ordentlich ins Zeug gelegt, und eins müssen Sie wissen: Der konnte richtig hinlangen, obwohl er so ein magerer Hering war. Das ging Monat um Monat. Ich hab Luka ein Handy besorgt, damit er seine Oma anrufen konnte, und sie hat's irgendwie geschafft, eine beglaubigte Kopie von diesem Zeugnis zu beschaffen. Luka war selig. Er hat gehofft, dass sie ihn nicht abschieben, wenn er hier eine Lehre macht, und dass er nach der Lehre vielleicht bei Dürr weiterarbeiten kann. Aber das Zeugnis kam nicht an, obwohl seine Oma Stein und Bein geschworen hat, dass sie es abgeschickt hat. An die Adresse der Dürrs, bei denen Luka damals ja gewohnt hat. Sie verstehen?«

Kastner dachte darüber nach. »Sie glauben, Dürr hat es unterschlagen?«

»Da können Sie Gift drauf nehmen«, sagte Schorsch. »Und damit nicht genug. Lukas Oma hat tatsächlich noch einmal eine Kopie besorgt, obwohl sie inzwischen schon sehr krank war – Sie können sich vorstellen, dass Luka das alles furchtbar zugesetzt hat. Diesmal ging das Zeugnis an meine Adresse, aber es hat Luka nichts mehr genützt: Dürrs Frau hat ihn mit einer fadenscheinigen Begründung rausgeschmissen.«

»Warum? Wegen der Schlägerei?«

»Welche Schlägerei? Nein, die Dürr hat behauptet, Luka hätte ihren Kindern Drogen verkauft.«

Das war Kastner neu. Drogen? »Von welcher Art Drogen sprechen wir da?«, fragte er.

»Medikamente. Stimmungsaufheller, Beruhigungsmittel ... solches Zeug. Das war natürlich völlig an den Haaren herbeigezogen. Die wollten ihn einfach nur loswerden, denke ich mal, denn sonst hätte Dürr ja zugeben müssen, dass er Luka monatelang verarscht und ausgenutzt hat.«

Eine Weile herrschte Schweigen.

»Das alles muss für Luka sehr belastend gewesen sein«, sagte Kastner. »Halten Sie es für möglich, dass er sich umgebracht hat?«

»Bitte?« Schorsch lachte ungläubig. »Niemals! Luka war ein unverbesserlicher Optimist. Der hat immer unverdrossen an das Gute geglaubt ... Hier ist es besser als im Kosovo, hat er gesagt, selbst dann noch, als er auf der Straße stand, weil er nicht länger bei mir wohnen konnte.«

»Dann muss ihn jemand getötet haben«, stellte Kastner fest. »Aber wer? Und warum?«

»Deshalb rufe ich ja eigentlich an. Nach seiner zweiten Einreise hat Luka mir erklärt, dass er sich von dem Schlepper nicht noch einmal die Butter vom Brot nehmen lässt. *Der muss diesmal alles wieder rausrücken, was er mir abgenommen hat,* hat er gesagt, *sonst lass ich ihn auffliegen.*«

»Luka ist Ende Juni also wieder mit demselben Schlepper gekommen wie bei seiner ersten Einreise?«, fragte Kastner. »Und er wusste etwas – einen Namen, Adressen, Verbindungsleute?«

»Er hatte eine Handynummer von dem Typ, und er hatte Fotos. Den Namen und die Adresse dazu hat er später herausbekommen«, sagte Schorsch.

Das waren interessante Neuigkeiten. Auf den Fotos vom Autobahnrastplatz war also vermutlich der Schlepper zu sehen … »Ist der Name des Schleppers vielleicht Raznatović?«, fragte Kastner hoffnungsvoll.

»Mein Akku ist gleich leer«, sagte Schorsch. »Nur so viel noch: Nach Lukas Abschiebung in den Kosovo ist seine Oma gestorben, und er hat ihr Häuschen verkauft. Tausend Euro von dem Verkaufserlös hat der Schlepper für die illegale Einschleusung verlangt, und den Rest – immerhin fünftausend Euro – hat er Luka vor der Grenze abgenommen. Also gestohlen. Oh. Mein Akku blinkt …«

»Bitte nein«, bat Kastner, was natürlich albern war. »Wenn Sie wirklich ein Freund von Luka waren, dann müssen Sie uns helfen, seinen Mörder zu finden! Ich kann keine Ihrer Aussagen verwerten, wenn ich nicht weiß, wer Sie sind. Bitte sagen Sie mir Ihren Namen. Treffen Sie sich mit mir! Ich verspreche Ihnen …«

»Es tut mir leid«, sagte Schorsch. »Ich würde Ihnen gern helfen, aber ich muss nicht nur mich, sondern auch andere schützen.«

»Wissen Sie etwas über diesen Jungen, um den Luka sich gekümmert hat?«, fragte Kastner. »Hallo? Schorsch? Hören Sie mich?«

Die Verbindung war unterbrochen.

»Scheiße«, sagte Kastner laut. »Scheiße, Scheiße, Scheiße.«

***

»Du glaubst also, dass diese Helga Hasler eine Tatzeugin ist?«, fragte Claudia, während sie Joghurtdressing über ihren Salat träufelte.

In der Rathauskantine herrschte gähnende Leere, die meisten städtischen Angestellten waren inzwischen wohl im Weihnachtsurlaub. Auch das Menüangebot war ausgedünnt. Wie zum Ausgleich trugen die Kantinenangestellten lustige Weihnachtsmannmützen und tannengrüne Schürzen mit einem Werbeaufdruck, der den original Nürnberger Christkindlesglühwein empfahl.

»Es wäre immerhin möglich«, sagte Kastner. »Äh ... die Semmelknödel mit Pilzsoße, bitte.«

»Für mich auch«, sagte Claudia zu der Dame, die das Essen ausgab. »Hey, freie Platzwahl«, stellte sie dann fest und trug ihr Tablett zu einem der vielen leeren Tische. »Wo ist eigentlich Felix?«

»Ich glaube, der hat sich krankgemeldet. Franzi Mühlberg hat so etwas erwähnt – Grippe oder so.«

»Der Ärmste. Wir könnten ihm eine Gute-Besserung-Karte schicken«, sagte Claudia fröhlich. »Mahlzeit, Kastner.«

»Mahlzeit.«

»Aber viel *gesehen* hat die Hasler nicht, oder?« Claudia verstieß gegen das Tabu, beim Mittagessen über die Arbeit zu sprechen.

»Das ist richtig«, gab Kastner zu. »Aber falls sie den Mord an Luka beobachtet hat, hätten wir einen Anhaltspunkt für Tatort und Tatzeitpunkt – irgendeiner von dieser alkoholseligen Weihnachtsfeier wird sich ja wohl an die genaue Uhrzeit erinnern, hoffe ich. Ich hab die Nele darauf angesetzt, die findet das bestimmt raus.«

»Das glaub ich auch. Ist ziemlich gewieft, das Mädel. Verstehe ich das richtig? Du schließt aus Helgas Aussage, dass eine *Frau* Luka getötet hat?«

Kastner zuckte die Achseln. »Frau Hasler hat zwei Personen gehört und gesehen, aber sie konnte letztendlich nicht ausschließen, dass an dem Gerangel noch andere Personen beteiligt waren. Also könnte der eigentliche Mörder auch ein Mann sein.«

»Hm«, machte Claudia. »Vielleicht hat Frau Hasler aber auch nur irgendeinen Ehekrach mit angehört.«

»Das ist möglich«, gab Kastner zu.

»Und dieser Schorsch? Ein unterschlagenes Zeugnis, dubiose Drogengeschäfte, ein erpresster Schlepper ... das sind ja alles nur Gerüchte, solange man den Mann nicht vors Mikrofon bekommt, oder?«

»In diesem ganzen Fall gibt es eigentlich nur Gerüchte«, sagte Kastner. Das fand er ebenso ärgerlich wie den Umstand, dass er den Rest seines Semmelkloßes trocken hinunterwürgen musste. Warum knauserte die fränkische Küche immer mit der Soße? »Immerhin haben wir dank Schorsch jetzt einen konkreten Hinweis, dem wir nachgehen können«, fügte er hinzu.

»Der Schlepper, der Luka bestohlen hat? Du glaubst, das ist dieser Raznatović? Wenn Luka gedroht hat, ihn auffliegen zu lassen, hätten wir das erste handfeste Mordmotiv in diesem Fall. Aber wie passt das mit der Frau zusammen, die Helga Hasler gehört haben will? Und bei aller Liebe – ich kann mir nicht vorstellen, dass ein Schlepper sein Geschäftshandy brav auf seine richtige Adresse registrieren lässt.«

»Wohl kaum. Aber irgendeine Verbindung muss es geben ... Hast du über Raznatović eigentlich noch irgendwas herausgefunden?«

Claudia zuckte die Achseln und wischte sich Salatsoße aus dem Mundwinkel. »Nicht viel. Die Regensburger Kollegen haben mir ein paar nackte Daten über diesen Radan gemailt, aber ...«

»Sag mal, was hältst du von einem Ausflug in die Oberpfalz?«, unterbrach Kastner sie.

Claudia starrte ihn an. »Nach Regensburg? Wie jetzt, heute noch?«

Kastner nickte. »Da sind wir doch mit dem Dienstwagen in eineinhalb Stunden rübergerutscht, oder?«

»Hm. Na gut, warum nicht? Ist vermutlich einfacher, als diesen Raznatović irgendwie anders zu erreichen. Dann aber los, ich muss spätestens um halb sechs meine Kinder aus dem Hort holen!«

***

Radan Raznatović wohnte im Regensburger Ortsteil Rheinhausen, einem Gewerbegebiet, dem man ein paar Inseln für Wohnhäuser abgetrotzt hatte. Das Navigationsgerät des Dienstwagens lotste Kastner und Claudia von der A3 über Donau und Regen zu einem von fünf achtstöckigen Wohnblöcken, die in Creme- und Blautönen gestrichen waren.

Während Kastner das Klingelschild studierte, zog Claudia ihr Smartphone aus der Uniform und las ihm vor, was sie über Radan Raznatović herausgefunden hatte. »Der Mann ist achtundfünfzig, Witwer, und wohnt hier allein. Deutscher Pass, keine Vorstrafen, keine Kinder – hat früher in einer Autowerkstatt gearbeitet, bezieht jetzt aber Frührente wegen eines Hüftleidens. Mehr weiß ich nicht.«

Da auf das Klingeln niemand öffnete, drückte Kastner noch ein paar andere Knöpfe und behauptete auf Nachfragen durch die Gegensprechanlage, er wäre von der Post.

»Wir sollten die Regensburger Kollegen darüber informieren, dass wir hier herumschnüffeln«, merkte Claudia an.

»Hm«, machte Kastner.

Der Türöffner surrte. Das Treppenhaus war taubenblau gekachelt, in einer Nische standen mehrere Kinderwagen, eine Gehhilfe und ein verbeulter Einkaufswagen des Donau-Einkaufszentrums. Die Zugluft hatte einen Stapel Werbezettel über die Treppenstufen verteilt.

Claudia musterte die lange Reihe blecherner Briefkästen, während Kastner den Aufzugknopf drückte.

»Schau mal hier«, sagte Claudia. »*R. Raznatović*. Da hat einer mit Bleistift *D.* dazugeschrieben. Ob das unser Draşko ist? Allerdings scheinen die Raznatovićs nicht besonders neugierig auf ihre Post zu sein.«

Der Briefkasten war voll, einige Kuverts klammerten sich gerade noch im Schlitz fest. Mit spitzen Fingern blätterte Claudia die Umschläge durch, um die Anschriften lesen zu können. »Radan, Radan, Radan ... hier. *Draşko*. Draşko Raznatović. Ein Verwandter von Radan? Oh, hoppla.« Die Briefe waren herausgefallen, und Claudia bückte sich, um sie aufzuheben. »Ohne Absender«, sagte sie und hielt einen handschriftlich an Draşko Raznatović adressierten Brief hoch. »Vielleicht sollte man einen Blick hinein...«

»Sag mal, was machst du da eigentlich?«, fragte Kastner. »Du kannst doch nicht fremder Leute Briefkästen ohne einen entsprechenden Beschluss durchwühlen.«

»Sagt wer?«, fragte Claudia keck zurück. »Der *Postbote?*«

In diesem Moment öffnete sich die Aufzugtür, und Claudia steckte die Briefe artig zurück und folgte ihm. »Vielleicht sind die Raznatovićs verreist?«, mutmaßte sie, während der Aufzug nach oben ruckelte.

»Das würde zu diesem verzwickten Fall durchaus passen«, sagte Kastner.

Der Flur im fünften Stock war so aufgeräumt wie trist – keine Schuhe vor den Wohnungstüren, keine Grünpflanzen, kein Tageslicht. Am Ende eines langen, dunklen Ganges fanden sie die richtige Tür: Raznatovićs Name stand auf einem vergilbten Zettel, der mit Tesafilm befestigt war. Die Tür war nur angelehnt.

»Das sieht nicht gut aus«, stellte Claudia fest und tastete nach ihrer Dienstwaffe.

»Ich denke, wir sollten genau jetzt den Regensburger Kollegen Bescheid sagen.«

Claudia nickte und zog ihre Waffe. Dann schob sie die Tür mit der Schuhspitze ein wenig auf und spähte hinein. »Hallo? Herr Raznatović? Hier ist die Polizei! Sind Sie zu Hause?«

Niemand gab Antwort. Claudia schob die Tür weiter auf und lauschte. »Hörst du das?«, fragte sie.

Kastner nickte. In der Wohnung tropfte ein Wasserhahn, langsam und stetig. Aber das war es nicht, was Claudia meinte.

»Fliegen«, sagte er.

***

Nachdem der Assistent des Gerichtsmediziners den Leichensack verschlossen hatte, ließen sie die Regensburger Kriminaltechniker ihre Arbeit tun und machten sich auf den Heimweg. Aber schon zwei Straßen weiter bremste Claudia unvermittelt vor einem Restaurant und fädelte den Dienstwagen in eine Parklücke.

»Sorry«, sagte sie, »aber ich brauche jetzt sofort einen Schnaps.«

Das *Dalmacija* bot kroatische und mediterrane Küche sowie Balkanspezialitäten und war zu dieser frühen Stunde kaum besucht. Claudia orderte einen Willi, und Kastner flog beim beiläufigen Studium der Speisekarte die Lust auf Cevapcici an.

»Dass du jetzt was essen kannst«, wunderte sich Claudia. »Du bist doch sonst der mit dem empfindlichen Magen, wenn's um Leichen geht. Und diese Leiche war kein schöner Anblick.«

Aus diesem Grund hatte Kastner sich tunlichst ferngehalten, als der Arzt den Toten begutachtet hatte. Der Tod war bereits vor etwa zwei oder drei Tagen eingetreten, vermutlich ein Schädelbruch – an der Kante eines gläsernen Couchtisches hatten sich Blut und Haare gefunden. Die Beamten vom Kriminaldauerdienst hatten mit den Schultern gezuckt: der unglückliche Sturz eines Gehbehinderten, ein Unfall. Wenn Claudia und er selbst nicht vor Ort gewesen wären und auf eine Verbindung zu ihrem Nürnberger Fall gepocht hätten, wäre weder das Morddezernat eingeschalten worden noch eine Autopsie erfolgt. Trotz der offenstehenden Wohnungstür.

»Man macht es den Mördern in unserem Land wirklich leicht«, sinnierte Kastner, während er eine Gabel Krautsalat zum Mund führte.

»Das erinnert mich an meinen Ex«, sagte Claudia und kippte ihren Willi.

»Bitte?«

»Der hat sich auch immer drei Sätze gedacht und den vierten dann ausgesprochen, und dann hat er sich gewundert, dass niemand ihm folgen konnte.«

»Ach so«, sagte Kastner, und ließ seine Kollegin an seinen unausgesprochenen Gedanken teilhaben.

»Na ja, man wird sehen, was bei der Autopsie rumkommt. Vielleicht war es ja wirklich ein Unfall?«

»Hm«, machte Kastner. »Aber um das feststellen zu können, muss man ja erst mal eine Autopsie durchführen. Was ich meine, ist …«

»Ich hab's schon kapiert. Sag mal, Kastner – du hast doch einen Führerschein? Also, nur mal angenommen, ich würde mir jetzt noch einen Zweitwilli genehmigen, könntest du …?«

Kastner seufzte. Seit Claudia vor dem *Dalmacija* in die Eisen getreten war, hatte er diesen Teil der Kommunikation gefürchtet. Er fuhr nicht gerne Auto. Mit Mirjams altem Toyota kam er gerade so zurecht, aber Automatik, Servolenkung und digitale Bedienfelder machten ihm Angst. »Freilich«, sagte er tapfer.

Claudia grinste und bestellte sich noch einen Willi.

»Welcher Raznatović war das jetzt eigentlich?«, fragte Kastner.

»Alles spricht für Radan. Alter, Größe, das Jugendfoto im Personalausweis …«

»Und wo zur Hölle ist dann dieser Draşko? Wenn man seinen Namen auf den Briefkasten schreibt, dann wohnt man doch da, oder? Warum hat also Draşko den toten Radan nicht längst gefunden, bevor wir es getan haben?«

»Hat er ja vielleicht. Womöglich hatte er Gründe, nicht die Polizei zu rufen, sondern sich stattdessen aus dem Staub zu machen?«

»Du meinst, Draşko ist der Mörder?«

Claudia zuckte die Achseln. »Was weiß ich. Vielleicht ist er der Mörder. Vielleicht ist er aber auch vor dem Mörder geflohen. Oder es war wirklich ein Unfall, und Draşko macht gerade rein zufällig Urlaub auf dener Bahamas.«

»Hm«, machte Kastner und widmete sich anschließend ganz dem Cevapcici, das feurig gut schmeckte.

***

»So, ab heute hab ich Urlaub«, sagte Mirjam. »Und zwar bis nach Silvester! Und ich gedenke, tatsächlich *Urlaub* zu machen!« Sie legte veranschaulichend die Füße auf den Couchtisch und verschränkte die Arme. Im Fernseher lief die *Tagesschau*.

»Das hast du dir verdient«, gab Kastner zu. Am Zustand der Küche hatte sich nichts geändert, und es hatte ihn einige Mühe gekostet, sich bis zum Kühlschrank durchzukämpfen, um sich ein kaltes Bier zu holen.

»Hat Peter sich schon gemeldet?«, erkundigte er sich angelegentlich.

»Er versucht, morgen vorbeizuschauen. Ich hoffe nur, er kommt *vor* meinen Eltern. Meinen Vater trifft der Schlag, wenn er die Küche so sieht.«

Der *Tagesschau*-Sprecher verkündete, dass der designierte amerikanische Präsident seine Ministerriege nun zusammengestellt habe, und nannte Namen und Hintergründe. Mirjam schenkte sich Wein nach und zündete sich eine Zigarette an. »Da helfen nur noch Drogen«, konstatierte sie. »Wenn das Demokratie ist, sollte man vielleicht noch mal drüber nachdenken.«

Kastner nickte. Die Fahrt von Regensburg zurück nach Nürnberg hatte ihn erschöpft. Noch vor der Donaubrücke hatte es begonnen, in dicken Flocken zu schneien, und obwohl Claudia unter den vielen winzigen Knöpfchen das richtige für den Scheibenwischer gewusst hatte, hatte er sich am Steuer des Dienstwagens wie ein Blinder im Taucheranzug gefühlt. Claudia hatte sich freundlicherweise lange zurückgehalten, bevor sie diskrete Bemerkungen über seinen Fahrstil gemacht hatte, wie: *Hier darf man hundertzwanzig, Kastner*, oder: *Stört dich das eigentlich nicht, dass dir der Laster vor uns seit dreißig Kilometern seinen Dreck auf die Windschutzscheibe bläst?*

»Hast du Hunger?«, fragte Mirjam. »Im Kühlschrank ist Stadtwurst.«

»Danke«, sagte er. »Ich habe Cevapcici gegessen.«

»Der Tote in Regensburg wurde endgültig als Radan Raznatović identifiziert«, erklärte Claudia auf der morgendlichen Teambesprechung. »Die Autopsie findet gerade statt, die Kollegen werden uns das Ergebnis schicken, sobald es vorliegt. Die Spurensicherung hat Fremd-DNA und auch einige Fingerabdrücke in Raznatovićs Wohnung gefunden, konnte bisher aber weder das eine noch das andere jemandem zuordnen.«

»Haben die Regensburger etwas über diesen Draşko herausgefunden?«, fragte Kastner.

»Ein Draşko Raznatović ist in Regensburg nicht gemeldet. Aber einem Nachbarn ist vor ein paar Wochen ein Fremder aufgefallen, der Radan beim Schleppen von Bierkästen geholfen hat. Er konnte eine ganz gute Personenbeschreibung abgeben – mittelgroß, dunkelblond, kräftig gebaut; höchstens zwanzig. Und, aufgemerkt, der Mann hatte einen Hund bei sich. Ich zitiere: kniehoch, hellbraun, struppig.«

»Womöglich der Schafspudel?«, fragte Nele.

»Klingt ganz danach. Die Regensburger lassen nach den Angaben des Nachbarn eine Phantomzeichnung anfertigen.«

»Von dem Pudel?«, fragte Wernreuther. Er habe sich trotz seiner schweren Grippe notgedrungen in die Arbeit geschleppt, um sie mit dem schwierigen Fall nicht alleine zu lassen, hatte er erklärt. Alle drei Minuten schnäuzte er sich mit Leidensmiene in ein Papiertaschentuch; die benutzten Taschentücher stapelte er vor sich zu einem Türmchen auf. Nach Kastners Ansicht hatte er einen ganz normalen Schnupfen.

»Von dem Besitzer des Pudels«, sagte Claudia streng. »Felix – könntest du bitte das kontaminierte Material fachgerecht entsorgen?«

Wernreuther knüllte die Taschentücher zusammen und warf sie in Kastners Papierkorb.

Claudia seufzte. »Von Raznatovićs tödlichem Sturz hat leider niemand etwas mitbekommen«, fuhr sie fort. »Acht Stockwerke, acht Mietparteien pro Stockwerk – da herrscht eine gewisse Anonymität. Deshalb ist wohl auch niemandem aufgefallen, dass die Wohnungstür nur angelehnt war.«

»Was weiß man denn inzwischen über Radan Raznatović?«, fragte Kastner.

»Da werden wir uns wohl in Geduld üben müssen – ich fürchte, der Ermittlungseifer der Regensburger wird sich in Grenzen halten, bis die Autopsie einen klaren Hinweis auf Fremdbeteiligung liefert.« Claudia blätterte in ihren Unterlagen. »Aber eins ist schon mal interessant: Raznatović hatte eine Cousine in Nürnberg.«

»Soso«, schniefte Wernreuther. »Wir haben also eine Augenzeugin, die nichts gesehen hat; einen zweiten Toten, der genau wie der erste vielleicht gar nicht ermordet wurde; und, ganz toll: eine Phantomzeichnung von einem Schafspudel …«

»Dein Engagement in allen Ehren, Felix«, unterbrach Claudia, »aber vielleicht solltest du dich wirklich mal ne Woche ins Bett legen. Mit einer Grippe ist nicht zu spaßen.«

»Ach was«, winkte Wernreuther ab. »Ich weiß ja, dass ich gebraucht werde.«

Nele räusperte sich. »Also – so schlecht stehen wir doch gar nicht da! Luka hat vor seinem Tod mit einem der Raznatovićs telefoniert. Und wenn der Schafspudel der

Hund von Draşko Raznatović ist, dann war Draşko vermutlich mit Luka auf diesem Autobahnrastplatz. Vielleicht ist er ja wirklich der Schlepper, oder er kennt ihn zumindest? Das ist doch eine heiße Spur! Und wenn wir jetzt noch ein Phantombild von Draşko kriegen …«

»Genau«, sagte Claudia und nickte Nele zu. »Ich bleib an den Raznatovićs dran, wenn's euch recht ist. Zuerst besuch ich mal Radans Nürnberger Cousine – diese Einmischung werden mir die Regensburger schon nachsehen, hoffe ich.«

»Und wenn nicht, müssen wir eben mit ihrem Zorn leben«, stellte Kastner fest.

Nele hob die Hand. »Außerdem haben wir dank der Zeugin Helga Hasler jetzt einen wahrscheinlichen Tatzeitpunkt: Drei der Weihnachtsfeiergäste vom neunten Dezember sagen übereinstimmend aus, dass Helga um 23.45 Uhr wieder in die Gaststätte zurückkam. Mit dieser genaueren Information kann man noch mal zu den Anwohnern marschieren, vielleicht fällt ja einem doch noch was ein. Äh … ich würde das gern übernehmen?«

»Sehr gut, Nele«, sagte Kastner. »Meinen Segen hast du, und ich werde versuchen, auch den Segen von Polizeimeisterin Hirschel zu bekommen. Felix, was macht denn jetzt eigentlich Interpol? Wird dieser Junge irgendwo vermisst?«

Wernreuther schnäuzte sich umständlich. »Interpol macht sich das Leben leicht, wo es geht«, stellte er anschließend fest. »Sie haben ihre Vermisstenanzeigen zwar nach Minderjährigen männlichen Geschlechts im fraglichen Alter vorsortiert, aber das ist trotzdem noch eine ganze Latte. Zu manchen gibt's nicht mal ein Foto – die muss ich jetzt halt mal durchforsten.«

»Mach das bitte«, sagte Kastner. »Und außerdem könntest du dich mal nach diesem Schorsch umhören. Ich will mit ihm sprechen. Vielleicht rückt Kurt Schwertfeger mit einem vollständigen Namen raus, wenn man ihn ein bisschen unter Druck setzt ... Ich mach das wirklich nicht gern, aber anscheinend geht es nicht anders.«

»*Ein bisschen unter Druck setzen* gehört zufällig zu meinen Kernkompetenzen«, grinste Wernreuther. »Und notorische Schwarzarbeiter sind meist recht leicht unter Druck zu setzen. Diesen Schorsch bekommst du spätestens morgen von mir auf einem silbernen Tablett serviert.«

»Gut«, nickte Kastner, obwohl Schwertfeger und Schorsch ihm ein wenig leidtaten. »Mich persönlich zieht es heute noch mal in die Gartenstadt. Wegen der Sache mit dem Zeugnis und den Drogen, die Luka angeblich verteilt hat.«

***

Melanie Dürrs Freude über das baldige Wiedersehen schien begrenzt. Sie trug einen seidig glänzenden Hausanzug, dessen türkisfarbener Ton sich mit ihren wasserblauen Augen biss, ihr braunes Haar war noch feucht von einer Dusche und um den Hals trug sie eine Goldkette mit Sternzeichenanhänger – Wassermann.

»Leider nur kurz«, antwortete sie auf Kastners Frage, ob sie Zeit für ihn habe, und erst auf Nachfrage bot sie ihm einen Ledersessel am Katzenfuttertisch an. »Ich bin gerade sehr beschäftigt. Was ist denn noch?«

»Wie geht es Emma?«, erkundigte sich Kastner.

»Äh ... gut? Ich glaube, sie sieht sich oben einen Zeichentrickfilm an.«

Kastner nickte, lächelte und sah sich um. In einer Ecke des Wohnzimmers stand ein imposanter Nadelbaum, der mit ökologisch und vermutlich auch politisch korrektem Weihnachtsschmuck behangen war. Auf dem Katzenfuttertisch brannte eine armdicke Kerze, umrahmt von Strohengeln und dekorativen Gewürzen.

»Sehr hübsch«, sagte Kastner und wies auf die Engel. »Haben Sie das mit Ihren Kindern und Pflegekindern gebastelt? Und was da so duftet – ist das, äh, Sternanis?«

Melanie Dürr rückte ihre Brille zurecht und warf einen Blick auf die Engel, als sähe sie sie zum ersten Mal.

»Als Kind habe ich an Weihnachten mit meiner Mutter immer diese Igel gemacht«, plauderte Kastner weiter. »Sie wissen schon ... mit Nelken gespickte Orangen. Das hat auch gut gerochen.«

Frau Dürrs Blick wanderte von Engeln zurück zu Kastner.

»Bastelt Emma gern?«, erkundigte er sich. »Und Ihr Jüngster – Florian, nicht wahr? –, ist der noch im Bastelalter?«

»Nur damit wir uns richtig verstehen, Herr Kastner: Ich bin studierte Pädagogin; und ich habe lange, anstrengende Arbeitstage«, sagte Melanie Dürr. »Die Engel stammen aus dem Eine-Welt-Laden, und den Weihnachtsbaum hat meine Haushaltshilfe geschmückt. Und bevor Sie weiter auf dem Thema herumreiten: Nein, ich habe keine Zeit, mir eine geblümte Schürze umzubinden und mit den Kindern Plätzchen auszustechen. Hier ist nicht *Unsere kleine Farm*, und ich bin auch keine Hausfrau.«

»Da haben wir uns womöglich missverstanden«, sagte Kastner. »Niemand verlangt, dass Sie sich eine Schürze umbinden. Sie schreiben Artikel für Fachzeitschriften und halten Vorträge vor großem Publikum – offensichtlich verstehen Sie etwas von Ihrem Metier, sonst hätten Sie ja wohl kaum Erfolg damit.«

Melanie Dürr legte den Kopf schief. »Ich bin mir nicht sicher, ob ich Ihnen folgen kann. Herr Kastner – was wollen Sie von mir? Warum sind Sie hier?«

»Ich frage mich, warum eine so erfolgreiche und viel beschäftigte Frau, die noch dazu drei eigene Kinder hat, regelmäßig Pflegekinder aufnimmt.«

Melanie Dürr starrte ihn an. »Das kann ich Ihnen sagen«, erklärte sie dann pastoral. »Es ist mir ein Anliegen, Kindern mit schwierigem sozialem Hintergrund zu einem besseren Start ins Leben zu verhelfen. Meine eigenen Kinder wachsen in finanzieller und emotionaler Sicherheit auf, aber dieses Glück ist nicht jedem in die Wiege gelegt …«

»Das klingt sehr selbstlos«, sagte Kastner.

»Das *ist* selbstlos. Ich hätte es wirklich leichter ohne diese Kinder, aber dann müssten sie in irgendwelchen Heimen dahinvegetieren, in denen sich niemand für ihr Schicksal interessiert.«

»Ganz anders als bei Ihnen«, warf Kastner ein.

Frau Dürrs Mund blieb einen Moment offen stehen, ehe sie ihre professionelle Distanz wiederfand. »Was ist mit *Ihrem* sozialen Engagement, Herr Kastner? Wollen Sie Emma mitnehmen und ihr ein besseres Zuhause bieten? Nur zu. Dann können *Sie* sich eine Schürze umbinden und Plätzchen mit ihr ausstechen.«

»Das würde ich tatsächlich tun, wenn Emma mein Pflegekind wäre«, sagte Kastner. »Aber sie ist *Ihr* Pflegekind. Was zahlt das Jugendamt monatlich, wenn man ein Pflegekind aufnimmt?«

»Wenn Sie eins beantragen, werden Sie es erfahren.«

»Kann man sich so ein Pflegekind eigentlich aussuchen?«, hakte Kastner ein. »Oder bekommt man das zugewiesen?«

»Es handelt sich bei Pflegekindern um Menschen«, wurde er belehrt. »Da gibt es keinen Katalog.«

»Das höre ich gern. Aber wenn ich das richtig verstanden habe, kam Luka Marković doch auf Ihren ausdrücklichen Wunsch zu Ihnen, oder nicht?«

Melanie Dürr richtete ihren Wassermannanhänger mittig aus und ließ sich Zeit mit der Antwort. »Das ist richtig«, gab sie schließlich zu. »Gerade wenn man mehrere Pflegekinder aufnimmt, muss man darauf achten, dass die pädagogische Chemie stimmt, wenn Sie verstehen, was ich meine.«

»Durchaus. Dass Luka schon als Gärtner gearbeitet hat, hatte also mit Ihrer Entscheidung nichts zu tun?«

»Warum interessiert Sie das? Ich dachte, Sie suchen einen Mörder? In meinem Haus werden Sie ihn nicht finden, deshalb verstehe ich nicht recht, warum ...«

»Woher haben Sie es gewusst?«

»Was?«

»Dass Luka ein guter Gärtner war.«

Melanie zuckte die Achseln. »Ich glaube, Joe hat etwas in der Richtung erwähnt.«

»Joe Knüst? Ihr Nachbar?«

Sie nickte. »Dagegen ist doch nichts einzuwenden, oder? Es ist doch schön, wenn ein junger Mann bei uns in der Gärtnerei etwas lernt und seine Zeit hier in Deutschland sinnvoll verbringt.«

»Freilich. Hat Ihr Mann Luka eine Lehrstelle versprochen?«

»Sicher nicht. Luka hatte ja keinen Schulabschluss, wie hätte er da eine Ausbildung machen können?«

»Er hatte sehr wohl einen Schulabschluss«, sagte Kastner.

Melanie Dürr runzelte die Stirn. »Nein, hatte er nicht.«

*Hatte er doch*, dachte Kastner. »So sicher, wie ein Engel Flügel hat«, sagte er.

Melanie Dürr schwieg.

»Warum musste Luka Ihre Familie wieder verlassen?«

»Das habe ich Ihnen doch schon erklärt. Wir können die Kinder nur für eine bestimmte Zeit aufnehmen ...«

»Es hatte also nichts mit dem Streit zwischen Lars und Chiaras Freund zu tun?«

»Bitte? Nein, natürlich nicht.«

»Oder mit Drogen?«

»Drogen?«

»Drogen.«

Frau Dürr entdeckte an einem ihrer Fingernägel etwas, das ihr nicht gefiel.

Kastner wartete, bis sie es in Ordnung gebracht hatte, ehe er nachfragte. »Gab es einen Vorfall mit Drogen?«

»Na ja«, sagte Melanie Dürr gedehnt und sah ihn treuherzig an. »Ich wollte das nicht erwähnen, weil man Toten ja nichts Schlechtes nachreden soll. Aber ja, es gab einen Vorfall.«

»Nämlich?«

»Luka hat Chiara irgendwelche Tabletten angedreht. Ich habe das dem Jugendamt gegenüber nicht erwähnt, weil ich dem Jungen das Leben nicht unnötig schwer machen wollte – aber Sie verstehen sicher, dass ich so etwas in meiner Familie nicht tolerieren kann.«

»Nur zu gut. Das Jugendamt hätte vermutlich ein Problem damit, Pflegekinder in einem Haushalt unterzubringen, in dem Drogen kursieren, das ist es doch, was Sie meinen?«

»Nein, Herr Kastner, das ist es nicht, was ich meine. In meinem Haushalt *kursiert* überhaupt nichts. Ich wollte

Luka schützen, das ist alles. Wollen Sie mir das jetzt zum Vorwurf machen?«

»Keineswegs. Ich bin von Ihren lauteren Absichten vollkommen überzeugt. Aber wenn man sich jetzt mal ganz dumm stellen würde, ergäbe sich doch folgendes Bild: Sie nehmen Pflegekinder auf, obwohl Sie keine Zeit haben, sich um sie zu kümmern. In Ihrem Haushalt werden Drogen konsumiert. Ihre Tochter ist mit einem jungen Mann befreundet, der rechtsextremes Gedankengut pflegt. Ihr Mann hat eines seiner Pflegekinder bis zum Umfallen und für mau in seiner Gärtnerei schuften lassen und das Zeugnis unterschlagen, das diesem Jungen eine Ausbildung ermöglicht hätte. Und dann schicken Sie denselben Jungen zurück in sein Wohnheim, sehen kalt lächelnd zu, wie er abgeschoben wird, und interessieren sich keinen Deut für sein weiteres Schicksal. Sein weiteres *trauriges* Schicksal, um genau zu sein.«

»Ich denke, es ist besser, wenn Sie jetzt gehen«, schlug Melanie Dürr vor. »Ich muss mir das wirklich nicht anhören.«

»Nein, das müssen Sie nicht«, gab Kastner zu. »Wie gesagt, es ist nur ein Gedankenspiel. Ich kann dieses Gedankenspiel auch direkt mit dem zuständigen Sachbearbeiter im Jugendamt erörtern, wenn es Sie selbst zu sehr inkommodiert.«

Melanie Dürr dachte sichtlich nach.

»Was waren das für Tabletten, die Luka Ihrer Tochter gegeben hat?«, fragte Kastner in ihren Gedankengang hinein.

»Äh ... Beruhigungsmittel, glaube ich.«

»Und woher wissen Sie, dass Chiara diese Tabletten von Luka bekommen hat?«

»Na, das hat sie mir erzählt!«

»Aha«, sagte Kastner. »Und was genau hat sie Ihnen erzählt?«

»Also das war so«, erklärte Melanie Dürr, »ich habe die Tabletten in Chiaras Jackentasche gefunden, und nach einer kleinen, äh, Meinungsverschiedenheit hat sie mir gebeichtet, dass sie sie von Luka bekommen hat.«

»Und was hat Luka dazu gesagt?«

»Er hat sich dumm gestellt. Natürlich musste er trotzdem sofort ausziehen – das alles hat Chiara ziemlich belastet. Sie ist sehr sensibel.«

»Soso«, sagte Kastner. »Haben Sie sich mal gefragt, ob Chiara vielleicht gelogen hat?«

»Bitte? Warum hätte sie denn lügen sollen?«

Um Luka heimzuzahlen, dass er Partei für Aylin und Lars und gegen Gernot ergriffen hat? Um ihren eigenen Anteil an der Sache herunterzuspielen? Um jemand anderen zu schützen? Kastner wären einige Gründe eingefallen, aber er sah wenig Sinn darin, sie mit Melanie Dürr zu erörtern.

»Ist Chiara zu Hause?«, fragte er stattdessen.

»Leider nein. Sie ist über Weihnachten bei ihren Großeltern.«

»Also gut«, sagte Kastner und stand auf. »Dann muss ich Sie bitten, am kommenden Dienstag mit Ihrer Tochter aufs Präsidium zu kommen, Frau Dürr. Sagen wir um – vierzehn Uhr? Wunderbar! Einen schönen Tag noch, und ein, äh, besinnliches Weihnachtsfest.«

***

Das bunte Buddha-Ensemble vor dem Knüst'schen Anwesen im Eifelweg war um einige Mistelzweige und einen hüfthohen Plastikengel ergänzt worden, eine blinkende Lichterkette rundete das multikulturelle Bild ab.

»Guten Tag«, wünschte Kastner Joe Knüst, der, eine Zigarette im Mundwinkel, gerade bedächtig den Schnee vom Weg kehrte. Er trug eine Fellmütze mit Ohrenklappen über dem roten Haar und dazu seinen Trainingsanzug. »Herr Knüst, ich hätte noch ein, zwei Fragen. Haben Sie einen Augenblick Zeit?«

»Äh, ja ... «, sagte Knüst und nahm die Zigarette aus dem Mund. Er lehnte den Besen gegen einen der größeren Buddhas und trat die Kippe auf dem Boden aus. »Ich ... äh, wollen Sie hereinkommen?«

»Gerne, vielen Dank«, sagte Kastner. »Ist Ihre Lebensgefährtin auch zu Hause? Ich hätte auch an sie noch ein paar Fragen.«

»Jaja, die ist da«, sagte Knüst. Er ging voraus und hielt Kastner die Tür auf. »Bitte.« Die Situation im Flur war unverändert: Berge von Jacken und Mänteln, große und kleine Schachteln. »Entrümpeln Sie Ihren Dachboden?«, erkundigte sich Kastner und zeigte auf die Kartons.

»Ob ich ... Nein, das ist irgendwelches Zeug von der Steffi. Das wollte sie eigentlich schon lange mal ... Steffi? Steffi! Die Polizei ist da!« Knüst wies Kastner ins Wohnzimmer und bot ihm einen Platz an. Der Fernseher lief, ein Skispringen. Knüst schaltete den Ton ab.

»Gibt es etwas Neues wegen Luka?«, fragte er.

»Wir gehen einigen Hinweisen nach«, verriet Kastner.

»Verstehe. Äh, kann ich Ihnen etwas anbieten? Kaffee? Tee?«

»Nein, danke, Herr Knüst. Sagen Sie – können Sie sich vorstellen, dass Luka mit Drogen gehandelt hat? Tabletten, um genau zu sein?«

Knüst legt die Beine übereinander und zündete sich eine Zigarette an. »Davon weiß ich nichts. Tabletten?« Er schüttelte den Kopf. »Ich glaube nicht, dass Luka Drogen genommen hat. Als ehemaliger Gymnasiallehrer habe ich da eigentlich einen ganz guten Blick.«

Kastner nickte – in der Tat hatte die Obduktion von Lukas Leiche keinerlei Hinweise auf eine Drogenabhängigkeit oder einen Medikamentenmissbrauch geliefert. »Aber wäre es nicht denkbar, dass Luka sich mit dem Verkauf dieser Tabletten ein bisschen Geld verdient hat, ohne selbst davon abhängig zu sein?«

»Denkbar ist allerhand«, sagte Knüst, »aber ich halte es für unwahrscheinlich. Luka war ja kein Kleinkrimineller, der im Großstadtdschungel die richtigen Kontakte knüpfen konnte – er war ein schüchterner Junge vom Land, wenn ich es so ausdrücken darf. Aber das ist, wie gesagt, nur meine Meinung.«

Kastner nickte. »Etwas anderes – ich habe vom Jugendamt erfahren, dass Luka den Dürrs auf deren ausdrücklichen Wunsch hin als Pflegekind vermittelt wurde. Und Melanie Dürr hat mir erzählt, dass Sie ihr – oder ihrem Mann – einen Hinweis gegeben haben, dass Luka Erfahrung mit Gartenarbeit hatte.«

Knüst blies den Rauch aus und kratzte sich am Ohr. »Ja, das kann schon so gewesen sein.«

»Haben Sie das öfter gemacht?«

»Bitte?«

»Daran ist ja nichts Verwerfliches«, sagte Kastner. »Sie haben in Ihren Sprachkursen mit minderjährigen Flüchtlingen zu tun, die Dürrs kümmern sich um Pflegekinder und haben eine Gärtnerei – es ist doch jedem damit gedient, wenn Topf und Deckel zueinanderfinden. Ein junger

Mensch ist doch in einer Familie besser aufgehoben als in der Anonymität eines Wohnheims.«

»Das sehe ich in der Tat auch so.«

»Das würde wohl jeder so sehen«, sagte Kastner.

Knüst nickte.

»Also?«, hakte Kastner nach.

»Also was?«

»Also sind Sie zu Ihrem Nachbarn gegangen und haben gesagt: Pass auf, Bernd, da ist der und der nette, motivierte Kerl in meinem Sprachkurs, lass ihn ein Praktikum machen, vielleicht wird mehr draus.«

Knüst nahm einen tiefen Zug von seiner Zigarette, blies den Rauch aus und dachte darüber nach. Dann nickte er wieder.

»Luka war also nicht der erste junge Mann, den Sie an Bernd Dürr vermittelt haben?«

»Ich mag das Wort *vermitteln* nicht«, sagte Knüst. »Das klingt ja ... das klingt ja irgendwie nach Menschenhandel. Als hätte ich mich daran bereichert.«

»Vielleicht eine dumme Wortwahl«, gab Kastner zu. »Aber Sie verstehen, was ich meine.«

Knüst drückte seine Kippe aus, wandte den Blick zum Fernseher und verfolgte eine Weile das stumme Skispringen. Dann zog er eine neue Zigarette aus der Packung und zündete sie an. »Hören Sie«, sagte er. »Ich will für diese Jungs nur das Beste. Natürlich ist einer, der hier eine Ausbildung anfängt, vor der Abschiebung nicht sicher – schon gar nicht, wenn er aus einem Balkanland kommt. Das weiß ich, ich bin nicht naiv. Trotzdem besteht eine reelle Chance, dass er seine Ausbildung abschließen darf. Ich wollte Luka diese Chance geben. Und ja, es gab vor ihm andere, denen ich diese Chance auch geben wollte.«

»Und Bernd Dürr mit seiner Gärtnerei schien Ihnen da der richtige Ansprechpartner?«

Knüst zuckte die Achseln. »Ja. Aber vielleicht war das ein Fehler. Inzwischen sehe ich auch, dass Bernd die Jungs nach Strich und Faden ausnutzt.« Er drückte seine halb aufgerauchte Kippe aus und schob die Zigarettenschachtel von sich weg. Dann sah er Kastner in die Augen. »Ja, ich mache mir Vorwürfe deswegen. Es tut mir leid. Aber ich kann die Uhr nicht zurückdrehen, und immerhin waren die Jungs von der Straße weg und haben sich mit etwas Sinnvollem beschäftigt.«

»Sie wussten also, dass Luka schon als Gärtner gearbeitet hat, in dieser Schwarzarbeitertruppe? Er hat es Ihnen erzählt?«

»Ja.«

»Luka scheint großes Vertrauen zu Ihnen gehabt zu haben.«

»Warum auch nicht? Er war ein netter Kerl, ich mochte ihn, und deshalb habe ich ihn unterstützt.«

»Haben Sie irgendwelche Gegenleistungen für Ihre Unterstützung verlangt, Herr Knüst?«

»Bitte? Was für Gegenleistungen hätte ich denn ...« Als ihm dämmerte, worauf Kastner hinauswollte, wurde Knüst knallrot.

»Ich will Ihnen nicht zu nahe treten, Herr Knüst«, beteuerte Kastner. »Aber ich muss ausschließen, dass es von Ihrer Seite Übergriffe gegen Schutzbefohlene oder Minderjährige gegeben hat.«

Knüst griff nach der Zigarettenschachtel, überlegte es sich dann aber anders und warf sie wieder auf den Tisch. »Ich bin diese Unterstellungen mehr als leid«, sagte er mit unterdrücktem Zorn. »Ich habe keinen dieser Jungs jemals angefasst! Ich helfe ihnen, so gut ich kann, und ja, ein paar von ihnen habe ich auch mal zum Essen oder ins Kino eingeladen. Aber ich würde doch nie ... *Übergriffe*! Was ist denn das für eine Welt, in der immer gleich das Schlimmste vermutet wird, wenn man sich für seine Mitmenschen interessiert?«

»Leider ist es eine Welt, in der Übergriffe immer wieder vorkommen«, sagte Kastner. »Sie hatten also kein wie auch immer geartetes sexuelles Verhältnis mit Luka Marković?«

»Nein!«

»Aber Sie haben sich auch privat mit ihm getroffen?«

Knüst seufzte. »Ich hab ihn ein paarmal zum Essen eingeladen; und ja, wir haben uns auch gelegentlich getroffen und unterhalten, während er bei den Dürrs gewohnt hat.«

»Und warum haben Sie mir das nicht gleich gesagt?«

Knüst lachte freudlos. »Weil diese bösartigen Gerüchte nichts Neues für mich sind. Es gab während meiner Schulzeit einen sehr unangenehmen Vorfall – Lügen und Unterstellungen, sonst nichts –, und seither bin ich einfach besonders vorsichtig.«

»Dann haben wir das jetzt geklärt«, sagte Kastner. »Vielen Dank, Herr Knüst, Sie haben mir sehr geholfen. Äh ... wenn ich jetzt noch ein paar Worte mit Ihrer Lebensgefährtin sprechen könnte?«

»Ja, ich weiß auch nicht«, sagte Knüst und stand wieder auf. Er ging zur Treppe und rief: »Steffi? Steffi! Die Polizei ist da!«

»Machen Sie sich keine Umstände«, bat Kastner. »Ich kann auch raufgehen, wenn es Ihnen recht ist?«

»Nur zu«, sagte Knüst. »Sie sitzt wahrscheinlich am PC, da sieht und hört sie nichts.«

Steffi Grabowski saß in der Tat vor einem Bildschirm, den dicke Kabel mit einem altertümlich anmutenden Computer verbanden.

»Was zur Hölle?«, fragte sie und fuhr rasch irgendein Programm herunter, als Kastner an die offene Tür klopfte.

»Frau Grabowski? Kastner, Dezernat 1. Entschuldigen Sie bitte die Störung.«

»Eigentlich nein«, sagte Steffi Grabowski entschieden und kniff die Augen zusammen. »Sie gehen mir echt auf die Nerven. Was wollen Sie dauernd hier?«

Auch sie trug denselben Trainingsanzug wie bei Kastners erstem Besuch; dazu rosafarbene Hausschuhe und einen fusseligen Schal. Ihre Haare sahen aus, als wären sie seit Allerheiligen weder gewaschen noch gekämmt worden, und dennoch musste Kastner einmal mehr bemerken, dass Steffi Grabowski eine sehr attraktive Frau war. »Ich störe Sie wirklich nur ungern«, log er, »aber ich habe noch einige Fragen.«

Steffi Grabowski verschränkte die Arme vor der Brust und starrte auf ihren Desktop.

»Sie sind Arzthelferin?«, fragte Kastner.

»Sie sind Bulle?«, fragte Steffi zurück.

»Das ist richtig«, bestätigte Kastner. »Und Bullen sind manchmal richtig stur. Wenn sie einen Widerstand spüren, rennen sie dagegen an, auch wenn es einen einfacheren Weg um das Hindernis herum gäbe.«

Steffi Grabowski verdrehte die Augen.

»Hören Sie«, sagte Kastner freundlich. »Wenn Sie gelegentlich meine Fragen beantworten würden, würden Sie mich vermutlich gar nicht weiter interessieren. Es ist diese grundsätzliche und kompromisslose Verweigerung, die mich bei der Stange hält. Ich frage mich, was Sie zu verbergen haben.«

»Ewiges Rätsel Weib«, sagte Steffi sarkastisch.

»Sie sind also Arzthelferin?«

Steffi nahm die Maus in die Hand und klickte ein paar Mal auf die linke Taste. Auf dem Bildschirm erschien eine Szenerie, die Kastner an Kaspar Hauser 2.0 erinnerte: Ein kleines virtuelles Männchen sprang über ebenso virtuelle Hindernisse.

»Ich weiß, dass Sie Arzthelferin sind«, sagte Kastner. »Sie haben Zugang zu allen möglichen Drogen. Tabletten. Beruhigungsmitteln.«

»Ich führe den gestopften Spacken den Terminkalender«, sagte Steffi und klickte dabei mit der Maus, ohne ihn anzusehen. »*Wann würde es Ihnen denn passen, Frau Schmidt? Donnerstag? 14.30 Uhr?*«

»Das muss ziemlich langweilig sein für eine so intelligente Frau wie Sie.«

Steffi schwieg und bugsierte das Männchen über die Hindernisse.

»Ist das, äh, *Super Mario*?«, fragte Kastner.

»Hauen Sie ab, bevor ich wütend werde«, sagte Steffi.

»Ich habe Zeit.«

»Schön für Sie.«

»Haben Sie Chiara Dürr mit Tabletten versorgt? Haben Sie ihr Beruhigungsmittel verkauft?«

»Wer?«, fragte Steffi.

»Die minderjährige Tochter Ihrer Nachbarn. Chiara Dürr.«

»Kenn ich nicht«, behauptete Steffi. »War's das jetzt dann mal? Ich habe zu tun.«

***

Kastner war nicht zufrieden mit sich, als er in sein Büro zurückkam. Obwohl er geschworen hätte, dass die Arzthelferin Steffi Grabowski Chiara Dürr die Beruhigungstabletten besorgt hatte, hatte er keine Ahnung, wie er ihr das nachweisen sollte. Oder was das für seinen Fall bedeutete. Steffi Grabowski war ihm in der Tat ein Rätsel.

Er fuhr den PC hoch, um seine E-Mails zu checken. Nachdem er einige Nachrichten von Svetlanas und Anouschkas gelöscht hatte, die ihn ihrer Zuneigung versicherten und höflich darum baten, ein paar Euro auf ihr Konto zu überweisen, damit sie endlich zu ihm reisen konnten, entdeckte er eine Nachricht, die sein Herz wirklich höher schlagen ließ: eine Mail des Bamberger Kollegen, den er gebeten hatte, sich die Fotos vom Autobahnrastplatz anzusehen.

*Hallo, Kastner*, schrieb der Kollege, *anbei das bearbeitete Foto. Ein Treffer über automatische Gesichtserkennung, einer in der Datenbank. Du schuldest mir was! Schöne Weihnachten.*

Dem Kollegen war es irgendwie gelungen, den Bildausschnitt des Fotos zu vergrößern und aus den verwaschenen Pixeln menschliche Gesichter zu machen. Die Szenerie an dem Betontisch erinnerte Kastner an *Das letzte Abendmahl* von Leonardo da Vinci. Auf der hinteren Bank saßen fünf Männer nebeneinander: Der mittlere trug ein weißes Käppi, das für einen Heiligenschein durchgehen konnte, die beiden links von ihm waren in einer gestenreichen Unterhaltung begriffen, die beiden rechts starrten auf ihre Vesperbrote. Auf der vorderen Bank waren drei Männer zu sehen. Ein recht korpulenter Typ kehrte dem Betrachter den Rücken zu, die anderen beiden saßen rittlings auf der Bank, sodass man ihr Profil erkennen konnte. Einer von ihnen hielt eine Wasserflasche in der Hand. Nele hatte recht gehabt: Es waren acht Männer, und über der vorderen Bank hing eine Hundeleine. Zwei der Gesichter waren rot umkringelt – offensichtlich hatte der Bamberger Kollege den Käppiträger und den Wassertrinker identifizieren können.

Kastner öffnete den zweiten Anhang, in dem die Daten der beiden aufgelistet waren. Der Wassertrinker hatte einen Facebook-Account, hieß aber leider nicht Draşko Raznatović, sondern Branko Vesiç. Der Käppiträger war mehrfach vorbestraft: Autodiebstahl, Körperverletzung und, Kastners Herz schlug höher, Verstoß gegen § 96 des Aufenthaltsgesetzes – illegale Einschleusung von Ausländern. Der Mann hieß Helmut Voss und war in Fürth, Bayern, gemeldet. Bingo, dachte Kastner. Das musste der Schlepper sein, der Luka bestohlen hatte und der durch diese Fotos erpressbar geworden war!

Er bedankte sich per Mail bei dem hilfsbereiten Kollegen, dann rief er Claudia an. »Bist du im Präsidium?«

»Nein, ich bin auf dem Frankenschnellweg. Ich war bei Radan Raznatovićs Cousine. Ich weiß jetzt, wer Draşko ist.«

Kastner pfiff durch die Zähne. »Und?«

»Draşko ist ein sehr entfernter Verwandter von ihr, der vor drei Jahren als Fünfzehnjähriger aus Serbien eingereist ist und bei ihr gewohnt hat. Vor einem halben Jahr, also Mitte Juni, ist er achtzehn geworden, und um seiner Abschiebung zu entgehen, ist er untergetaucht. Radans Cousine behauptet, sie hätte ihn seitdem weder gesehen noch gesprochen, aber das muss man nicht glauben, denke ich. Wahrscheinlich hat sie ihm beim Abtauchen geholfen und an ihren Cousin Radan nach Regensburg weitervermittelt. Sie schwört Stein und Bein, dass der Junge mit Radans Tod nichts zu tun hat – woher auch immer sie das wissen will.«

»Hatte sie ein Foto von Draşko?«

»Ja. Nachdem ich ihr erklärt hab, dass Draşko vielleicht Zeuge eines Mordes und daher selbst in Gefahr ist, hat sie eins rausgerückt. Mittelgroß, mittelblond, kräftig gebaut. Ich hab's den Regensburgern schon geschickt. Vielleicht kann man sich die Phantomzeichnung sparen, wenn Radans Nachbar ihn erkennt.«

»Kannst du mir das Foto auch gleich schicken?«, bat Kastner.

»Hab ich gemacht. Und die Fahndung läuft schon.«

»Oh! Sehr gut. Und der Hund?«, fragte Kastner. »Hatte Draşko einen Hund?«

»Kniehoch, hellbraun, struppig. Von der Rasse *Schafspudel* hat Radans Cousine noch nie gehört, aber so hat sie das Tier beschrieben.«

»Ein Volltreffer also. Wusste die Cousine auch etwas über Luka?«

»Sie sagt Nein. Allerdings soll Draşko viele Freunde haben. Ach ja, bevor ich's vergesse: Ich hab heute Morgen mit diesem Gernot gesprochen.«

»Pullunder-Gernot? Und?«

»Ein blasierter Laffe, der sich aus recht verschwommenen Gründen für was Besseres hält. Verwöhnter Mittelschichtknabe, seit zwei Semestern Jurastudent. Sobald er den Mund aufmacht, kommen nationalistische Sprechblasen raus. Ich bin mir recht sicher, dass der Typ mit Gesinnungsgenossen netzwerkt, aber ich glaube nicht, dass er Luka irgendwie besonders auf der Rechnung hatte. Er wusste rein gar nichts über ihn, noch nicht einmal, dass er tot ist. Wenn das gelogen war, lügt er gut; und ich halte ihn nicht für besonders gerissen. Ich kann mich natürlich täuschen. Und bei dir?«

Kastner erzählte ihr von Helmut Voss.

»Wow«, sagte Claudia beeindruckt. »Wir haben einen richtigen Verdächtigen! Motiv und Gelegenheit ... von Fürth nach Nürnberg ist es ja nun wirklich nicht weit. Da fällt mir ein – da gab es doch diesen Mann, mit dem Luka von Fürth nach Nürnberg getrampt ist, Ende November ... Vielleicht hat er sich da mit diesem Helmut Voss getroffen, um ihm ein Geschäft vorzuschlagen? Was denkst du – reicht das für einen Haftbefehl gegen Voss?«

»Es reicht zumindest für eine Vernehmung als Verdächtiger«, sagte Kastner.

Er beauftragte Wernreuther damit, Helmut Voss aufzutreiben und ins Präsidium zu bringen. Dann druckte er sich das Fahndungsfoto von Draşko Raznatović aus und verglich es mit dem letzten Abendmahl.

»Da haben wir dich ja!«, sagte er laut. Draşko war einer der gestenreichen Gesprächspartner auf der hinteren Bank. Luka und Draşko mitsamt seinem Hund waren also Ende Juni beide auf diesem Autobahnrastplatz gewesen, zusammen mit dem Schlepper Helmut Voss. Luka war vermutlich gerade illegal eingereist – aber was hatte Draşko dort getan? Warum sollte sich einer, der in Deutschland schon erfolgreich untergetaucht war, einer Schlepperfahrt anschließen?

Kastner hoffte, dass Helmut Voss dieses und andere Rätsel endgültig lösen würde.

Er ging in die Küche und holte sich eine Tasse Kaffee, dann schrieb er einen kurzen Sachstandsbericht für Carsten Wismeth. Er hatte den Bericht kaum abgeschickt, als Wernreuther sich wieder meldete.

»Punkt eins: Kaspar Hauser ist nicht in der Interpol-Datenbank. Er wurde also von niemandem als vermisst gemeldet.«

»Mist«, sagte Kastner. Interpol war seine letzte Hoffnung gewesen, das Kind identifizieren zu können.

»Punkt zwei: Ich habe Helmut Voss gefunden. Leider kann er für die Befragung nicht zu uns kommen«, fuhr Wernreuther fort. »Und noch bedauerlicher: Er hat ein bombensicheres Alibi. Der Kerl sitzt seit dem ersten Dezember in der Justizvollzugsanstalt ein. Tja. Damit löst sich der vielversprechende Hauptverdächtige wohl in Luft auf.«

Kastner stöhnte. »Das ist doch wie verhext«, fluchte er. »Was hat Voss denn ausgefressen?«

»Äh ... Der Bewährungshelfer war mit seiner Lebensführung nicht einverstanden.«

»Er hat gegen seine Bewährungsauflagen verstoßen? Und weswegen war er auf Bewährung?«

»Leistungserschleichung im öffentlichen Nahverkehr.«

»Schwarzfahren? Wenn das einer deiner Witze ist ...«

»Nur zum Teil. Voss ist in der Tat ein notorischer Schwarzfahrer, die Bewährungsstrafe gab's allerdings vor allem deshalb, weil er einen Kontrolleur verprügelt hat. Der Kerl scheint leicht reizbar zu sein.«

»Das ist gut«, sagte Kastner. »Dann reizen wir ihn mal ein bisschen. Wo bist du? Kannst du mich abholen und in die JVA fahren?«

»Das lässt sich einrichten«, sagte Wernreuther.

***

Helmut Voss war ein lang aufgeschossener und sehniger Typ Mitte dreißig, mit hellbraunem Haar, babyblauen Augen und tiefen Falten um den Mund. Er schien froh über die Abwechslung zu sein, denn er begrüßte Kastner und Wernreuther wie lang vermisste, alte Freunde.

»Schön, euch zu sehen, Jungs«, sagte er. »Ihr seht aus, als wärt ihr fit in der Birne! Ich hab hier drin leider keine

Gesprächspartner, die mir intellektuell das Wasser reichen können. Am meisten nervt mich die tranige Tussi, die jede Woche mit mir über meine Aggressivität sprechen will. Das ist wirklich albern, denn ich bin so friedlich wie ein neugeborenes Lamm, solange man mich nicht reizt. Ich hab ihr geraten, sich erst mal die Haare zu waschen, bevor sie mich anbaggert, aber da war sie gleich eingeschnappt. Ihr zwei seid da entspannter, was? Spielt einer von euch vielleicht Schach? Oder wenigstens Backgammon?«

»Halt den Ball flach, du Affe«, riet Wernreuther. »Sonst schicken wir dich schneller zurück zum Tütenkleben, als du furzen kannst.«

»Das ist lustig«, stellte Voss fest und verschränkte die dünnen Arme vor der Brust. »Ihr Kumpel in Grün ist ein echter Spaßvogel«, fügte er, an Kastner gewandt, hinzu. »Ein Witzbold. Sehr unterhaltsam. Hat der noch mehr Sprüche auf Lager, oder ist das der einzige?«

»Herr Voss, wir möchten mit Ihnen über Luka Marković und Draşko Raznatović sprechen«, erklärte Kastner.

»Kenn ich nicht. Warum sprechen wir nicht lieber über die Titten meiner Therapeutin?«

»Sie haben Luka Marković illegal über die deutsche Grenze gebracht, Herr Voss«, sagte Kastner. »Es hat wenig Sinn, das zu leugnen, denn wir haben Beweise dafür.«

»Ach herrje. Und was für Beweise sollen das sein?«

»Fotos.«

Helmut Voss legte den Kopf schief.

»Ende Juni haben Sie einen weißen Ford Transit mit gestohlenen Kennzeichen ausgestattet und einige Männer über die deutsche Grenze gebracht. Einer davon, eben Luka Marković, hat auf einem Autobahnrastplatz mehrere Fotos geschossen. Die Fotos liegen uns vor.«

»Soso«, sagte Voss. »Dann lasst euch die Dinger doch rahmen und hängt sie euch an die Wand. Ihr könnt mir ja einen Abzug schicken.«

»Wir haben einen Abzug an Ihren Bewährungshelfer geschickt«, sagte Kastner. »Und einen an die Staatsanwaltschaft. Das kann Sie als Wiederholungstäter ein paar Jahre kosten.«

Voss dachte darüber nach. Dann grinste er. »Und ihr seid extra gekommen, um mir das zu sagen? Das ist ja ganz reizend von euch Jungs.«

»Wir sind hier, weil wir in einem Mordfall ermitteln«, stellte Kastner klar.

Das immerhin schien Voss zu verwirren. »Ihr wollt mir doch nicht etwa einen Mord anbinden?«, fragte er. »Das ist doch Schwachsinn. Ich bin ein echter Menschenfreund, da könnt ihr meine Therapeutin fragen.«

»Das würden wir gern glauben«, sagte Kastner. »Herr Voss, das Strafmaß für Menschenschmuggel ist ein weites Feld. Von einer Bewährungsstrafe bis zu fünf Jahren Gefängnis ist da alles drin. Den Menschenschmuggel können wir ohnehin beweisen. Wenn Sie also keinen Mord begangen haben, würde ich Ihnen raten, unsere Fragen zu beantworten. Ihre Kooperation könnte einen positiven Einfluss auf Ihr Verfahren und das Strafmaß haben.«

»Hm«, machte Voss und starrte eine Weile auf seine Schuhe. »Kann ich das vielleicht schriftlich haben?«

»Nein, das müssen Sie mir einfach glauben. Mord ist ein Kapitalverbrechen, Herr Voss, dafür gibt es lebenslänglich. Es liegt an Ihnen, uns davon zu überzeugen, dass Sie kein Mörder sind.«

»Aber für den Mord hat er doch ein A...«, fing Wernreuther an.

»Felix, würdest du bitte im Auto auf mich warten?«, bat Kastner.

»Wenn du meinst«, sagte Wernreuther, hörbar verschnupft.

Kastner wartete, bis er aus der Tür war, ehe er Voss fragte: »Sie kannten Luka Marković?«

Voss verzog den Mund. »Falls das der Depp ist, der die Fotos gemacht hat, dann ja. Sie haben nicht zufällig ein Foto von dem? Mit diesen Balkanovićs komme ich immer durcheinander, wenn Sie verstehen, aber ein Gesicht vergesse ich nie.«

Kastner kramte sein Mobiltelefon aus der Manteltasche und zeigte Voss Lukas Foto. »Erkennen Sie ihn?«

Voss nickte. »Der hat mich vor einer Weile besucht, um mich mit diesen bescheuerten Fotos zu erpressen. Ist das der Mord, den ihr mir anhängen wollt?«

»Wir wollen Ihnen gar nichts anhängen, Herr Voss. Deshalb unterhalten wir uns ja. Marković war also bei Ihnen zu Hause in Fürth? Wann war das?«

»Vor ein paar Wochen.«

»Ende November vielleicht?«

Voss zuckte die Achseln. »Kann schon sein. Ja, das kommt hin. Bis Mitte November war ich geschäftlich verreist, und das erste Türchen meines Adventskalenders musste ich ja schon hier im Knast öffnen. Also irgendwann dazwischen.«

»Und wie ist dieser Besuch verlaufen?«

»Ich hab dem Affen erklärt, dass ich menschlich schwer enttäuscht bin«, sagte Voss und lehnte sich entspannt zurück. »Ich meine, ich riskier meinen Arsch und bring den Typen aus lauter Nächstenliebe ins Land seiner Wahl, und dann versucht der, mich zu erpressen?«

»Sie haben sich Ihre *Nächstenliebe* ganz ordentlich bezahlen lassen, Herr Voss. Und dann haben Sie Marković zusätzlich fünftausend Euro gestohlen«, rückte Kastner die Dinge zurecht. »Die wollte er zurück, stimmt's?«

»Hohoho – gestohlen ist ein böses Wort«, beklagte sich Voss. »Freilich ziehe ich vor dem Transport gewisse Sicherheiten ein, das ist gute fachliche Praxis in meiner Branche. Stellen Sie sich vor, einer von denen ist zu dumm zum Scheißen, geht den Bullen ins Netz und plaudert fröhlich alles aus, was er weiß – da ist es doch besser, man hat noch was in der Hinterhand, oder?«

»Und?«, erkundigte sich Kastner. »Hat Marković sein Geld zurückbekommen?«

Voss lachte. »Der hatte doch die Speicherkarte mit den Fotos gar nicht dabei, nur einen klattrigen Papierausdruck, auf dem ein paar graue Schatten zu sehen waren. Wir haben uns für einen sauberen Austausch verabredet, aber der Scheißkerl ist nicht aufgetaucht.«

»Wann und wo waren Sie mit Marković verabredet?«

»Zwei, drei Tage später, an der Fürther Freiheit. Aber ich sag's ja: Der Depp kam nicht.«

»Hatten Sie danach noch einmal Kontakt mit Marković? Gab es einen Mittelsmann, eine Telefonnummer, eine Adresse, unter der Sie ihn erreichen konnten?«

»Hallo? Der Typ war abgetaucht! Wenn ich gewusst hätte, wo der steckt, hätte ich doch ...« Voss biss sich auf die Unterlippe.

»Hätten Sie ihm einen Schläger auf den Hals gehetzt? Ihm die Speicherkarte mit Gewalt abgenommen?«

Voss lächelte und drohte spielerisch mit dem Zeigefinger. »Sonst hätte ich das Gespräch mit ihm gesucht, um eine einvernehmliche Lösung zu finden.«

»Freilich«, sagte Kastner. »Wollte Marković die Speicherkarte nicht rausrücken? Musste er deshalb sterben?«

»So werden wir aber keine Freunde«, schmollte Voss. »Ist das der Dank für meine rückhaltlose Offenheit? Ich habe mit dem Tod dieses miesen Erpressers nicht das Geringste zu tun!«

»Marković wollte das Geld zurück, das Sie ihm gestohlen haben, und mit diesen Fotos hatte er Sie in der Hand. Das ist ein gültiges Motiv für einen Mord, Herr Voss.«

»Na, ganz so helle sind Sie wohl doch nicht«, stellte Voss fest. »Wenn ich den Balkanović erwischt hätte, dann hätten Sie diese Fotos nie gefunden. Dann läge die Speicherkarte sauber geschreddert im Müll, und niemand hätte Ärger damit.«

»Sein Name war Marković«, erinnerte Kastner. »Vielleicht hatte er sein Handy nicht bei sich? Ihr Freund wollte herausfinden, wo er es versteckt hat, und dann ist die Sache aus dem Ruder gelaufen?«

»Ich hör immer Freund, Freund ... Ich hab gar keine Freunde. Wann wurde der Balkanović denn umgebracht? Vielleicht hab ich ja ein Alibi!«

»Wenn Sie einen Mord beauftragt haben, nützt Ihnen ein Alibi für den Tatzeitpunkt relativ wenig«, gab Kastner zu bedenken. »Wer ist denn Ihr Mann für heikle Fälle? Sagen Sie mir seinen Namen und wo ich ihn finde, dann höre ich mir an, was er zu sagen hat. Wenn Sie mit Markovićs Tod nichts zu tun haben, kann er Sie doch nur entlasten.«

Voss zuckte die Achseln. »Ich kann ja mal drüber schlafen.«

»Tun Sie das«, nickte Kastner und zeigte ihm das Foto, mit dem nach Draşko gefahndet wurde. »Kennen Sie diesen Mann? Er heißt Draşko Raznatović.«

»Sollte ich?«, fragte Voss. »Die sehen doch alle irgendwie gleich aus, diese Balkanovićs.«

Kastner konnte zwischen dem schlanken, dunklen Luka und dem stämmigen, blonden Draşko nicht die geringste Ähnlichkeit entdecken, aber er sah wenig Sinn darin, diesen Sachverhalt mit Helmut Voss zu diskutieren. »Also? Kennen Sie ihn?«

»Wüsste nicht.«

»Draşko Raznatović ist auf den Fotos von Luka Marković zu sehen«, erklärte Kastner und zeigte Voss das bearbeitete Foto des letzten Abendmahls. »Er war Ende Juni dieses Jahres zusammen mit Ihnen und dem weißen Ford auf dem Autobahnrastplatz.«

»Was Sie nicht sagen.« Voss legte die Stirn in Falten. »Na klar, jetzt dämmert's mir – das war der Depp mit der Töle!«

»Mit *Töle* meinen Sie einen Hund?«, half Kastner nach. »Kniehoch, hellbraun, struppig?«

»Den Namen von dem Hund hab ich mir gemerkt. Der hieß Rosi«, erinnerte sich Voss. »Ein selten blödes Vieh. Konnte nur furzen und hecheln.«

»Warum war Draşko auf dem Rastplatz? Gehörte er zu Ihrer Reisegesellschaft?«

»Ach was«, sagte Voss. »Der hat da zwei meiner Kunden abgeholt.«

»Und welche?«

»Den da.« Voss tippte auf den Wassertrinker mit dem Facebook-Account. »Und den miesen Erpresser.«

»Also noch mal zum Mitschreiben«, bat Kastner und zückte sein schwarzes Notizbuch. »Draşko Raznatović hat sich auf diesem Rastplatz mit Ihnen getroffen und Luka Marković und den anderen Mann dort abgeholt?«

»Das hab ich doch gerade gesagt. Sie sind gar kein

Schachspieler, stimmt's? Mensch ärgere dich nicht? Mau-Mau?«

»War das so geplant? Waren Sie mit Raznatović für diese Übergabe auf dem Rastplatz verabredet?«

Voss seufzte. »Ich befördere Kunden, keine Pakete. Die Leute bestimmen selbst, wo sie aussteigen. Von einer *Übergabe* kann also nicht die Rede sein. Der Typ mit der Töle hat auf dem Rastplatz auf uns gewartet, hat den Erpresser und den anderen Kerl mit Handschlag begrüßt und anschließend in sein Auto gepfercht. Ich habe den Kerl vorher nie gesehen, und nachher auch nicht mehr.«

»Na gut«, sagte Kastner. »Also war es von Anfang an geplant, dass Marković und der andere Mann Ihre Reisegruppe auf diesem Rastplatz verlassen? Es war keine spontane Entscheidung, sondern die beiden waren mit Raznatović verabredet?«

Voss nickte übertrieben anerkennend. »Wow! Jetzt haben Sie's kapiert, glaub ich.«

Kastner tippte auf das Foto. »Welcher Rastplatz ist das?«

»Das war kurz vorm Nürnberger Kreuz ... Brunn? Brunn.«

»Und wo sind die drei vom Rastplatz Brunn aus hingefahren?«, fragte Kastner.

»Woher soll ich das wissen?«

»Haben Sie das Auto gesehen, mit dem Raznatović die beiden abgeholt hat?«

Voss grinste. »Ja, es hatte vier Räder. Hören Sie, wenn ich damals schon geahnt hätte, dass Sie das alles so brennend interessiert, hätte ich besser aufgepasst. Es war ein verrosteter Kleinwagen – ich hab mir noch gedacht, viel Spaß mit der furzenden Töle in eurer Sardinenbüchse. Nein, ich habe weder auf die Marke noch auf das Kennzeichen geachtet.«

»Vielen Dank für Ihre Offenheit, Herr Voss. Ich lasse Ihnen meine Karte da, bitte rufen Sie mich an, wenn Ihnen noch etwas einfällt – zum Beispiel der Name Ihres Mannes für heikle Angelegenheiten. Einen äh … schönen Tag noch.«

»Jaja«, sagte Voss. »Hauen Sie ab. Und vergessen Sie nicht, meine Kooperationsbereitschaft der Staatsanwaltschaft gegenüber zu erwähnen; ich kann's nicht leiden, wenn man mich verarscht! Ach, und grüßen Sie Ihren witzigen Freund von mir!«

***

Der *witzige Freund* war schwer verstimmt.

Wortlos und unter strikter Beachtung sämtlicher Verkehrsregeln steuerte er den Streifenwagen zurück zum Präsidium und würdigte Kastner keines Blickes.

»Felix, es tut mir leid«, zwang sich Kastner zu sagen, nachdem Wernreuther den Wagen abgestellt hatte. »Aber Voss gleich am Anfang des Gesprächs mitzuteilen, dass er ein Alibi hat, wäre keine gute Idee gewesen.«

»Ach? Er hat aber eins.«

»Er könnte den Mord beauftragt haben.«

»Er selbst hat jedenfalls ein Alibi, und mehr wollte ich gar nicht sagen.«

»Wenn er gewusst hätte, dass er ein Alibi hat, dann hätte er doch einfach den Mund gehalten und wir hätten nicht das Geringste erfahren …«

»Ich hab auch so nichts erfahren. Weil der Herr Hauptkommissar mich rausgeschickt hat wie einen unartigen Schuljungen!«

Kastner seufzte. »Jetzt sei doch nicht so zimperlich.«

»*Zimperlich*?« Wernreuther schnappte nach Luft. »Ich werde in diesem Team gemobbt! Man fährt mir nach Belieben über den Mund oder legt meine Worte auf die Goldwaage, und ständig wird Claudia bevorzugt. Warum eigentlich? Weil sie Titten hat?«

»Das habe ich jetzt nicht gehört«, bot Kastner reflexhaft an, unter Männern. Dann überlegte er es sich. »Oder doch, ich habe es gehört. Jetzt pass mal auf, Felix: *Falls* Claudia bevorzugt wird, dann deshalb, weil sie neben Engagement und Fähigkeiten auch das nötige Fingerspitzengefühl für diesen Job mitbringt und dabei nicht anspruchsvoll und preziös wie eine gottverdammte Diva ist. Wir sind bei der Polizei, nicht bei der Häschengruppe im Waldkindergarten, und die Lösung unseres Falles hat für mich eine höhere Priorität als deine Befindlichkeiten.«

Im Dezernat war nicht mehr viel los. Auf dem Flur schob eine Putzfrau einen grauen Wischmopp hin und her, und im Großraumbüro schob Polizeimeisterin Hirschel Telefondienst und grüßte mürrisch zurück, als Kastner frohe Weihnachten wünschte. In der Hoffnung auf eine Tasse Kaffee warf er einen Blick in die Teeküche, aber die Kaffeemaschine war aus und der Küchentresen schon sauber gewischt. Die Melancholie des langen Wochenendes warf ihre Schatten voraus.

Kastner setzte sich an seinen Schreibtisch und verdrängte den Ärger über Wernreuther so gut es ging aus seinen Gedanken. Da stehen wir also, dachte er. Auch wenn es ihm nicht gefiel, musste er Wernreuther ein Stück weit recht geben: Sie hatten zwei Tote und sonst so gut wie nichts. Waren es tatsächlich Luka und sein Mörder (seine Mörder*in*?) gewesen, die Helga Hasler am Pegnitzufer beobachtet hatte –

oder nur irgendein Streit unter Betrunkenen? War Lukas Mörder auch der von Radan Raznatović – oder war Radan einfach unglücklich gestürzt? Hatte Helmut Voss bei Lukas Tod seine Finger im Spiel? Wo war Drașko Raznatović? Was hatte er mit alldem zu tun? Wer war der Junge aus dem Gebüsch?

Kastner verspürte das Bedürfnis, noch einmal alle Gesprächsprotokolle und Notizen zu seinem Fall gründlich durchzugehen, beschloss aber, stattdessen nach Hause zu gehen und Weihnachten wie ein Mann gegenüberzutreten.

***

Kastner schloss seine Wohnungstür auf und bemerkte zwei Dinge: Mirjams Eltern waren angekommen und hatten einen großen Rollkoffer und eine Sporttasche im Flur abgestellt. Und offensichtlich war Peter vorbeigekommen und hatte die Spülmaschine wieder eingebaut – die Küchentür stand einladend offen, der Berg schmutzigen Geschirrs war schon sichtlich geschrumpft.

»Hallo«, rief er, während er Schuhe und Mantel auszog.

»Hey, Kastner«, grüßte Mirjam zurück. Sie räumte saubere Teller und Schüsseln in einen der Oberschränke und summte dabei fröhlich.

»Das sieht ja schon wieder ganz gut aus«, stellte Kastner fest und küsste sie auf den Mund.

»Ja, es wird langsam. Wir sollten für deinen Kletterfreund in irgendeiner Wandnische einen kleinen Altar einrichten, das hat er sich verdient.«

»Und deine Eltern sind gut angekommen?«

»Ja, alles prima. Wir waren schon zusammen auf dem unvermeidlichen Christkindlesmarkt, und jetzt sind sie auf einem Orgelkonzert. Ich konnte mich damit rausreden, dass ich die Küche in Ordnung bringen muss. Da kannst du übrigens gleich mal mithelfen ... Und wie war dein Tag?«

Kastner holte sich ein kühles Bier aus dem Kühlschrank und erzählte ihr von seinem Streit mit Wernreuther.

»Oh, oh! Das klingt, als hättet ihr endgültig das Tischtuch zerschnitten«, sagte Mirjam.

Kastner zuckte die Achseln. »Er bringt mich manchmal so auf die Palme, dass ich ihn ungespitzt in den Boden rammen könnte ... Andererseits bekommt er von Claudia und Nele grad wirklich ordentlich Gegenwind; und dass ich Claudia die modulare Schulung ans Herz gelegt habe, hat ihn menschlich schwer getroffen.«

»Hm«, machte Mirjam und runzelte die Stirn. »Also – mein Mitleid hält sich in engen Grenzen. Erst diese latente Ausländerfeindlichkeit und jetzt noch blöde Chauvisprüche – das geht gar nicht ... Weißt du was? Wir machen das mit Claudias Kindern, damit sie die Fortbildung absolvieren kann! Diesem Macho Wernreuther muss man echt mal zeigen, wo der feministische Hammer hängt!«

»Das ist die richtige Einstellung, Hase«, lächelte Kastner erfreut. »Du machst damit viele Menschen glücklich, besonders mich. Danke!«

Am Heiligen Vormittag nötigte Mirjam Kastner um sieben Uhr morgens aus dem Bett, oder genauer: von der Isomatte, denn im Bett schliefen ja ihre Eltern. Seit sie in Rente waren, zogen die Maiwalds wieder bis in die Nacht um die Häuser und standen morgens selten vor neun Uhr auf.

Während Kastner schlaftrunken am Küchentisch saß und halbherzig in den *Nürnberger Nachrichten* blätterte, studierte Mirjam mehrere Kochbücher, kontrollierte die Lebensmittelvorräte und machte sich Notizen auf einem Dokument im DIN-A2-Format, bei dem es sich offensichtlich um die Einkaufsliste handelte.

»Was kochst du denn jetzt eigentlich morgen für unsere Flüchtlinge, Hase?«, erkundigte sich Kastner.

»Da höre ich ein unpassendes Possessivpronomen, und außerdem ein falsches Personalpronomen«, sagte Mirjam prompt. Herr Maiwald war Gymnasiallehrer gewesen, ehe er in Rente gegangen war, Deutsch und Sport – beides hatte auf seine Tochter abgefärbt. »Das sind wohl kaum *unsere* Flüchtlinge«, stellte sie richtig. »Wir laden sie zum Essen ein, wir kaufen sie nicht. Und es muss heißen: *wir*. *Wir* werden ein klassisches äthiopisches Gericht kochen. *Doro Wot*. *Doro* ist amharisch und heißt Huhn, und *Wot* bedeutet Eintopf.«

»Aha.« Kastner küsste Mirjam aufs Ohrläppchen und warf einen Blick auf das Rezept. »Hart gekochte Eier und Zwiebeln? Das kann ein interessanter Abend werden. Und was ist *Berbere*?«

»Eine Gewürzmischung. Pfeffer, Piment, Kreuzkümmel, Koriander, Bockshornkleesaat, Nelken, Kardamom, Muskatnuss, etwas Zimt und Cayennepfeffer«, zählte Mirjam aus dem Gedächtnis auf. »Das müsste es als fertige Mischung geben ... Wenn nicht, musst du das Zeug einzeln kaufen.«

»Großer Gott«, entfuhr es Kastner.

»*Allahu akbar*«, konterte Mirjam. »Und, Kastner: Vergiss auf gar keinen Fall das Teff!«

»Aber Hase«, sagte Kastner und gab sich beleidigt. »Wir kennen uns jetzt doch schon ein paar Jahre – habe ich jemals das Teff vergessen?«

Um halb acht saß Kastner in Mirjams klapprigem Toyota und startete zuversichtlich die Einkaufstour. Zunächst stellte er im Landbierparadies liebevoll zwei Kästen mit einer Auswahl fränkischer Landbiere zusammen – ob Äthiopier wohl Bier tranken? In der Südstadt ging es eng zu, deshalb wunderte sich Kastner auch nicht über den Zettel, den er nach dem Einkauf unter dem Scheibenwischer fand. *Bescheuert geparkt! Fahr Fahrrad, du Depp!*, las er. Diese freie Meinungsäußerung war in Arial 32 ausgedruckt und, passend zur Jahreszeit, in Folie eingeschweißt. Die Südstädter kennen eben ihre Pappenheimer und wissen sich zu helfen, dachte er, nicht ohne Stolz.

Als Nächstes steuerte er den Supermarkt seines Vertrauens an – eines recht pragmatischen Vertrauens: Es gab dort einen großen Parkplatz und ein sogenanntes Vollsortiment. Mirjam kaufte lieber in kleinen Läden ein und konnte sich einen Abend lang über die Ausbeutermethoden der großen Marktketten und die negativen Folgen des Preisdiktats auf Umwelt und Gesundheit erregen, aber Kastner schätzte die Anonymität der Selbstbedienung. Andere taten das offensichtlich auch: Die Einkaufswagen waren knapp, und an der Flaschenrückgabe drängelten sich die Kunden in Dreierreihen. Da er den klaren Auftrag hatte, zwei leere Wasserkästen loszuwerden, reihte Kastner sich notgedrungen ein. Er sinnierte gerade darüber, mit welchem Recht sich ein Lebewesen, das monatelang Pfandflaschen in riesigen Plastiktüten sammelte, um am Heiligen Vormittag alle zusammen abzugeben, Homo *sapiens* nannte, als am Rückgabeautomaten vor ihm ein rotes Licht blinkte. Die Masse stöhnte kollektiv.

»Immer desselbe Drama«, sagte die grauhaarige Dame, die vor Kastner in der Schlange stand. »Dou hodd mer endlich ä guude Bosition, drei, vier Blätz hinderm Erschdn, und dann gehd nix mehr vorwärdds. Wemmer stehbleibt, dauerds ä Schdund. Und wemmer sei guude Bosition aufgibbd und si woanders ooschdelld, nacherd hädds bloß fümbf Minuddn dauerd. Ä Dilemma. Wäisders machst, is bläid.«

Nachdem er endlich in den Genuss des Pfandbons gekommen war, arbeitete Kastner konzentriert die Einkaufsliste ab und war am Ende froh, dass er den Biomarkt noch knapp vor Ladenschluss erreichte.

»Das ist ein Notfall«, erklärte er und zwängte sich an einer jungen Frau vorbei, die gerade die Tür zusperren wollte. »Ich brauche Teff!«

»Ach, wollen Sie Injera backen?«, strahlte das Mädchen. »Ich esse auch für mein Leben gern äthiopisch!«

»Aha«, sagte Kastner.

Die junge Frau sperrte die Tür ab und geleitete ihn persönlich zum richtigen Regal, wobei sie die Feinheiten der Teffzubereitung en détail erläuterte.

»... und achten Sie darauf, dass das Wasser nicht zu heiß ist, sonst sterben die Hefezellen ab!«, mahnte sie noch, ehe sie ihn zur Kasse ziehen ließ.

Kastner stellte sein Päckchen Teffmehl aufs Förderband und suchte in seinem Geldbeutel das passende Kleingeld zusammen.

»Was macht die Hüfte, Frau Schmidt?«, fragte die Kassiererin die Kundin vor Kastner.

»Froongs lieber nedd«, sagte Frau Schmidt mit Märtyrermiene. »Äh, die Tomaten, sind die eigentlich aus der Region?«

»Die sind aus der Oberpfalz, glaub ich. Wenn Sie wollen, kann ich die Kollegin schnell fragen. Henni? Henni! Die Tomaten, sind die aus der Oberpfalz?«

»Welche Tomaten – die normalen oder die Fleischtomaten?«, wollte Henni wissen.

»Hm«, machte die Kassiererin und hob Frau Schmidts Tomatentüte hoch. Henni kam näher, um sie in Augenschein zu nehmen. »Das sind die Fleischtomaten«, stellte sie fest. »Moment, da muss ich nachschauen.«

Kastner räusperte sich. Es klang wohl etwas ungeduldig, denn Frau Schmidt, Henni und die Kassiererin sahen ihn einhellig missbilligend an.

»Also die normalen sind aus der Oberpfalz«, klärte Henni schließlich auf. »Die Fleischtomaten sind vom Stegner aus dem Knoblauchsland.«

»Allmächd«, sagte Frau Schmidt und wurde blass. »Ist das der mit dem Sexskandal?«

Der Fall wurde ausführlich erörtert, bis Frau Schmidt davon überzeugt werden konnte, dass der Sex mit einer Minderjährigen einem anderen Landwirt und CSU-Landtagsabgeordneten mit ähnlich klingendem Namen angelastet wurde. »Also dann nehm ich halt die Fleischtomaten«, lenkte Frau Schmidt ein. »Sonst hätt ich aber lieber die normalen genommen.«

Während die Kassiererin Preise in die Kasse tippte, gab Frau Schmidt den Umstehenden Details ihrer Hüftoperation preis. »Na ja«, seufzte sie, »die Zeit vergeht, und wir werden alle nicht jünger.«

Kastner stimmte dieser Feststellung durch ein Nicken zu. Er persönlich alterte gefühlt nirgendwo schneller als bei einem Einkauf im Biomarkt.

Mirjam saß bei einer Tasse Kaffee am Küchentisch und balancierte eine Zigarette im Mundwinkel, als Kastner mit seinen umfangreichen Einkäufen nach Hause kam. »Hast du auch wirklich alles?«, waren ihre ersten Worte. »Dir ist schon klar, dass morgen Sonn- und Feiertag ist – wenn irgendwas Wichtiges fehlt, eskaliert die Situation.«

»Aber natürlich, Hase. Wo sind deine Eltern?«, fragte er, während er die verderblichen Waren in den Kühlschrank stopfte.

»Die schauen sich im *Casablanca* einen Film an und gehen danach irgendwo essen – wir haben sturmfreie Bude. Aber das heißt nicht, dass wir hier auf der faulen Haut liegen können. Wir müssen Vorbereitungen treffen. Hast du das Teff?«

»Et voilà.« Kastner stellte das Teffmehl auf den Küchentisch.

»Und das Berbere?«

»Freilich. Ich musste die Gewürze allerdings tatsächlich einzeln kaufen. Das hat mich ein halbes Monatsgehalt gekostet.« Kastner erweiterte das Kühlschrankvolumen, indem er eine Flasche Landbier herausnahm, aber er musste dennoch Gewalt anwenden, um die Tür schließen zu können.

»Haben wir eigentlich eine Briefwaage?«, fragte Mirjam.

»Bitte?«

»Spreche ich amharisch? *Ob wir eine Briefwaage haben* – also genau genommen, ob du eine Briefwaage hast, denn ich habe sicher keine.«

»Äh«, machte Kastner und öffnete sein Bier mithilfe von Mirjams Feuerzeug. Soweit er wusste, hatte Mirjam noch nie in ihrem Leben einen Brief geschrieben. Sie bevorzugte die mündliche Kommunikation, und gelegentlich schrieb sie eine E-Mail oder eine WhatsApp-Nachricht. »Du willst doch nicht etwa Drogen kaufen, Hase?«, erkundigte er sich vorsichtig.

»Keine schlechte Idee«, nickte Mirjam, »ich könnte für meine Eltern einen Satz Haschplätzchen backen … nein, Kastner. Wir müssen das Berbere mischen.«

»Oh.« Kastner füllte das Bier in einen Glaskrug und erfreute sich am bernsteinfarbenen Glanz. »Also nein, ich besitze keine Briefwaage. Kann man das nicht nach Gefühl mischen? Intuitiv?«

Mirjam hob die Augenbrauen. »Du meinst, so wie du Eier nach Gefühl weichkochst, wenn du vergessen hast, die Eieruhr zu stellen? Die dann entweder steinhart oder total glibbrig sind?«

»Natürlich nicht!«, behauptete Kastner. Mirjams Einwand war unfair, denn in sechs von zehn Fällen waren seine *Geschätzten Eier*, wie seine Lebensgefährtin sie spöttisch nannte, einwandfrei. Eine Diskussion darüber hätte sich allerdings länger hingezogen, weshalb er darüber hinwegsah. »Ich meine eher, na ja, du weißt schon. Zwei Teelöffel Kreuzkümmel, eine Messerspitze Zimt …«

»Also gut, das könnte gehen«, lenkte Mirjam ein. »Und los. Du kannst ja schon mal die Tütchen aufmachen, ich recherchiere im Internetz *Berbere selber mischen* und setze dann den Vorteig für das äthiopische Fladenbrot an. Hast du eigentlich die Güners nach Stühlen gefragt?«

»Äh ... noch nicht.«

Mirjam nickte, dann nahm sie ihre Kaffeetasse und ging ins Wohnzimmer, wo ihr Laptop auf dem Couchtisch stand. Kastner trank sich mit einem Schluck Landbier Mut an und begann, in den Küchenschubladen nach der Schere zu suchen.

»Guten Morgen«, grüßte Mirjams Vater. »Kaffee?«

»Oh. Äh, ja, sehr gern. Guten Morgen. So früh schon auf heute?« Kastner hatte die Küche mit ungeputzten Zähnen und im Bademantel betreten und genierte sich nun ein wenig.

»Aber ja, heute ist doch der große Tag!«, strahlte Herr Maiwald. »Wir haben Miri versprochen, ihr beim Kochen zu helfen – das ist wirklich eine nette Idee mit den Flüchtlingen, finde ich. Sehr christlich und, äh, horizonterweiternd. Ein Freund von Charlotte und mir, aus dem Kirchenchor, engagiert sich auch für Flüchtlinge. Sachspenden, Tagesausflüge …«

»Unser Kirchenchor interessiert doch jetzt niemanden, Markus«, stellte Mirjams Mutter fest und hielt Kastner die Wange hin. Sie trug einen beigen Hosenanzug, einen cremeweißen Seidenschal und tadelloses Make-up. »Guten Morgen. Wir haben uns ja leider bisher nicht allzu oft gesehen – du hast einen neuen Mordfall, sagt Mirjam? Ich will alles darüber wissen. Haben wir uns eigentlich schon bei dir dafür bedankt, dass wir hier wohnen dürfen?«

»Aber das ist doch selbstverständlich!«, beteuerte Kastner und gab Küsschen. »Ja, äh, ich geh dann mal schnell unter die Dusche …«

»Guten Morgen, ihr Lieben!«, rief Mirjam durch die Tür. »Kastner, kümmerst du dich bitte ums Frühstück? Ich geh mal eben duschen.«

»Natürlich, Hase«, sagte Kastner resigniert. Selbst wenn er frisch rasiert und vorschriftsmäßig gekleidet war, fühlte er sich in Gegenwart der Maiwalds immer underdressed und auf unbestimmte Art verwahrlost; und sein Bademantel war nicht annähernd vorschriftsmäßig – ein Familienerbstück, schon etwas fadenscheinig und nur knapp knielang. »Äh ... ihr wart gestern im Kino? Wie war der Film?«, fragte er und kramte im überfüllten Kühlschrank nach Marmelade und Wurst. Konversation vor der ersten Tasse Kaffee war nicht seine Stärke, wie er wusste; und Mirjam vertrat die Ansicht, dass es danach nicht viel besser wurde.

»Jetzt trink doch erst mal einen Kaffee«, verlangte Mirjams Vater und nötigte ihn auf einen Stuhl, während Charlotte über den Film plauderte und den anspruchsvollen programmatischen Ansatz des *Casablanca* in den höchsten Tönen lobte.

»Ach«, sagte Kastner, und: »Das ist ja interessant.« Charlotte schweifte bald ab zu einer Sonderausstellung des Naturhistorischen Museums und der Archäologie naturheiliger Plätze, philosophierte dann über die *fühlbare Authentizität* der Räumlichkeiten im Dürer-Haus – *in diesen winzigen Räumen mit Butzenscheiben fühlt man sich wie ein Fisch in einer Weinflasche, kein Wunder, dass Dürer ständig auf Reisen gegangen ist* –, wusste Details aus dem Leben des peruanischen Organisten, der ein *äußerst filigranes* Konzert in der Lorenzkirche gegeben hatte, und kam schließlich auf eine Veranstaltung im Burgtheater zu sprechen. »Ein fränkischer Kabarettist, wie heißt er denn, Markus? Der Stämmige, der auch im *Tatort* mitspielt. Ich als gebürtige Norddeutsche habe ja kaum ein Wort verstanden, aber offensichtlich hat der Mann die fränkische Übellaunigkeit zur Kunstform erhoben. Ich muss im Nachhinein leider feststellen, dass Nürnberg eine tolle Stadt ist. Vielleicht war es ein Fehler, nach Eichstätt zu ziehen«, sagte sie, an ihren Mann gewandt. »Die Ruhe ist natürlich herrlich, aber kulturell könnte man auch von Friedhofsruhe sprechen. Markus? Hörst du mir zu?«

Mirjams Vater hatte inzwischen den Frühstückstisch gedeckt, Weißbrot getoastet und Eier gekocht. »Natürlich«, behauptete er. »Will jemand noch eine Tasse Kaffee?«

Kastner nickte dankbar, Charlotte schüttelte den akkurat frisierten silbergrauen Kurzhaarschnitt. »Ich mach mir lieber einen Kräutertee«, sagte sie. »Den hab ich mir beim *Wurzelsepp* an der Fleischbrücke mischen lassen, mit Ringelblume, Odermennig, Ingwer und ...«

»Dein Kräutertee interessiert doch jetzt niemanden, Lotte«, bemerkte Herr Maiwald und schenkte Kastner Kaffee nach. »Also ich finde, du tust Eichstätt Unrecht. Natürlich kann man das kulturelle Angebot nicht mit dem einer Großstadt vergleichen, aber ...«

In diesem Moment kam Mirjam vom Duschen zurück. »Ich rieche Kaffee«, rief sie fröhlich, dann musterte sie den gedeckten Tisch und runzelte misstrauisch die Brauen. »Servietten? Hast *du* den Tisch gedeckt, Papa?«

»Na ja, ich ...«, sagte Mirjams Vater.

»Das sollst du doch nicht! Du bist unser Gast!«

»Mirjam hat ganz recht«, sagte Charlotte. »Dein Herumgehampel am frühen Morgen macht alle nervös, Markus. Warum setzt du dich nicht einfach hin und strahlst Ruhe und Gelassenheit aus?«

»So habe ich das nicht gemeint«, stellte Mirjam klar. »Wenn Papa den Tisch decken will, dann darf er das natürlich.«

»Also ich wollte nur ...«, fing ihr Vater an.

»Ich geh jetzt auch noch schnell unter die Dusche«, sagte Kastner. »Fangt ruhig schon mal ohne mich an mit dem Frühstück. Ich bin gleich wieder da!«

Er putzte sich gründlich die Zähne, duschte ausgiebig und rasierte sich anschließend blind, weil der Spiegel beschlagen war. Die Luftfeuchtigkeit in dem winzigen Bad war nach vier Benutzern tropisch. Kastner öffnete das schmale Fenster einen Spalt, aber die Kälte, die hereinzog, belehrte ihn rasch eines Besseren. *Läiber derschdiggd wäi derfroorn*, wie der Franke zu sagen pflegte.

Er mochte Mirjams Eltern. Markus Maiwald war ein warmherziger und gebildeter Mann, und Charlotte war, bei aller norddeutschen Schnoddrigkeit, eine unterhaltsame Gesprächspartnerin. Sie waren angenehm selbstständige, diskrete Gäste und kamen nicht öfter als ein-, zweimal im Jahr zu Besuch; und sie waren nicht die Sorte Eltern, die beiläufig fragten, wann man denn nun endlich heiraten wolle. Es machte ihm auch nichts aus, im Schlafsack auf dem Boden zu schlafen – zumindest nicht viel. Trotzdem ertappte er sich immer wieder dabei, dass er den beiden lieber aus dem Weg ging. Vielleicht, weil er sich unweigerlich in seiner eigenen Wohnung wie ein Gast fühlte, wenn Herr Maiwald den Frühstückstisch deckte? Oder weil Charlottes gepflegte Eleganz und Eloquenz ihm das Gefühl gaben, allenfalls *ausreichend* zu sein? Oder weil Mirjam im Beisein ihrer Herkunftsfamilie plötzlich eine ganz andere wurde als die, die er zu kennen glaubte?

»Alles klar bei dir?« Jemand klopfte an die Badezimmertür. Mirjam.

»Jaja«, sagte er und sperrte die Tür auf. »Ich komm gleich.«

»Es sind nur ein paar Tage«, sagte Mirjam und küsste ihn auf den Mund. »Ist es sehr schlimm?«

»Aber nein«, behauptete Kastner.

»Du lügst«, stellte Mirjam fest und lächelte. »Danke.«

»Nichts zu danken, Hase. Ich liebe dich!« Diesmal war es die Wahrheit.

»Ich liebe dich auch«, sagte sie. »Und jetzt zieh dir um Himmels willen was an, Kastner, wir haben zu tun.«

Kastners Küche hatte einen *guten Grundriss* – so hatte der Makler, der ihm die Wohnung vermittelt hatte, die breit rechteckige Form genannt –, aber sie maß trotzdem nur acht Quadratmeter. Für zwei Menschen war sie groß genug, insbesondere wenn einer davon am Küchentisch saß und Bier trank; aber für vier aktive Köche war sie definitiv zu klein, wie Kastner jetzt feststellen musste. Er schnippelte Gemüse, Mirjam rührte Wasser und Teffmehl in den Vorteig für das Injera, der über Nacht Blasen geworfen hatte.

»Das Wasser darf nicht zu heiß sein, sonst sterben die Hefezellen ab«, gab Kastner zu bedenken.

Mirjam dankte ihm den Rat mit einem scharfen Blick.

Markus Maiwald stand am Herd und briet Zwiebeln, Knoblauch und Ingwer in Olivenöl an. »Sollen die Tomaten gehäutet sein oder kommen die so dazu?«, fragte er.

»Äh«, machte Mirjam und warf einen Blick in das Kochbuch. »Dazu steht hier nix. Die kochen das mit Dosentomaten, aber ich hab gedacht, frische sind besser.«

»Dosentomaten sind immer gehäutet«, stellte ihr Vater fest.

»Na dann halt gehäutet«, sagte Mirjam.

»Da brauchen wir kochendes Wasser für«, sagte ihr Vater.

»Du kannst das Wasser nehmen, in dem ich gerade die Eier hart koche«, schlug Charlotte vor. »Das kocht definitiv.«

»Wo hast du eigentlich das Berbere hin?«, wollte Mirjam von Kastner wissen.

Er deutete auf die kleine Porzellanschüssel im Ikea-Regal.

»Wärst du wohl so freundlich, es meinem Vater zu bringen?«

»Natürlich«, sagte Kastner und sprang auf.

»Aber zuerst die Tomaten, oder?«, fragte Herr Maiwald. »Und ich weiß nicht – im Eierwasser? Salmonellen?«

Charlotte verdrehte die Augen und nippte an dem Martini mit Zitrone, auf den sie trotz der frühen Stunde bestanden hatte. »Was sind das eigentlich für Leute, die ihr da heute eingeladen habt?«, fragte sie.

»Wie meinst du das?«, wollte Mirjam wissen. »Ich hab's dir doch schon gesagt, das sind Flüchtlinge aus Äthiopien.«

»Jaja, das hast du schon gesagt. Aber es gibt ja solche und solche Deutsche, also gibt es vermutlich auch solche und solche Äthiopier. Sind sie alt, sind sie jung? Frauen oder Männer? Familie oder alleinstehend? Sprechen sie Deutsch?«

»Ob sie ... Mama! Warum sollten die wohl Deutsch sprechen? Sprichst du Amharisch?«

»Muss ich nicht«, behauptete Charlotte gelassen. »Ich bin ja nicht als Flüchtling in Äthiopien. Aber *falls* es so wäre, dann ...«

»Das ist im besten Fall dumm und bourgeois, im schlechtesten rassistisch!«, fuhr Mirjam auf.

»Deine Mutter hat nur eine Frage gestellt«, versuchte Mirjams Vater zu vermitteln, »man darf doch fragen, ob sie Deutsch sprechen – das impliziert ja nicht, dass sie weniger wert sind, wenn sie es nicht tun ...«

»Ach so«, sagte Mirjam. »Wie gütig von euch, den Wert eines Menschen nicht nach der Sprache zu bemessen, die er zufällig spricht.«

»Also da verdrehst du jetzt aber alles, bis es in dein Feindbild passt«, sagte Charlotte. »Ich habe nicht das Geringste gegen äthiopische Flüchtlinge.«

»Solange sie Deutsch sprechen«, trat Mirjam nach.

Die Eieruhr klingelte.

»Weihnachten, das Fest besinnlichen Familienlebens«, flötete Charlotte.

»Jaja«, murmelte Mirjam. »Die Eier haben geklingelt.«

»Die Uhr hat geklingelt. Eier klingeln nicht«, stellte ihr Vater klar.

»Das interessiert jetzt wirklich niemanden, Markus«, meinte Charlotte. »Bist du mit den Tomaten endlich fertig? Ich muss die Eier abschrecken. Eier hart kochen, das ist nämlich die verantwortungsvolle Aufgabe, die man mir hier zugetraut hat.«

»In Kürze«, sagte Mirjams Vater und deutete auf das Schälchen, in dem Kastner das Berbere gemischt hatte. »Ist das die Gewürzmischung? Warum ist das so ... äh, klumpig?«

Mirjam ließ die Teigschüssel stehen, um einen Blick in das Schälchen zu werfen. »Zur Hölle, Kastner, was *ist* das?«, fragte sie fassungslos.

»Ich habe es genau nach Vorschrift gemacht«, sagte Kastner, der sich keiner Schuld bewusst war. »Teelöffel um Teelöffel, Messerspitze um Messerspitze.«

»Aber das ist kein Pulver! Das ist ein Klumpen Brei!«

»Ach das meinst du«, sagte Kastner. »Das ist nicht schlimm. Mir ist nur die Bierflasche umgekippt und ... na ja.«

»Oh mein Gott«, sagte Mirjam.

»Das wird schon gehen«, sagte ihr Vater beruhigend. Er rührte die Gewürzmischung in den Eintopf und überwachte dann, ob Charlotte die Eier richtig schälte.

»Und jetzt die Eier mit der Gabel anstechen«, sagte er, »damit sie die Soße aufnehmen können. *Behutsam*, Lotte, das sind Eier, keine Voodoopuppen.«

»Kann mir jemand noch einen Martini einschenken?«, bat Charlotte. »Dieser Mann macht mich wahnsinnig.«

Kastner, der mit dem Gemüseschnippeln fertig war und sich schon ein wenig überflüssig vorkam, übernahm das gern. »Das riecht ausgezeichnet«, lobte er Mirjams Vater, während er Charlotte den Drink überreichte.

»Vermutlich wegen des fränkischen Landbiers«, sagte Markus. »Ein kreatives Element macht sich immer gut beim Kochen.«

Mirjam, die schwitzend am Herd stand und einen Injera-Fladen nach dem anderen in der Pfanne ausbuk, schnaubte. »*Kreatives Element*! Also manchmal beschleicht mich das Gefühl, dass alle außer mir völlig bescheuert sind.«

***

Die Gäste kamen um halb zwei. Mirjams Vater hatte den Tisch gedeckt – mit Servietten –, und Kastner war es gelungen, bei den Güners kurzfristig zwei Stühle auszuleihen. Mirjams Kollege Winfried begleitete seine Schützlinge, was Kastner ungemein erleichterte. Er versprach sich von Winfrieds Anwesenheit eine Art professionelle Supervision, Dolmetscherdienste und, wenn nötig, bewährte Deeskalationsstrategien.

»Das sind Berhane und Almaz«, stellte Winfried vor und deutete auf zwei sehr junge Leute mit kaffeebrauner Haut und langem, lockigem Haar. »Bruder und Schwester aus Harar in den Ahmer-Bergen. Almaz hat sehr schnell Deutsch gelernt, sie ist ein wahres Sprachgenie. Ihr Bruder unterhält sich lieber in Englisch. Er ist eher technisch begabt und will eine Ausbildung zum Maschinenbauer machen.«

»Vielen Dank für die Einladung«, sagte Almaz lächelnd. Berhane nickte dazu und musterte interessiert die blau gestrichene Raufasertapete in Kastners winzigem Flur.

»Das ist Haile«, fuhr Winfried fort, »aus einem namenlosen Dorf in Westäthiopien. Er spricht leider nur einen seltenen amharischen Dialekt. Sein Dorf wurde überfallen, dabei hat er seine ganze Familie verloren und, äh, seinen Arm. Und neben ihm steht Tesfaye, der in einem Schlauchboot über das Mittelmeer gekommen ist. Er stammt aus einer wohlhabenden Familie, aber die Schlepper haben ihm sein ganzes Geld abgenommen.«

»Hi«, sagte Tesfaye, ein großgewachsener, breitschultriger Mann mit einem strahlenden Lächeln und sehr weißen Zähnen. »Nice to meet you!«

»Und das ist Paul«, sagte Winfried und schob einen nachtschwarzen, hageren Kerl mit hüftlangen Rastalocken nach vorn. »Paul ist unser Freak. Er singt in einer Ska-Band und behauptet, er sei für die anderen Tätigkeiten, die man ihm bisher angetragen hat, überqualifiziert. Ich muss euch warnen, er klaut manchmal. Aber sonst ist er ein echt netter Kerl. Okay, ich muss jetzt wieder. Vielen Dank, Mirjam, Kastner, und viel Spaß noch. Ich hol die Jungs um vier wieder ab.«

Damit verschwand Winfried, und mit ihm Kastners Hoffnungen auf ein betreutes Weihnachtsessen.

»Ja dann«, sagte er in seiner Eigenschaft als Hausherr. »Äh – we're glad you are here. Please come in and make yourself at home.«

»Yes«, sagte Paul und ging selbstbewusst voran, »ist cool hier, Digga. Crazy little Apartment. Stört's jemand, wenn ich einen durchzieh?«

***

Das Essen verlief, zu Kastners Erleichterung, sehr harmonisch und ohne jede peinliche Gesprächspause. Mirjams Vater plauderte angeregt mit der jungen Almaz, mal auf Deutsch, mal auf Englisch, ihr Bruder saß daneben und konzentrierte sich ganz auf seinen Teller. Mirjam hatte sofort ihr Herz an den einarmigen Haile verloren und nötigte den schüchternen Jungen zu einer mimisch-gestisch geführten Unterhaltung mit Händen und Füßen, und Tesfaye flirtete charmant mit Charlotte und schaffte es sogar, gelegentlich zu Wort zu kommen. Kastner saß neben Paul, der sich während des Essens im Takt eines inneren Rhythmus wiegte und genießerisch summte.

Den Eintopf mithilfe der Teffpfannkuchen zu essen fand Kastner gewöhnungsbedürftig, aber nachdem er die anderen eine Weile beobachtet hatte, kam er ganz gut zurecht.

Almaz und Tesfaye lobten das Essen über den grünen Klee, die anderen nickten zustimmend. Für Kastners Geschmack war es viel zu scharf.

»Spicy hell«, sagte auch Paul. »So was zieht ihr Franken euch also zu Weihnachten rein? Was ist das?«

»Das ist äthiopischer Hühnereintopf. Äh – Sie stammen doch aus Äthiopien?«, fragte Kastner.

»Na klar, Mann«, sagte Paul und nickte. »Klar! Mal unter uns, gibt's eigentlich auch Messer und Gabel? Und kann ich ein Bier haben?«

»Natürlich«, sagte Kastner und reichte ihm Besteck und ein Landbier.

»Ä Bier ä Maß ä Musi«, rief Paul. »Oans zwoa gsuffa.«

Almaz warf ihm einen strengen Blick zu, bis Paul die Achseln zuckte und sich einschenkte. »Meine Eltern haben mich als Achtjährigen an einen Händler verkauft«, sagte er, »weil ich den bösen Blick habe. Devil's eyes. Die Kühe gaben keine Milch mehr. Der Händler hat mich morgens und abends verprügelt, aber es half nichts.«

»Und dann?«, fragte Kastner interessiert.

»Nee, war nur ein Joke«, sagte Paul und trank den Schaum vom Bier. »Aber die Story kommt immer gut an. Die stellen dir an den european borders so bescheuerte Fragen, dass du irgendwann deinen Namen nicht mehr weißt. Aber Paul ist gut, oder? Kosmopolitisch.«

»Zweifellos«, stimmte Kastner zu. »Also ist Paul ein Künstlername? Sie singen in einer Band?«

Paul zwinkerte ihm vertraulich zu, zog eine selbst gebrannte CD ohne Hülle aus seiner Jeansjacke und schob sie Kastner hin. »*Paul And The Lazy Dogs, Volume One.* Kostet nur fünfunddreißig Euronen, Alter. Freundschaftspreis. Liveaufnahme. Die bringt auf dem Schwarzmarkt bald das Doppelte ... Habt ihr eigentlich no music in your crazy apartment? Some stereo?«

»Äh, ja. Im Wohnzimmer. Aber wir dachten, zum Essen ... wir wollten uns ja, äh, unterhalten.«

»Music is good for intercultural understanding«, behauptete Paul. »Better than talky-talky-talk. Und? Die CD? You buy it? Good business for you!«

»Äh, ja, natürlich. Sehr gern.«

Paul nickte zufrieden und zog eine weitere CD heraus. »You need a Christmas present for friends and family? Für zwei gibt's Discountpreis. Rabatt. Nur neunundsechzig neunundneunzig. German people would say: a Schnäppchen.«

»Äh, danke für das Angebot«, sagte Kastner. »Das ist wirklich sehr freundlich, Paul, aber ...«

»No problem, Digga«, lächelte Paul und steckte die zweite CD wieder ein. »Ich brauch nur vor die Tür zu gehen, da reißen sie mir die coole Mucke nur so aus der Hand. Ob ich wohl noch ein Bier kriege?«

***

Als Winfried um vier wieder an der Tür klingelte, dauerte es merkwürdig lange, bis jemand den Türöffner betätigte. In Kastners Wohnung hatte sich eine spontane und sehr laute Party entwickelt. Paul hatte darauf bestanden, seine CD einzulegen, und bald darauf hatten Haile und Tesfaye das Sofa an die Wand schieben müssen, um die Tanzfläche zu vergrößern. Selbst Kastner konnte sich der *coolen Mucke*, einer Mischung aus Reggae und Punk, nicht verschließen und wippte im Takt, während Paul eine leere Bierflasche als Mikrofon benutzte und mitsang. Sieh an, dachte Kastner, *Paul And The Lazy Dogs* – ein echter Geheimtipp. Pauls CDs gingen weg wie warme Semmeln, und alle fanden es bedauerlich, dass Winfried der fröhlichen Tanzveranstaltung ein frühes Ende machte.

Am zweiten Feiertag wurde Kastner zur Unzeit aus dem Schlaf gerissen.

»Überraschung!«, rief Mirjam und erklärte dann, sie hätte das weihnachtliche In-der-Butze-Hocken nachhaltig satt und sich mit ihren Eltern auf einen Tagesausflug in die Fränkische Schweiz verständigt.

*Wie schön, viel Spaß*!, hätte Kastner beinahe gesagt. Aber Mirjams weitere Ausführungen – er solle sich gleich vernünftig anziehen, denn man wolle sich mit dem Frühstück nicht lange aufhalten – ließen keine Zweifel daran, dass seine Teilnahme erwartet wurde.

Nach einer Tasse Kaffee und einer kurzen Diskussion über Charlottes Outfit (»Willst du *so* etwa wandern gehen, Mama?« – »Ich habe nicht vor, wandern zu gehen!«), brachen sie auf. Kastner überließ Charlotte den Beifahrersitz und quetschte sich neben Mirjams Vater auf den Rücksitz. Sie fuhren nach Gräfenberg, dann weiter nach Unterzaunsbach und Hetzelsdorf.

»Sehr nette Gegend«, sagte Charlotte schließlich, nachdem Mirjam wiederholt auf bizarre Felsformationen und romantische Täler hingewiesen hatte.

Kastner sagte nichts, hoffte aber auf baldige Einkehr in einem Landgasthof.

Mirjam parkte den Toyota direkt an der Hauptstraße neben einem unverputzten Einfamilienhaus. »Raus mit euch, ihr Weicheier! Früher haben wir immer da oben auf einer Wiese gezeltet, das würde ich mir gerne mal wieder ansehen. Wahrscheinlich gibt's die Wiese gar nicht mehr.«

Mirjam und ihre Eltern kletterten aus dem Wagen, und Kastner folgte ihnen notgedrungen.

»Ist nur ein kleiner Spaziergang«, beteuerte Mirjam mit Blick auf ihre Mutter. Charlotte, die einen eleganten Kaschmirmantel und senfgelbe Wildlederstiefeletten trug, seufzte ergeben.

Es war ein kalter, sonniger Vormittag. Der kleine Spaziergang führte steil bergauf zu einer Art Hochfläche zwischen gras- oder baumbestandenen Kuppen. Kastner geriet gehörig außer Atem.

»Wir sind da!«, rief Mirjam, die vorneweg ging, über die Schulter. »Hier waren wir immer!«

Die Wiese, auf der Mirjam vor fünfzehn Jahren mit ihren Leuten gezeltet hatte, war offensichtlich noch da. Was Kastner allerdings mehr verblüffte, war die Tatsache, dass auch die Leute immer noch da waren.

»Hi, Miri«, sagte ein langhaariger, blonder Typ, der sich in einem alten VW-Bus zu schaffen machte.

»Ich glaub's ja nicht«, freute sich Mirjam. »Hallo, Robert!«

»Und, alles klar?«, fragte Robert beiläufig.

Hinter ein paar Bäumen lag die sanft abfallende Wiese, die trotz des schmückenden winterlichen Raureifs einen struppigen Eindruck machte. Mirjam drückte es anders aus: fortgeschrittenes Sukzessionsstadium zur Verbuschung. Dies war nicht der einzige Hinweis darauf, dass die Zeit auf keinen wartete: Um eine steingefasste Feuerstelle, die einem fünfzigköpfigen Neandertalerclan alle Ehre gemacht hätte, saßen fröstelnd einige recht verwitterte Naturburschen auf Baumstämmen. Exakt in Armeslänge standen drei Kästen Bier.

Die Naturburschen waren offensichtlich erst vor Kurzem erwacht, vielleicht hatten sie aber auch gar nicht geschlafen. Einige von ihnen kamen Kastner vage bekannt vor, von einem Konzert im *Kunstverein*, das er, zusammen mit Mirjam, im Sommer besucht hatte. Ein dünnes Mädchen mit braunen Dreadlocks und Augenringen hielt sich an einer blechernen Kaffeetasse fest, die meisten anderen waren schon – oder immer noch – beim Bier.

»Mensch, die Miri!«, sagte einer der zerzaust aussehenden Typen. »Und ihr ... Dings.«

»Kastner«, sagte Kastner.

Ein dicker Mann, der mit dem Grillen diverser Fleischteile beschäftigt war, nickte Mirjam grinsend zu und grüßte mit »Servus.«

»Ja, äh, damit hätte ich jetzt eher nicht gerechnet. Ich meine, das freut mich wirklich, euch zu sehen, Jungs«, sagte Mirjam. »Hi! Also, das ist Kastner, und das sind meine Eltern. Wir waren jetzt grad mal eher zufällig in der Gegend und – Mann! Das ist ja wie eine Reise mit der Zeitmaschine!«

»Äh ... hast du vielleicht eine Filterkippe?«, fragte einer der Naturburschen Mirjam. Sie nickte, setzte sich auf den Baumstamm und war bald in ein intensives Gespräch vertieft.

»Nehmt euch halt ein Bier«, bot Robert an.

»Habt ihr Hunger?«, fragte der Dicke. »Die Fleischlappen sind bald durch. Brot ist leider alle.«

»Danke für das Angebot«, sagte Charlotte und setzte sich neben den Dicken. »Wir haben in der Tat eine anstrengende Wanderung hinter uns, aber ich denke, wir gehen dann irgendwo mittagessen. Aber zu einem Bier würde ich nicht Nein sagen – Markus, bringst du mir bitte ein Bier mit?«

»Natürlich«, sagte Mirjams Vater. »Äh ... sonst noch jemand?«

Kastner und drei der Naturburschen meldeten sich.

Die Bierflaschen wurden elegant mit dem Feuerzeug geöffnet und zügig geleert. Mirjams Vater versuchte vergeblich, einem der Männer einen Zehneuroschein für das Bier aufzudrängen, bis das dünne Mädchen schließlich genervt die Augen verdrehte und das Geld in ihre Hosentasche steckte. Dann klebte es in aller Ruhe drei Blättchen aneinander und baute einen Joint.

»Mirjams Freund ist übrigens ein Bulle«, sagte einer.

Das Mädchen musterte zuerst den Sprecher und dann Kastner mit gerunzelter Stirn, ehe es wieder die Augen verdrehte. »Haha. Ihr seid so *witzig.*«

Mirjam holte sich auch ein Bier, nachdem ihr Vater ihr angeboten hatte, auf der Heimfahrt das Steuer zu übernehmen. Kastner genehmigte sich noch ein zweites. Der Dicke trank Apfelschorle und diskutierte mit Charlotte über die Bedeutung des Golfstroms für das europäische Klima, wobei er die Fleischteile nicht aus den Augen ließ und mehrmals fachmännisch wendete.

Kastners Magen knurrte laut.

»Wollt ihr wirklich nichts?«, fragte der Dicke freundlich.

»Ähm ... na ja«, sagte Kastner, aber Mirjam fiel ihm ins Wort: »Nein, danke, Günthi. Ich glaub, wir packen's jetzt mal wieder. Wir gehen unten was essen.«

Das, fand Kastner, war eine gute Idee. *Unten* meinte in diesem Fall vermutlich den Brauereigasthof *Penning-Zeissler*, wo man sonntags ein leckeres Schäufele mit Kloß und das sehr brauchbare Landbier bekam, dem auch die Naturburschen an ihrer Feuerstelle zusprachen.

»Dass die immer noch da oben hocken«, sagte Mirjam auf dem Rückweg kopfschüttelnd. »Bei der Kälte! Also für mich wär das nix mehr. Im Sommer, okay, aber an Weihnachten? Und immer nur von Bier und Fleisch leben ...«

»Das klingt, als würden die Herren seit zwanzig Jahren ausschließlich auf dieser Wiese hausen«, bemerkte Charlotte und wich einer der Pfützen aus, in die sich der Raureif mittlerweile verwandelt hatte. »Aber wenn ich das richtig verstanden habe, verbringen sie doch nur ein langes Wochenende dort?«

Mirjam blieb stehen und funkelte ihre Mutter an. »Hallo? Das sind *meine* alten Freunde! Willst *du* mir jetzt erklären, wie und wo *meine* alten Freunde leben?«

»Ich fand sie jedenfalls sehr nett«, sagte Charlotte unbeeindruckt. »Und das Bier hat auch gut geschmeckt, obwohl es auf nüchternen Magen ganz schön harter Tobak war.«

»Hm«, machte Mirjam. »Ihr müsst mal im Frühling herkommen, zum Maibock. *Das* ist harter Tobak. *Wer im Juni einen hebt, hat den Maibock überlebt,* sagt man.«

»Klingt vielversprechend«, sagte Charlotte. »Sag mal, gibt es da, wo wir jetzt essen gehen, auch was Vegetarisches?«

»Klar«, grinste Mirjam. »Käsebrot.«

Branko Vesiç, der Mann mit dem Facebook-Account, war neunundzwanzig Jahre alt, stammte aus Serbien und wohnte in Erlangen. Der Werkstoffwissenschaftler hatte bei seiner Einreise nach Deutschland bereits ein Arbeitsplatzangebot in der Tasche gehabt und inzwischen eine gültige Aufenthaltserlaubnis – seit Juli arbeitete er bei Siemens.

So kann es also auch gehen, dachte Kastner, wenn man das Passende studiert und sein Zeugnis dabei hat ... Aus dem Fenster eines Busses der Linie 30 E starrte er auf die riesigen Gewächshäuser links und rechts der Erlanger Straße. Gegenüber der Metro war auf Ackerflächen ein neuer Knotenpunkt des öffentlichen Verkehrs mit allem Pipapo entstanden – Bushaltestellen, Straßenbahnwendeschleife, P+R-Parkplatz, Fahrradabstellplatz, Kolb-Brezen-Stand. Noch lag die neue Endhaltestelle der Straßenbahnlinie 4 fernab der Zivilisation, aber Kastner nahm an, dass sich das bald ändern würde: Die bisher landwirtschaftlich genutzten Grundstücke entlang der verlängerten Straßenbahnlinie würden vermutlich bald bebaut werden. Er erinnerte sich an seinen letzten Fall, den Mord an einem bekannten Nürnberger Bauunternehmer. Die wenig gramgebeugte Unternehmerwitwe, die die Firma übernommen hatte, würde hier bald dick im Geschäft sein. Die Landwirte würden noch mehr Gewächshäuser bauen, um den Verlust an Anbaufläche auszugleichen; und Natur und Naherholung würden auf der Strecke bleiben.

Auf den Sitzplätzen vor Kastner saßen zwei ältere Damen, die seine Überlegungen in einem kurzen Dialog auf den Punkt brachten:

»Ärcherdwou mäins ja wohner, däi Leidd«, merkte die eine an, von der Kastner nur einen graublonden Dutt sah. »Un drinner in der Schdadd is ja scho voll.«

»Grautkebf unn Boddagn mäin aa ärcherdwou wohner!«, konterte die andere, deren Halbprofil eine spitze Nase offenbarte. »Bald schauds dou herausn aus wäi in Nuiorch, unn nacherd gibds blouß no wässriche Domaadn aus denner Gwäxhaiser zum Fressen!«

Branko Vesiç wohnte in einem dreigeschossigen Altbau in der Schuhstraße, Ecke Henkestraße. Als Kastner sich telefonisch mit ihm verabredet hatte, war er recht wortkarg gewesen, und auch der persönliche Empfang fiel eher verhalten aus.

»Danke, dass Sie sich die Zeit nehmen«, sagte Kastner und setzte sich auf den Küchenstuhl, den Vesiç ihm anbot. »Und das während Ihres Weihnachtsurlaubs – ich will Sie auch gar nicht lange stören. Sie kannten Luka Marković?«

Vesiç nickte. Er war mittelgroß und schlank, hatte glatt rasierte Wangen und schütteres, hellbraunes Haar, das sich über den Ohren lockte. Zu einer braunen Stoffhose mit akkurater Bügelfalte trug er ein strahlend weißes Hemd und eine beige Wollweste; hängende Augenlider ließen ihn etwas verschlafen aussehen.

Kastner wartete eine Weile, aber Vesiç blieb stumm und vermied es, ihm in die Augen zu schauen.

»Sie wissen, dass Luka Marković vor knapp zwei Wochen tot aufgefunden worden ist? Sie haben sein Foto in der Zeitung gesehen?«

Ein weiteres Nicken.

»Warum haben Sie sich denn dann nicht gemeldet?«

Ein schuldbewusster Blick, ein ratloses Achselzucken.

Das kann ja heiter werden, dachte Kastner. »Herr Vesiç«, sagte er freundlich, »Sie haben eine Aufenthaltsgenehmigung, eine Arbeitserlaubnis, einen festen Wohnsitz … Sie haben doch nichts zu verbergen. Warum wollen Sie uns nicht helfen, die Umstände von Luka Markovićs Tod aufzuklären?«

»Ich kann Ihnen dabei nicht helfen«, beteuerte Vesiç. »Ich weiß nichts über Lukas Tod.«

»Uns hilft alles, was wir über Luka in Erfahrung bringen können«, erklärte Kastner. »Jede Kleinigkeit. Bis wir auch nur seinen Namen wussten, sind Tage vergangen.«

Vesiç starrte auf den Tisch. »Das tut mir leid«, flüsterte er schließlich.

Kastner nickte. »Also: Was wissen Sie über Luka? Wie haben Sie ihn kennengelernt? Und wann?«

»Wir haben uns auf der Fahrt nach Deutschland kennengelernt. Ende Juni.«

»Aha?« Kastner verspürte den Drang, mit den Fingern auf den Küchentisch zu trommeln. Er unterdrückte ihn. »Jetzt lassen Sie sich doch bitte nicht jedes Wort aus der Nase ziehen! Mit wem hatte Luka nach seiner illegalen Einreise Kontakt? Wo hat er gewohnt? Hat er irgendwo schwarzgearbeitet?«

Branko Vesiç zuckte hilflos die Achseln.

»Hat er Ihnen von dem Jungen erzählt, um den er sich gekümmert hat?«

Ein ratloses Kopfschütteln.

»Sagen Ihnen die Namen Knüst oder Dürr etwas? Schwertfeger? Grabowski? Voss?«

»So hieß der Schlepper«, sagte Vesiç. »Helmut Voss.«

»Die anderen Namen sagen Ihnen nichts?«

»Nein.«

»Hm«, machte Kastner. »Und was wissen Sie über Draşko Raznatović?«

»Ich kenne niemanden, der so heißt«, behauptete Vesiç. Dabei lief er knallrot an.

»So kommen wir leider nicht weiter«, stellte Kastner fest. »Sie lügen.« Er zückte sein Mobiltelefon und zeigte Vesiç die bearbeiteten Rastplatzfotos, zoomte hinein, bis man die Gesichter erkennen konnte. »Dieses Foto hat Luka mit seinem Handy auf dem Rastplatz Brunn an der A3 in Richtung Nürnberg gemacht«, erklärte er. »Das hier ist der Schlepper, Helmut Voss; das hier sind Sie, Herr Vesiç; und dieser junge Mann auf der hinteren Bank ist Draşko Raznatović. Dort links im Bild sieht man Raznatovićs Hund, einen Schafspudel namens Rosi. Voss sagt, Raznatović hat Sie und Luka dort abgeholt. Er hat Ihnen die Hand geschüttelt.«

Vesiç zog sich die Ärmel seiner Weste über die Hände und legte die Stirn in Falten. »*Sie* haben die Fotos?«, fragte er.

»Ja, *ich* habe die Fotos. Wir haben Lukas Handy gefunden.«

Vesiç kaute auf seiner Unterlippe herum.

»Wollen Sie jemanden schützen?«, fragte Kastner. »Sind Sie deshalb so schweigsam? Herr Vesiç: Ich arbeite nicht bei der Ausländerbehörde. Ich will die Umstände von Lukas Tod klären, sonst nichts. Sie können ganz offen mit mir sprechen.«

»Das glauben Sie doch selber nicht«, stellte Vesiç finster fest. »Ich habe gerade mal seit einem halben Jahr eine Aufenthaltserlaubnis und einen Arbeitsplatz, ich kann keinen Ärger brauchen.«

»Wenn Sie mir helfen, werde ich Ihnen auch keinen machen. Also bitte: Wer ist Draşko Raznatović?«

Vesiç musterte lange seine Küchentapete. Dann sagte er: »Draşko ist der Sohn meiner Schwester.«

»Ach, sieh an!«, sagte Kastner. »Draşko Raznatović ist also Ihr Neffe? Das würde ja bedeuten ... Demnach war Radan Raznatović ebenfalls ein Verwandter von Ihnen?«

»Nein. Also – jedenfalls kein Blutsverwandter. Der Mann meiner Schwester heißt Raznatović, und dieser Radan war ein entfernter Verwandter von ihm. Ich kannte ihn gar nicht persönlich.«

»Aber Sie wissen, dass Draşko bei Radan gewohnt hat? Sie wissen, dass Radan tot ist?«

Vesiç nickte.

Wollte Branko Vesiç seinen untergetauchten Neffen schützen? Oder wollte er selbst keinen Ärger bekommen? So oder so war Kastner die winzigen Informationsbröckchen langsam leid, die er ihm hinwarf. Es wurde Zeit, die Daumenschrauben etwas anzuziehen. »Wir vermuten, dass Radan getötet wurde«, sagte er. »Vielleicht hat Ihr Neffe ihn getötet? Vielleicht hat er auch Luka Marković getötet?«

Endlich kam etwas Leben in Vesiç – seine Hände fanden aus den Ärmeln der Weste zurück ans Tageslicht und vereinigten sich zu einer beschwörenden Geste. »Sie glauben, dass Draşko jemanden getötet hat? Das ist ... Unsinn!«, rief er. »Draşko ist ein guter Junge! Er und Luka waren Freunde ...«

»Überzeugen Sie mich davon, Herr Vesiç. Sprechen Sie mit mir.«

Branko Vesiç rang noch eine Weile mit sich. »Also gut«, sagte er dann. »Draşko ... Mein Schwager wollte, dass der Junge eine Zukunft hat, deshalb hat er ihn nach Deutschland geschickt und bei einer Verwandten in Nürnberg untergebracht. Draşko war damals fünfzehn und wurde als unbegleiteter Minderjähriger eingestuft, deshalb bekam er eine Duldung und durfte zur Schule gehen. Nach dem Schulabschluss hat er verschiedene Jobs gemacht, und bei einem davon hat er Luka kennengelernt. Die beiden haben sich angefreundet.«

»Das war ein Gärtnerjob, richtig?«, riet Kastner und nickte Vesiç aufmunternd zu. »Bei einem anderen Freund von Luka. Nennen wir ihn – *Schorsch*?«

Vesiç nickte.

»Und wie ging es weiter mit den beiden?«, fragte Kastner.

»Als Luka volljährig wurde, hat man ihn abgeschoben«, fuhr Vesiç fort. »Draşko war traurig, aber er hat auch etwas daraus gelernt: Er ist untergetaucht, bevor er selber achtzehn wurde. Schorsch hat ihn aufgenommen. Und als ich dann meine Arbeitsplatzzusage in der Tasche hatte, hat Draşko mich gebeten, Luka wieder mit nach Deutschland zu bringen. Er hat alles organisiert. Ich habe mich an der Grenze zwischen Serbien und Ungarn mit Luka getroffen, und Ende Juni sind wir zusammen nach Deutschland gefahren, mit diesem Schlepper, Voss. Schorsch hat uns geholfen. Er hat angeboten, dass wir drei fürs Erste bei ihm wohnen können, und er hat Draşko sein Auto geliehen, damit er Luka und mich auf diesem Rastplatz abholen konnte.«

»So war das also«, sagte Kastner. »Wie lange haben Sie drei bei Schorsch gewohnt?«

»Ich habe schon nach einem Monat diese Wohnung hier bekommen – ich hatte ja eine Arbeit. Und Draşko hat zwei Monate später in Regensburg bei Radan Unterschlupf gefunden.«

»Und was wurde aus Luka?«

»Ich glaube, er hat auf der Straße gelebt«, flüsterte Vesiç und wurde wieder rot. »Bei mir konnte er leider nicht wohnen, das hätte mich meine Aufenthaltserlaubnis kosten können.«

Kastner nickte. »Das verstehe ich. Herr Vesiç – der Schlepper, Helmut Voss, hat Luka eine größere Summe Geld gestohlen. Haben Sie das gewusst?«

Vesiç nickte. »Voss hat allen Illegalen Geld und Wertgegenstände abgenommen, bevor er sie über die Grenze gebracht hat. Einige hat er sogar noch erpresst, nachdem sie schon in Deutschland waren – sie mussten dafür zahlen, dass er sie nicht bei den Behörden verpfeift.«

»Und Sie wissen auch von diesen Fotos, die Luka heimlich auf dem Autobahnrastplatz gemacht hat. Mit deren Hilfe er sein Geld zurückbekommen wollte.«

»Ja, davon hat Draşko mir erzählt.«

»Luka ist Ende November nach Fürth gefahren und hat Voss vorgeschlagen, die Fotos gegen sein Geld zu tauschen. Hat Draşko das auch erzählt?«

Das unvermeidliche Nicken.

»Zu dem verabredeten Austausch ist Luka dann aber nicht erschienen. Warum?«

Vesiç massierte sich die Stirn, als hätte er Kopfschmerzen. »Die Sache ist den Jungs über den Kopf gewachsen. Draşko wurde bedroht. Er hatte Angst.«

»Ihr Neffe wurde bedroht? Von wem? Warum?«

»Luka war schüchtern. Ein Einzelgänger. Aber Draşko ist gesellig, er kennt viele Leute und ist gut vernetzt. Und er hat ein großes Herz – er ist freundlich und hilfsbereit. Deshalb hat er Luka dabei geholfen, Voss' Adresse herauszufinden. Er hat sich in Nürnberg und später auch in Regensburg unter den Flüchtlingen nach Voss umgehört, und das hat Wellen geschlagen. Irgendwann sind ihm zwei Männer bis nach Hause gefolgt und haben ihn bedroht. Die wollten diese

Speicherkarte mit den Fotos. Sie verstehen? Ob Luka sein Geld wiederkriegt, war denen egal – die sind vermutlich seit Jahren von Voss erpresst worden und hätten alles getan, um etwas gegen ihn in die Hand zu bekommen.«

Kastner dachte eine Weile darüber nach. Hier tat sich ein ganz neues Motiv auf. Und ganz neue Verdächtige kamen ins Spiel. »Sie sagen, diese Männer sind Ihrem Neffen bis nach Hause gefolgt? Sie wussten also, dass Draşko bei Radan gewohnt hat?«

Vesiç nickte.

»Wo ist Ihr Neffe jetzt, Herr Vesiç? Hat er sich nach Radans Tod bei Ihnen gemeldet?«

»Draşko ist ein guter Junge, er hat niemandem etwas getan. Wenn ich Ihnen verrate, wo er ist, wird er doch sofort abgeschoben, nachdem er Ihre Fragen beantwortet hat ... Aber was soll er in Serbien? Er ist in Deutschland zur Schule gegangen, er hat Freunde hier ...«

Kastner trommelte nun doch mit den Fingerspitzen auf den Tisch. »Denken Sie bitte nach, Herr Vesiç«, bat er. »Ihr Neffe ist zur Fahndung ausgeschrieben, früher oder später finden wir ihn ohnehin. Diese Männer, die ihn bedroht haben, könnten Radans Mörder sein. Sie könnten auch Lukas Mörder sein. Und Draşko ist der Einzige, der sie beschreiben kann – vielleicht ist er sogar ein Tatzeuge? Was glauben Sie, geschieht, wenn diese Männer ihn zuerst finden?«

Vesiç schluckte trocken, seine Hände begannen zu zittern. »Aber er hat gar nichts gesehen«, sagte er schließlich. »Vielleicht ist Radan ja einfach gestürzt? Er hatte ein Hüftleiden.«

Kastner schüttelte den Kopf. »Das glauben Sie doch nicht im Ernst.«

»Warum nicht?«, sagte Vesiç verstockt.

Kastner seufzte. »Luka hat Draşko zuletzt am achten Dezember angerufen, einen Tag vor seinem Tod. Was hat er da mit ihm besprochen?«

»Ich weiß es nicht.«

***

Kastner stapfte schlecht gelaunt durch die Erlanger Hauptstraße. Der Bus war ihm vor der Nase weggefahren, und da er keine Lust hatte, zwanzig Minuten in der Kälte zu warten, lief er stadteinwärts und hielt nach einem Café oder Imbiss Ausschau. Nachdem alles Bitten nichts gefruchtet hatte, hatte er Branko Vesiç mit Anzeigen wegen Begünstigung, Strafvereitelung und Beihilfe zu einer Straftat gedroht, aber der war stur geblieben: Er hatte ihm den Aufenthaltsort seines Neffen nicht verraten. Die Wahrheit herauszufinden war bei einer Mordermittlung immer schwierig, aber wie sollte man in einem Umfeld ermitteln, in dem jeder Zweite seine Abschiebung befürchten musste, wenn er mit der Polizei sprach? Er war auf ein Paralleluniversum gestoßen, auf einen rechtsfreien Raum. Mitten in Deutschland lebten Menschen, die nicht zum Arzt gehen konnten, wenn sie krank waren; die erpresst, bestohlen und ausgebeutet wurden, weil sie gegen ihre Peiniger keine Anzeige erstatten konnten – und die es nicht einmal wagten, gegen mutmaßliche Mörder auszusagen.

In der Fußgängerzone herrschte gemäßigtes Treiben. Ein paar halbwüchsige Bengel übten mit Donnerschlägen für Silvester, Vater-Mutter-Kind-Familien erledigten Einkäufe und winterfeste Radfahrer pflügten durch braune Pfützen. Am Hugenottenplatz fand Kastner einen Coffeeshop und erstand einen großen Cappuccino nebst einem Schinken-

Käse-Baguette. Er ergatterte einen Sitzplatz nahe der Heizung, wischte sich auf der beschlagenen Fensterscheibe ein Guckloch frei und starrte missmutig zur Bushaltestelle hinüber. Obwohl er Vesiç gegenüber etwas anderes behauptet hatte, war es mehr als ungewiss, ob die Fahndung nach Draşko Erfolg haben würde. Deutschland war groß, der *gut vernetzte* junge Mann konnte inzwischen überall sein.

Kastner spülte die letzten Bissen seines Baguettes mit einem zweiten Cappuccino hinunter, dann rief er Claudia an und erstattete ihr Bericht.

»Das ist schlecht«, stellte auch sie fest. »Ohne Beschreibung werden die Regensburger diese Männer, die Draşko bedroht haben, kaum finden. Aber wir haben jetzt ein realistisches Szenario für Radans Tod, oder? Diese Typen wollen wissen, wo Draşko sich versteckt, sie klingeln bei Radan an der Tür und schubsen ihn ein bisschen herum, um ihn gesprächig zu machen …«

»… und Radan stürzt und schlägt sich den Schädel am Couchtisch ein«, ergänzte Kastner. »Ja, das ist plausibel. Aber haben diese Männer auch Luka getötet?«

»Warum nicht?«, fragte Claudia zurück. »Die wurden von Voss nach Strich und Faden ausgenommen, diese Fotos waren für sie der einzige Ausweg – und nachdem Draşko nicht mehr greifbar war, sind sie eben nach Nürnberg gefahren, um Luka die Speicherkarte persönlich abzunehmen.«

»Hm«, machte Kastner. »Aber wie haben sie Luka gefunden? Glaubst du, Draşko hat ihnen verraten, wo sein Freund sich aufhält?«

»Wenn das eigene Leben bedroht ist, verrät man allerhand«, gab Claudia zu bedenken.

»Und wie passt die Frauenstimme, die Helga Hasler gehört haben will, in dieses Szenario? Und warum haben die

Typen Lukas Handy nicht mitgenommen, wenn es ihnen darum ging?«

»Na, er hat es weggeworfen, und sie konnten es im Dunkeln nicht finden«, schlug Claudia vor.

»Lukas Leiche lag fünf Tage im Wasser. Die Kerle hätten in aller Ruhe und bei hellem Tageslicht das ganze Ufer absuchen können ...«

So leicht war Claudia nicht von ihrer Fährte abzubringen. »Gut – dann haben sie eben nicht mitgekriegt, dass Luka das Handy weggeworfen hat, sondern sind davon ausgegangen, dass es noch in seiner Hosentasche steckt. Und da Lukas Leiche unter Wasser lag, sind sie nicht rangekommen ... Und Helga Hasler – wer weiß, was die da gehört hat. Vielleicht doch nur einen Ehekrach? Eine Frau passt leider weder zu einem Auftragsmord durch den Schlepper Voss noch zu dem Szenario mit den von Voss erpressten Illegalen, Kastner. Aber das sind die Leute, die Motive haben! Oder fällt dir eine Frau mit einem derart guten Motiv ein?«

»Nein«, sagte Kastner. »Claudia – lass uns später noch mal drüber reden. Mein Bus fährt grad ein. Bis dann!«

***

»Ich weiß genau, was dir an meinem Szenario missfällt«, sagte Claudia später im Präsidium, bei einer Tasse Kaffee in Kastners Büro. »Du kannst es nicht leiden, wenn du auf andere warten musst: auf die Ermittlungsergebnisse der Regensburger, auf den Erfolg der Fahndung nach Draşko ... das geht dir alles zu langsam.«

Kastner nickte. Er hasste es, wenn Ermittlungen im Sand verliefen. »Wir sollten einfach weitermachen«, schlug er vor.

»Hm. Und mit was?«, erkundigte sich Claudia und schenkte sich Kaffee nach.

»Wernreuther soll noch mal mit Voss sprechen – der hatte jetzt lange genug Zeit, sich an den Namen seines Mannes für heikle Fälle zu erinnern.«

»Okay ... Das kann ja auf keinen Fall schaden.«

»Dann wüsste ich gern, wie die Geschäfte der Gärtnerei Dürr laufen – wenn man da mal in die Bücher schaut, findet man bestimmt einige Gründe, um gegen Dürr ein Verfahren einzuleiten. Und wer weiß, vielleicht taucht ja sogar Lukas Zeugnis auf? Joe Knüst hat angedeutet, dass es in seiner Vergangenheit einen dunklen Punkt gibt, der interessiert mich auch. Und ganz besonders möchte ich alles über Steffi Grabowski wissen – die Frau beantwortet nicht mal die Frage nach der Uhrzeit, da schrillen bei mir alle Alarmglocken. Schaffst du das? Sonst könnte Nele dir helfen. Wo ist sie eigentlich?«

»Erledigt Fleißarbeit – befragt noch mal Anwohner und Ladeninhaber rund um den Tatort. Und wie war das noch gleich mit dieser Chiara Dürr? Hast du die nicht für heute vorgeladen?«

»So ist es«, sagte Kastner und sah auf die Uhr. »Für vierzehn Uhr. Wenn sie nicht kommt, lass ich sie mit dem Streifenwagen abholen, das wird ihrer Mutter gefallen.«

In diesem Augenblick stürmte Nele herein, die Wangen gerötet, das kurze, blonde Haar zerzaust. Von ihrem roten Wollmantel tropfte Wasser, und in den Händen hielt sie ein zerfleddertes Notizbuch. »Ich glaub, ich hab da was!«, rief sie atemlos.

Claudia lächelte. »Hallo, Nele! Willst du nicht erst mal den Mantel ausziehen? Wie wär's mit einer Tasse Kaffee?«

»Vielleicht später«, sagte Nele und blätterte in ihrer Kladde. »Wo ist denn ...«

Claudia schob ihr kopfschüttelnd einen Stuhl hin und nötigte sie dazu, sich hinzusetzen. »Wenn du so weitermachst, hast du mit fünfundzwanzig den ersten Burn-out«, mahnte sie.

»Hier«, sagte Nele und tippte mit dem Finger auf ihr Notizbuch. »Ich habe eine weitere Zeugin aufgetan! Eine Frau, äh, Mergenthaler, die bei meiner ersten Runde gar nicht zu Hause war. Und es war gut, dass ich ihr ein konkretes Datum und eine genaue Uhrzeit sagen konnte ... Frau Mergenthaler wohnt am Unschlittplatz und hat so einen kleinen Kläffer, den sie jeden Morgen und Abend am Halsband einmal ums Karree zieht. So auch in der Nacht des neunten Dezember, der Tatnacht also.«

»Sie spricht schon wie eine richtige Kommissarin«, sagte Claudia zu Kastner.

Nele grinste. »Ich geb mir Mühe. Also der Reihe nach und zum Mitschreiben: Frau Mergenthaler musste an diesem Abend noch mal extra raus, weil das Hündli Dünnpfiff hatte. Als sie losmarschiert ist, hat die Kirchturmuhr halbzwölf geschlagen. Frauchen und Hundchen drehen also ihre Runde um den Unschlittplatz und sind schon wieder auf dem Heimweg, als Frau Mergenthaler ein einsames Auto bemerkt. Etwa dreißig Meter vor der Maxbrücke fängt der Wagen an, sich sonderbar zu benehmen: Eine Bremse quietscht, der Wagen schlingert herum und hüpft dann wie ein Frosch. Frau Mergenthaler macht sich ihre Gedanken über betrunkene Autofahrer und Gefährdung im Straßenverkehr und tritt ein paar Schritte in den Häuserschatten zurück, damit der Spitz nicht unter die Räder kommt. Das Auto schlingert bis zur Maxbrücke und bremst dort wieder abrupt. Die Beifahrertür geht auf, jemand torkelt heraus und läuft in die Untere Kreuzgasse, in gekrümmter Haltung, als müsse er kotzen. Da ist nicht nur der Fahrer betrunken, kombiniert Frau Mergenthaler. Sie beschließt, lieber andersherum nach Hause zu gehen, aber sie schaut doch noch ein bisschen zu. Der Wagen bremst am rechten Straßenrand, wobei die offene Beifahrertür gegen den erhöhten Gehweg knallt. Licht und Motor gehen aus, und dann steigt, Achtung!, auch die *Fahrerin* aus, schlägt die Fahrertür zu und läuft dem anderen nach. Dabei ruft sie: *Hey, du Arsch, hiergeblieben*! Frau Mergenthaler schüttelt den Kopf, dreht sich um und geht nach Hause.«

»Das passt genau zu dem, was Helga Hasler erzählt hat«, sagte Kastner. »Nur quasi – von der anderen Seite her.«

»Im räumlichen wie im zeitlichen Sinn«, grinste Nele und schob die Nerdbrille, die ihr im Eifer des Erzählens von der Nase gerutscht war, wieder hoch. Dann wurde ihr Grinsen noch breiter. »Ihr denkt, das war's schon, oder?«

»Bei allen Heiligen«, rief Claudia, »du wirst uns jetzt doch nicht erzählen, dass Frau Mergenthaler sich das Kennzeichen gemerkt hat?«

»Äh, das nun nicht gleich«, gab Nele zu, ohne dass ihr Grinsen deshalb merklich schmäler wurde. »Aber das Auto war ein weinroter VW Passat. Frau Mergenthaler erkennt einen Passat, wenn sie einen sieht, sie fährt nämlich selber einen. Und es geht noch weiter: Der Beifahrer trug einen blauen Anorak, wie Luka, und die Fahrerin hatte einen langen, dunklen Pferdeschwanz – sie hat den Fehler begangen, das Auto direkt unter einer Straßenlaterne abzustellen.«

»Steffi Grabowski trägt gelegentlich einen Pferdeschwanz«, fiel Kastner ein.

»Hm«, machte Claudia. »So wie vermutlich neunzig Prozent aller langhaarigen Nürnbergerinnen. Die Frage ist doch: Fährt die Grabowski einen weinroten VW Passat? Und hatte sie irgendeinen Grund, Luka umzubringen?«

***

Chiara Dürr war so mager wie ihre Mutter und überragte Kastner um einen guten Kopf. Ihr dunkelblondes Haar war im Nacken zu einem Knoten geschlungen, sie trug schwarze Jeans und eine blaue Tunika mit Glitzerfäden. Das Mädchen hatte neben seiner Mutter auch einen Anwalt dabei, der Kastner einen langen Vortrag über den besonderen Schutz hielt, den Minderjährige vor dem Gesetz genossen.

»Vielen Dank, Herr Knauer«, nickte Kastner, als er fertig war. »Ich hoffe, dass Sie Chiara ebenso gründlich und vollständig über ihre Pflichten belehrt haben?«

Der Anwalt, ein junger Mann mit Aknenarben und Nickelbrille, kniff die Augen zusammen. Chiara gähnte. Melanie Dürr, die heute einen grauen Mohairpullover, eine blaue Leinenhose und eine Bernsteinkette trug, griff tröstend nach der Hand ihrer Tochter, die ihr jedoch rüde entzogen wurde.

»Chiara«, fing Kastner an. »Hat Luka Marković Ihnen Drogen verkauft?«

»Ich nehm keine Drogen«, behauptete Chiara. »Also kauf ich auch keine.«

»Dann hat Luka Ihnen die Tabletten also geschenkt, die Ihre Mutter bei Ihnen gefunden hat?«

Chiara zuckte die Achseln. »Weiß ich nicht mehr.«

»Sie sollten sich gut überlegen, was Sie hier sagen«, gab Kastner zu bedenken. »Ihre Aussage wird aufgenommen, und Sie müssen sie am Ende unterschreiben. Wenn Sie lügen, können Sie ernste Schwierigkeiten bekommen.«

»Echt jetzt? Da mach ich mir ja gleich in die Hose vor Angst.«

»Das müssen Sie nicht«, lächelte Kastner, obwohl er dem Gör gerne eine Backpfeife gegeben hätte. »Sie müssen nur die Wahrheit sagen.«

Chiara kratzte mit dem Fingernagel einen imaginären Fleck von der Tischplatte und schwieg.

»Nachdem wir das geklärt haben, könnten Sie mir erzählen, wie das alles zugegangen ist«, schlug Kastner vor. »Wann hat Luka Ihnen die Tabletten angeboten? Was genau hat er zu Ihnen gesagt?«

»Ich kann mich beim besten Willen nicht mehr daran erinnern«, sagte Chiara mit treuherzigem Augenaufschlag.

»Sie kaufen also so häufig Drogen, dass Sie sich an die einzelnen Fälle gar nicht erinnern können?«

»Äh ... nein.«

»Sind Sie sicher?«

»Sie stellen ganz falsche Fragen«, mischte sich Melanie Dürr ein.

»Ich hab die Frage vergessen«, behauptete Chiara. »Und mir ist schlecht.« Sie warf dem Anwalt einen mitleidheischenden Blick zu.

Dir wird gleich noch viel schlechter werden, dachte Kastner. »Nicht Luka, sondern Steffi Grabowski hat Ihnen diese Tabletten verkauft«, behauptete er. »Und ich vermute, nicht zum ersten Mal – Sie haben regelmäßig bei ihr eingekauft, nicht wahr?«

Chiara starrte ihn an. »So ein Schwachsinn«, empörte sie sich. »Mama, glaub ihm kein Wort ... das denkt der sich bloß aus.«

Melanie Dürr runzelte die Stirn und dachte offensichtlich fieberhaft nach.

»Sie haben Frau Grabowski doch schon einmal bei einem solchen Deal erwischt, Frau Dürr?«, fragte Kastner. »Das ist doch der Grund, aus dem Sie nicht mehr mit ihr sprechen?«

Melanie Dürr nestelte an ihrer Bernsteinkette. »Also … da muss ein Missverständnis vorliegen«, erklärte sie. »Gut, es gab vor längerer Zeit einmal einen Vorfall, aber das war ein Einzelfall. Meine Tochter ist doch nicht tablettensüchtig! Und beim zweiten Mal war es Luka, der ihr die Tabletten angedreht hat …«

»Ich fürchte, Sie haben sich von Frau Grabowski und Ihrer Tochter an der Nase herumführen lassen«, sagte Kastner. »Es wundert mich eigentlich, dass Sie darauf nicht selbst gekommen sind, nachdem Sie ein zweites Mal Tabletten bei Chiara gefunden hatten. Steffi versorgt Ihre Tochter regelmäßig mit Drogen, Frau Dürr.«

Chiara gab sich keine Blöße, sie wedelte nur mit der Hand vor ihrer hohen, blassen Stirn. Aber Melanie Dürr tat Kastner den Gefallen. »Das hätte die sich doch gar nicht getraut!«, fuhr sie auf. »Diese blöde Schnepfe – ich vertraue ihr mein Kind an, und sie verscherbelt in meinem Haus ihr Gift? Das muss man sich mal vorstellen! Aber die hab ich dermaßen zur Schnecke gemacht, die hätte es *niemals* gewagt …«

»Mama, du bist *so* doof«, stellte Chiara kopfschüttelnd fest. »Das wollte der doch jetzt, dass du so ausflippst …«

»Die mach ich fertig!«, schwor Melanie Dürr, ohne auf ihre Tochter zu achten. »Die wird in ihrem ganzen verpfuschten Leben nie mehr den Fuß in eine Arztpraxis setzen …!«

»Äh«, machte der Anwalt. »Ich fürchte, ich kann gerade nicht mehr folgen.«

»Da kann ich helfen«, bot Kastner an. »Frau Dürr und Frau Grabowski sind Nachbarinnen. Bis zum Herbst letzten

Jahres hat Frau Grabowski gelegentlich den jüngsten Sohn der Dürrs beaufsichtigt, Florian. Leider hat sie dieses Vertrauensverhältnis schamlos ausgenutzt, um Chiara – und wer weiß, wem noch – Drogen zu verkaufen. Wie man sich leicht vorstellen kann, hat das zu einem Zerwürfnis zwischen den Damen geführt, als es aufflog.«

»*Zerwürfnis* ist gut«, schnaubte Melanie Dürr. »Die hab ich danach nicht mehr über die Türschwelle gelassen.«

Kastner wandte sich wieder an Chiara. »Es war also nicht Luka, der Ihnen die Tabletten beschafft hat, sondern Steffi Grabowski. Und es war auch keine einmalige Angelegenheit, sondern eine dauerhaft angelegte Geschäftsbeziehung.«

Chiara verzog den Mund und schwieg sich aus.

»Ich interpretiere das als Zustimmung«, stellte Kastner klar. »Verstehen Sie mich richtig, Chiara: Ihr Drogenkonsum ist Ihre Sache und die Ihrer Erziehungsberechtigten. Es gibt professionelle Hilfe für solche Fälle, Ihre Mutter kennt sich da sicher aus. Das Einzige, was mich interessiert, ist der Tod von Luka Marković und alles, was damit zu tun hat. Luka hat Ihnen also niemals irgendwelche Drogen angeboten, ist das richtig?«

Chiara verdrehte genervt die Augen, aber sie nickte.

»Also ja«, sagte Kastner, fürs Protokoll. »Sie wollten nicht, dass Ihre Mutter Ihnen und Steffi Grabowski auf die Schliche kommt. Und Luka, der kurz zuvor bei diesem Streit Partei für Lars und Aylin ergriffen und Ihren Freund Gernot vor die Tür gesetzt hatte, kam Ihnen als Sündenbock gerade recht. War es so?«

»Ich wollte bloß nicht, dass meine Mutter sich wieder so übertrieben aufregt«, beteuerte Chiara. »Sorry, Mama, aber du bist so *krass* ausgerastet damals – das waren doch bloß ein paar Beruhigungspillen gegen den Stress in der Schule.«

Melanie Dürr hob die Augenbrauen bis zum Haaransatz. »*Ein paar Beruhigungspillen*? Ich glaub, du hast sie nicht mehr alle! *Du wolltest nicht, dass ich mich aufrege?* Du hast mir ins Gesicht gelogen, damit du ungestört damit weitermachen kannst!«

»Frau Dürr«, unterbrach Kastner. »Ich verstehe Ihre Empörung, aber bitte lassen Sie mich noch ein paar Dinge mit Ihrer Tochter klären. Chiara, hat Steffi Grabowski auch andere Jugendliche mit Stoff versorgt? Freunde von Ihnen, zum Beispiel?«

Chiara zuckte die Achseln.

»Wenn Sie Ihre Freunde schützen wollen, tun Sie das am besten, indem Sie mir die Wahrheit sagen. Ich muss sonst nämlich mit deren Eltern und Lehrern sprechen und viele peinliche Fragen stellen.«

»Ja, kann schon sein«, nuschelte Chiara. »Aber sagen Sie ihr bloß nicht, dass Sie das von mir haben. Die macht mich sonst fertig.«

Kastner runzelte die Stirn. »Hat Frau Grabowski Sie bedroht?«

»Sie hat gesagt, wenn ich mich verplappere, reißt sie mir die Därme raus und erwürgt mich damit. War vermutlich als Witz gedacht – Steffi hat einen schrägen Humor.«

Melanie Dürr schnappte nach Luft. »*Humor?* Die ist ja wohl gemeingefährlich! Ich hätte damals gleich zur Polizei gehen sollen ...«

»Warum sind Sie denn damals nicht zur Polizei gegangen?«, erkundigte sich Kastner.

»Ich konnte doch nicht ahnen, dass das kriminelle Ausmaße hat – ich habe das wirklich für einen Einzelfall gehalten!«

»Weiß Ihr Mann davon?«

»Bernd? Um Gottes willen, nein!«

»Das verstehe ich nicht recht«, überlegte Kastner laut. »Sie finden bei Ihrer Tochter Drogen – Tabletten, die sie von der *Nachbarin* bekommen hat – und sprechen nicht mit Ihrem Mann darüber?«

»Bernd hat wirklich genug anderes um die Ohren«, behauptete Melanie Dürr etwas lahm.

»Ja, genau«, ätzte Chiara. »Die reine Rücksichtnahme. Dabei hast du mich angejammert, Papa bloß nix zu verraten, damit er *dir* keine Vorwürfe macht. Weil du dich nicht um deine eigenen Kinder kümmerst!« An Kastner gewandt fügte sie erklärend hinzu: »Meine Mutter lügt sich gern mal was zurecht.«

Kastner enthielt sich eines Kommentars. »Hat Luka etwas von diesen Drogengeschichten mitbekommen, als er bei Ihnen gelebt hat?«, fragte er.

Die Damen Dürr zuckten einvernehmlich die Achseln.

»Chiara? Hat Luka einmal beobachtet, wie Frau Grabowski Ihnen Tabletten verkauft hat?«

»Keine Ahnung. Woher soll ich das wissen?«

»Gut, eine letzte Frage: Wie stand Ihr Freund Gernot zu Luka?«

»Hä?«

»Gernot. Er hat Aylin übel beleidigt – hat er Luka auch einmal beschimpft oder bedroht?«

»Quatsch!«, fauchte Chiara. »Die dämliche Aylin hat Gernot provoziert, und mein bescheuerter Bruder hat ihm die Nase blutig geschlagen! Und dieser Spack Luka hat mitgemacht! So war das, guter Mann, nicht andersrum. Gernot hat nur seine Meinung gesagt, und das ist bei uns ja noch nicht verboten, was?«

So viel zum Thema Sich-etwas-zurechtlügen, dachte Kastner, aber er sagte: »Vielen Dank für das Gespräch, Fräulein Dürr. Frau Dürr. Herr, äh, Knauer.«

Nachdem die Damen Dürr ihre Aussagen unterschrieben hatten, informierte Kastner das Drogendezernat und regte an, Steffi Grabowskis PC zu beschlagnahmen und einen Blick in die Kartons zu werfen, die im Flur von Knüsts Haus gestapelt waren. Er las Chiaras Aussage noch einmal Wort für Wort durch, aber er fand keinen Grund, aus dem Steffi Luka getötet haben sollte. Selbst wenn er über ihre Drogengeschäfte Bescheid gewusst hatte, so war er doch nur einer unter vielen gewesen.

Also auch eine Sackgasse, dachte er missmutig, dann zog er seinen Mantel an und machte sich auf die Suche nach dem Pegnitzbeobachter.

***

Es dämmerte schon, als er aus der Fußgängerunterführung auf die Hallerwiese trat, und die Luft war frostig. Unter dem kahlen Geäst von Bäumen und Sträuchern sammelten sich die Schatten, die Pegnitz lag still in ihrem Bett. Kastner bog zum *Schnepperschütz* ab und lief den nördlichen Fußweg entlang. Die Sitzbänke waren mit Reif überzuckert und leer. Am Großweidenmühlsteg schlug er eine Kurve und ging den südlichen Fußweg zurück.

Beinahe wäre er an dem Mann im grünen Parka vorbeigelaufen.

Der Pegnitzbeobachter saß auf einem Klappschemel am Ufer und starrte unbeirrt aufs Wasser, in der Linken eine Flasche Schnaps, in der Rechten eine Art Angel, gebastelt aus einem Ast und einer Nylonschnur. Neben ihm lagen zwei gut handlange, tote Fische auf der nackten Erde. Kastner fragte sich, ob es vielleicht Plötzen waren – *Rutilus rutilus*, auch Unechte Rotfeder oder Schwal genannt …

»Guten Abend«, grüßte er. »Erinnern Sie sich an mich? Kommissar Kastner. Wir haben uns vor eineinhalb Wochen schon einmal unterhalten.«

Der Angler sah ihn nicht an, aber er sagte: »Der Fluss ist gefährlich. Man muss ihn im Auge behalten.«

Kastner nickte. »Kalt ist es heute«, stellte er fest, um die Kommunikation in Gang zu halten. Ohne Erfolg – der Mann hob lediglich die Schnapsbuddel um einen halben Zentimeter an, als wollte er sagen: Drum trink ich Schnaps, du Wohlstandsbürger.

Für eine Zeit, die Kastner sehr lang vorkam, geschah nichts. Dann hielt der Pegnitzbeobachter ihm die Schnapsbuddel hin und sagte: »Ralf.«

»Äh, danke. Ralf. Das ist – sehr freundlich.« Kastner nahm die Flasche und nippte vorsichtig. Doppelkorn. Der Schnaps brannte sich seine Speiseröhre hinunter wie Salzsäure. »Ausgezeichnet«, behauptete er und gab die Flasche zurück.

Eine Weile starrte er mit Ralf zusammen auf den schwärzer werdenden Fluss, dann zog er sein Mobiltelefon aus der Manteltasche. »Ralf, ich habe hier ein paar Fotos auf meinem Handy. Es wäre nett, wenn Sie einen Blick darauf werfen würden.«

»Ist das Schweinkram?«, fragte Ralf und richtete seine rauchblauen Augen auf Kastner.

»Ob das ... nein. Nein, es ist kein Schweinkram«, sagte Kastner, obwohl er nicht wusste, ob Ralf diese Information positiv oder negativ aufnehmen würde. Er zeigte Ralf das erste Foto. »Das ist Luka«, erklärte er. »Luka Marković. Er hatte immer einen blauen Anorak an. Kennen Sie ihn?«

»Der Fluss ist gefährlich«, sagte Ralf.

»So ist es«, stimmte Kastner zu. Seine Zehen wurden langsam taub von der Kälte, und er fragte sich, ob er hier nicht seine Zeit verschwendete. Er zeigte Ralf das nächste Foto. »Und das ist der Junge, der mit Luka zusammen in dem Unterschlupf gelebt hat, keine zwanzig Meter von hier ... Sie haben ihn sicher einmal gesehen, oder? Er hat ein Stofftier, einen blauen Hasen ...

Ralf wandte den Blick wieder ab. »Er war traurig«, sagte er, und Kastner schöpfte Hoffnung. »Der Junge war traurig? Warum?«

»Der Fluss ist gefährlich. Man muss ihn im Auge behalten«, erklärte Ralf.

Kastner nickte. »Das hat der Junge mir auch gesagt. Haben *Sie* mit ihm darüber gesprochen?«

Die Angelrute bog sich durch und Ralf zog an, aber es war falscher Alarm. An dem Haken, der in Kastners Augen aussah wie die spitz gefeilte Klemme einer Wäscheklammer, hing nur ein Fetzen Wassergras. Ralf warf es routiniert zurück in den Fluss, und Kastner kam ein Gedanke. »Hatten Sie auch schon mal einen Schuh an der Angel? Einen braunen Herrenschuh mit schwarzen Schnürsenkeln, Größe zweiundvierzig?«

Ralf wickelte die Angelschnur säuberlich auf, dann hielt er Kastner wieder die Schnapspulle hin.

»Danke. Äh ... auf Ihr Wohl, Ralf.« Kastner konnte an dem Brennen in seinem Magen noch immer feststellen, wo der erste Schluck Doppelkorn sich gerade aufhielt, aber er wollte nicht unhöflich sein.

Ralf zog ein Taschenmesser aus einer Tasche seines grünen Parkas und begann, die Schuppen von den Fischen zu kratzen. »Der Schuh hing am Ufer an einer Wurzel«, erklärte er. »Man musste ihn nicht angeln.«

»Der braune Schuh mit dem schwarzen Schnürsenkel?«, hakte Kastner nach. »Der Schuh von Luka Marković?«

Ralf deutete ein Nicken an, dann schlitzte er den Fischen die Bäuche auf und nahm sie fachmännisch aus.

Kastner dachte fieberhaft nach, wobei der Doppelkorn nicht gerade hilfreich war. »Also haben *Sie* den Schuh in den Schnepperschützenbrunnen gelegt? Warum? Warum haben Sie das gemacht?«

»Warum nicht?«, erwiderte Ralf.

»Weil es mehr Gründe gibt, einen Schuh *nicht* in einen Brunnen zu legen, als dafür, es zu tun.«

Ralf ließ das unkommentiert. Er legte die Fische in einen geräumigen Blechnapf. »Haben Sie Hunger? Wollen Sie mitessen?«, fragte er.

»Hm.« Kastner starrte die beiden winzigen Fischlein an. Natürlich hatte er Hunger. Er hatte längst Feierabend, und Mirjam fragte sich vermutlich schon, wo er abgeblieben war. »Äh, ja«, sagte er. »Warum nicht. Danke für die Einladung.«

Eine zottige Ratte schaute vorbei, und Ralf warf ihr die Fischköpfe und Eingeweide hin.

»Wir haben in dem Brunnenbecken auch einen toten Fisch gefunden«, sagte Kastner und bemerkte dabei, dass seine Aussprache schon etwas verschwommen war. »Neben dem Schuh. Der sah genauso aus, wie die, die Sie heute geangelt haben. Haben *Sie* den Fisch in den Brunnen gelegt?«

Ralf zuckte die Achseln.

»Warum haben Sie das getan?«, fragte Kastner.

»Warum nicht?«, fragte Ralf und wandte ihm seine Seemannsaugen wieder zu.

»Weil es mehr Gründe gibt, einen Fisch *nicht* in ein Brunnenbecken zu legen, als dafür, es zu tun.«

»Sie haben Humor«, sagte Ralf und lächelte – soweit Kastner das in der zunehmenden Dunkelheit erkennen konnte.

Ich habe Hunger und schwer einen in der Krone, dachte er, und Erfrierungen dritten Grades; aber bitte, habe ich eben auch Humor.

Ralf schnitt die Fische in kleine Stücke und goss den Rest des Doppelkorns darüber. »Bitte«, sagte er und hielt Kastner den Blechnapf hin.

»Äh ... Danke.« Kastner pflückte eines der rohen Fischstückchen aus dem Napf und schob es sich in den Mund. Es bestand hauptsächlich aus Gräten. »Schmeckt ausgezeichnet«, behauptete er. »Wie im Sushirestaurant.«

Ralf zog eine neue Flasche Doppelkorn aus seinem Parka und genehmigte sich einen Schluck. »Er hing in den Zweigen fest«, sagte er unvermittelt. »Der mit dem blauen Anorak. Deshalb hat der Junge geweint. Ich wollte ihn rausziehen, aber es ging nicht. Der Fluss ist gefährlich.«

»Wie bitte?«, fragte Kastner. »Sprechen Sie von Lukas Leiche? Sie und der Junge haben Lukas Leiche im Wasser treiben sehen? Warum haben Sie denn keine Hilfe geholt?«

»Der Fluss gibt ungern etwas her«, erklärte Ralf. »Er will alles behalten. Er ist gefährlich.«

»Wohl wahr«, sagte Kastner. »Wo schlafen Sie eigentlich, Ralf? Es ist so dermaßen arschkalt, dass man spontan erfrieren möchte.«

»Die meisten. Ich nicht«, behauptete Ralf.

»Sie könnten bei mir schlafen«, bot Kastner an. »Auf dem Sofa. Meine Lebensgefährtin würde sich freuen. Ich mach Ihnen morgen ein Spiegelei. Wie wär's?«

»Besser nicht«, sagte Ralf. »Der Fluss ist gefährlich. Man muss ihn im Auge behalten.«

»Stimmt«, lallte Kastner. »Wie konnte ich das vergessen?«

»Du weißt schon, dass in drei Tagen Silvester ist«, sagte Mirjam beim Frühstück. Es klang nicht wie eine Frage.

»Freilich, Hase«, nickte Kastner.

Sie sah ihm eine Weile dabei zu, wie er sich an seiner Kaffeetasse festklammerte. Dann fragte sie misstrauisch: »Sag mal, hast du gestern was gepichelt? Wann bist du eigentlich nach Hause gekommen?«

Mirjam hatte schon geschlafen, als er mit zitternden Fingern die Wohnungstür aufgeschlossen, den Doppelkorn ausgespien und sich nach einem heißen Vollbad ein Leberwurstbrot geschmiert hatte.

»Ich bin sehr spät nach Hause gekommen«, gab er zu. »Das hatte allerdings rein ermittlungstechnische Gründe ...« Er erzählte ihr alles über Ralf.

»Du hast mit einem Penner Doppelkorn gesoffen und rohen Pegnitzfisch gegessen?«

»Das ist eine etwas lieblose Zusammenfassung«, sagte Kastner. »Es heißt *Wohnungsloser*, nicht Penner. Und der Fisch war interessant zubereitet – sozusagen eine authentisch-urfränkische Art von ... wie heißt das Sushizeug, das ausschließlich aus rohem Fisch besteht?«

»Sashimi«, sagte Mirjam. »Na gut. Du hast also mit einem Wohnungslosen Doppelkorn gesoffen und Sushi gegessen. Aus ermittlungstechnischen Gründen.«

Kastner nickte.

»Dann lassen wir das mal ausnahmsweise so stehen«, bot Mirjam an, »und kommen auf Silvester zurück. Du erinnerst dich dunkel? Champagner, Feuerwerk, *Should auld acquaintance be forgot*?«

»Freilich, Hase«, wiederholte Kastner etwas lahm. »Ähm ... hast du irgendwas geplant?«

Mirjam seufzte. »Normale Paare planen zusammen, wie sie Silvester verbringen wollen. Sie setzen sich ein paar Tage vorher an einen Tisch und tauschen sich über ihre Wünsche und Vorstellungen aus, machen Vorschläge, diskutieren sie, einigen sich ...«

»Aber du kennst meine Wünsche und Vorstellungen«, wandte Kastner ein – anders als Mirjam war er kein Freund rauschender Partys. »Wir sind ja schon ein paar Jahre zusammen.«

Mirjam warf ihm einen messerscharfen Blick zu.

»Was ist jetzt wieder?«, wagte Kastner zu fragen.

Mirjam schüttelte resigniert den Kopf. »Wir sind nicht schon ein paar Jahre zusammen«, erklärte sie, »sondern zehn. An Silvester sind es sogar genau zehn. Punktgenau. Muss ich deutlicher werden?«

»Oh«, machte Kastner. In der Tat war es eine Silvesternacht gewesen, in der er zum ersten Mal Tisch und Bett mit Mirjam geteilt hatte – in dieser Reihenfolge. Sie hatte damals ein veritables Coq au vin zubereitet ... »Aber Hase, du hast doch nicht etwa gedacht, dass ich das vergessen habe?«, empörte er sich. »Warte doch einfach mal ab – vielleicht hab ich ja längst eine Überraschung geplant?«

Mirjam ließ sich keine Sekunde hinters Licht führen. »Und? Hast du?«

***

»Rat mal«, sagte Claudia.

»Steffi Grabowski fährt einen weinroten VW Passat«, riet Kastner.

»Jedenfalls hat Frau Grabowski bis vor Kurzem regelmäßig Kraftfahrzeugsteuer und Versicherung für einen VW Passat bezahlt«, erklärte Claudia. »Genau drei Tage nach Lukas Tod hat sie den Wagen an einen Gebrauchtwagenhändler verkauft, bei dem er Gott sei Dank noch auf dem Hof steht. Ich hab die Kollegen vorbeigeschickt. Das Fahrzeug ist dunkelrot. Die rechte Tür hat im unteren Bereich eine üble Schramme.«

»Da kommt sie nicht mehr raus«, sagte Kastner.

»Na, ich weiß nicht«, sagte Claudia zweifelnd. »Die Zeugin Mergenthaler hat eine Frau mit Pferdeschwanz gesehen, nachts, aus dreißig Meter Entfernung. Was ist, wenn sie die Grabowski nicht identifizieren kann? Und das Motiv? Aus welchem Grund hätte Steffi Luka töten sollen?«

»Vermutlich wusste er von ihren Drogengeschäften?«

Claudia zuckte die Achseln. »So wie jeder andere, mit dem die Grabowski Geschäfte gemacht hat.«

»Du hast recht, das ist dünn«, gab Kastner zu. »Aber etwas anderes fällt mir im Moment nicht ein. Hast du den Wagen beschlagnahmt? Hast du einen Haftbefehl beantragt?«

»Natürlich. Der Wagen steht schon bei der KTU, und Frau Grabowski hab ich persönlich zu Hause abgeholt. Aber was willst du machen, wenn sie einfach den Mund hält?«

***

»Frau Grabowski«, grüßte Kastner jovial. »Schön, Sie zu sehen.«

Steffi hatte sich das Haar gekämmt und trug ausnahmsweise keinen Trainingsanzug, sondern Jeans und einen grüngestreiften Pulli. Sie schwieg eisern, während Claudia das Mikrofon einschaltete und sie über den Ermittlungsstand und ihre Rechte in Kenntnis setzte. »Wollen Sie wirklich keinen Anwalt hinzuziehen?«, fragte Claudia pflichtgemäß.

»Nö.«

»Falls Sie aus wirtschaftlichen Gründen nicht in der Lage sind, sich einen Rechtsbeistand zu leisten ...«

»Sie nerven«, sagte Steffi.

»Gut, dann fangen wir an«, sagte Kastner. »Sie haben im großen Stil Rezepte gefälscht – Rezeptvordrucke vervielfältigt, Praxisstempel missbraucht, Unterschriften gefälscht ... Sie haben das Vertrauen Ihrer Arbeitgeber weidlich ausgenutzt. Die Kollegen von der Drogenfahndung haben bei der Hausdurchsuchung gestern ein wahres Füllhorn an Beweisen dafür gefunden.«

»Wenn Sie das sagen.«

»Moralische Überlegungen haben Sie in diesem Zusammenhang nicht angestellt?«, erkundigte sich Kastner. »Sie haben sogar Schulkinder mit rezeptpflichtigen Tabletten versorgt. Die Tochter Ihrer Nachbarn, zum Beispiel.«

Steffi lachte glockenhell. »Ich hab dem Mädel nichts aufgedrängt. Chiara stand jeden Samstag bei mir auf der Matte und wollte mehr. Sie hat das Zeug gewinnbringend an ihre Nazi-Freunde verdealt.«

»Chiara ist siebzehn. Wollen Sie mir weismachen, das alles sei von ihr ausgegangen?«

»Wollen *Sie* mir weismachen, Sie nehmen ihr das Opferlamm ab? Sie ist ein Miststück und lügt wie gedruckt.«

»Aha. Wusste Luka Marković von Ihrem Nebenerwerb? Hat er gedroht, Sie auffliegen zu lassen?«

»Wer?«

»Vielleicht war Luka mal krank und hat Sie um ein Schmerzmittel gebeten? Das wäre doch naheliegend.«

»Ich fände es naheliegend, wenn Sie mich in Frieden ließen. Ich kannte den Typ nicht.«

»Sie kannten ihn natürlich. Er hat acht Monate lang bei den Dürrs als Pflegekind gelebt. Sie haben zusammen Halskoteletts gegrillt.«

»Kaum. Ich ernähre mich vegetarisch«, behauptete Steffi.

»Soso«, sagte Kastner. »Wem außer Chiara haben Sie sonst noch Rezepte oder Tabletten verkauft?«

Steffi sah interessiert aus dem Fenster.

»Das Arsenal, das die Drogenfahnder bei Ihnen gefunden haben, hätte für die gesamte Wehrsportgruppe Hoffmann ausgereicht. Und das waren nicht nur Psychodrogen, sondern auch nützliche Dinge wie Antibiotika, Entzündungshemmer und Schmerzmittel. An wen haben Sie das Zeug verkauft?«

»An Bedürftige?«, schlug Steffi vor.

»Haben Sie auch Flüchtlinge ohne Aufenthaltsstatus damit versorgt?«

»Warum nicht? Das sind auch Menschen.«

»Da haben Sie fraglos recht. Andererseits sind solche Medikamente nicht ohne Grund verschreibungspflichtig, und Sie sind keine Ärztin. Einige der Medikamente, die Sie zu Hause gelagert hatten, waren bereits abgelaufen. Und Sie haben das Zeug ja auch nicht verschenkt, sondern teuer verkauft.«

»Arbeiten Sie umsonst?«

»Nein«, gab Kastner zu. »Aber ich zahle Steuern.«

»Sie können sich gerne meine Gehaltsabrechnungen ansehen«, bot Steffi an. »Ich glaube, als Arzthelferin zahlt man mehr Steuern, als man brutto verdient.«

»Wie dem auch sei. Bleiben wir doch zunächst bei den Flüchtlingen ohne Aufenthaltsstatus. Luka Marković war ein solcher.«

»War das eine Frage?«

»Nein, eine Feststellung. Sie waren so freundlich, eine digitale Kundenkartei auf Ihrem PC zu führen. Die Kollegen von der Drogenfahndung werten das gerade noch aus, aber sie haben uns schon mal einen Ausdruck zukommen lassen.«

Steffi deutete ein Lächeln an. »Und, werden Sie schlau draus?«

Sie war so klug gewesen, ihre Kundendaten zu verschlüsseln. Auf der Liste fanden sich unter anderem *Prinz Charles*, *Jolly Jumper* und *Ursula von der Leyen*, dazu waren Tage und Uhrzeiten sowie Kürzel vermerkt, die sich vermutlich auf die Treffpunkte bezogen. Die Kontakte waren, so nahmen die Drogenfahnder an, über ein nicht registriertes Prepaidhandy zustande gekommen – allerdings hatte man ein solches Handy bei der Hausdurchsuchung nicht gefunden. Trotzdem hatte Kastner auf der Liste etwas Vielversprechendes entdeckt ...

»Einer Ihrer Kunden trägt den schönen Decknamen *Rosi*«, sagte er. »Rosi hat sich von Anfang Juli bis Ende September dieses Jahres sehr oft mit Ihnen getroffen ... Im wirklichen Leben ist Rosi ein struppiger, brauner Hund. Ihr Herrchen heißt Draşko Raznatović. Hat Raznatović bei Ihnen eingekauft?«

»Nein, der Hund kam immer allein«, konterte Steffi, um gleich darauf hinzuzufügen: »War ein Witz. Ich kenne keinen von beiden.«

»Draşko Raznatović und Luka waren gute Freunde. Sie haben von Juli bis Ende September zusammengewohnt.«

»Schön für die zwei. Was hat das mit mir zu tun?«

»Liegt das nicht auf der Hand?«, wunderte sich Kastner. »Sie kannten Luka aus seiner ersten Zeit in Nürnberg. Er wird abgeschoben, reist ein Vierteljahr später wieder ein, und Sie machen vom Fleck weg Geschäfte mit seinem besten Freund und Mitbewohner. Soll ich das für einen Zufall halten?«

»Das können Sie halten, wofür Sie wollen.«

»War Luka der Mittelsmann zwischen Ihnen und Draşko?« Kastner legte das Fahndungsfoto von Draşko auf den Tisch. »Erkennen Sie ihn?«

Steffi Grabowski hielt die Hand vor den Mund und deutete ein Gähnen an.

»Draşko war gut vernetzt«, stellte Kastner fest. »Er hatte Kontakte zu anderen Flüchtlingen, mit und ohne Aufenthaltsstatus. Für Ihre Art von Geschäften war er ein ausgezeichneter Multiplikator, nicht wahr? Eine Art Zwischenhändler.«

»Kann ich eine Tasse Kaffee haben?«, fragte Steffi. »Ihr Gerede ermüdet mich.«

»Natürlich. Äh ...«

»Ich geh schon«, sagte Claudia und stand auf. »Bin gleich wieder da.«

»Frau Grabowski, die Beweise gegen Sie sind erdrückend. Und zwar nicht nur bei der Drogensache – da liegt der Fall eh klar –, sondern auch bezüglich Luka Markovićs Tod. Wir haben eine Zeugin, die Sie und Ihren Wagen am neunten Dezember zwischen 23.30 Uhr und 23.45 Uhr an der Maxbrücke gesehen hat.«

»Aha.«

»Demnach waren Sie am neunten Dezember zwischen 23.30 Uhr und 23.45 Uhr an der Maxbrücke?«

»Keine Ahnung, wo ich am neunten Dezember war. Ist ja ein paar Tage her.«

»Sie haben also kein Alibi für den Tatzeitpunkt.«

Steffi zuckte die Achseln.

»Drei Tage nach dem Mord haben Sie den Wagen verkauft. Wussten Sie, dass jemand ihn gesehen hat?«

»Das war ne lahme Schrottkarre. Drum hab ich den verkauft.«

»Wir werden heute noch eine Gegenüberstellung mit der Zeugin machen, Frau Grabowski. Warum erzählen Sie mir nicht einfach, was passiert ist? Warum haben Sie sich am neunten Dezember mit Luka getroffen? Was wollten Sie von Ihm? Oder wollte Luka etwas von Ihnen?«

Steffi schwieg.

»Ihr Wagen wird gerade kriminaltechnisch untersucht. Wenn Luka in Ihrem Auto gesessen hat, werden wir seine DNA darin finden ...«

Claudia streckte den Kopf zur Tür herein. »Kastner? Kommst du mal bitte kurz raus?«

Kastner bat Steffi Grabowski um einen Augenblick Geduld und folgte Claudia in den Flur, wo schon Felix Wernreuther stand und ein noch selbstzufriedeneres Gesicht machte als üblich.

»Was ist so wichtig?«, fragte Kastner. Bei Vernehmungen ließ er sich ungern unterbrechen. »Hast du Schorsch gefunden?«

»Schorsch? Äh ... so gut wie.«

»Also nein. Sondern?«

Wernreuther lächelte geheimnisvoll und hielt Kastner ein zerlesenes Büchlein mit blauem Einband hin. »Das ist Lyrik«, erklärte er. »Albanische Lyrik, um genau zu sein. Ich kann zwar kein Albanisch, aber der Name des Autors war mir zufällig geläufig.«

Kastner nahm das blaue Büchlein und betrachtete es. Der Name des Autors war Martin Camaj. *Zwei Füße und ein Schritt ohne Schatten* – die albanischen Worte, die der Junge aufgeschrieben hatte. »Und wo hast du das her?«, fragte er.

»Das ist eine längere Geschichte, in der es hauptsächlich um mein leider oft verkanntes kriminalistisches Genie geht«, erklärte Wernreuther. »Willst du sie trotzdem hören?«

»Jetzt lass dich halt nicht so feiern«, sagte Claudia genervt. »Erzähl's ihm schon.«

»Also gut. Ich hab mich an das erinnert, was Claudia über verschwundene Flüchtlingskinder gesagt hat – dass die nämlich niemand als vermisst meldet, wenn der einzige Verwandte während der Flucht ums Leben kommt. Oder auch nach der Flucht ... Drum war ich mal beim Städtischen Bestattungsdienst und hab mich erkundigt, wer in unserem schönen Städtlein im letzten halben Jahr auf Kosten der Allgemeinheit zur letzten Ruhe gebettet worden ist.«

»Ein Sozialbegräbnis«, erläuterte Claudia.

»Eher eine Sozialeinäscherung«, stellte Wernreuther klar, »das ist nämlich billiger. Na ja, es waren die üblichen Verdächtigen: Hartz-IV-Bezieher, ein paar Penner und Drogensüchtige und ein oder zwei exzentrische Millionäre, die ihrer Verwandtschaft nicht zur Last fallen wollen und zumindest im Tode die Nähe zum Proletariat suchen ...«

Claudia verdrehte die Augen, und Kastner sagte: »Felix, würdest du bitte auf den Punkt kommen?«

»Jaja, schon gut«, grinste Wernreuther. »Eine der Kandidatinnen erschien mir vielversprechend: eine junge Frau um die dreißig, die Anfang Oktober von einem Parkhausdeck in der Innenstadt gesprungen ist. Sie hatte keine Papiere bei sich. Man hat die Leiche zwei Monate in ein Kühlfach gelegt, Vermisstendatenbanken durchgesehen und bei Interpol nachgefragt – ohne Ergebnis. Dann hat die Staatsanwaltschaft die Leiche freigegeben. Sie wurde Anfang Dezember eingeäschert.«

Kastner war fassungslos. »Bitte? Warum zur Hölle wussten wir nichts davon?!«

»Es gab keinen Zweifel an einem Selbstmord«, sagte Wernreuther achselzuckend. »Aufgrund des offensichtlich nicht natürlichen Todes hat man die Frau obduziert und eine fortgeschrittene Krebserkrankung festgestellt. Daraus hat man messerscharf geschlossen, dass sie sich umgebracht hat, und damit ging uns das nichts an. Im Obduktionsbericht ist jedoch vermerkt, dass die Frau irgendwann einmal ein Kind entbunden hat. Das fand ich interessant.«

»Zu Recht«, bestätigte Kastner.

»Na ja, der Rest ist schnell erzählt. Damit alles seine Ordnung hat, wurde der Selbstmörderin zum Zwecke einer späteren Identifizierung eine Gewebeprobe entnommen, außerdem hat man ihre Kleidung und persönlichen Gegenstände aufbewahrt. Ich hab mir das Zeug angesehen und das hier gefunden.« Wernreuther zeigte auf das Büchlein.

»Diese Frau könnte Kaspar Hausers Mutter gewesen sein«, brachte Claudia die Sache auf den Punkt.

Wernreuther nickte. »Da der Bub ja als Illegaler nicht ordentlich in die Schule gehen konnte, hat seine Mutter die albanische Lyrik vielleicht als Grundlage für Schönschreibübungen hergenommen – so könnte man sich doch das Gekritzel auf dem Zettel des Psychologen erklären, oder? Ich schätze, das Kind hat nach dem Tod seiner Mutter irgendwo herumgelungert, und Marković hat es gefunden und unter seine purpurnen Engelsflügel genommen.«

»Wir leiten sofort einen DNA-Abgleich mit dem Jungen in die Wege«, sagte Kastner. »Ich will den Sektionsbericht sehen – und alles, was die Frau bei sich hatte. Ich hoffe, es gibt ein Foto der Toten? Äh, Claudia, würdest du Steffi Grabowski bitte vorerst in einer Zelle unterbringen?«

***

Kastner zog sich Gummihandschuhe über und öffnete den Pappkarton, der den persönlichen Besitz der Toten vom Parkdeck in loser Schüttung enthielt – offensichtlich war niemandem eingefallen, dass es sich um Beweismittel handeln könnte. Kastner fluchte leise über so viel Ignoranz und packte jedes Teil sorgfältig in einen Plastikbeutel, nachdem er es betrachtet hatte. Viel war es nicht: ein gelbes T-Shirt, löchrige Jeans und eine schwarze Wolljacke, deren Kragen steif von getrocknetem Blut war. Strümpfe, Unterwäsche, ein aus Leder geflochtenes Armband und ein Metallring, den er nach einer Weile als Piercing erkannte. Eine blaue Stofftasche mit geflochtenem Schulterriemen. Eine leere Plastikwasserflasche. Fünfundsiebzig Cent in Münzen, eine angebrochene Packung Kaugummi, der besagte Gedichtband. Und ein leerer Tablettenblister – ein Schmerzmittel.

Der Polizeibericht umfasste keine DIN-A4-Seite. Am dreizehnten November, gegen Mittag, war die Frau einem Hausmeister in einem Innenhof an der westlichen Parkhausseite direkt vor die Füße gefallen und sofort tot gewesen. Niemand hatte sie springen sehen – der dreizehnte November war ein Sonntag gewesen. Jemand hatte eine Skizze angefertigt, die Kastner nun nachdenklich betrachtete. Die blaue Stofftasche hatten die Kollegen dort gefunden, wo die Auffahrtrampe ins oberste Parkdeck mündete. Kein Wort von einem Kind.

Auch der Autopsiebericht war kurz und nüchtern. Er enthielt ein Foto der Toten – helle Haut, zarte Gesichtszüge, blaue Augen und dichtes, dunkelblondes Haar. Ihre Ähnlichkeit mit dem Jungen war offensichtlich. Eine Frau Anfang dreißig bis Anfang vierzig, sehr schlank und nur eins achtundfünfzig groß; beide Eierstöcke vom Krebs befallen. Der Krebs war weder operiert noch chemotherapeutisch behandelt worden ... Kastner schüttelte den Kopf. Als Todesursache war ein Polytrauma mit schweren Kopfverletzungen angegeben. Schmerzmittel in sehr hoher Dosierung hatten die Nieren der Frau stark geschädigt – jemand hatte sie also mit Medikamenten versorgt, ohne deren Auswirkungen zu überwachen. Oder ihren Nutzen. Etwas an dem Bericht fiel Kastner besonders ins Auge: Am unteren Rücken hatte die Tote ein handballengroßes Hämatom gehabt, das nach Ansicht der Rechtsmediziner nicht bei dem Sturz entstanden sein konnte.

Jemand klopfte an seine offene Bürotür und Kastner hob den Kopf. »Ja?«

»Frau Grabowski ist auf Nummer sicher«, berichtete Claudia. »Ich hab ein paar Kolleginnen für die Gegenüberstellung mit Frau Mergenthaler zusammengetrommelt, und ich hab auch Frau Hasler hergebeten – vielleicht erkennt sie ja Steffi Grabowskis Stimme?«

»Gute Idee«, sagte Kastner zerstreut. »Hör mal zu.« Er las Claudia die Berichte vor und sah sie fragend an.

»Was verstehst du daran nicht?«, erkundigte sich Claudia.

»Alles. Nichts. Zunächst die Sache mit der Tasche – warum lag die in der Auffahrt zum obersten Parkdeck?«

Claudia zuckte die Achseln. »Wenn die Frau sich umbringen wollte, hatte sie ja keine Verwendung mehr dafür.«

»Das ist schon richtig«, nickte Kastner. »Aber es gibt doch mehr Gründe dafür, einen Schuh *nicht* in einen Brunnen zu legen, als dafür, es zu tun, oder?«

»Bitte?«

»Ich hätte mich weder darüber gewundert, wenn sie mit Tasche gesprungen wäre, noch wenn sie sie dort abgestellt hätte, von wo sie gesprungen ist. Sie hätte sie auch irgendwo in einen Mülleimer stopfen können, gewissermaßen als symbolische Geste für einen endgültigen Abschied. Aber warum legt sie sie in der Auffahrtrampe ab?«

»Ich habe keine Ahnung, Kastner. Wenn man sich umbringen will, denkt man vielleicht nicht so wahnsinnig logisch?«

»Hm. Unheilbarer Krebs – ein klarer, selbstbestimmter Schlussstrich anstatt von Operationen, Chemotherapien, langen Krankenhausaufenthalten und Rückfällen. So in etwa haben es sich die Kollegen doch wohl zusammengereimt? Dass die Frau ihr Kind bei sich hatte, wussten sie offensichtlich nicht. Von einem Kind ist hier nirgends die Rede. Aber das Kind ist der springende Punkt: Hätte eine Mutter ihren sieben- oder achtjährigen Jungen ganz allein in einem fremden Land zurückgelassen? Einen Jungen, der vermutlich ein psychisches Handicap hat? Wenn sie vorhatte, sich umzubringen, hätte sie das Kind doch zuvor irgendwo abgeliefert? Beim Jugendamt, bei einer kirchlichen Organisation, irgendwo?«

»Hm«, machte Claudia und dachte nach. »Vielleicht hat sie Freunde oder Verwandte gebeten, sich um ihn zu kümmern? Luka?«

»Luka hatte einen Campingkocher, er hat dem Kind Essen beschafft – Ravioli, Linseneintopf, Pichelsteiner. Aber irgendwann hat der Junge rohe Mäuse gegessen! Daraus schließe ich, dass er eine Zeit lang auf sich allein gestellt war, bevor Luka sich seiner angenommen hat.«

»Du hast recht«, sagte Claudia. »Aber ich verstehe trotzdem nicht, worauf du eigentlich hinauswillst.«

»Die Frau ist nicht zu einem Arzt gegangen. Ein Arzt hätte sie operiert, therapiert, was auch immer. Das ist aber nicht geschehen.«

»Vielleicht hatte sie Angst, man würde sie nach der Behandlung abschieben?«

»Würdest du lieber sterben als abgeschoben werden?«

Claudia schüttelte den Kopf.

»Vielleicht wusste sie gar nicht, dass sie Krebs hat«, überlegte Kastner laut. »Das würde erklären, warum sie nicht zu einem Arzt gegangen ist – aber sie hätte dann auch keinen Grund gehabt, sich umzubringen. Die Frau hatte allerdings Schmerzen. Und jemand hat ihr Medikamente in unverantwortlichen Dosierungen beschafft. Wer könnte das wohl gewesen sein?«

»Du denkst an die Mutter Theresa der Armen und Bedürftigen? An die Grabowski?«

»Ja. Ja, ich denke an die Grabowski. Und dann dieses Hämatom im unteren Rückenbereich ... du erinnerst dich an den Bluterguss auf Lukas Wade, auf den Tessa Seitz uns hingewiesen hat?«

Claudia nickte. »Aber jeder stößt sich doch mal wo an. Ich hab ständig blaue Flecken, ganz ohne Fremdeinwirkung.«

»Tja, das haben sich die zuständigen Kollegen wohl auch gedacht ... Wir lassen die Sachen der Toten sofort kriminaltechnisch untersuchen – eine Schande, dass das nicht schon längst passiert ist. Man macht es den Mördern wirklich zu leicht, verdammt noch mal! Ein Sturz aus großer Höhe, ein Polytrauma, eine Krebserkrankung – fertig ist der Selbstmord.«

»Du denkst, jemand hat die Frau getötet?«

Kastner nickte.

»Derselbe, der Luka getötet hat? Also – vermutlich die Grabowski?«

Kastner nickte noch einmal und wählte dann Dr. Frodenbergs Handynummer.

»Guten Tag, Herr Frodenberg. Kastner vom Dezernat 1. Folgendes: Wir haben wahrscheinlich die Mutter des Jungen gefunden. Äh, nein. Nein, sie ist leider verstorben. Die Rechtsmedizin benötigt genetisches Material des Kindes für einen DNA-Abgleich. Ich würde gleich jemand zu Ihnen rüberschicken, der einen Abstrich macht, wenn das geht? Prima. Es wird allerdings eine Weile dauern, bis das Ergebnis vorliegt, und uns brennt hier der Kittel. Daher hätte ich eine Bitte: Könnten Sie dem Jungen vielleicht ein Foto der Frau zeigen und klären, ob ...? Ja. Ja, ich verstehe. Natürlich. Aber Sie als Psychologe könnten an seiner Reaktion doch ablesen, ob er sie gekannt hat? Gut gekannt hat? Ja. Ja, es wäre enorm wichtig für uns, das kurzfristig zu klären ... Danke. Vielen Dank, Dr. Frodenberg.«

***

»Wenn das ein Scherz sein soll, ist er nicht lustig«, erklärte Carsten Wismeth. »Und wenn es Ihnen damit ernst ist, sind Sie paranoid.« Er schüttelte den Kopf. »Kastner, nicht jeder, der stirbt, wurde ermordet ... Bevor Sie sich so haarsträubende Geschichten ausdenken, sollten Sie zuerst einmal Ihren Fall lösen – den Marković-Fall.«

»Um den geht es mir ja«, beharrte Kastner. »Es muss einen Zusammenhang geben. Die Frau stirbt. Luka Marković kümmert sich um ihr Kind. Dann stirbt Marković. Die Tote hat von irgendjemandem Medikamente bekommen, und wir wissen ja inzwischen, dass Steffi Grabowski im großen Stil mit Tabletten gehandelt hat ...«

Wismeth seufzte. »Wenn ich das richtig verstanden habe, wurde die fragliche Leiche eingeäschert – keine Leiche, kein Verbrechen! Und warum sollte die Grabowski diese Frau getötet haben? Wir wissen ja noch nicht einmal, ob sie sie überhaupt kannte! Ich kann hier nicht wochenlang Leute für Ihre Hirngespinste abstellen, Kastner, die fehlen mir nämlich woanders! Also bleiben wir bitte bei dem, was wir haben – nageln Sie die Grabowski wegen der Marković-Sache fest, und dann lassen Sie's mal gut sein. Wann ist diese Gegenüberstellung?«

»Äh, jetzt.«

Wismeth nickte. »Na also. Ich komme mit und schaue mir das an.«

Kastner nickte ergeben.

***

»Claudia?«, rief Kastner ins Mikrofon. »Wir können.«

Claudia brachte Steffi Grabowski und sechs dunkelhaarige Kolleginnen aus dem Präsidium in Aufstellung, jede der Damen trug ein Täfelchen mit einer Nummer.

Frau Mergenthaler, eine stämmige, ungeschminkte Person in den Fünfzigern, die mit eisernem Griff ihren winzigen Hund umklammert hielt, lugte durch den Einwegspiegel und ließ sich Zeit.

Wismeth wippte bald ungeduldig auf den Fußsohlen. »Und?«, fragte er schließlich. »Erkennen Sie jemanden?«

»Ich denke darüber nach«, sagte Frau Mergenthaler und fügte in strengem Ton hinzu: »Könnten Sie bitte mit dem Gehoppel aufhören? Das macht meinen Hund nervös.«

»Äh ... natürlich«, flüsterte Wismeth.

»Also«, fing Frau Mergenthaler an. »Die Linke. Nummer eins. Die ist es nicht. Viel zu jung. Die ganze Körpersprache passt nicht.«

Kastner nickte und wartete geduldig.

»Die Nummer vier … Die ist zu klein. Und zu … üppig. Die Frau sah eher sportlich aus.«

»Aha«, sagte Kastner.

»Hm«, machte Frau Mergenthaler. »Die Drei könnte es sein, aber das Profil … die Frau hatte längeres Haar.«

»Also nicht die Drei?« Kastner wusste nicht recht, was er von Frau Mergenthalers Methode halten sollte. Es war ein wenig wie bei *Wer wird Millionär?*.

Frau Mergenthaler nickte. »Nicht die Drei. Exakt.«

An der Dame mit der Nummer sechs bemängelte Frau Mergenthaler zu breite Schultern – *ein Kreuz wie eine ostdeutsche Diskuswerferin* –, die Sieben schied wegen ihrer schlechten Haltung aus. Nun waren nur noch Steffi Grabowski und Ulrike Hirschel übrig. Kastner überlegte, ob Frau Mergenthaler jetzt den Publikumsjoker benutzen würde.

»Was ist mit der Dame, die keine Nummer hat?«, erkundigte sich Frau Mergenthaler. »Die geht auch ein bisschen in die Richtung.«

»Äh, das ist Frau Wolfschmidt, meine Kollegin«, sagte Kastner.

»Ja, das hab ich mir schon gedacht, dass das eine Kollegin ist!« Frau Mergenthaler lächelte verschmitzt. »Deshalb hat sie auch keine Nummer, nicht wahr?« Der Hund begann zu winseln, und sie brachte ihn mit einem Klaps zum Schweigen. »Es war die Fünf.«

»Bitte?«, fragten Kastner und Wismeth gleichzeitig.

»Es war die Nummer fünf«, wiederholte Frau Mergenthaler. »Kann ich jetzt gehen? Mona muss mal.«

»Sind Sie sich ganz sicher?«, fragte Kastner. »Erkennen Sie die Frau eindeutig und zweifelsfrei wieder?«

»Ziemlich sicher.«

»Frau Mergenthaler, wir ermitteln in einem Tötungsdelikt. *Ziemlich* sicher ist da zu wenig. Ist die Nummer fünf die Frau, die Sie am neunten Dezember an der Maxbrücke gesehen haben, oder sieht sie ihr nur ähnlich?«

»Guter Mann – das ist drei Wochen her, ich habe sie nur kurz gesehen und das Licht war schlecht. Ich bin trotzdem ziemlich sicher, dass es diese Nummer fünf war.«

»Na gut«, sagte Kastner. »Ich frage noch einmal anders: Was bedeutet *ziemlich sicher* auf einer Skala von null bis hundert Prozent?«

»Einigen wir uns auf neunundachtzig«, schlug Frau Mergenthaler vor. »Damit meine Mona endlich ihr Püschi machen kann.«

»*Das* ist Ihre Augenzeugin, Kastner? Sie machen mir Spaß«, sagte Wismeth, nachdem Frau Mergenthaler und Mona gegangen waren. »*Einigen wir uns auf neunundachtzig* – die Frau hat doch geraten! Wenn Steffi Grabowski nicht dabei gewesen wäre, hätte sie sich ohne Weiteres für Ulrike Hirschel entschieden – oder für Claudia Wolfschmidt!«

»Immerhin hat sie eine Frau gesehen, die Steffi Grabowski sehr ähnlich sieht«, verteidigte Kastner *seine* Augenzeugin. »Und wir haben in diesem Fall bislang keine Verdächtigen, die Steffi Grabowski auch nur annähernd so ähnlich sehen wie sie sich selbst.«

»Das wollen Sie nicht ernsthaft vor Gericht aussagen, oder? Und was wird das?« Wismeth deutete auf Helga Hasler, die von Claudia mit verbundenen Augen ins Verhörzimmer geführt wurde. »Eine *Ohren*zeugin? Warum lassen Sie nicht ein Medium kommen und halten eine Séance ab?«

»Manche Leute haben ein sehr feines Gehör«, beharrte Kastner.

»Sie sehen zu viel fern«, schnaubte Wismeth. »Bin ich denn hier im Kasperltheater? Zu meiner Zeit hat man Verdächtige verhört, bis sie eingebrochen sind und gestanden haben. Könnt ihr Jungs das nicht mehr, oder was?«

»Wir können anfangen«, rief Claudia in den Flur. »Kastner? Kommst du?«

***

Am späten Nachmittag rief Kastner Mirjam an und erklärte ihr, dass er nicht zum Abendessen kommen werde.

»Triffst du dich wieder mit deinem Pegnitzflüsterer zu fränkischem Sushi und Doppelkorn?«, fragte sie. »Muss ich mir Sorgen machen?«

»Nein, Hase«, beruhigte er sie. »Wir haben hier noch eine Teambesprechung, und Nele hat Pizza bestellt.«

»Immerhin«, sagte Claudia über ein Segment Auberginen-Kapern hinweg, »haben sowohl die Mergenthaler als auch die Hasler der Grabowski das Krönchen überreicht.«

Helga Hasler hatte sich geduldig zehn verschiedene Frauenstimmen angehört, die *Hey, du Arsch, hiergeblieben* in verschiedenen Lautstärken und aus verschiedenen Entfernungen gerufen hatten. Auch sie hatte sonderbarerweise lange zwischen Ulrike Hirschel und Steffi Grabowski geschwankt – Polizeimeisterin Hirschel hatte das Interesse an ihrer Person mit einem zunehmend finsteren Gesicht quittiert und sich so bald als möglich in den Feierabend verabschiedet.

»Was die Mergenthaler angeht, leider nur neunundachtzig Prozent des Krönchens«, erinnerte Wernreuther, der alle mit Pizza Hawaii schockiert hatte. »Leute – da lacht der Staatsanwalt!«

»Bis wann kriegen wir denn die DNA aus Grabowskis Wagen?«, fragte Nele und klappte einen hängenden Käsefaden auf ihre Margherita zurück.

»Ich hab Martina Götz alle halbe Stunde angerufen«, gestand Kastner. »Zuletzt war nur noch ihr Praktikant am Apparat. *Martina, da will dich ein Herr Kastner sprechen*, hat er gesagt, und Martina hat geantwortet: *Kenn ich nicht. Leg einfach auf.*« Er klappte seine Schinken-Champignon-doppelt-Käse zu einer Calzone zusammen und biss hinein. »Also vor Morgen kriegen wir da nichts«, ergänzte er mit vollem Mund.

»Hm«, machte Nele und legte die Stirn in tiefe Falten. »Wie stellen wir uns den Tatablauf jetzt eigentlich vor? Steffi Grabowski trifft sich mit Luka auf einen Drink, füllt ihn mit Diazepam ab, zerrt ihn in ihr Auto und will irgendwo mit ihm hin. *Warum? Wohin?*«

Alle zuckten die Achseln.

»Luka wehrt sich«, fuhr Nele fort. »Er greift ihr ins Lenkrad, zieht die Handbremse an ... und an der Maxbrücke springt er aus dem Auto und rennt weg.«

»So kann es gewesen sein«, nickte Claudia. »Steffi fährt den Wagen rechts ran, ruft: *Hey, du Arsch, hiergeblieben,* und verfolgt ihn. Sie schnappt ihn, er reißt sich los und taumelt weiter, kann sich aber kaum noch auf den Beinen halten. Sie holt ihn wieder ein. Es gibt einen Kampf, den die Grabowski gewinnt, weil Luka unter Drogen steht. Er verliert sein Handy. Sie stößt ihn in den Fluss.«

Nele kratzte sich am Kopf. »Aber warum? Welchen Grund hatte sie, Luka zu töten?«

»Es muss mit der Frau zu tun haben, die vom Parkdeck gestürzt ist«, sagte Kastner nach einer Weile allgemeinen Schweigens. »Oder mit dem Jungen.«

»Hm«, machte Claudia. »Vielleicht haben wir uns aber auch verrannt ...? Was, wenn die Grabowski Luka gar nicht getötet hat? Wenn es doch die Typen waren, die Draşko bedroht haben? Oder einer von Voss' Freunden? Im Gegensatz zur Grabowski hatten die nämlich alle ein Motiv: Sie wollten Lukas Handy und dass er den Mund hält.«

»Das ist richtig«, sagte Kastner. »Aber niemand hat das Handy mitgenommen. Und weder Frau Hasler noch Monas Frauchen haben irgendwelche Männer gehört oder gesehen, sondern eine Frau, die mit neunundachtzig Prozent Wahrscheinlichkeit Steffi Grabowski war.«

»Also den Schlepper könnt ihr meiner Meinung nach von der Liste der Verdächtigen streichen«, erklärte Wernreuther. »Ich hab mit ein paar seiner Hiwis geplaudert – Voss hat zwar jemanden beauftragt, sich nach Luka umzuhören, aber dabei kam nichts raus. Nicht das Geringste. Marković und sein schweigsamer Schützling müssen ein echtes Einsiedlerleben geführt haben ... Sagt mal – warum drehen wir die Grabowski nicht einfach ordentlich durch die Mangel? Vielleicht gesteht das Mädel und verrät uns sein Motiv?«

Kastner erinnerte sich, dass Wismeth etwas Ähnliches vorgeschlagen hatte. »Hast du schon einmal mit Steffi geplaudert?«, fragte er Wernreuther.

»Nö. Wieso?«

»Weil du dann nicht so treuherzige Fragen stellen würdest«, antwortete Claudia an Kastners Stelle.

Am nächsten Tag warteten alle gespannt auf die Ergebnisse von Martina Götz. Um sich abzulenken, studierte Kastner das Dossier, das Nele inzwischen über Steffi Grabowski erstellt hatte. Steffi war in Leipzig geboren worden, aber schon als kleines Kind mit ihren Eltern und Großeltern nach Nürnberg gezogen und hier aufgewachsen. Nach dem mittleren Schulabschluss hatte sie eine Ausbildung zur Arzthelferin absolviert und, mit längeren Unterbrechungen, auch als solche gearbeitet. Zwischendrin hatte sie sich arbeitslos gemeldet oder sich mit Gastronomiejobs durchgeschlagen. Kastner vermutete, dass Steffi ihren Nebenerwerb schon seit langer Zeit ausübte. Vermutlich waren einige ihrer Arbeitgeber ihr auf die Schliche gekommen und hatten sie entlassen, ohne Anzeige zu erstatten – um Aufsehen zu vermeiden oder von ihren eigenen Versäumnissen abzulenken. Den gebrauchten VW Passat hatte Steffi vier Jahre lang und nicht besonders defensiv gefahren, ihr Punktestand in Flensburg war beachtlich. Via Facebook pflegte sie Freundschaften zu einigen anderen Arzthelferinnen und einer alten Schulfreundin sowie zu drei Herren, die allesamt deutlich älter waren als sie. Nele vermutete, dass es sich um Exliebhaber von Steffi handeln könnte. Auf Instagram postete Steffi regelmäßig Fotos ihrer Urlaubsreisen in exotische Länder, die sie bevorzugt allein zu unternehmen schien. Indien, Südkorea, Kuba – nicht gerade billige Reiseziele. Ein Punkt des Dossiers schien Kastner bemerkenswert: Im Jahr 2007 hatte sich Steffi Grabowski vor Gericht verantworten müssen, weil sie mit dem Auto eine Frau angefahren und leicht verletzt hatte. Die Anklage lautete auf vorsätzliche Körperverletzung; aus Mangel an Beweisen war der Vorwurf allerdings fallen gelassen worden. Nele hatte eine Erläuterung dazugeschrieben: *Die Angefahrene hat behauptet, Steffi Grabowski habe sie nach einem zwei Tage zurückliegenden Streit absichtlich angefahren. Frau Grabowski hat sowohl den Streit als auch die Vorsätzlichkeit abgestritten. Keine Zeugen, weder für den Streit noch für das, was letztlich als Unfall eingestuft worden ist. Bei dem Streit ist es nach Aussage der Geschädigten um hundert Euro gegangen, die sie der Grabowski geschuldet hat.*

Kastner schloss daraus, dass Steffi Grabowski Gewalt womöglich für ein probates Mittel der Konfliktlösung hielt. Zu dumm nur, dass der Vorfall schon viele Jahre zurücklag und das Verfahren eingestellt worden war.

Er legte das Dossier zurück in die Akte und blätterte weiter zu einer Notiz von Claudia. Sie hatte einen Kollegen vom Wirtschaftsdezernat überredet, einen Blick in Bernd Dürrs Bücher zu werfen. In einem kurzen Zwischenbericht war von groben Verstößen gegen das Jugendschutzgesetz und rechtswidrigen Arbeitsverträgen die Rede. Von Lukas Zeugnis keine Spur. Aber auch wenn man die Unterschlagung nicht nachweisen konnte: Bernd Dürr würde einigen Ärger bekommen. Claudia hatte außerdem herausgefunden, dass die Gärtnerei hart an der Insolvenz segelte und Melanie Dürr mit ihren Vorträgen und Artikeln mehr Geld verdiente als ihr Mann. In jedem Fall lebten die Dürrs offensichtlich über ihre Verhältnisse, und ein Teil des Geldes, das sie für die Pflegekinder erhalten hatten, war in private Anschaffungen geflossen. Aber nicht deshalb führte Kastner ein kurzes Gespräch mit dem Jugendamt – er tat es wegen Nazi-Gernot und Chiaras Tablettensucht, und, nicht zuletzt, wegen Emmas blau gefrorener Finger.

Auch den dunklen Punkt in Joe Knüsts Vergangenheit hatte Claudia recherchiert: Vor zwanzig Jahren hatte ein Schüler behauptet, von Knüst sexuell belästigt worden zu sein. Das hatte hohe Wellen geschlagen, aber der Junge war schon bei der ersten Befragung zurückgerudert – eine Zeugnisnote hatte ihm missfallen, und er hatte das Gerücht aus Rache in die Welt gesetzt. Knüst war rehabilitiert worden. Kastner dachte eine Weile darüber nach und kam zu dem Schluss, dass Joe Knüst womöglich wirklich ein besonderes Interesse an jungen Männern hatte – aber solange er sich seiner Verantwortung als Erzieher bewusst war und das Interesse rein platonisch blieb, war das in Kastners Augen seine Privatsache.

Gegen zehn Uhr traf eine E-Mail von Claudia ein, die als Anhang den Autopsiebericht aus Regensburg enthielt. Radan Raznatovićs Arme wiesen Druckstellen auf, sein Hals sogar Würgemale – er war also, wie vermutet, vor seinem Sturz heftig bedrängt worden. Kastner rief in Regensburg an und ließ sich mit dem zuständigen Ermittler, einem Herrn Novotny, verbinden.

»Wie kommt denn die Fahndung nach den Männern voran, die Draşko Raznatović bedroht haben?«, fragte er.

Novotny lachte trocken. »Wir haben zwischen Weihnachten und Silvester nur eine Notbesetzung auf dem Revier, Kollege. Sobald ich genug Personal habe, schicke ich einen los; aber große Hoffnungen braucht man sich da nicht zu machen – ohne eine gute Beschreibung sind solche Typen kaum zu finden, und ohne einen Zeugen kann man sie nur selten überführen.«

***

Felix Wernreuther führte Schorsch wie einen Schwerverbrecher vor: in Handschellen.

»Ist das nicht ein bisschen übertrieben?«, erkundigte sich Kastner flüsternd.

»Das ist ein notorischer Schwarzarbeiter und Steuerbetrüger«, sagte Wernreuther, »solche wie der kosten den deutschen Steuerzahler Milliarden.«

Kastner musste lächeln. »Felix, wir erwarten uns von diesem Mann eine Zeugenaussage. Wir sind auf seine Kooperation angewiesen. Und die Leute, die den deutschen Steuerzahler Milliarden kosten, sehen vermutlich anders aus, meinst du nicht?«

Wernreuther runzelte die Stirn und nötigte Schorsch auf einen Stuhl. »Er heißt Hans-Georg Leitner«, erklärte er. »Und den anderen Sozialbetrüger habe ich auch festgesetzt. Diesen Kurt Schwertfeger. Da muss man klare Kante zeigen, finde ich. Wo kommen wir denn hin, wenn jeder ...«

»Bitte, nimm Herrn Leitner die Handschellen ab«, bat Kastner.

Wernreuther kam der Aufforderung unwillig nach.

»Danke«, sagte Kastner und fügte nach einigem Nachdenken hinzu: »Das hast du gut gemacht. Wenn du mir jetzt noch Draşko Raznatović bringst, kommst du in die engere Auswahl.«

»Witzig«, sagte Wernreuther finster. Dann zog er Leine.

Hans-Georg Leitner, genannt Schorsch, war ein kleiner, kräftiger Mann Anfang dreißig. Er trug eine grüne Latzhose und hatte die Strähnen seines schon recht schütteren Haars zu einem blonden Pferdeschwanz gebunden. Wie Kastner erfuhr, war er Magister der Philosophie, alleinstehend und seit Längerem offiziell arbeitslos.

»Ihr Kollege hält mich wohl für einen Schwerverbrecher«, beschwerte er sich. »Die sind mit drei Streifenwagen und Blaulicht bei mir vorgefahren. Alle Nachbarn hingen an den Fenstern.«

»Ich bedauere Ihre Unannehmlichkeiten«, sagte Kastner, »aber ich brauche eine unterschriebene Aussage von Ihnen. Es ist durchaus möglich, dass Sie in dieser Sache später auch vor Gericht aussagen müssen. Und ich kann nicht ausschließen, dass Ihr, äh, Nebenverdienst und Ihre gelegentlichen Untermieter Ermittlungen der Staatsanwaltschaft nach sich ziehen, so leid es mir tut.«

Leitner nickte verdrossen. Er bestätigte zunächst das, was er Kastner bereits am Telefon erzählt hatte, und gab zu, gelegentlich Flüchtlinge aufzunehmen. Nein, er frage nicht nach der Aufenthaltsgenehmigung, ehe er jemandem ein warmes Essen und ein Bett anbiete. Ja, er kenne Draşko Raznatović; Draşko habe gelegentlich in der Gärtnertruppe gearbeitet und, zusammen mit seinem Onkel Branko Vesiç und Luka, Mitte dieses Jahres für einige Zeit bei ihm gewohnt. Wo Draşko sich zurzeit aufhalte, sei ihm jedoch nicht bekannt ...

Kastner nickte, obwohl er Leitners letzter Behauptung nur bedingt Glauben schenkte. Dann legte er das erkennungsdienstliche Foto von Steffi Grabowski auf den Tisch. »Kennen Sie diese Frau?«, fragte er. »Steffi Grabowski. Sie hat alle Arten von Tabletten verkauft, unter anderem auch an Flüchtlinge.«

»Grabowski?« Leitner betrachtete das Foto und dachte nach. »Also, ich kenn die nicht – aber der Name könnte mal gefallen sein. Die war wohl gut im Geschäft, aber damit hab ich nichts zu tun. Gar nichts.«

»Na gut«, sagte Kastner, »etwas anderes: Was wissen Sie von dem Jungen, um den Luka sich gekümmert hat? Oder von der Mutter des Jungen?«

Diesmal musste Schorsch nicht lange nachdenken. »Die beiden haben mal bei mir übernachtet. Das war ... so Mitte September, glaub ich. Die Frau hab ich danach nie wieder gesehen, aber der Junge stand Ende November plötzlich wieder vor meiner Tür, ganz allein und in keinem guten Zustand. Er war völlig verdreckt und ausgehungert, hatte nichts bei sich als diesen blauen Stoffhasen und hat kein Wort gesagt. Das hat mich vor Probleme gestellt – ich habe wirklich keine Zeit, mich um ein Kind zu kümmern. Ich war kurz davor, ihn bei der Polizei abzugeben, aber ich hab es dann doch nicht gemacht. Verstehen Sie: Die Mutter war illegal eingereist – wenn sie wieder aufgetaucht wäre, hätte sie sich ja bei der Polizei melden müssen, um ihr Kind zurückzubekommen. Und dann hätte man beide abgeschoben.«

»Was haben Sie also gemacht?«

»Das Kind gewaschen, gefüttert und neu eingekleidet. Zum Glück war Draşko zu der Zeit gerade in Nürnberg und hat mir angeboten ...«

»Raznatović war Ende November in Nürnberg?«, unterbrach ihn Kastner. »Für wie lange? Hat er sich mit Luka getroffen?«

»Ja, das hat er. Da ging es um den Schlepper und die Fotos ... Ein paar Typen haben Draşko bedroht, und er wollte Luka vor ihnen warnen, glaub ich. Jedenfalls hat Draşko vier, fünf Tage bei mir gewohnt, und er hat mir angeboten, wegen dem Kind ein bisschen herumzufragen. Draşko kennt alle möglichen Leute. Aber leider hat er nichts herausgefunden. Und mir ist das alles echt über den Kopf gewachsen – meine Wohnverhältnisse sind beengt und meine finanziellen Mittel sind begrenzt. Ich habe nämlich kein Nummernkonto in der Schweiz, auch wenn mich Ihr Kollege einen Sozialschmarotzer genannt hat ...« Leitner hatte sich in Rage geredet, nun schwieg er eine Weile. »Entschuldigung«, sagte er dann. »Wo waren wir stehen geblieben?«

»Sie haben gesagt, das alles sei Ihnen zu viel geworden ...«

»Genau. Wissen Sie, ich bin da so reingerutscht. Ein Kumpel hat einen Kumpel, der nicht weiß, wohin; und dann sagt man blauäugig: Kein Problem, der kann ein, zwei Tage bei mir pennen. Und drei Wochen später geben sich die Leute schon die Klinke in die Hand. Die armen Schweine klammern sich an jeden Strohhalm, und, na ja, der Strohhalm bin anscheinend ich. Scheiße. Aus irgendeinem Grund fällt es mir schwer, einem die Tür vor der Nase zuzuschlagen, der seit drei Tagen nichts gegessen hat. Aber irgendwann haben meine Nachbarn sich beim Vermieter über das stete Kommen und Gehen beschwert, und deshalb mussten alle raus. Auch der Junge. Draşko und Luka haben ihn mitgenommen.«

Kastner zeigte ihm das Foto von Kaspar Hauser. »Ist er das?«

Leitner nickte.

»Sie wissen nicht zufällig, wie er heißt?«

»Doch«, sagte Leitner, »das weiß ich. Er heißt Ilir – zumindest hat Draşko ihn so genannt.«

»Ilir also. Ist das ein albanischer Name?«

Schorsch Leitner zuckte die Achseln. »Draşko hat gesagt, die beiden seien Albaner ... der Junge und seine Mutter. Ilir hat ein bisschen Deutsch gesprochen, bevor er dann gar nichts mehr gesagt hat, aber die Frau sprach nur schlechtes Englisch. Die haben dringend einen Platz zum Schlafen gebraucht, mehr weiß ich wirklich nicht.«

»Die Mutter des Jungen ist am dreizehnten November ums Leben gekommen. Angeblich durch Selbstmord. Wissen Sie *darüber* etwas?«

»Nein. Wenn ich das gewusst hätte, hätte ich den Jungen ja einfach zur Polizei bringen können – das hätte mir viel Ärger erspart. Wie gesagt: Draşko hat sich umgehört, aber es gab nur alle möglichen Gerüchte, nichts Konkretes.«

»Ist das die Frau?« Kastner zog das Foto der Toten aus der Akte.

»Ich denke, ja«, sagte Leitner zögernd. »Aber ich hab sie wirklich nur ein-, zweimal gesehen. Ich weiß nicht einmal, wie sie heißt.«

»Sie hatte Krebs«, erklärte Kastner. »Wussten Sie das?«

»Scheiße. Nein, das wusste ich nicht. Woher denn?«

»Wann haben Sie Luka zuletzt gesprochen?«

»Ungefähr eine Woche vor seinem Tod. Ich hab ihn angerufen und gefragt, ob er zurechtkommt. Alles prima, hat er gesagt, ihm und dem Jungen gehe es gut, ich solle mir keine Sorgen machen. Tja. Ich hätte mir wohl besser welche machen sollen …«

Nachdem Leitner seine Aussage unterschrieben hatte, ließ Kastner ihn gehen. Er wählte die Nummer von Dr. Frodenberg und erzählte ihm, was er über Ilir und seine Mutter herausgefunden hatte. »Haben Sie dem Jungen das Foto seiner Mutter schon gezeigt?«, fragte er.

»Ja, leider. Und ich mache mir deshalb schwere Vorwürfe«, erklärte der Kinderpsychologe. »Der Junge – Ilir? – hat einen Anfall bekommen und die halbe Nacht geheult wie ein Wolf, und seit heute Morgen kauert er in einer Ecke und wippt mit dem Oberkörper. Es ist furchtbar …«

Kastner dachte eine Weile darüber nach. »Warum hat er so reagiert? Wusste er nicht, dass seine Mutter tot ist? Haben ihn die Kopfverletzungen verstört, die auf dem Foto zu erkennen sind?«

Frodenberg seufzte. »Beides kann man nicht ausschließen«, sagte er schließlich. »Aber aus fachlicher Sicht würde ich seine Reaktion als klassische Traumareaktivierung deuten – Sie sagen, die Frau ist von einem Parkdeck gesprungen? Ich vermute, dass der Junge das gesehen hat. Das ist natürlich nur eine Hypothese.«

Kastner bedankte sich, legte auf und überlegte. Wenn Frodenbergs Hypothese zutraf, war der Junge ein Augenzeuge. Und wenn seine eigene Hypothese zutraf – und welche Mutter würde sich umbringen, während ihr Kind zusah? –, war er nicht Augenzeuge eines Selbstmords, sondern eines Tötungsdeliktes.

***

Um halb elf kam Claudia zurück – sie hatte Joe Knüst nach einem Alibi für Steffi Grabowski befragt.

»Tja«, sagte sie, »Knüst ist keine große Hilfe. Von Steffi Grabowskis florierendem Handel hat er angeblich nichts bemerkt. In den Kartons, die seit Jahren seinen Flur vermüllt haben, hat er irgendwelche Familienerbstücke vermutet, die bei der Wohnungsauflösung von Steffis Oma angefallen sind. Auf die Idee, mal reinzuschauen, ist er nie gekommen. Wörtlich hat er gesagt, Moment ... *Wie das halt so ist: Irgendwann steht da was und man bittet den anderen gelegentlich, es wegzuräumen, aber nach einem halben Jahr hat man sich dran gewöhnt.* Ob Steffi am Abend des neunten Dezember zu Hause war oder nicht, wusste er auch nicht. Ich zitiere: *Meistens sehe ich abends fern und Steffi sitzt oben vor ihrem Computer. Wann sie ins Bett geht, weiß ich nicht, wir schlafen getrennt.* Was sie denn da immer an ihrem PC macht, hab ich gefragt, und er hat gesagt: *Irgendwelche Computerspiele, glaub ich.*«

»Und? Kaufst du ihm das alles ab?«

»Hm«, machte Claudia. »Im Grunde ja. Der gute Mann ist völlig fassungslos. *Steffi ist doch keine Betrügerin!*, hat er immer wieder gesagt. Und dass sie jemanden getötet haben könnte, übersteigt komplett seine Vorstellungskraft. Ich glaube, die haben da so nebeneinanderher gelebt – eigentlich weiß er nur sehr wenig von seiner Lebensgefährtin.«

»Diesen Eindruck hatte ich auch«, sagte Kastner. »Also hat Steffi Grabowski kein Alibi. Es gibt übrigens Neuigkeiten ...« Er fasste zusammen, was Schorsch und Frodenberg ihm mitgeteilt hatten.

»Eine Traumareaktivierung?«, wiederholte Claudia skeptisch. »Kastner, bei aller Liebe: Der Tod der Frau ist offiziell ein Selbstmord, und da es keine Leiche gibt, wird es auch einer bleiben. Und selbst wenn der Junge, dieser Ilir, tatsächlich ein Augenzeuge ist, was nützt uns das? Er spricht doch nicht! Wie willst du da weiterkommen?«

***

Am frühen Nachmittag kam endlich der ersehnte Anruf von Martina Götz: Das Labor sei fertig, der Bericht liege vor, und sie könne in einer halben Stunde vor Ort sein und die Ergebnisse vorstellen.

Wismeth bat Franzi Mühlberg, die Heizung im Besprechungsraum hochzudrehen und Kaffee zu kochen. Um

14.30 Uhr saß das Ermittlungsteam vollständig und erwartungsvoll beisammen.

»So, Frau Götz«, sagte Wismeth. »Ich fürchte, der Ermittlungserfolg lastet in diesem Fall allein auf Ihren schmalen Schultern. Bisher gibt es nur mehr oder weniger krude Hypothesen und neunundachtzigprozentige Augenzeuginnen. Ein belastbarer DNA-Beweis würde uns alle sehr erfreuen.«

Martina ließ die *schmalen Schultern* unkommentiert. Sie nickte nur knapp und sagte: »Dann will ich Sie nicht auf die Folter spannen ... Punkt eins: Die Tote vom Parkdeck war die Mutter des Jungen, den wir an der Pegnitz gefunden haben.«

Wismeth lächelte zufrieden.

»Wir haben Haare und Hautschuppen des Kindes an der Kleidung der Toten gefunden«, fuhr Martina fort, »woraus man schließen kann, dass die beiden bis zum Tod der Frau zusammen gewesen sind. Außerdem gab es Fremdspuren: verschiedene Fasern – blaue Synthetikfasern, braune Wollfasern – sowie zwei kurze, hellblonde Kopfhaare, diverse Speichelreste und eine menschliche Wimper. Diese Spuren konnten bisher nicht zugeordnet werden. Aber ich nehme an, sie stammen von dem Hausmeister, der die Tote gefunden hat, oder von den Polizisten und Rettungssanitätern, die daraufhin gerufen wurden. Prinzipiell können sie von sonst wem stammen, denn die Kleidung der Frau wurde ja leider nicht als mögliches Beweismittel behandelt, sondern einfach in einen Karton gelegt.«

»Was ist mit dem leeren Tablettenblister?«, fragte Kastner. »Habt ihr darauf Fingerabdrücke gefunden?«

»Nur die der Toten.«

»Und die Speichelreste? Die Wimper? Kann etwas davon zu Steffi Grabowski gehören?«

Martina seufzte. »Sagen wir es so: Ihr Name steht nicht drauf. Wie jeder hier weiß, braucht es für einen vergleichenden DNA-Test eine richterliche Anordnung. Richterliche Anordnung, DNA-Probe, Laboruntersuchung, Ergebnis. Diese Reihenfolge ist leider unabänderlich, auch wenn es manchem nicht behagt.«

»So ist es«, stimmte Wismeth zu. »Und bisher weist nichts darauf hin, dass die Frau vom Parkdeck das Opfer einer Straftat geworden ist. Oder darauf, dass Frau Grabowski etwas mit ihrem Tod zu tun hat. Also bleiben wir doch bitte bei dem Marković-Fall. Was haben wir da, Frau Götz?«

»Nun, zunächst einmal das Auto, das zum Tatzeitpunkt Frau Grabowski gehört hat. Den dunkelroten VW-Passat. Der Wageninnenraum ist kürzlich gründlich gereinigt worden – Polsterschaum, Staubsauger, Reinigungsspray auf Armaturen und Lenkrad, das ganze Programm. Sogar die Fußmatten sind nigelnagelneu. Der Gebrauchtwagenhändler hat das Auto nicht angerührt, seit es auf seinem Hof steht, daher muss das vor dem Verkauf geschehen sein.«

»Das könnte schon mal auf ein schlechtes Gewissen hindeuten«, warf Wernreuther ein.

»Oder auf ein ausgeprägtes Sauberkeitsbedürfnis«, sagte Claudia.

Martina zuckte die Achseln. »Derlei Spekulationen sind nicht die Aufgabe einer kriminaltechnischen Untersuchung. Und in diesem Fall kann man sie sich auch sparen, denn es ist nahezu unmöglich, aus einem Autoinnenraum alle Spuren zu entfernen. Irgendwo hängt immer ein Haar, um es mal salopp auszudrücken. Ganz so einfach war es allerdings nicht, aber wir haben trotzdem etwas gefunden.«

Wismeth stieß erleichtert die Luft aus, die er angehalten hatte.

»Wir haben Reste von Erbrochenem in den Führungsschienen des Beifahrersitzes gefunden«, sagte Martina. »Luka Marković hat sich in Steffi Grabowskis Auto übergeben. Wir konnten sogar etwas Diazepam nachweisen …«

»Na also!«, rief Wismeth. Er schlug mit der flachen Hand auf den Tisch und begann, seine Akten zusammenzupacken. »Das war's dann ja wohl für Frau Grabowski! Gratulation an alle Mitwirkenden – und meinen besonderen Dank, dass Sie alle trotz Weihnachten …«

»Ich war noch nicht fertig«, bemerkte Martina Götz.

»Ach?«

»Ja, ich hab noch was. Die Schramme an der Unterseite der Beifahrertür. Der Lack ist abgeschliffen, das Metall eingedellt und verkratzt. Die Art der Beschädigung passt exakt zu der von dieser Augenzeugin – Frau Mergenthaler? – geschilderten Situation, dass nämlich die Unterseite der Tür mit roher Gewalt gegen eine erhöhte Gehwegkante gestoßen ist. Wir haben den Gehweg an der Maxbrücke auf Schleif- und Lackspuren untersucht, aber leider nichts Eindeutiges gefunden …«

»Was heißt *nichts Eindeutiges*?«, fragte Kastner nach.

»Wenn man mich hier einmal ausreden ließe, würde es vermutlich schneller gehen«, merkte Martina an. »*Nichts Eindeutiges* heißt, dass es auf dem Gehweg an der Maxbrücke viele Schleifspuren und Kratzer gibt, dass wir aber nirgendwo Lackreste gefunden haben, die zweifelsfrei von Frau Grabowskis Auto stammen.«

»Na gut, das ist, äh, bedauerlich«, sagte Wismeth. »Aber so wichtig ist das ja nicht, jetzt, wo wir den DNA-Beweis haben.«

Kastner und Claudia wechselten einen Blick. Claudia räusperte sich. »Hm, nichts für ungut, Herr Kriminaldirektor.

Aber letztendlich haben wir ja nur einen Beweis dafür, dass Luka Marković in Frau Grabowskis Auto gekotzt hat – Sie entschuldigen die derbe Ausdrucksweise.«

Wernreuther meldete sich wie ein eifriger Schüler. »Aber er hatte Diazepam im Magen! Das beweist, dass es kurz vor seinem Tod passiert ist!«

»Sehr richtig«, stimmte Wismeth zu. »Das sehe ich ganz wie Kollege Wernreuther.«

»Ich würde das eher ein Indiz nennen«, beharrte Claudia. »Frau Grabowski könnte zum Beispiel abstreiten, den Wagen gefahren zu haben. Oder behaupten, sie habe Luka wohlbehalten irgendwo abgesetzt. Aber gut – zusammen mit dem, was Frau Mergenthaler und Frau Hasler beobachtet und gehört haben, könnte es vielleicht genügen.«

»Ähm«, machte Wismeth. »Dass Frau Mergenthaler den Wagen beschreiben konnte, hat uns ohne Frage weitergeholfen. Mit den fragwürdigen Ergebnissen der Gegenüberstellung oder dieser, äh, Stimmprobe, möchte ich die Staatsanwaltschaft allerdings lieber nicht behelligen. Das gäbe ja ein herzhaftes Gelächter auf den Fluren! Stattdessen hätte ich gerne ein Motiv für die Tat. Kastner?«

Kastner erläuterte erneut, dass er einen Zusammenhang zwischen Lukas Tod und dem von Ilirs Mutter vermutete. »Nach Dr. Frodenbergs fachlicher Ansicht war Ilir vermutlich Augenzeuge des Geschehens auf dem Parkdeck«, ergänzte er.

Wismeth lachte ungläubig. »Mit *Geschehen* meinen Sie Ihr eingebildetes Tötungsdelikt?«, fragte er. »Und Ihr neuester Augenzeuge ist ein Kind mit psychischen Problemen, das mit niemandem spricht und *vermutlich* etwas gesehen hat? Das ist doch – absurdes Theater, Kastner! Wir wissen nicht einmal, ob Steffi Grabowski die Mutter dieses Jungen überhaupt kannte! Warum hätte sie sie töten sollen?«

»Das weiß ich noch nicht«, gab Kastner zu. »Aber eins weiß ich sicher: Wir müssen uns mit der Toten vom Parkdeck beschäftigen, wenn wir Lukas Tod aufklären wollen.«

»Sie sind eine Plage, Kastner«, beschied ihn Wismeth. »Gut, meinetwegen erbitte ich eine richterliche Anordnung für einen DNA-Abgleich in dieser Parkhaus-Sache, aber da mache ich mir wenig Hoffnung. Für Hirngespinste gibt es nur selten richterliche Anordnungen in einem Rechtsstaat. Was ist eigentlich mit Regensburg? Diesem Radan Raznatović? Gibt es eine Verbindung zwischen der Grabowski und Raznatović?«

»Ähm, ja. Wir gehen davon aus, dass Frau Grabowski Medikamente an Radans Schützling, Draşko Raznatović, verkauft hat. Draşko steht vermutlich unter dem Decknamen *Rosi* auf ihrer Kundenliste. Aber eine direkte Verbindung zu Radan oder seinem Tod sehe ich im Moment eher nicht.«

Wismeth seufzte erleichtert. »Na, das ist ja auch die Zuständigkeit der Regensburger Kollegen. Wir kümmern uns um den Marković-Fall, haben wir uns da alle verstanden? Frau Grabowski bleibt vorerst als Verdächtige in Haft, dafür reichen die Beweise allemal. Und Sie bringen mir ein Geständnis oder zumindest ein hübsches Motiv, und zwar dalli. Ich will diese leidige Sache vom Tisch haben.«

***

Die neue Beweislage brachte Steffi Grabowski nicht sonderlich aus der Ruhe. Claudia legte ihr erneut nahe, einen Anwalt einzuschalten, aber sie verzog nur den Mund. »Frau Grabowski, Sie haben kein Alibi«, schloss Kastner seinen Vortrag. »Jemand hat Sie und Ihren Wagen zur Tatzeit am

Tatort gesehen. Luka Marković war kurz vor der Tat in Ihrem Auto – wir haben seine DNA gefunden, und wir können beweisen, dass er unter Drogen stand. Die Staatsanwaltschaft wird Anklage gegen Sie erheben.«

Steffi legte den Kopf schief und blinzelte wie die Maus aus der gleichnamigen Kindersendung. »Das glaub ich nicht.«

Kastner gab sich verwundert. »Und wie wollen Sie den Umstand erklären, dass sich Marković kurz vor seinem Tod in Ihrem Auto übergeben hat?«

»Also, das war so«, sagte Steffi. »Der ist auf der Straße herumgetorkelt und hatte sich offensichtlich irgendwas eingeschmissen. Und weil ich als Arzthelferin ein gewisses Berufsethos hab, hab ich ihn aufgegabelt und wollte ihn ins Nordklinikum fahren. Aber der Depp wollte partout in kein Krankenhaus ... Damals hab ich das nicht verstanden, aber Sie haben mir ja erzählt, dass er illegal im Land war, also hatte er vermutlich Angst davor, abgeschoben zu werden? Jedenfalls hat er mir ins Auto gekotzt und ist dann abgehauen, ohne Danke zu sagen. Echt tragisch, dass er danach in die Pegnitz gefallen ist, aber definitiv nicht meine Schuld.«

Kastner schüttelte den Kopf. »Frau Grabowski, das ist eine rührende Geschichte, aber wer soll sie Ihnen glauben? Wir haben eine Zeugin, die gesehen hat, dass Sie Luka nachgelaufen sind. Von der Maxbrücke in die Untere Kreuzgasse, zur Pegnitz hinunter in Richtung Kettensteg. Genau dorthin, wo er wenig später in den Fluss gestoßen wurde.« *Vermutlich* in den Fluss gestoßen wurde, und *vermutlich* wenig später, ergänzte er in Gedanken und war froh, dass Steffi Grabowski keinen Kettenhund von Anwalt neben sich sitzen hatte, der ihm diese Behauptung mitsamt der neunundachtzigprozentigen Augenzeugin sofort zerpflückt hätte.

»Ihm nachgelaufen – na und? Ich hab mir Sorgen gemacht! Ich bin ihm ein paar Meter nach, aber er war schon verschwunden. Weg. Fort. Daraufhin bin ich nach Hause gefahren.«

»Das kann nicht Ihr Ernst sein«, merkte Claudia entgeistert an. »Zuerst leugnen Sie, Marković überhaupt zu kennen; und sobald wir Ihnen einen Kontakt kurz vor seinem Tod beweisen können, denken Sie sich so was aus? Das ist die krudeste Story, die mir je einer aufgetischt hat, und ich bin einiges gewohnt, das dürfen Sie mir glauben! Halten Sie uns eigentlich für völlig bescheuert?«

Steffi Grabowski lächelte vielsagend.

Kastner räusperte sich. »Kennen Sie diesen Mann?«, fragte er und legte ein Foto von Radan Raznatović auf den Tisch, das die Regensburger ihm gefaxt hatten.

»Nö«, sagte Steffi.

»Radan Raznatović. Ein Verwandter von Draşko, dem Jungen mit dem Decknamen Rosi. Draşko hat zuletzt bei Radan gewohnt, in Regensburg.«

Steffi zuckte die Achseln. »Und wen interessiert das?«

»Hatte Draşko Schulden bei Ihnen?«, erkundigte sich Claudia. »Sind Sie nach Regensburg gefahren, um sie einzutreiben? Haben Sie den alten Mann ein bisschen geschubst, um aus ihm herauszubekommen, wo Draşko sich gerade aufhält?«

»Was soll denn jetzt *die* Scheiße?«, erkundigte sich Steffi.

»Radan Raznatović ist tot«, erklärte Claudia.

»Ach so.« Steffi lachte glockenhell. »Und den hab ich auch umgebracht? Nicht euer Ernst.«

»Ich verstehe, dass das für Sie schwierig ist«, beteuerte Kastner. »Sie beschaffen den Leuten Medikamente und gehen dabei ein hohes Risiko ein. Wenn jemand nicht zahlt, können Sie ihn schlecht verklagen. Sie müssen irgendwie anders an Ihr Geld kommen.«

Steffi gähnte ausgiebig, dann setzte sie wieder ihr Pokerface auf.

»So wie damals bei dieser Frau, die Sie angefahren haben. 2007, Sie erinnern sich sicher. Hat es geklappt? Hat die Frau ihre Schulden zurückgezahlt?«

»Das Verfahren wurde eingestellt«, stellte Steffi zutreffend fest. »Die absurden Anschuldigungen konnten nicht bewiesen werden, und so wird es auch diesmal sein.«

»Das glaube ich nicht«, sagte Kastner lächelnd. »Denn *diesmal* haben wir den Jungen.«

Steffi kniff die Augen zusammen.

Kastner legte Fotos von Ilir und dessen Mutter auf den Tisch.

Steffi schwieg.

»Die Frau war krank«, sagte Kastner. »Haben Sie ihr Medikamente verkauft?«

»Nicht dass ich wüsste.«

Kastner hatte den Eindruck, dass ihre Stimme etwas weniger forsch klang als zuvor, aber er konnte sich auch täuschen.

»Warum haben Sie die Frau getötet?«, fragte er. »Gab es Streit? Ging es um Geld?«

Erneutes Schweigen. Kastner stand auf und schaltete das Aufnahmegerät aus. »Es wäre besser für Sie, mit uns zu sprechen«, riet er. »Der Junge hat alles gesehen. Das wissen Sie doch.«

Steffi runzelte die Stirn. »Er hat *was* gesehen?«

»Sagen Sie's mir.«

Steffi dachte nach. »Ich will jetzt einen Anwalt anrufen«, beschloss sie dann.

»Das ist Ihr gutes Recht«, sagte Kastner. »Claudia, bringst du Frau Grabowski nach ihrem Telefongespräch bitte in ihre Zelle zurück?«

»Na klar«, sagte Claudia. »Ich bin froh, wenn ich mir das nicht länger anhören muss. Kommen Sie, Frau Grabowski?«

***

Kurz nach halb vier verließ Kastner seinen Arbeitsplatz. Er kaufte unterwegs eine Flasche Doppelkorn und ein Schinken-Käse-Sandwich und machte einen Abstecher zur Hallerwiese. Der Tag war sonnig und mild gewesen, nun schimmerten schon die ersten Sterne am wolkenlosen Himmel und versprachen eine frostige Nacht.

Ralf saß im mattgelben Schein einer Laterne auf seiner Bank am nördlichen Fußweg.

»Guten Abend, Ralf«, grüßte Kastner und stellte Schnaps und Sandwichtüte auf die Bank. »Ich habe Ihnen etwas mitgebracht.«

Ralf sah zum Fluss, der in schwarzen Schatten lag und trübe rauschte. Irgendwann griff er nach dem Doppelkorn und verstaute ihn in einer seiner Parkataschen. »Der Fluss ist gefährlich«, erklärte er dann.

Kastner ergänzte: »Man muss ihn im Auge behalten.«

Ralf schwieg lange, dann sagte er: »Ich hab schon gegessen. Manche Leute werfen Essen weg.«

»Das ist wohl so«, stimmte Kastner zu und schloss, dass Ralf sich heute bereits von den Resten der Wohlstandsgesellschaft ernährt hatte. Halb gegessene Döner, Pizzareste, aufgeweichte Burger – in den Mülleimern war sicher einiges davon zu finden. Keine besonders ausgewogene Ernährung.

»Kinder werfen auch Äpfel weg. Und Vollkornpausenbrote«, fügte Ralf an, als hätte er seine Gedanken gelesen.

»Das stimmt«, sagte Kastner und fragte, ermutigt von Ralfs ungewöhnlicher Gesprächigkeit: »Warum haben Sie den Schuh und den Fisch in das Brunnenbecken gelegt?«

Diesmal konterte Ralf nicht mit der Gegenfrage: *Warum nicht?* Stattdessen sagte er: »Für den Mann.«

Kastner legte die Stirn in Falten. »Für welchen Mann?«

Aber Ralf schien der Ansicht, er habe für heute genug geplaudert. Mit der flachen Hand klopfte er auf die Jackentasche, in der er den Schnaps verstaut hatte, lächelte und konzentrierte sich wieder ganz auf die Pegnitz.

»Sie können das Sandwich ja morgen essen«, schlug Kastner vor. Dann verabschiedete er sich.

***

»Und jetzt? Hoffst du, dass Ilir sein Trauma überwindet und seine Sprache wiederfindet?«, erkundigte sich Mirjam. »Dass er dir erzählt, was mit seiner Mutter passiert ist?«

Sie hatte ein Rindsgulasch gekocht, das Kastner zum Seufzen brachte, und kredenzte dazu selbst gemachte Spätzle und einen grünen Salat, zu dem Kastner alibimäßig das Dressing beigesteuert hatte.

»Das wäre schön, aber es ist wenig wahrscheinlich«, antwortete er mit vollem Mund. »Und vermutlich lässt mich Dr. Frodenberg erst gar nicht mit dem Jungen über dieses heikle Thema sprechen. Dein Gulasch ist übrigens ein Traum, Hase.«

»Ich weiß«, sagte Mirjam unbescheiden. »Okay – du hast also einen Mord, den du so halbwegs beweisen kannst – den Mord an Luka. Und dann hast du einen Mord, den du auch nicht annähernd beweisen kannst – den Mord an Ilirs Mutter. Das Motiv für den zweiten Mord soll der erste sein, aber für den ersten Mord fehlt dir das Motiv. Hab ich das halbwegs richtig zusammengefasst?«

Kastner fasste Gulasch nach und nickte.

»Tja«, sagte Mirjam. »Das würde ich eine prekäre Lage nennen. Hast du wenigstens irgendeinen Beweis dafür, dass die Grabowski diese Frau kannte? Dass sie ihr Medikamente verkauft hat?«

»Nein«, gab Kastner zu. »Bisher ist es nur eine Annahme.«

»Steht sie denn nicht auf Grabowskis Kundenliste?«

»Hase, wir kennen den Namen der Frau nicht. Wir wissen überhaupt nichts über sie, außer dem, was im Autopsiebericht steht.«

»Hm. Und wie willst du da jetzt weiterkommen?«

»Gute Frage.«

»Frau Grabowski wird nur noch Angaben zur Person machen. Ansonsten nimmt sie bis auf Weiteres ihr Schweigerecht in Anspruch«, erklärte Dr. Rupprecht, Steffi Grabowskis Anwalt, nachdem er mit seiner Mandantin gesprochen, die ihm vorgelegten Ermittlungsergebnisse studiert und einige Recherchen angestellt hatte. Dr. Rupprecht war ein äußerst distinguierter Herr mit millimetergenau geschnittenem, grau meliertem Haar und samtbraunen Augen, die Warmherzigkeit suggerierten. Davon durfte man sich allerdings nicht täuschen lassen – Kastner hatte schon einmal mit ihm zu tun gehabt und wusste, dass der Mann mit allen Wassern gewaschen war. Ein unbedarfterer Anwalt hätte Steffi Grabowski vielleicht eine Kooperation nahegelegt, um auf ein milderes Strafmaß abzuzielen. Nicht so Dr. Rupprecht – er strebte offenbar einen Freispruch aus Mangel an Beweisen an oder hoffte darauf, dass der Staatsanwalt erst gar keine Anklage erheben würde. Und mit dieser Einschätzung lag er vermutlich richtig, auch wenn es Kastner nicht gefiel.

Steffi Grabowski blieb bei ihrer Darstellung: Sie habe Luka Marković am Abend des neunten Dezember zufällig in der Nähe der Maxbrücke aufgelesen und ihn, weil er seltsam benommen schien, ins Nordklinikum bringen wollen. Er sei jedoch davongelaufen, vermutlich, weil er als Illegaler seine Abschiebung befürchtet habe. Sie sei ihm ein paar Schritte gefolgt, habe ihn aber aus den Augen verloren und sei anschließend nach Hause gefahren.

»Ein unbekannter Dritter hat also Herrn Marković unter Drogen gesetzt, kurz *bevor* Frau Grabowski ihn zufällig getroffen hat? Und kurz *nachdem* Frau Grabowski ihn zufällig getroffen hat, ist er dann einem unbekannten Vierten, nämlich seinem Mörder, begegnet? Das wäre eine Häufung haarsträubender Zufälle«, stellte Kastner fest.

Dr. Rupprecht lächelte unverbindlich. »Herr Kastner, ich habe den Autopsiebericht gelesen – Sie eigentlich auch? Nichts in diesem Bericht spricht gegen die Annahme, dass Herr Marković das Diazepam selbst und freiwillig eingenommen hat. Ebenso wenig spricht etwas zwingend dafür, dass er von jemandem in den Fluss gestoßen wurde. Wenn man also von einem Selbstmord oder Unfall nach Drogenkonsum ausgeht, ist Frau Grabowskis Schilderung völlig plausibel. Gut, es war ein Zufall, dass sie Marković in der Nacht seines Todes getroffen hat. Aber eben nur einer und keinesfalls ein haarsträubender! Das Leben ist voller Zufälle. Ich habe im Sommerurlaub meinen Schornsteinfeger getroffen, im Straßencafé eines entlegenen Dorfes in Portugal. Ist Ihnen so etwas noch nie passiert?« Dr. Rupprecht räusperte sich umständlich. »Herr Kastner, eins ist mir noch nicht einmal ansatzweise klar: Welches Motiv unterstellen Sie meiner Mandantin eigentlich?«

»Ein niederes«, erklärte Kastner, leicht angefressen, weil er die Geschichte mit dem Schornsteinfeger für eine wohlfeile Erfindung hielt. »Vertuschung einer Straftat.«

Dr. Rupprecht tat überrascht. »Sie meinen damit den Drogenhandel, der Frau Grabowski zur Last gelegt wird?«

»Nein. Obwohl Luka Marković vermutlich wusste, wer Chiara Dürr mit Tabletten versorgt hat ... Aber nein. Ich meine das andere Tötungsdelikt, das Frau Grabowski begangen hat.«

Dr. Rupprechts Lächeln bekam einen ironischen Zug. »Leider habe ich in den Unterlagen, die man mir zur Verfügung gestellt hat, kein Wort über ein anderes Tötungsdelikt gefunden«, sagte er bedauernd. »Woran kann das wohl liegen?«

Daran, dass es keinerlei Beweise dafür gibt, dachte Kastner, aber er sagte: »Es gibt einen Augenzeugen, aber wir haben seine Aussage noch nicht aufgenommen.«

»Aha«, sagte der Anwalt amüsiert. »Soso. Dann sollten Sie das wohl mal tun, oder? Ich bin sehr gespannt darauf, denn eines ist Ihnen ja wohl klar, Herr Hauptkommissar: Was Sie bis jetzt gegen meine Mandantin zusammengekratzt haben – mühsam und in sehr staubigen Ecken, wenn ich mir, bei allem Respekt, dieses Bild erlauben darf –, ist dürftig. Sehr dürftig. Ich kann bisher keinen Grund erkennen, aus dem Frau Grabowski Herrn Marković hätte töten sollen. Und der Staatsanwalt wird auch keinen erkennen. Ja dann, einen schönen Tag noch.«

***

Nach einem Abstecher in die Teeküche ging Kastner ins Großraumbüro, wo Claudia sich für die Dauer der Ermittlungen ihren Arbeitsplatz eingerichtet hatte.

»Hey, Kastner«, begrüßte sie ihn. »Und? Ist die Grabowski schon eingebrochen und hat weinend gestanden? Du hättest mir übrigens eine Tasse Kaffee mitbringen können ...«

»Das wollte ich, wirklich«, beteuerte Kastner. »Aber die Kaffeemaschine läuft noch.« Er erzählte ihr von seinem Gespräch mit Steffis Anwalt.

»Na supi«, sagte Claudia. »Da wird Wismeth aber enttäuscht sein, dass sein prima *DNA-Beweis* so wenig Angst und Schrecken verbreitet. Also nur mal angenommen, du hast recht mit deiner Vermutung ... Die Grabowski hat Ilirs Mutter getötet, der Junge ist ein Augenzeuge und irgendwo hier liegt das Motiv für Lukas Tod – vielleicht hat Ilir ihm etwas erzählt? Aber uns erzählt er leider nichts. Anscheinend weiß die Grabowski das. Sie verlässt sich darauf. Solange der Junge keine Aussage macht, wird sie auch den Mord an Luka leugnen, und so leid es mir tut: Ich schätze, ihr Anwalt hat recht. Sie wird damit durchkommen. Und was jetzt? Machen wir eine persönliche Gegenüberstellung zwischen Ilir und Steffi Grabowski?«

»Besser nicht«, sagte Kastner. »Sobald Dr. Rupprecht spitzkriegt, dass unser potenzieller Augenzeuge geistig gehandicapt ist, wird er den Jungen mit Messer und Gabel zum Frühstück verzehren.«

Claudia seufzte.

»Sag mal – gibt's eigentlich schon was Neues aus Regensburg?«, erkundigte sich Kastner.

»Wovon träumst du nachts?«, fragte Claudia zurück. »Novotny hat mit ein paar Typen geplaudert, die für ihn als Spitzel arbeiten – Drogenszene, Menschenhandel, organisiertes Betteln ... Aber bisher halten sich alle bedeckt. Niemand will einen Draşko Raznatović kennen, den Namen Helmut Voss hat keiner je gehört, von Erpressung oder Bedrohung ist nichts bekannt – lauter brave Schäfchen mit schneeweißem Fell.«

»Na toll. Und ... die Fahndung nach Draşko Raznatović?«

»Tja. Die Fahndung nach Draşko läuft ...«

»... auf Hochtouren«, beendete Kastner resigniert. Dann ging er Claudia – und sich selbst – einen Kaffee holen.

***

In der Nürnberger Fußgängerzone herrschte an diesem späten Vormittag reges Treiben. Urlaubszeit und Sonnenschein hatten die Massen in die Innenstadt gelockt, um unpassende Weihnachtsgeschenke umzutauschen, Gutscheine einzulösen oder für die Silvesterknallerei aufzurüsten. Kastner bahnte sich einen Weg durch die Menge und kniff die Augen zusammen, weil sich die Sonne in den Schaufensterscheiben dutzendfach spiegelte.

Eine Autoschlange staute sich vom Parkhaus Adlerstraße bis zum Josephsplatz zurück. Das Parkhaus war voll belegt, an den Zahlautomaten und vor dem Kassenhäuschen herrschte Gedränge. Kastner zeigte der Dame im Kassenhäuschen seinen Dienstausweis und fragte nach der Videoüberwachung. Zu seinem Leidwesen wurde nur der Bereich der Ein- und Ausfahrt überwacht, außerdem wurden die Aufzeichnungen nach drei Tagen gelöscht. Er bedankte sich für die Auskunft und entschied sich wegen der einkaufstütenbepackten Menschenschlange vor dem Lift für den Treppenaufgang, in dem der dumpfe Geruch von Urin mit dem scharfer Putzmittel um die Vorherrschaft stritt. Eine schwere Metalltür öffnete sich zum obersten Parkdeck und fiel hinter ihm mit einem gedämpften Rums wieder ins Schloss. Hier roch es nach Autoabgasen, Öl und Reifenabrieb, ein wenig auch nach alten Socken. Kastner sah sich im trüben Dämmerlicht um, bemüht, sich die erstarrte Blechlawine wegzudenken. Am dreizehnten November, einem Sonntag, war das Parkhaus – von einigen Dauerparkern in den unteren Parkdecks einmal abgesehen – vermutlich leer gewesen. Eine gute Voraussetzung für die Erledigung schneller, heimlicher Geschäfte. Hatte sich Steffi Grabowski hier mit der Mutter des Jungen getroffen, um ihr Medikamente zu verkaufen? Hatte es dabei Streit gegeben?

Kastner zog den Polizeibericht aus seiner Umhängetasche und studierte die Skizze. Rechts der Metalltür, am

Ende der Auffahrtrampe, hatte man die blaue Stofftasche der Toten gefunden. Kastner ging hinüber und studierte die Flecken auf dem dunklen Estrich, strich mit dem Finger über ölige Beläge und betrachtet die Kratzer und Lackspuren, die schludrige Autofahrer an der grauen Betonwand hinterlassen hatten. Dann nahm er die breit rechteckige Fensteröffnung in Augenschein, von der die angebliche Selbstmörderin nach Ansicht der Kollegen in den Tod gesprungen war. Die Brüstung war nicht hoch. Steffi Grabowski war groß und wirkte sportlich, ihr mutmaßliches Opfer wurde im Polizeibericht als *grazil* bezeichnet und hatte nur einen Meter achtundfünfzig gemessen. Steffi hätte die Frau leicht überwältigen oder festhalten können – aber jemanden, der um sein Leben kämpfte und womöglich laut schrie, über das halbe Parkdeck zerren, hochheben und hinunterstoßen? Wohl kaum. Es musste also anders zugegangen sein. Kastner dachte an das Hämatom am Rücken der Toten, an das Hämatom an Lukas Wade. Die beiden Todesfälle hatten einige Gemeinsamkeiten: zwei Blutergüsse, zwei niedrige Brüstungen, zwei Stürze in die Tiefe. War die Wehrlosigkeit der Opfer eine weitere Gemeinsamkeit?

An der Fensterbrüstung klebten eingetrocknete Kaugummis, dazwischen war eine helle, harzige Flüssigkeit in lang gezogenen Tropfen über einem dunklen Fußabdruck erstarrt. Einige dunkle Spritzer daneben erregten Kastners Aufmerksamkeit. Das konnte Cola oder Kaffee sein, oder etwas, das ein Kautabakkonsument ausgespien hatte. Oder Blut.

Er holte sein Mobiltelefon aus der Manteltasche und drückte die Kurzwahltaste fünf.

»Götz.«

»Kastner. Martina, ich brauche dich. Ich stehe hier gerade im Parkhaus Adlerstraße ...«

»Du spinnst«, sagte Martina Götz. »Hat Wismeth das abgesegnet?«

»Nein«, gab Kastner zu, »aber ich brauche dich trotzdem. Ist ja keine große Sache – ein bisschen Luminol, ein paar Beläge abkratzen ... Martina? Hallo? Bist du noch dran?«

»Du bringst mich irgendwann in ein frühes Grab, Kastner.«

»Das will ich nicht hoffen. Und? Kommst du?«

***

Vor dem Präsidium traf Kastner auf Claudia, die offensichtlich Mittagspause gemacht hatte – sie hielt eine Einkaufstüte in der Linken und ein Bratwurstbrötchen in der Rechten. Kastners Magen knurrte.

»Mahlzeit«, grüßte Claudia. »Und? Was Neues?«

»Ich war im Adlerparkhaus«, gestand Kastner. »Und ich hab Martina Götz dort unter der Hand auf Spurensuche geschickt. Keine Ahnung, ob dabei irgendwas rumkommt ...«

»Du lehnst dich ja ganz schön weit aus dem Fenster«, stellte Claudia fest. »Irgendwann wird Wismeth dich teeren und federn lassen. Oder Polizeimeisterin Hirschel die Erlaubnis erteilen, dich mit alten Teebeuteln zu bewerfen ... Trinken wir oben einen Kaffee zusammen? Du siehst aus, als könntest du etwas Trost brauchen ...«

»Tätä!Tätä!Tätää!« Wernreuther wedelte mit den Armen und imitierte lautmalerisch einen Faschingstusch, als Kastner und Claudia durch die gläserne Schiebetür die Räumlichkeiten des Dezernats 1 betraten. Er musste nach ihnen Ausschau gehalten haben, denn er kam ihnen schon im Flur entgegengelaufen.

Kastner und Claudia wechselten einen Blick.

»Felix? Geht's bei dir noch?«, fragte Claudia.

»Wir haben ihn«, verkündete Wernreuther mit großer Geste. Kastner brauchte eine Weile, bis er verstand, wovon Wernreuther sprach. »Du meinst Draşko Raznatović?«

Wernreuther nickte huldvoll. »In echt und in Farbe. Er sitzt im Verhörraum.«

»Das ist ein Scherz«, vermutete Claudia.

»Das ist die Wahrheit«, gab Wernreuther zurück. »Ihr könnt gerne nachsehen.«

Das taten sie. Durch den Einwegspiegel im Beobachtungsraum sahen sie einen stämmigen jungen Mann, der mit verschränkten Armen auf einem der Plastikstühle des Verhörzimmers saß und auf den Tisch starrte. Falls er nicht Draşko Raznatović war, sah er ihm zumindest zum Verwechseln ähnlich.

»Wo ist der Hund?«, erkundigte sich Kastner.

Wernreuther sah ihn ungläubig an. »Das ist deine drängendste Frage? Ernsthaft?«

»Ich will es nur wissen. Also?«

»Wir haben den Ossi-Pudel einstweilen im Tierheim untergebracht. Er hat es da gut, aber wenn du dich selbst davon überzeugen willst, kann ich dir die Telefonnummer einer sehr attraktiven Tierpflegerin ...«

»Geschenkt«, sagte Kastner. »Wer hat ihn aufgegriffen?«

»Den Pudel?«

»Witzig. Raznatović. Du hast ihn ja wohl nicht persönlich bei einer Routineverkehrskontrolle aufgelesen. Oder?«

»Ach, daher weht der Wind. Du missgönnst mir meinen Erfolg.«

»Also?«

»Er hat sich gestellt. Freiwillig. Kam einfach hier reinmarschiert, den Ossi-Pudel an der kurzen Leine, und hat gesagt: Hallo, ich bin der Draşko; ich möchte bitte zu Kommissar Kastner und eine Aussage machen.«

»Na, das ist ein Ding!«, konstatierte Claudia.

Kastner hatte dem nichts hinzuzufügen.

***

Draşko Raznatović, dessen stämmiger Körperbau von Nahem betrachtet durch beeindruckend austrainierte Muskeln verursacht wurde, bat höflich um eine Tasse Schwarztee, nachdem er Kastner die Hand geschüttelt hatte. Kastner brachte ihm den Tee persönlich – er war so froh, mit Draşko sprechen zu können, dass er ihm auch Champagner auf einem silbernen Tablett kredenzt hätte.

Draşko erklärte, dass sowohl sein Onkel, der Siemensianer Branko Vesiç, als auch sein Freund Schorsch Leitner ihm zugeredet hatten, eine Aussage zu machen. »Und sie haben recht«, fuhr er fort. »Es ist alles meine Schuld. Radan und Luka sind tot, weil ich alles falsch gemacht habe, und jetzt will ich wenigstens dabei helfen, ihre Mörder zu überführen. Deshalb bin ich hier.«

Kastner nickte. Er hatte so viele Fragen, dass er gar nicht wusste, wo er anfangen sollte. »Wir sind Ihnen sehr dankbar, dass Sie uns helfen wollen«, sagte er. »Herr Raznatović – lassen Sie mich kurz zusammenfassen, was ich schon weiß. Sie und Luka haben sich vor etwa einem Jahr über Schorsch Leitners Gärtnertruppe kennengelernt und angefreundet. Im März dieses Jahres wurde Luka abgeschoben, und bald darauf sind Sie selbst untergetaucht, damit es Ihnen nicht genauso ergeht. Aber Sie haben Kontakt mit Luka gehalten. Zusammen mit Ihrem Onkel, Branko Vesiç, ist Luka Ende Juni dann wieder nach Deutschland eingereist. Mit dem Schlepper Helmut Voss. Sie haben die beiden am Autobahnrastplatz Brunn abgeholt, und danach haben Sie drei eine Weile bei Schorsch Leitner gewohnt ...«

Draşko nickte zustimmend.

»Sie, Herr Raznatović, sind dann Ende September nach Regensburg gezogen«, ergänzte Kastner nach einem Blick in seine Unterlagen, »zu Ihrem entfernten Verwandten Radan. Was wurde aus Luka?«

»Ab und zu hat er bei einem Kumpel geschlafen, aber die meiste Zeit hat er auf der Straße gelebt«, erklärte Draşko.

Kastner nickte. »Der Schlepper, Helmut Voss, hatte Luka fünftausend Euro abgeknöpft. Von welchem Geld hat sich Luka Kleidung, Essen und Getränke gekauft, während er auf der Straße gelebt hat?«

»Das hatte er von mir. Meine Verwandten haben mich unterstützt, da konnte ich Luka was abgeben. Viel hat er ja nicht gebraucht – und er wollte es mir wiedergeben, wenn er von Voss das geklaute Geld zurück hat.«

»Und deshalb haben Sie ihm dabei geholfen, die Adresse von Helmut Voss herauszufinden. Luka wollte Voss mit den Fotos vom Rastplatz Brunn unter Druck setzen, richtig?«

»Genau«, nickte Draşko. »Es war meine Idee, dass Luka diese Fotos macht – damit er was gegen Voss in der Hand hat. Aber der Plan ging schief ...« Draşko erzählte, wie er sich in Regensburg unter den illegalen Flüchtlingen nach Voss umgehört hatte. »Irgendwann haben zwei Schlägertypen vor Radans Haustür auf mich gewartet. Sie hatten was von einer Speicherkarte mit Fotos gehört, die sie selber brauchen konnten. Sie haben gesagt: *Wir kommen in einer Woche wieder. Du gibst uns das Ding und alles wird gut. Wenn nicht, schneiden wir dir einen Finger ab und kom-*

*men eine Woche später noch mal, und wenn du keine Finger mehr hast, machen wir mit den Zehen weiter* ... Und ich hab gesagt: *Klar Leute, kein Problem, ihr bekommt eure Speicherkarte*. Dann hab ich mich sofort in den Zug nach Nürnberg gesetzt – um erst mal abzutauchen. Und um Luka zu warnen, natürlich.«

»Wann war das?«

Draşko zuckte die Achseln. »Irgendwann Ende November.«

»Wussten diese Männer, wer die Speicherkarte hat?«, fragte Kastner. »Haben Sie ihnen Lukas Namen gesagt? Oder ihnen verraten, dass er in Nürnberg lebt?«

»Ich hab denen gar nichts gesagt«, beteuerte Draşko. »Aber vielleicht ist mir Lukas Name mal rausgerutscht, als ich bei den Flüchtlingen nach Voss gefragt hab. Vielleicht hab ich mal von einem Kumpel in Nürnberg gesprochen, dem Geld geklaut wurde ... keine Ahnung. Ich bin jedenfalls nach Nürnberg gefahren und hab Luka geraten, sich eine Weile ruhig zu verhalten. Und daraufhin hat er den verabredeten Austausch mit Voss platzen lassen.« Draşko verbarg das Gesicht in den Händen. »Radan wusste von all dem nichts – ich hätte ihn warnen müssen. Ich hätte ihn nicht allein lassen dürfen ...«

»Sie glauben, dass diese Schlägertypen Radan getötet haben?«

Draşko hob den Kopf wieder und nickte. Er hatte Tränen in den Augen. »Ja«, sagte er. »Das waren nicht bloß arme Schweine, die von Voss ausgenommen worden sind, das waren Kriminelle. Die wollten aus Radan herausprügeln, wo ich abgeblieben bin – aber er wusste es ja nicht! Und jetzt suchen die mich, fragen überall herum ... Wenn die mich finden, bin ich erledigt.«

»Können Sie die Männer beschreiben?«

Draşko nickte grimmig und wischte sich die Tränen aus dem Gesicht. »Ja, freilich. Drum bin ich ja hier.«

Kastner hätte dem jungen Mann gerne etwas Tröstendes gesagt, aber ihm fiel nichts ein. Stattdessen beschloss er, zunächst einmal das Thema zu wechseln. »Sie kennen Steffi Grabowski?«, fragte er.

»Ja.«

»Sie haben eine Zeit lang Medikamente von ihr gekauft? Während der drei Monate, in denen Sie und Luka bei Schorsch Leitner in Nürnberg gewohnt haben?«

Draşko nickte. »Luka kannte die Grabowski von seiner ersten Zeit in Nürnberg. Er hat bei ihrem Mann Deutsch gelernt, und später hat er bei ihren Nachbarn gewohnt ...«

»Bei der Familie Dürr«, ergänzte Kastner.

Draşko zuckte die Achseln. »Dort hat er jedenfalls mitgekriegt, dass die Grabowski Tabletten vertickt. Und daran hat er sich erinnert, als einer meiner Bekannten eine Blasenentzündung hatte und nicht zum Arzt gehen konnte.«

»Also hat Luka Sie mit Steffi Grabowski bekannt gemacht?«

»Nein. Nein, er hat mir nur gezeigt, wo sie wohnt, und dann hab ich mich da vor die Tür gestellt und gewartet, bis ich sie allein auf der Straße erwischt hab.«

Kastner nickte. »Und der Deal kam zustande?«

»Ja. Meinem Bekannten ging's bald besser; und als dann einer seiner Bekannten krank wurde, hat er mich gefragt, ob ich noch mal was besorgen kann. Na ja, und dann hat sich das rumgesprochen. Nach drei Wochen kannte mich jeder Illegale im Großraum Nürnberg. Die Grabowski hat mir eine Handynummer gegeben, unter der ich sie erreichen konnte, und von da an hab ich regelmäßig bei ihr eingekauft.«

»Und wie war Luka in diesen Handel eingebunden?«

Draşko schüttelte den Kopf. »Gar nicht.«

»Gar nicht? Heißt das, Steffi Grabowski hat nicht gewusst, dass Sie und Luka befreundet waren?«

»Doch, das schon. Das hab ich ihr ja gesagt, als ich sie das erste Mal angequatscht hab – damit sie mich nicht für irgendeinen Spinner hält. Oder für einen Spitzel. Aber sonst hatte Luka nichts damit zu tun. Ich hab bei der Grabowski jede Woche eine Sammelbestellung für meine Bekannten aufgegeben, die Ware bei Erhalt bar bezahlt und dann weiterverteilt.«

»So war das also«, sagte Kastner. »Gut. Dann sprechen wir jetzt über das Kind.« Er zog das Foto von Ilir aus der Marković-Akte. »Schorsch Leitner hat gesagt, Sie kennen den Jungen?«

»Freilich. Das ist Ilir«, sagte Draşko und lächelte zum ersten Mal.

»Und die Mutter des Jungen? Kannten Sie die auch?« Kastner legte das Foto der unbekannten Toten auf den Tisch.

»Sie hieß Luana«, sagte Draşko. »Ihren Nachnamen weiß ich nicht. Sie kam aus Albanien und sprach kein Deutsch, und sie war krank. Deshalb hab ich sie eine Zeit lang mit Medikamenten versorgt.«

»Mit Medikamenten, die Sie wiederum von Steffi Grabowski gekauft haben?«

»Ja.«

»Luana hatte Krebs«, sagte Kastner. »Wussten Sie das? Wusste Luana das?«

»*Krebs*?« Draşko schwieg eine Weile, dann sagte er: »Nein, das hab ich nicht gewusst. Luana hat gesagt, dass ihre Bauchschmerzen vom schlechten Essen kommen –

viele Flüchtlinge ernähren sich ungesund, weil sie einfach kein Geld haben. Ich hab ihr Vitamine, Schmerzmittel und Entzündungshemmer besorgt, und später hab ich ihr die Handynummer von der Grabowski gegeben, damit sie sich selber drum kümmern konnte. Das hat der Grabowski nicht gefallen – sie hat mich angerufen und beschimpft. Ob ich bescheuert bin, einfach ihre Nummer weiterzugeben ... Luana würde sie dauernd um Tabletten anbetteln, könnte aber nur selten bezahlen.«

»Luana hatte persönlichen Kontakt zu Steffi Grabowski? Sie hat Tabletten von ihr bekommen und es gab Probleme mit der Bezahlung?«, fasste Kastner zusammen. Er dachte an die Frau, die behauptete hatte, von Steffi Grabowski absichtlich angefahren worden zu sein, weil sie Schulden bei ihr hatte.

»Das sag ich ja«, nickte Drașko.

Kastner nickte ebenfalls. »Mitte November stand Ilir dann plötzlich bei Schorsch Leitner vor der Tür. Allein. Was wissen Sie darüber?«

»Nur das, was Schorsch mir erzählt hat. Ilir war dreckig und mager und hat kein Wort gesagt ... Damals wusste ja niemand, was mit Luana passiert ist. Ich schätze, Ilir hat sich ein paar Tage allein durchgeschlagen, und dann hatte er vermutlich Hunger und ihm war kalt – und er hat sich dran erinnert, dass es bei Schorsch ein Bett und warmes Essen gegeben hat. Wenn wir gewusst hätten, dass Luana tot ist ...«

»... dann hätten Sie Ilir irgendwo abgegeben – in einem Krankenhaus, beim Jugendamt, bei einer kirchlichen Einrichtung ... Aber Sie wussten es nicht, und Sie wollten Luana keine Schwierigkeiten machen. Das hat Schorsch mir schon erzählt. Stattdessen haben Sie, Herr Raznatović, sich nach Luana umgehört ...«

»Genau. Wie gesagt, ich war Ende November in Nürnberg, um Luka vor diesen Schlägertypen zu warnen. Und weil ich ein paar Leute kenne, hab ich Schorsch angeboten, mal ein bisschen rumzufragen. Aber das war schwierig, weil kaum jemand Luana kannte. Und deshalb hab ich beschlossen, mal die Grabowski nach ihr zu fragen.«

Kastner beugte sich unwillkürlich nach vorn. »Sie haben mit Steffi Grabowski über Luana gesprochen?«

»Ja, ich hab sie angerufen und ihr erzählt, dass Luana verschwunden ist. Sie gefragt, ob sie irgendwas gehört hat, wann sie sie zuletzt gesehen hat ... Na ja, zuerst war sie sehr abweisend – hat behauptet, dass sie rein gar nichts weiß; hat sich wieder über den Ärger beschwert, den sie mit Luana gehabt hat.« Draşko dachte eine Weile nach, ehe er fortfuhr: »Ich hab gesagt: *Ich verstehe ja, dass du sauer auf Luana bist, aber hier geht es doch um den Jungen, und der kann ja nichts dafür*. Daraufhin hat sie eine Weile gar nichts gesagt. Dann hat sie gefragt: *Welcher Junge?* Also hab ich ihr von Ilir erzählt, und wie verstört er seit Luanas Verschwinden ist. Ob Ilir so ein blaues Stofftier hat, war ihre nächste Frage. Ich hab gesagt: *Ja, genau;* und dann hat sie plötzlich gefragt, ob wir uns treffen können.«

»Moment ... Steffi Grabowski hat also zuerst behauptet, nichts über Luana zu wissen? Und nachdem Sie ihr von Ilir und seinem blauen Hasen erzählt haben, hat sie ein Treffen vorgeschlagen?«, fragte Kastner.

»Ja. Wir haben uns an der Lorenzkirche verabredet, bei diesem Uhrenhäuschen.«

»Am *Duda-Eck*«, warf Kastner ein.

»Bitte?«

»Äh, nichts. Und wie ist dieses Treffen verlaufen?«

»Ich hab gedacht, ich bin im falschen Film«, sagte Draşko. »Die Grabowski hat ja sonst immer nur das Nötigste geredet und jeden Cent abgerechnet, aber da hat sie mir ein Bratwurstbrötchen gekauft und über alles Mögliche gequatscht. Wie es mir so geht, was ich jetzt so mache ... das hat sie vorher nie interessiert! Und sie hat dauernd nach Ilir gefragt – wo er ist, wer sich um ihn kümmert, was er erzählt hat. Das fand ich komisch.«

»Was haben Sie ihr über Ilir erzählt?«

»Na ja – dass es ihm nicht gut geht. Mehr eigentlich nicht. Und sie hat mir dann auch nichts weiter erzählt. Sie meinte, dass Luana eben unzuverlässig ist, dass man sich da nicht wundern muss, wenn sie einfach abhaut.«

»Und kurz nach diesem seltsamen Gespräch sind Sie dann nach Regensburg zurückgefahren und haben Ilir bei Luka gelassen ...«

Draşko nickte. »Ja. Luka mochte den Jungen. Und wir haben ja immer noch gehofft, dass Luana wieder auftaucht ... Ich hab mich in Regensburg bei einem Freund verkrochen, aus Angst vor diesen Schlägern. Einmal war ich bei Radan und hab ihm gesagt, dass ich ein paar Dinge erledigen muss und dass er sich keine Sorgen machen soll ... « Draşko lachte bitter. »Das muss kurz vor seinem Tod gewesen sein.«

Kastner konnte ihm da nicht widersprechen. »Am achten Dezember hat Luka Sie angerufen. Worum ging es in dem Gespräch?«

»Luka hat mich nach der Handynummer von der Grabowski gefragt, und ich Idiot hab sie ihm gegeben ... Ilir hatte Durchfall. Luka wollte ihm Tabletten besorgen.«

Kastner dachte an die Parasiten, die der Amtsarzt in Ilirs Darm gefunden hatte. Die Parasiten, die er sich vermutlich zugezogen hatte, als er nach dem Tod seiner Mutter allein umhergeirrt war und rohe Mäuse gegessen hatte. Und er dachte an das zweite Telefongespräch, das Luka am Tag vor seinem Tod geführt hatte – offensichtlich mit Steffi Grabowski. Leider war das Geschäftshandy der Grabowski noch immer nicht gefunden worden ... »Und das war das letzte Mal, dass Sie mit Luka gesprochen haben?«, fragte er.

»Nein«, sagte Draşko. »Nein. Nachdem ich ihm die verdammte Nummer gegeben hatte, hat irgendwas an mir genagt. Drum hab ich ihn abends noch mal angerufen und ihm erzählt, dass die Grabowski sich so auffallend für Ilir interessiert hat ... Dass mir das komisch vorgekommen ist. Luka hat gesagt, dass er sich am nächsten Abend vor einem Café in der Innenstadt mit ihr treffen wird und dass jemand solange auf Ilir aufpasst. Das hat mich erst mal beruhigt.«

»Hat er Ihnen verraten, wer das war, der auf den Jungen aufpassen sollte?«

Draşko zuckte die Achseln. »Irgendein Typ, den er von der Hallerwiese kannte. Luka nannte ihn den *Pegnitzmann.*«

»Ralf«, sagte Kastner.

»Keine Ahnung. Jedenfalls hab ich zwei Tage später versucht, Luka zu erreichen, aber sein Handy war tot. Niemand wusste, wo er abgeblieben war. Niemand wusste, wo Ilir abgeblieben war. Eine Woche später hat Schorsch mir dann erzählt, dass man Luka tot aus der Pegnitz gefischt hat. Und mein erster Gedanke war, dass die Grabowski da irgendwas mit zu tun hat ...«

»Luka starb am Abend des neunten Dezember«, erklärte Kastner, »also an dem Abend, an dem er sich Ihrer Aussage nach mit Steffi Grabowski getroffen hat. Aber warum hätte sie ihn töten sollen?«

Draşko wischte sich ein paar Tränen aus dem Gesicht und kaute auf seiner Unterlippe herum. »Ich hab lang gebraucht, bis ich draufgekommen bin. Zu lang. Vor drei Tagen hat mir einer der Albaner im Internet Luanas Foto gezeigt – *Unbekannte Tote, Wer kennt diese Frau?* und so weiter. Da stand, dass sie am dreizehnten November vom Adlerparkhaus gesprungen ist ... Aber das hätte sie nicht getan, verstehen Sie? Selbst wenn sie wirklich Krebs hatte – sie hätte Ilir niemals einfach allein gelassen. Und das Adlerparkhaus war einer von Steffi Grabowskis Treffpunkten für ihre Deals. Da hab ich's dann kapiert ... Es muss Streit gegeben haben, zwischen Luana und der Grabowski, und Ilir muss irgendwas gesehen haben. Deshalb hat sich die Grabowski plötzlich so für ihn interessiert. Wenn ich nicht so blöd gewesen wär ...«

»Sie sollten sich keine Vorwürfe machen, Herr Raznatović«, versuchte Kastner den nun völlig aufgelösten jungen Mann zu trösten. »Solche Zusammenhänge ergeben sich oft erst in der Rückschau, wenn man alle Fakten kennt und eins und eins zusammenzählt.«

»Aber das alles ist meine Schuld! Radan hatte mit all dem gar nichts zu tun, und jetzt ist er tot! Und Luka wollte immer nur helfen – er wollte Schorsch helfen, er wollte mir helfen, er wollte Ilir helfen ... Es ist alles meine Schuld!«

Kastner beschloss, Draşko eine Pause zu gönnen. Er dankte ihm für seine Kooperationsbereitschaft, sorgte dafür, dass er eine warme Mahlzeit bekam, und rief den Zeichner an, der die Phantombilder der Regensburger Schlägertypen anfertigen würde. Dann bat er Claudia, den Polizeipsychologen zu benachrichtigen – mit aufmunternden Worten allein würde der junge Mann seine Schuldgefühle wohl kaum überwinden.

Nachdem Nele Draşkos Aussage vom Aufnahmegerät abgehört und in den PC getippt hatte, schickte er Wismeth und Dr. Rupprecht eine Kopie und las sich selbst alles noch einmal in Ruhe durch.

Zweifellos würde Draşkos Aussage Steffi Grabowski belasten, aber sie enthielt auch ein gut Teil Hörensagen und viele Vermutungen – das würde Dr. Rupprecht sicher nicht entgehen. Dass sie Luana gekannt und ihr Tabletten verkauft hatte, hatte Steffi bisher zwar nicht zugegeben, aber auch nicht direkt geleugnet. Ein Mord oder Totschlag mit anschließender Vertuschung durch Vortäuschung eines Selbstmords ließ sich damit nicht beweisen, und für ihr plötzliches Interesse an Ilir würde sie ganz sicher eine Ausrede finden. Selbst ihre Verabredung mit Luka am Abend seines Todes konnte sie leugnen – er brauchte Steffi Grabowskis Geschäftshandy, um zu beweisen, dass Luka mit ihr telefoniert hatte.

Kastner wählte die Nummer des Kollegen von der Drogenfahndung, der die Ermittlungen gegen Steffi Grabowski leitete. »Kastner«, sagte er, »hallo, Horst. Sag mal, gibt's in der Grabowski-Sache was Neues? Wir bräuchten hier dringend das Handy, mit dem sie ihre Geschäftsverabredungen getroffen hat.«

»Tja, das könnten wir auch brauchen«, erwiderte der Kollege trocken. »Aber wir haben es nicht gefunden. Nur ein ausschließlich privat genutztes Smartphone mit derart unverfänglichen Daten drauf, dass es auch einer Klosterschülerin gehören könnte.«

»Aber wir haben doch die Handynummer. Was ist mit einer Ortung?«

»Nix is damit, das haben wir natürlich schon probiert. Entweder sie hat den Akku raus oder eine Schutzhülle, die eine Ortung verhindert.«

»Hm. Und ihr habt, äh, wie soll ich das jetzt sagen, auch wirklich gründlich gesucht?«, erkundigte sich Kastner.

»Du willst wissen, ob wir bei der Hausdurchsuchung geschlampt haben? Das ist ja charmant, Kastner. Wir haben die ganze verdammte Bude umgekrempelt, und das war kein Spaß bei dem vielen Gerümpel ...«

»Die ganze verdammte Bude ...«, wiederholte Kastner nachdenklich. Dann hatte er eine Art buddhistischer Erleuchtung. »Und im Garten? Habt ihr da auch gesucht?«

»Nö, warum?«, fragte Horst indigniert. »Da ist doch nichts – keine Garage, kein Geräteschuppen ... nicht einmal Blumenkübel. Sie wird's ja wohl kaum vergraben haben.«

»Da stehen doch diese Buddhas im Eingangsbereich. So buntes Keramikzeugs aus dem Baumarkt. Die sind doch innen hohl, oder? Habt ihr da mal druntergeguckt?«

»Äh ... nein.«

Kastner lächelte und schwieg, bis der Kollege mürrisch vorschlug, noch einmal jemanden hinzuschicken.

»Das ist eine gute Idee, Horst«, sagte er dann. »Vielen Dank!«

Er legte auf und wählte die Fünf.

»Götz.«

»Kastner. Also weil es jetzt ja schon fast vier Uhr nachmittags ist, dachte ich mir ...«

Es raschelte und rauschte in der Leitung, dann sagte Martina: »Es hat geleuchtet.«

»Das Luminol hat geleuchtet? Ihr habt also Blut in dem Parkhaus gefunden? Wo genau?«

»An der Fensteröffnung waren ein paar eingetrocknete Spritzer, und noch ein paar mehr dort, wo die Autoauffahrt ins oberste Parkdeck mündet. Da, wo die Stofftasche lag, an der Wand. Wenn wir hier die Nacht durcharbeiten, sollte der DNA-Abgleich bis morgen fertig sein, aber die Blutgruppe passt schon mal zu der angeblichen Selbstmörderin. Tja,

Kastner – sieht so aus, als hättest du recht gehabt. Vermutlich hat die Frau ihren Kopf nicht freiwillig so heftig gegen die Betonwand der Auffahrt geschlagen. Es wäre übrigens hilfreich, wenn du unseren inoffiziellen Einsatz nachträglich legitimieren könntest, sonst kannst du deine Beweise nämlich in der Pfeife rauchen.«

»Selbstverständlich. Äh, eins versteh ich nicht, Martina. Wenn an der Wand der Auffahrt Blutspritzer waren, warum steht davon nichts im Polizeibericht? Das hätte die Kollegen doch misstrauisch machen müssen.«

»An dieser Wand sind alle möglichen Flecken und Kratzer. Ohne Luminol sind die Blutspritzer nicht zu erkennen. Und so gründlich haben sich deine Kollegen ja nicht umgesehen, weil sie gleich von einem Selbstmord ausgegangen sind.«

»Habt ihr irgendwelche Fingerabdrücke gefunden?«

Martina lachte. »Ob wir in einem Parkhaus *irgendwelche Fingerabdrücke* gefunden haben? Machst du Witze?«

»Also ja?«

»Wir haben nicht nach *irgendwelchen Fingerabdrücken* gesucht ...«, fing Martina an.

»Aber ...«, sagte Kastner.

»Lass mich ausreden, oder ich lege sofort auf!«

Kastner schwieg.

»Wir haben also nicht nach *irgendwelchen Fingerabdrücken* gesucht, sondern ganz gezielt nach solchen, die auf den Blutspritzern hinterlassen worden sind, als diese noch frisch waren«, stellte Martina klar. »Nur so kann nämlich ein zeitlicher Zusammenhang bewiesen ...«

»Das hab ich doch gemeint«, behauptete Kastner.

Martina schnaubte. »Also ja, an der Fensterbrüstung haben wir einen sehr brauchbaren Fingerabdruck in dem Blut gefunden. Einer meiner überarbeiteten Mitarbeiter riskiert gerade die Scheidung von seiner langjährigen Ehefrau und Mutter seiner Kinder, um ihn bis morgen mit dem von Steffi Grabowski abzugleichen.«

»Vielen Dank!«, sagte Kastner, aufrichtig erleichtert. »Ich weiß ja, dass ich dir und deinen Leuten einiges zumute; aber jetzt kommt dann schon wieder ein Wochenende und ...«

»Jaja, ist schon recht. Und jetzt lass mich bitte weiterarbeiten.«

***

Kastner beichtete Wismeth seinen Alleingang, beschwichtigte ihn halbwegs mit Martina Götz' vorläufigem Ergebnis und brachte auch gleich den richterlichen Beschluss für einen Abgleich von Steffi Grabowskis DNA mit den Spuren auf Luanas Kleidung noch einmal zur Sprache.

»Den hab ich doch schon beantragt. Vor nächster Woche wird da aber sicher nichts entschieden – Kastner, Sie müssen mal einsehen, dass Sie nicht immer alles sofort haben können. Das ist ja krankhaft bei Ihnen.«

»Tut mir leid«, sagte Kastner halbherzig. »Aber nach der Aussage von Draşko Raznatović und den Spuren im Parkhaus haben wir ja nun viel bessere Argumente für einen DNA-Abgleich ... Die Blutspritzer an der Auffahrt beweisen, dass Luana schon dort eine Kopfverletzung erlitten hat, und nicht erst bei dem Sturz vom Parkdeck. Und falls der Fingerabdruck an der Fensterbrüstung Steffi Grabowski zugeordnet werden kann ...«

»Schon gut, ich hab's kapiert«, seufzte Wismeth und verdrehte die Augen. »Sobald Martina Götz mir versichert, dass der Fingerabdruck eindeutig von Steffi Grabowski stammt, werde ich den neuen Ermittlungsstand natürlich bei Gericht nachreichen. Dann kriegen Sie vermutlich Ihren DNA-Abgleich ... Zufrieden? War's das dann?«

Kastner nickte. »Äh, ja, danke, Herr Polizeidirektor. Ach, eins vielleicht noch: Ich hätte mein Team morgen gern hier im Dezernat. Bis Mittag, zumindest. Falls der Fingerabdruck von Steffi Grabowski stammt, würde ich gern hören, was sie dazu zu sagen hat.«

Wismeth schüttelte traurig seinen kahlen Schädel. »Sie wissen schon, dass morgen nicht nur ein Samstag, sondern auch Silvester ist? Feuerwerk, Sekt, *Nehmt Abschied, Brüder ...*«

»*Nehmt Abschied, Brüder ...*?«, wiederholte Kastner etwas dümmlich.

»Na, Sie wissen schon – *Should auld acquaintance be forgot ...*«

»Ach so. Äh ... selbstverständlich weiß ich das«, behauptete Kastner und notierte im Geiste, dass er keinesfalls irgendeine Silvesterüberraschung für Mirjam vergessen durfte. »Aber wir würden doch alle entspannter ins neue Jahr gehen, wenn dieser Fall endlich gelöst wäre. Ich denke, ich spreche da, äh, für das ganze Team.«

»Das denken Sie also? Bitte. Tun Sie, was Sie nicht lassen können. Aber meiner Ansicht nach sind Sie komplett verrückt«, stellte Carsten Wismeth abschließend fest.

***

Kastners Team teilte Wismeths Ansicht zu 66 Komma Periode 6 Prozent.

»Du hast doch einen an der Waffel«, maulte Wernreuther. »Ich hab für morgen Vormittag ein Feuerwerk sportlicher Aktivitäten geplant, soll ich die jetzt alle absagen, oder was?

Ich mein, der Marković und diese Dings ruhen entspannt in ihren Gräbern …«

»… oder Urnen«, warf Claudia ein.

»… denen ist es doch egal, ob die Grabowski im alten oder im neuen Jahr dafür ans Kreuz genagelt wird. Auf ein paar Tage kann's doch da echt nicht ankommen.«

Claudia hatte fundiertere Einwände. »Ich muss morgen meine Kinder betreuen, Kastner. Sofie könnte ich ja notfalls allein zu Hause lassen, aber Jannik … keine Chance. Der würde mir die Bude zerlegen.«

»Also ich kann«, sagte Nele.

Kastner nickte der Anwärterin dankbar zu. »Und wenn du Jannik mitbringst?«, fragte er Claudia. »Das hast du doch schon mal gemacht. Wir drücken ihm Papier und ein paar Stifte in die Hand …«

Claudia grinste. »Und dann setzt er sich brav an einen freien Schreibtisch und malt was?«

»Hm«, machte Kastner. Als Claudias Jüngster das letzte Mal im Polizeipräsidium gewesen war, hatte er allen Löcher in den Bauch gefragt und für mehr als nur ein bisschen Wirbel gesorgt. Er überlegte, ob er Jannik vielleicht als Silvesterüberraschung bei Mirjam unterbringen könnte, aber dann hatte er eine bessere Idee. Eine zweite buddhistische Erleuchtung. Oder vielmehr: eine Offenbarung. »Bring ihn einfach mit«, sagte er zu Claudia. »Ich kümmere mich um ihn, versprochen. Und jetzt entschuldigt mich bitte, ich habe noch etwas Dringendes zu erledigen.«

»Und was ist mit mir?«, wollte Wernreuther wissen.

»Mit dir? Was soll mit dir sein?«, fragte Kastner zerstreut.

»Na wegen morgen? Also, eventuell könnte ich …«

»Schon okay, Felix«, sagte Kastner. »Du musst nicht kommen. Gehst du joggen? Lauf eine Runde für mich mit!«

Ab Viertel nach acht hellte sich der dunkle Himmel über dem Jakobsplatz allmählich zu trübem Grau auf; von der Fußgängerzone unter Kastners Bürofenster drangen die gedämpften Geräusche des morgendlichen Lieferverkehrs herauf: laufende Dieselmotoren und schlagenden Autotüren.

Das Team war vollzählig. Nele und Claudia saßen auf den Besucherstühlen und nippten verschlafen an ihrem Kaffee, Wernreuther stützte eine Gesäßbacke auf Kastners Schreibtisch, übte Waterboarding mit seinem Teebeutel und verfolgte mit gerunzelter Stirn die munteren Aktivitäten von Claudias Sohn. Jannik wässerte die staubige Yuccapalme, die in einer Ecke des Büros ihr trauriges Dasein fristete. Sobald die Gießkanne leer war, schleppte er sie zum Waschbecken und füllte sie wieder; und je mehr es dabei prasselte und spritzte, desto begeisterter johlte er.

»Die braucht noch viel Wasser, die schaut voll übel aus«, erklärte er seiner Mutter auf die Nachfrage, ob es denn jetzt nicht mal langsam genug sei.

Claudia seufzte, Kastner lächelte. »Ein aufgewecktes Kerlchen für einen Zweitklässler«, stellte er fest.

»Das nennt man hyperaktiv«, sagte Wernreuther genervt. »Der Banggerd hat ein Aufmerksamkeits-Defizit-Syndrom – vielleicht sollte man diesen Dr. Frodenberg hinzuziehen.«

»Du hättest ja nicht kommen müssen«, schnappte Claudia zurück. »Warum bist du eigentlich hier? Wolltest du nicht joggen gehen?«

»Und dir kampflos den Weg ins A-Team überlassen? Da kennst du mich aber schlecht.«

»Besser, als mir recht ist«, konterte Claudia.

»Nachdem wir das nun geklärt haben«, sagte Kastner, »sollten wir anfangen. Wie sieht's aus, Jannik – möchtest du dir mal unser Verhörzimmer ansehen? Wir haben da einen Einwegspiegel und ein tolles Aufnahmegerät ...«

»Was ist ein *Einweg*spiegel?«, fragte Jannik interessiert und stellte die Gießkanne ab. »Schmeißt man den weg, wenn man sich *einmal* angeschaut hat?«

Kastner schüttelte den Kopf. »Nein. Das sagt man so, weil es nur vom Verhörzimmer aus gesehen ein Spiegel ist. Wenn man auf der anderen Seite steht, im Beobachtungsraum, ist es einfach eine durchsichtige Fensterscheibe.« Während Jannik über diese Erklärung nachdachte, holte Kastner eine Papiertüte unter seinem Schreibtisch hervor und zog Ilirs blauen Hasen heraus. »Guck mal, ich hab dir was mitgebracht. Ist aber nur geliehen.«

Jannik verzog angewidert das Gesicht. »Igitt. Was soll ich denn damit?«

»Du musst jemanden vertreten«, sagte Kastner.

Sein Team quittierte diese Bemerkung mit ratlosem Schweigen, bis Claudia schließlich die Stirn in Falten legte und sagte: »Das ist jetzt aber nicht dein Ernst, Kastner. Oder?«

»Du spinnst«, sagte Wernreuther, nachdem Kastner seinen Plan erläutert hatte. »Steffi Grabowskis Anwalt wird uns gründlich durch den Wolf drehen ... Dienstaufsichtsbeschwerde, Abmahnung, Karriereknick – womöglich eine Anzeige.«

»Aber warum nur?«, fragte Kastner treuherzig. »Eine Kollegin hat ihr Kind mit ins Präsidium gebracht, damit es einmal ihren Arbeitsplatz kennenlernt. Wir haben dem Jungen das Verhörzimmer gezeigt, er hat sich ein paar Fotos angesehen ... Wenn Frau Grabowski daraus falsche Schlüsse zieht, ist das doch nicht unsere Schuld. Natürlich ist es ein Schuss ins Blaue, aber was haben wir zu verlieren?«

Claudia warf einen Blick auf ihren Sohn, der sich den blauen Hasen unter den Arm geklemmt hatte wie John Wayne die Winchester. »Vielleicht hat Kastner recht«, sagte sie. »Wenn die Grabowski weiter schweigt, stehen wir nicht schlechter da als jetzt. Gut, wir könnten ein bisschen Ärger bekommen, wenn sie ihren Anwalt von der Kette lässt ... Aber falls sie nervös wird und etwas ausplaudert, wird sie unweigerlich Täterwissen offenbaren. Das nützt uns auch dann was, wenn sie später alles widerruft.«

»Und mit etwas Glück hat Martina Götz bis dahin ihren Fingerabdruck am Tatort Adlerparkhaus identifiziert«, ergänzte Nele. »Dann nützt ihr das Widerrufen auch nichts mehr.«

»Der Hase ist hässlich«, stellte Jannik abschließend fest. »Das ist ein hässlicher, einäugiger Piratenhase.«

Nach der dritten Nacht in der Arrestzelle sah Steffi Grabowski ein wenig angegriffen aus: Sie hatte dunkle Ringe um die Augen, und über den hohen Wangenknochen spannte die Haut. Kastner wünschte einen guten Morgen und erklärte ihr, dass es noch ein paar Fragen gebe.

Steffi schob sich das fettige Haar aus dem Gesicht. »Ach was?«, knurrte sie. »Weiß mein Anwalt das schon?«

»Es sind nur ganz allgemeine Fragen zur Person«, behauptete Kastner. »Wenn Sie deshalb Ihren Anwalt stören wollen – bitte.«

Steffi zuckte die Achseln und folgte ihm durch den Flur zum Verhörzimmer.

Kastner öffnete die Tür einen Spalt und gab sich überrascht. »Oh, das tut mir leid. Ich dachte, ihr wärt schon fertig«, sagte er in den Raum hinein. »Wir müssen leider noch einen Moment warten, Frau Grabowski«, erklärte er dann und zog die Tür wieder zu. »Äh ... Gehen wir doch so lange hier rein.« Er lotste Steffi ins Beobachtungszimmer und bot ihr einen der schwarzen Plastikstühle an. Durch den Einwegspiegel waren Nele und Claudia zu sehen, und Jannik, der sein Gesicht geschickt hinter den Ohren des blauen Hasen verbarg. Er hatte schnell begriffen, worum es bei dem »Verhörspiel« ging, und hatte als Thema der Befragung seinen letzten Tiergartenbesuch vorgeschlagen.

»Was soll das?«, fragte Steffi, nachdem sie das Treiben hinter der Scheibe eine Weile beobachtete hatte. »Was soll die Scheiße?«

Kastner ließ sich Zeit mit der Antwort. Dann fragte er zurück: »Was beunruhigt Sie, Frau Grabowski? Ist es der blaue Hase?«

Steffi warf ihm einen wütenden Blick zu. »Ich weiß echt nicht, was Sie meinen. Ich will sofort mit meinem Anwalt sprechen.«

»Sie dürfen ihn jederzeit anrufen«, beteuerte Kastner. Um Steffi von ihrem Anwalt abzulenken, drehte er am Regler des Lautsprechers, bis die Stimmen aus dem Verhörzimmer zwar zu hören, einzelne Wörter aber nicht zu verstehen waren. Steffi Grabowski sollte bemerken, dass der Junge reden konnte wie ein Wasserfall – und das konnte Jannik zweifellos.

Im Verhörzimmer legte Claudia jetzt eine Reihe Fotos auf den Tisch, Porträts von verschiedenen dunkelhaarigen Frauen, von vorne und im Profil. Jannik betrachtete die Fotos eine Weile, dann zog er eines hervor und hielt es hoch – es war das Foto, das der Erkennungsdienst von Steffi Grabowski gemacht hatte. Claudia fragte ihn etwas, und Jannik nickte so heftig, dass die Ohren des blauen Hasen wippten.

Steffi öffnete den Mund und schloss ihn dann wieder. Mit finsterem Gesicht sah sie zu, wie Claudia die Fotos einsammelte und mit Nele und Jannik den Verhörraum verließ.

»Wir können jetzt«, sagte Kastner.

Steffi folgte ihm schweigend in den Verhörraum und setzte sich brav an den Tisch. Offensichtlich hatte das kleine Schauspiel sie beeindruckt.

»Wir haben alles auf Band, was der Junge gesagt hat«, erklärte Kastner wahrheitsgemäß. Er nahm an, dass Jannik vor allem über den Schabrackentapir gesprochen hatte, der sein Lieblingstier war.

Keine Reaktion.

»Ilir hat Sie gesehen, Frau Grabowski. Sie haben sich am dreizehnten November mit seiner Mutter im Adlerparkhaus getroffen, um ihr Medikamente zu verkaufen. Aber Luana hatte kein Geld dabei, nicht wahr? Mal wieder. Das muss Ihnen doch auf die Nerven gegangen sein.«

Steffi schwieg. Ihre veilchenblauen Augen fixierten die fleckige Tischplatte.

»Die Spurensicherung hat im Adlerparkhaus Blut von Luana gefunden«, fuhr Kastner fort. »An der Wand der Auffahrt. Was ist dort passiert? Haben Sie Luanas Kopf gegen die Wand geschlagen? War sie schon tot, als Sie sie über die Brüstung geworfen haben?«

Ein böser Blick. Schweigen.

»An der Brüstung haben wir weitere Blutflecken entdeckt, und außerdem einen Fingerabdruck. Und vermutlich werden wir auch an Luanas Kleidung etwas finden, das

Ihnen gehört, meinen Sie nicht? Eine Wimper, Speichel … irgendetwas. Ach ja – Draşko Raznatović hat sich gestellt. Er hat uns alles erzählt. Er wird vor Gericht gegen Sie aussagen.«

Steffi verzog angewidert den Mund. »Mir hat er weisgemacht, das Blag hätte die Sprache verloren – Draşko ist also ein elender Lügner. Was soll die Aussage eines Lügners schon beweisen?«

Kastner, der befürchtet hatte, dass Steffis erste Worte ihrem Anwalt gelten würden, lächelte. »Draşko hat nicht gelogen. Der Junge war schwer traumatisiert – er hat mit angesehen, was Sie mit seiner Mutter gemacht haben, er hat Luka tot in der Pegnitz treiben sehen … Das alles ist verstörend für ein kleines Kind, meinen Sie nicht? Ilir musste psychologisch betreut werden …«

»Unter uns gesagt ist mir das herzlich egal«, blaffte Steffi. »Dieses Mitleidsgedöns geht mir so was von auf den Sack … Die Spacken sind doch alle selber schuld!«

»Wie meinen Sie das?«

»Wie ich's sage«, fauchte Steffi. »Ich beiß jede Nacht vor Wut in mein Kopfkissen, weil *die* alle so dämlich waren und *ich* jetzt die Scheiße am Fuß hab. Wenn Sie einen Schuldigen suchen, können Sie gleich diesen Draşko nehmen, der hat mir das nämlich alles eingebrockt.«

»Weil er Luana Ihre Handynummer gegeben hat?«

»Weil er zu blöd zum Scheißen ist!«

Steffi war laut geworden. Kastner schwieg.

»Haben Sie schon mal einen Intelligenztest gemacht?«, fragte Steffi.

»Ähm … nein? Nicht, dass ich wüsste.«

»Ich schon. Ich hab einen Intelligenzquotienten von 128. Mit 130 wär ich Mitglied bei Mensa und würde mit meinesgleichen netzwerken, aber so bin ich leider nur eine mäßig erfolgreiche Arzthelferin, die von Idioten umgeben ist.«

»Aha …«, sagte Kastner, etwas lahm. Mensa war seines Wissens ein internationaler Verein für Hochbegabte – offensichtlich hielt sich Steffi Grabowski für ein verkanntes Genie.

»Ja, *aha*«, äffte Steffi ihn nach. »Mehr fällt euch Deppen nicht ein! Draşko kommt sicher nicht über 100, und diese Luana ist irgendwo bei 80 stecken geblieben. Aber *ich* bin diejenige, die jetzt hier hockt und sich das ganze blöde Geschwätz anhören muss!«

Kastners Handy vibrierte, und er warf einen Blick auf die Nachricht. Er lächelte. »Frau Grabowski, die Kollegen von der Drogenfahndung haben Ihr Geschäftshandy gefunden und die gelöschten Textnachrichten und Anruflisten wiederherstellen können. Am achten Dezember haben Sie einen Anruf von Luka Marković angenommen – er hat ein Medikament gebraucht, weil der Junge Durchfall hatte, nicht wahr? Sie haben sich mit ihm in der Innenstadt verabredet …«

»Scheiße, ja«, sagte Steffi. »Seit der Sache im Parkhaus hab ich mich gefragt, wo der Bankert mit dem blauen Hasen abgeblieben ist, und Sie können sich vielleicht vorstellen, dass ich deshalb ziemlich wütend war … Ich musste ja jede Minute damit rechnen, dass ihr Bullen plötzlich vor meiner Tür steht oder dass mich beim Frühstück mein Phantombild aus der Zeitung anglotzt! Dann hat Draşko mich wegen Luana angerufen – dass sie verschwunden ist, blabla, und dass er sich um den Jungen kümmert … Ich hab ne Weile gebraucht, bis ich gecheckt hab, von welchem Jungen er spricht. Luana hatte den Scheißer nie dabei, wenn sie sich mit mir getroffen hat.«

»Sie wussten nicht, dass Ilir Luanas Sohn ist?«

»Ja woher denn? Kann ich hellsehen, oder was? Damals im Parkhaus hab ich gedacht, das ist irgendein Kind aus der Nachbarschaft, das sonntags im Parkhaus spielt, obwohl Papi es sicher verboten hat ... Aber dann hat Draşko diesen blauen Hasen erwähnt, und ich hab eins und eins zusammengezählt.« Sie lachte laut auf. »Mein erster Gedanke war, dass der Junge Draşko alles brühwarm weitererzählt hat und der mich jetzt erpressen will. Aber Draşko hatte keine Ahnung. Und er hat behauptet, der Bankert hätte das Sprechen verlernt. Das hat mich ein bisschen beruhigt; aber so richtig tiefenentspannt war ich irgendwie doch nicht. Das verstehen Sie doch, oder? Also fand ich es nett, dass Luka angerufen hat – er hat mir die Verdauungsprobleme von dem Gör en détail beschrieben und sich mit mir verabredet. Geistige Einfalt hat viele Vorteile, wenn auch selten für den, der davon betroffen ist ...«

»Haben Sie gehofft, dass Luka den Jungen zu der Verabredung mitbringt?«

»Tja. Ganz so blöd war er dann doch nicht.«

»Draşko hat ihn gewarnt«, erklärte Kastner. »Er hat sich über Ihr besonderes Interesse an Ilir gewundert. Was hätten Sie denn getan, wenn Luka den Jungen mitgebracht hätte?«

Steffi sah ihn wieder böse an und schwieg.

»Na gut«, sagte Kastner. »Luka kam allein. Was ist passiert?«

»Ich hab in dem Drecks-Kaffeeladen zwei Coffee to go besorgt und ihm einen davon angeboten.«

»Denjenigen, in den Sie das Diazepam getan hatten«, riet Kastner.

»Es hätte alles so einfach sein können«, seufzte Steffi. »Luka ist brav in mein Auto gestiegen, um den Deal abzuhandeln. Er hat seinen Kaffee getrunken und ist ganz leutselig geworden; hat mir erzählt, wie schön die Welt ist und wie sehr er alle Menschen liebt. Nach einer Weile hab ich mich freundlich nach dem bescheuerten Kind erkundigt, und Luka hat auch prompt gelabert und gelabert. Leider hab ich kein Wort verstanden, weil er so gelallt hat – Luka war viel magerer, als ich ihn in Erinnerung hatte, da hab ich mich beim Diazepam wohl mit der Dosis verschätzt ... Jedenfalls war nicht aus ihm herauszukriegen, ob der Junge mich schon bei jemandem verpetzt hatte oder ob er tatsächlich die Sprache verloren hat, so wie Drașko mir das weismachen wollte. Es hilft nichts, hab ich mir gedacht, ich brauch das Kind. Zu Luka hab ich gesagt: *Ich glaub, dir geht's nicht gut, ich fahr dich jetzt besser mal nach Hause, zu dem Jungen.*«

»Hat Luka Ihnen gesagt, wohin Sie fahren müssen?«

Steffi schnaubte. »Er hat mich kreuz und quer durch die Innenstadt gelotst. Per Handzeichen. Aber vermutlich hat er links und rechts gar nicht mehr unterscheiden können ... Ich hab ihm ein, zwei gescheuert, damit er sich ein bisschen zusammenreißt, und danach hat er angefangen, wie ein Vollidiot an der Handbremse zu zerren und mir ins Lenkrad zu greifen. Kurz vor der Maxbrücke hat er mir ins Auto gekotzt, eine Riesensauerei, und dann ist er getürmt.«

»Und Sie sind ihm nachgelaufen ...«

»Tja, der hat das Diazepam wirklich gar nicht gut vertragen. Dachte wahrscheinlich, er könne fliegen. Konnte er aber nicht. Ich hab ihn am Pegnitzufer erwischt.«

»Sie haben ihn von hinten in die Wade getreten«, vermutete Kastner und dachte dabei an das Hämatom. »Er ist gestürzt und hat sich den Ellbogen aufgeschürft und den Kopf angeschlagen.« Und sein Handy verloren.

Steffi zuckte die Achseln. »Was weiß ich. Ich war stinksauer – er hätte mich doch nur zu dem Jungen bringen müssen!«

»Ich verstehe«, behauptete Kastner. »Und was ist dann passiert?«

»Er hat sich wieder hochgerappelt und ist auf den dummen Einfall gekommen, sich dabei an mir festzuhalten, und dann hat er wieder angefangen, zu würgen. Und da bin ich ausgetickt. Es gibt ein paar Sachen, die kann ich gar nicht leiden – zum Beispiel wenn man mich festhält und mir auf den Mantel kotzt. Das verstehen Sie doch, oder? Ich wollte nur, dass der mich auf der Stelle loslässt …«

Kastner hatte den Eindruck, dass es eine ganze Latte von Dingen gab, die Steffi *nicht leiden* konnte. Offensichtlich wurde sie schnell wütend und verlor dann jedes Maß und Ziel. Aber am erschreckendsten fand er, dass sie gegenüber ihren Mitmenschen keinerlei Empathie zu empfinden schien – es war, als würde sie über Tiere sprechen.

»Ich hab ihn nur weggestoßen«, sagte Steffi. »Dummerweise ist er dabei über die Mauerbrüstung gefallen. Ich würde das einen Unfall nennen.«

Kastner atmete tief ein und wieder aus. Er hatte bei diesem Fall einige Leute kennengelernt, die sich mit Geschick in die Tasche logen, aber Steffi Grabowski stellte sie alle in den Schatten. »Und dann haben Sie Ihren Mantel sauber geklopft und sind nach Hause gefahren?«, fragte er, bemüht, seine Fassungslosigkeit zu verbergen.

»Was hätte ich denn sonst machen sollen?«, raunzte Steffi. »Hinterherspringen? Bin ich Rettungsschwimmer oder was?«

Um Hilfe rufen?, dachte Kastner. Den Rettungsdienst alarmieren? *Dich schämen*? Nein. Steffi Grabowski war nach Hause gefahren, hatte ihr Auto gründlich gereinigt und anschließend verkauft und war dann zur Tagesordnung übergegangen.

»Sie waren wütend auf Luka, weil er Sie nicht zu dem Jungen bringen wollte«, sagte Kastner. »Und Sie mussten befürchten, dass der Junge irgendwann mit ihm über Luanas Tod sprechen würde – wenn er es nicht schon getan hatte. Dann wäre Luka ein weiterer Mitwisser gewesen, ein gefährlicherer Mitwisser als ein verstörtes Kind. Und außerdem hatten Sie Luka unter Drogen gesetzt, ihn entführt, genötigt und geschlagen ... Er hätte Ihnen jede Menge Ärger machen können, wenn Sie ihn am Leben gelassen hätten. Sie mussten ihn also töten, nicht wahr?«

Steffi legte den Kopf schief. »Sie wollen mir noch immer einen Mord anhängen, was? Niedere Beweggründe, wehrloses Opfer ... Es war ein Unfall! Einfach ein dummer Unfall!«

Das können Sie Ihrem Anwalt erzählen, lag es Kastner auf der Zunge. Stattdessen fragte er: »Frau Grabowski, was hätten Sie getan, wenn Luka Sie zu Ilir gebracht hätte?«

Steffi zuckte die Achseln. »Ein bisschen mit ihm geplaudert?«

»Und danach? Hätten Sie sich mit der Hoffnung begnügt, dass der Junge für immer schweigen wird?« Er schüttelte den Kopf. »Nein. Nein, Sie hätten beide getötet, Luka *und* den Jungen. Nur so ergibt alles, was Sie getan haben, einen Sinn – einen sehr bösen Sinn. Ich weiß nicht, wie hoch der Intelligenzquotient des Staatsanwalts ist, aber diese Zusammenhänge wird er ganz sicher erkennen. Luka ist nicht von selbst in den Fluss gefallen. *Sie* haben ihn unter Drogen gesetzt, und *Sie* haben ihn gestoßen. Und dann haben *Sie* nichts unternommen, um ihn zu retten – weil Sie wollten, dass er stirbt. Wie Sie gesagt haben: Niedere Beweggründe, ein wehrloses Opfer – das war kein Unfall, Frau Grabowski, und auch keine unterlassene Hilfeleistung. Das war Mord, zumindest Mord durch Unterlassen. So, und jetzt würde ich mit Ihnen gerne über Luana sprechen …«

***

Weil die Rathauskantine schon geschlossen hatte, lud Kastner das Ermittlungsteam, einschließlich Jannik, zum Mittagessen in eine Pizzeria am Hauptmarkt ein. Wernreuther wollte nachkommen – Kastner hatte ihm den Auftrag erteilt, den blauen Hasen zu Ilir zurückzubringen. Er spendierte eine Flasche Rotwein und bestellte sich selbst ein Bier, dessen Geschmack allerdings zu wünschen übrig ließ – Großbrauerei.

»Auf unseren Erfolg!«, strahlte Claudia und hob ihr Weinglas zum Anstoßen. »Prost, alle miteinander!«

»Ohne Jannik hätten wir es nicht so schnell geschafft«, sagte Nele und klatschte mit Claudias Sohn ab, dem nach der Wunschpizza noch ein Eis versprochen worden war.

»Ohne dich aber auch nicht!«, gab Claudia zurück. »Immerhin hast du Frau Hasler und Frau Mergenthaler aufgetan, ohne die wir vermutlich nie auf Steffi Grabowski gekommen wären.«

»Das stimmt«, stellte Nele unbescheiden fest und schob ihre Nerdbrille hoch. »Ich finde, wir sollten auch auf Draşko Raznatović anstoßen! Ganz schön mutig, freiwillig eine Aussage zu machen, wenn man weiß, dass man danach abgeschoben wird.«

»Na ja, zumindest bis zur Gerichtsverhandlung wird er im Land bleiben dürfen«, sagte Claudia. »Aber danach … Schon ungerecht, oder? Wer den Mund hält und sich nicht muckt, hat Chancen, damit durchzukommen, aber die Leute mit Zivilcourage werden abgeschoben. Allerdings gibt es für Draşko noch eine Chance: Radans Nürnberger Cousine will ihn adoptieren. Wir sollten darauf anstoßen, dass es klappt!«

Das taten sie.

»Und wir sollten auf Martina Götz anstoßen«, fand Kastner. »Die Arme hat es diesmal besonders schwer mit uns gehabt.«

Auch dieser Vorschlag fand Zustimmung, die Gläser klirrten erneut. Kurz vor Mittag hatte Martina angerufen und mitgeteilt, dass die Blutspritzer im Adlerparkhaus definitiv von Luana stammten und dass Steffi Grabowski auf einem davon ihren Fingerabdruck hinterlassen hatte.

»Eines muss man zugeben«, sagte Claudia. »Wenn Felix nicht auf die Idee mit dem Bestattungsamt gekommen wäre und diesen albanischen Gedichtband gefunden hätte, wäre Luanas Tod niemals aufgeklärt worden.«

»... und dann hätte die Grabowski auch den Mord an Luka nicht zugegeben«, ergänzte Nele, »und wir hätten ihn ihr kaum beweisen können. Kein Motiv, kein Verbrechen. Aber nur einer hat die richtigen Schlüsse aus Luanas Tod gezogen, und deshalb ist er vermutlich der Hauptkommissar und wir nur die Hiwis.« Sie zwinkerte Kastner zu. »Ich würde also vorschlagen, wir erheben unsere Gläser auf ...«

»Oh, ihr trinkt bestimmt auf mich«, rief Wernreuther und winkte ihnen von der Eingangstür her zu. Er klopfte zur Begrüßung auf den Tisch und quetschte sich dann zwischen Nele und Claudia auf die Sitzbank.

»Es ist euch ja bestimmt nicht entgangen, dass ihr die Lösung der beiden Fälle mir zu verdanken habt«, stellte er fest und goss sich ein Glas stilles Wasser ein.

Nele verdrehte die Augen, Claudia schnaubte.

»Na gut, ihr habt auch euer Scherflein beigetragen«, gab Wernreuther großmütig zu. »Aber eins ist klar: Wenn ich nicht auf die Idee mit dem Bestattungsamt gekommen wäre und diesen albanischen Gedichtband gefunden hätte ...«

»Es hilft ja nichts«, sagte Kastner und hob sein Glas. »Da müssen wir jetzt eben durch. Also: Auf Felix Wernreuther, den verkannten Sherlock Holmes des Dezernats 1. Prost!«

»Prost!«

»Prost!«

»Kann ich jetzt mein Eis?«, fragte Jannik. »Ich will Gurkengeschmack.«

»Igitt«, sagte Nele, »das ist doch eklig!«

»Nein«, sagte Jannik. »Das ist cool. Banane ist eklig!«

Während Claudia mit der überfordert wirkenden Bedienung über ein Eis mit Gurkengeschmack für ihren Sohn verhandelte, wandte sich Wernreuther an Kastner: »Kannst du uns jetzt bitte mal erzählen, wie das mit Luanas Tod war? Ich hab's nicht mitgekriegt. Du hast mich ja wie einen Hilfssheriff losgeschickt, um das zerfledderte Stofftier zurückzubringen ...«

»Ja, bitte«, sagte Nele. »Ich hab's auch nicht mitgekriegt – ich musste mit Jannik zwei Stunden lang Uno spielen.«

»Ihr habt's echt nicht leicht mit unserem despotischen Hauptkommissar«, sagte Claudia mitleidig. Sie hatte sich mit Jannik und der Bedienung inzwischen auf Erdbeereis geeinigt. »Also ich weiß Bescheid, ich hab mir das Schauspiel vom Beobachtungsraum aus angesehen. Meiner Meinung nach ist die Grabowski eine klassische Psychopathin. Aber bitte, hört es euch selber an.«

»Steffi Grabowski war ohnehin nicht gut auf Luana zu sprechen, weil die ihr Geld geschuldet hat«, erklärte Kastner, »und dass Luana zu dem Treffen im Parkhaus zu spät gekommen ist, hat ihre Laune nicht verbessert. Sie wollte Luana begreiflich machen, dass sie erst ihre Schulden bezahlen muss – *erst Geld, dann Medizin* –, und hat dabei mit einer Packung Schmerztabletten vor ihrer Nase herumgewedelt. Luana hat so getan, als ob sie in ihrer Stofftasche nach Geld suchte, hat ihr dann aber plötzlich die Tabletten aus der Hand gerissen und ist losgerannt. Spätestens jetzt war die Grabowski stinksauer. Sie ist Luana nach und hat sie an der Jacke gepackt, Luana wollte sich losreißen und dann, na ja. *Ich habe ein bisschen mit dem Fuß nach ihr gestoßen*, sagt die Grabowski. In Wahrheit muss sie ihr so heftig gegen das Steißbein getreten haben, dass Luanas Kopf mit voller Wucht gegen die Wand der Auffahrt gekracht ist. Ihr erinnert euch an das Hämatom auf Luanas Rücken? Das muss bei diesem Tritt entstanden sein.«

»Also ein Totschlag im Affekt!«, konstatierte Wernreuther.

Kastner wiegte den Kopf hin und her. »Wenn der Richter ihr die Geschichte so abnimmt, dann ja. Die Grabowski behauptet jedenfalls, dass Luana schon tot war, als sie sie zu der Brüstung gezogen und hinuntergeworfen hat. Ich fürchte, man wird ihr kaum das Gegenteil beweisen können – ohne Leiche.«

»Ganz schön abgebrüht, oder?«, sagte Nele. »Sich noch die Zeit zu nehmen, einen Selbstmord vorzutäuschen? Jeder andere hätte vermutlich Panik bekommen und wäre so schnell wie möglich abgehauen.«

Kastner nickte. »Steffi Grabowski hat es so ausgedrückt: *Wenn jemand vom obersten Parkdeck auf die Straße fällt, werden normalerweise weniger blöde Fragen gestellt, als wenn jemand tot in einem Parkhaus herumliegt, oder?* Und der Erfolg hat ihr ja eine ganze Zeit lang recht gegeben.«

Claudia schauderte. »Das mein ich mit *Psychopathin* – wie kann man nur so kaltschnäuzig und berechnend sein?«

»Aber Luanas blaue Stofftasche hat sie dort liegen lassen, bei der Auffahrt«, schaltete sich Wernreuther ein. »Das war ja wohl nicht sehr clever, im Nachhinein betrachtet.«

»Sie hatte nicht vor, die Tasche dort liegen zu lassen«, erklärte Kastner. »Sie wollte sie mitnehmen und irgendwo entsorgen. Aber der Junge ist ihr dazwischengekommen ... Er stand auf dem Parkdeck darunter, mit seinem blauen Hasen auf dem Arm, und hat zu ihr heraufgestarrt.«

»Sie hat damals gar nicht gewusst, dass Ilir Luanas Sohn ist«, ergänzte Claudia. »Anscheinend hat der Junge immer irgendwo um die Ecke gewartet, während seine Mutter sich mit Steffi Grabowski getroffen hat. Erst nachdem Draşko sich bei ihr nach Luana erkundigt und ihr von dem Jungen erzählt hat, hat sie eins und eins zusammengezählt.«

»Aber dass das Kind sie womöglich die ganze Zeit beobachtet hat – das war ihr sofort klar«, fuhr Kastner fort. »Also hat sie Luanas Tasche liegen lassen, um zunächst den Jungen einzufangen. Aber Ilir ist flink wie ein Wiesel die Auffahrt runtergerannt, raus aus dem Parkhaus. Sie hat ihn bis zur Museumsbrücke verfolgt, wo er ihr endgültig entwischt ist. Sogar danach hat sie noch an die Tasche gedacht – sie ist zurückgegangen, um sie zu holen; aber inzwischen war die Polizei schon vor Ort.«

»Und was war mit ihrem Auto?«, erkundigte sich Nele. »Hat sie das im Parkhaus stehen lassen?«

»Nein«, sagte Kastner. »Sie ist gar nicht mit dem Auto ins Parkhaus reingefahren. Sie hat es weiter vorne in der Adlerstraße geparkt – um sich die Parkgebühren zu sparen. Steffi Grabowski achtet sehr auf ihr Geld.«

»Was hätte die Grabowski eigentlich getan, wenn sie den Jungen erwischt hätte? Hat sie dir das erzählt?«, fragte Wernreuther.

»Vermutlich wollte sie ihn trösten«, schlug Claudia sarkastisch vor.

»Sie behauptet, dass sie nur mit ihm reden wollte«, sagte Kastner. »Das wird ihr der Richter vermutlich nicht abkaufen, aber wie dem auch sei: Das rein gedankliche Vorhaben, jemanden umzubringen, ist ja nicht strafbar. Aber es bleibt genug übrig für viele Jahre Gefängnis: ein Totschlag im Affekt, ein Mord durch Unterlassung ... von Kleinigkeiten wie Vertuschung und Irreführung der Behörden oder Drogenhandel, Betrug und Unterschriftenfälschung ganz zu schweigen.«

»Ist es nicht erschreckend, dass Leute wie die Grabowski jahrelang mehr oder weniger unauffällig neben einem her leben können, ohne dass man ihr wahres Gesicht erkennt?«, fragte Claudia nachdenklich.

***

Kastner fühlte sich leicht angeheitert, als er die Pizzeria verließ. Eigentlich hatte er schon früher nach Hause gehen wollen, aber irgendwann hatte Novotny auf Claudias Handy angerufen und mitgeteilt, dass die Regensburger dank Draşko Raznatovićs Beschreibung die beiden Männer festgenommen hatten, die für Radans Tod verantwortlich waren. Zumindest einer der beiden hatte bereits gestanden. Darauf hatten sie natürlich noch einmal anstoßen müssen ... Am Ende hatte Kastner zwei, drei Bier und ein schlechtes Gewissen wegen Mirjam gehabt – aber wann klärte man schon drei Verbrechen auf einen Streich?

Er überquerte den dämmrigen, menschenleeren Hauptmarkt, die Uhr an der Frauenkirche zeigte zehn Minuten nach vier. Am Himmel funkelten die ersten Sterne, es war ein klarer, kalter Abend. Hin und wieder zog ein Feuerwerkskörper jaulend seine Leuchtspur in die Dämmerung, und hinter dem Schönen Brunnen kauerte ein Grüppchen Halbwüchsiger, das ihm einen Böller nachwarf. Kastner lief zum Hallertor und studierte abwechselnd den Fahrplan der Linie 4 und die Zeitangabe auf seinem Mobiltelefon. Es würde in naher Zukunft keine Gemeinsamkeiten zwischen beiden geben. Das ist blöd, dachte er, ging wieder zum Maxplatz hinunter und lief durch die Unterführung zur Hallerwiese.

Er fand Ralf am Becken des Schnepperschützenbrunnens.

»Guten Abend, Ralf«, sagte er.

Ralf nickte nur, er war auf etwas anderes konzentriert. Er hielt eine Auswahl Müll in der Linken und arrangierte mit der Rechten ausgewählte Teile davon im Brunnenbecken. Kastner erkannte ein geknacktes Fahrradschloss, einen altmodischen Lockenwickler und einen aufgeblasenen Schwimmflügel. Ralf legte eine leere Dose Ölsardinen dazu, verschob sie ein wenig nach links, betrachtete das Ensemble eine Weile mit schief gelegtem Kopf und nahm die Sardinendose dann wieder weg.

»Es ist besser ohne«, sagte Kastner. »Viel besser. Weniger ist oft mehr ... Entschuldigung. Das war eine Plattitüde.«

Ralf nickte.

»Der Schuh und der Fisch«, sagte Kastner. »Das war gut. Schlicht, aber gut.«

Ralf zog eine Flasche Doppelkorn aus seinem Parka, trank einen kräftigen Schluck und hielt Kastner die Flasche hin.

»Oh je«, sagte Kastner, aber aus Höflichkeit nahm er ebenfalls einen Schluck. »Was haben Sie heute Abend vor, Ralf?«, fragte er. »Sie wissen schon, dass Silvester ist?«

Ralf trug den restlichen Müll, einschließlich der Sardinendose, zum nächsten Mülleimer und stopfte ihn hinein. Dann kam er zurück, betrachtete noch einmal das Arrangement im Brunnenbecken aus verschiedenen Perspektiven und nickte zufrieden. »An Silvester ist es zu laut«, sagte er. »Die Vögel haben Angst.«

Kastner gab die Schnapsflasche zurück und wechselte das Standbein, weil er leichte Gleichgewichtsprobleme hatte. Er deutete auf den Müll im Brunnen. »Ist das Kunst?«, erkundigte er sich. In der Tat hatte er in manchen der Museen, in die Mirjam ihn gerne schleppte, schon belanglosere Exponate gesehen.

Darüber dachte Ralf eine Weile nach, ehe er die Achseln zuckte. »Ich mache es für den Mann«, sagte er, und Kastner erinnerte sich, dass er das schon einmal gehört hatte. *Für den Mann ...*

»Der Mann muss hier den ganzen Müll wegräumen«, schob Ralf nach.

Kastner legte den Kopf schief. Allmählich dämmerte ihm, dass Ralf von dem SÖR-Arbeiter Manuel Matzke sprach.

»Der Mann denkt sich Geschichten aus«, sagte Ralf und lächelte. »Müllgeschichten. Manchmal setzt er sich zu mir auf die Bank und erzählt mir eine. Ich helfe ihm.«

Kastner nickte und dachte nach. *Müllgeschichten*? Arrangierte Ralf ausgewählte Stücke Abfall im Schnepperschützenbrunnen, um Matzke Stoff für dessen *Müllgeschichten* zu liefern? »Haben Sie den Schuh und den Fisch deshalb in den Brunnen gelegt – damit der Mann eine Geschichte daraus macht?«

»Der im blauen Anorak«, sagte Ralf, »der hing da im Fluss. Wir kamen nicht an ihn ran. Der Junge hat geweint.«

»Ilir«, sagte Kastner. »Der Junge heißt Ilir. Sie haben auf ihn aufgepasst, weil Luka etwas zu erledigen hatte, nicht wahr? Aber Luka kam nicht zurück.«

»Nicht lebend, jedenfalls«, stellte Ralf klar. »Der Fluss ist gefährlich. Und er gibt ungern etwas her.«

Kastner nickte. »Das ist wahr. Lukas Leiche wurde angetrieben, und sein Anorak blieb an den Ästen hängen ... Ilir hat geweint. Sie wollten dem Jungen helfen, wollten Luka aus dem Wasser ziehen, aber er war zu weit vom Ufer entfernt. Sie konnten ihn nicht erreichen. Nur den Schuh, der sich am Ufer an einer Wurzel verhakt hatte ... Also haben Sie den Schuh und einen Ihrer Pegnitzfische in den Brunnen gelegt und gehofft, dass dem Mann die richtige Geschichte dazu einfällt? Eine Art Reizwortgeschichte ... Schuh – Mensch, Fisch – Pegnitz. Mensch – Pegnitz. In der Art? Sie wollten, dass der Mann Lukas Leiche findet und sich dann darum kümmert, dass sie geborgen wird?«

Ralf trank einen Schluck Doppelkorn. »Der Mann findet immer die richtige Geschichte zu den Sachen, die ich in den Brunnen lege. Aber der Wildpinkler war schneller.«

»Warum haben Sie es dem Mann nicht einfach erzählt?«, fragte Kastner. »Warum haben Sie nicht irgendeinen Passanten um Hilfe gebeten, nachdem Sie die Leiche entdeckt hatten?«

Ralf zuckte die Achseln und lächelte traurig. »Das kann ich nicht«, sagte er nach einer Weile leise. Dann hielt er Kastner wieder die Flasche hin.

»Ja«, sagte Kastner nachdenklich und trank noch einen Schluck Doppelkorn. »Ja, das verstehe ich.« Vermutlich hatte Ralf schon seit vielen Jahren niemanden mehr angesprochen.

Vielleicht fürchtete er die ausweichenden Blicke, die heimliche Verachtung oder das Mitleid, vielleicht schämte er sich. Vielleicht hatte er aber auch nur seinen Stolz ... Luka und Luana hatten am Rande der Gesellschaft leben müssen, weil man sie in diesem Land nicht hatte haben wollen, aber sie hatten immer darauf gehofft, ein anderes, besseres Leben führen zu können. Ein Leben mit einer sinnvollen Arbeit, mit Familie und Freunden ... Aber was auch immer Ralf an den Rand der Gesellschaft getrieben hatte, *er* hatte sich dort häuslich eingerichtet. Die Menschen waren ihm nicht geheuer.

***

»Hallo, Hase!«, rief Kastner, nachdem er die Wohnungstür aufgeschlossen hatte.

Schweigen empfing ihn.

Er spähte in die Küche, dann warf er einen Blick ins Wohnzimmer. Mirjam saß auf dem Sofa und starrte auf eine halb leere Flasche Sekt, die vor ihr auf dem Couchtisch stand.

»Hast du gedacht, ich hätte die Silvesterüberraschung vergessen?«, fragte Kastner durch die offene Wohnzimmertür, während er seine Schuhe auszog.

Mirjam drehte den Kopf und kniff die Augen zusammen. »Und? Hast du?«

»Natürlich nicht!«, sagte Kastner. »Also pass auf: Ich fand das ganz toll, dass du an Weihnachten die äthiopischen Flüchtlinge eingeladen hast. Ich gebe zu, zuerst war ich skeptisch, und selber wäre ich nicht drauf gekommen. Aber im Nachhinein muss ich sagen: Respekt!«

»Das ist schön, dass du das sagst«, sagte Mirjam misstrauisch. »Sag mal, hast du schon wieder was gepichelt? Du siehst verschwommen aus.«

»Muss an deinem Sekt liegen«, sagte Kastner. »Ich trinke nie im Dienst. Wäre ja noch schöner.«

»Du willst mir doch nicht weismachen, dass du jetzt erst von der Arbeit kommst?«

»Aber es ist die Wahrheit«, beteuerte Kastner. »Ich habe heute einige Verbrechen aufgeklärt, und danach bin ich ohne jeden Umweg direkt nach Hause gegangen. Äh, Hase, ich möchte dir jemanden vorstellen: Das ist Ralf. Ich konnte ihn überreden, Silvester mit uns zu feiern. Er hat eine halbe Flasche Doppelkorn mitgebracht, die er gern mit uns teilen würde. Allerdings hat Ralf eine schlimme Lärmallergie – was hältst du also davon, wenn wir die Rollläden herunterlassen und es uns einfach ein bisschen gemütlich machen?«

Originalausgabe

Erste Auflage Oktober 2017
Zweite Auflage März 2018
Dritte Auflage August 2020

www.arsvivendi.com

Lektorat: Stephan Naguschewski
Umschlaggestaltung: FYFF, Nürnberg
Motivauswahl: ars vivendi
Coverfoto: © Hanne Beinhofer
Druck: CPI books GmbH, Leck
Gedruckt auf holzfreiem Werkdruckpapier
der Papierfabrik Arctic Paper

FSC
www.fsc.org
MIX
Papier aus verantwortungsvollen Quellen
FSC® C083411

Printed in Germany

ISBN 978-3-86913-864-0